Admiral Lord Mizius
und die vergessenen Gewölbe, Teil 1

von **Lea Catthofen**

Weitere Titel von Lea Catthofen:

Admiral Lord Mizius und die vergessenen Gewölbe, Teil 2

Die Titel sind in auch als E-Book erhältlich

Zur Autorin:

Lea Catthofen wurde in Niedersachsen geboren.
Seit sie denken kann, liebt sie Katzen. Schon immer war sie besonders fasziniert von den Beziehungen, dem Respekt und der Zuneigung, die innerhalb einer Gruppe von Katzen herrschen.
Lea Catthofen ist ein glühender Fan von Schleswig-Holsteins Nord- und Ostseeküsten, wo sie seit ihrer Kindheit so viel Zeit verbringt wie möglich.

Heute lebt Lea Catthofen in Niedersachsen auf einem kleinen Hof, den sie mit ihrer Familie und mehreren Katzen teilt.

Admiral Lord Mizius

und

die vergessenen Gewölbe

Teil 1

von Lea Catthofen

Roman

Notizen

Inhaltsverzeichnis

1.Katzpitel, in dem Kitty und Admiral Lord Mizius nach Rosenburg kommen   **11**

2.Katzpitel, in dem Kitty und Admiral Lord Mizius geheimnisvolle Dinge erleben   **22**

3.Katzpitel, in dem Admiral Lord Mizius interessante Neuigkeiten erfährt, und Kitty über alte Bekannte nachdenkt   **39**

4.Katzpitel, in dem die Kitty aus dem Haus ist, und die Katzen in aller Stille Wichtiges auf den Weg bringen   **57**

5.Katzpitel, in dem Boss eine wichtige Entscheidung trifft   **66**

6.Katzpitel, in dem Kitty ein Déjà-Vu hat   **78**

7.Katzpitel, in dem Admiral Lord Mizius sich Schnurrhaar über Schwanzspitze verliebt   **90**

8.Katzpitel, in dem Kitty etwas verliert und jemanden wiederfindet   **103**

9.Katzpitel, in dem die kleine Bonnie sehr traurig ist   **119**

10.Katzpitel, in dem Top Scorer Pech im Spiel, und Admiral Lord Mizius Glück in der Liebe hat   **130**

11.Katzpitel, in dem Kitty zu verzweifelten Maßnahmen greift   **140**

12.Katzpitel, in dem die Katzenvereinigung unerwartete Hilfe bekommt, und Top Scorer nur noch Kamillentee **152**

13.Katzpitel, in dem die kleine Tiffany sehr unartig ist, und Admiral Lord Mizius eine folgenschwere Entscheidung treffen muss **167**

14.Katzpitel, in dem für die arme Kitty alles falsch zu laufen scheint **182**

15.Katzpitel, in dem Kitty auf verlorenem Posten zu sein scheint **194**

16.Katzpitel, in dem Kitty und Admiral Lord Mizius eine Überraschung nach der anderen erleben **207**

17.Katzpitel, in dem Kitty eine Einladung erhält, und Admiral Lord Mizius ebenso **222**

18.Katzpitel, in dem Admiral Lord Mizius auf der Katzenversammlung Vieles erfährt, und Tiffany einen Plan hat **238**

19.Katzpitel, in dem die Katzenversammlung schließlich wichtige Beschlüsse fasst **253**

20.Katzpitel, in dem Admiral Lord Mizius eine bemerkenswerte Entdeckung macht, und Kitty Zweifel bekommt **268**

21.Katzpitel, in dem Leopardo di Lasagne einen wichtigen Auftrag erhält, Admiral Lord Mizius eine Spielmaus, die ihm ohnehin gehört hat, und Kitty eine Flasche reinen Wein **284**

22.Katzpitel, in dem Kitty und die kleine Bonnie eine Enttäuschung erleben, und Dr. Janus eine fürchterliche Nacht durchwacht **300**

23.Katzpitel, in dem Cadys und Kitty auf dem falschen Weg sind, und der Puma und Admiral Lord Mizius trotz aller Mühe versagen **317**

24.Katzpitel, in dem Kitty ein merkwürdiges Rendezvous erlebt, und Admiral Lord Mizius dagegen ein sehr erfolgreiches   *332*

25.Katzpitel, in dem der kleine Billy einen zauberhaften Auftritt hat, und die Katzenversammlung eine wichtige Entscheidung treffen muss   *350*

26.Katzpitel, in dem der Kleine Napoleon eine Enttäuschung erlebt, und Kitty ein Geschenk erhält   *365*

27.Katzpitel, in dem die kleine Tiffany großen Kummer hat, und Billy eine Heldentat begeht   *379*

28.Katzpitel, in dem der Puma einen schweren Job hat   *393*

29.Katzpitel, in dem Cadys und Mina die Weichen stellen   *411*

Schlusswort   *422*

Anhang, Italienisch für Katzen   *423*

Was es gibt und was es nicht gibt   *425*

Danksagung   *427*

Impressum   *428*

Hinweis auf den Urheberrechtsschutz

Im Februar 2017

Für meine Familie
und alle Katzen-Freunde

„Jedes noch so kleine Katzentier
ist ein großes Wunderwerk."

Leonardo da Vinci

1. Katzpitel,

in dem Kitty und Admiral Lord Mizius nach

Rosenburg kommen

Gemächlich tuckerte das dunkelblaue Auto über die sonnige Landstraße.

Das Motorengeräusch des alten Wagens klang fast wie das zufriedene Schnurren einer großen Katze. Helle Sonnenflecken wechselten in hypnotischer Wirkung mit dunklen Schattenzonen auf dem Asphalt. Kitty unterdrückte ein Gähnen und warf einen liebevollen Blick auf den Beifahrersitz, wo ihr weißer Kater Admiral Lord Mizius still in seinem Transportkörbchen döste. Er hatte seine gelbgrünen Augen fest zusammengekniffen, und auf seiner Stirn stand eine steile Falte.

Kitty musste grinsen. Lord Mizius schlief nicht, dazu hasste er das Autofahren viel zu sehr. Er war beleidigt und verärgert, wie sie an seiner Stirnfalte ablesen konnte.

Seit fast vier Stunden waren sie nun schon unterwegs, und seit fast vier Stunden hatte sie ihn gezwungen, in diesem Weidenkörbchen zu hocken, das er auch nicht leiden konnte. Die ersten hundert Kilometer hatte ihr Kater noch lautstark protestiert.

Jetzt war er endgültig beleidigt und auch etwas heiser. Immerhin ging die Fahrt nicht zum Tierarzt, und so zog er es vor, aufmerksam zu lauschen und sich schlafend zu stellen, bis das üble Geschaukel endlich vorbei war.

Kitty seufzte lächelnd. Es würde sie einige Leckerlies und Dosen Thunfisch kosten, um den Admiral wieder freundlich zu stimmen.

Aber das war noch das geringste Problem, das sie erwartete. Tatsächlich hätte Kitty dieses Osterwochenende lieber zuhause verbracht, doch es war anders gekommen.

Vor acht Wochen war sie von einem Auslandsjahr aus Edinburgh nach Hause in das kleine Nest an der deutschen Ostseeküste zurückgekehrt. Eigentlich hatte sie nach einer verpatzten, schottischen Liebe ihre Wunden lecken und sich verkriechen wollen, aber daraus wurde nichts.

Ihr Vater hatte ihr schon über einen seiner einflussreichen Freunde einen Job als Restauratorin in einem Museum im Inland besorgt, Wohnung inclusive. Kitty wollte nicht im Inland leben, und als Restauratorin in einem Museum arbeiten wollte sie auch nicht. Eigentlich wusste sie gar nicht, was sie wollte.

Und da andere es für sie wussten, war sie hier: Mit Lord Mizius und einem vollen Proviantkorb auf dem Weg in ein Nest namens Rosenburg.

Sie hasste diese gesellschaftlichen Seilschaften, in denen sich ihre Eltern bewegten. Ihnen entging dabei offenbar völlig, wie unfrei sie dadurch waren. Ihr selbst dagegen waren die unausgesprochenen Erwartungen, die andere an sie stellten, bitter bewusst.

Kitty seufzte wieder. Dieses Mal schweren Herzens.

Das erste Ortsschild von Rosenburg tauchte vor ihr auf. Dunkler Wald wich eigenartigen, steilen Hügeln, die wie mit Bäumen bewachsene Puddingformen aussahen. Darin lag die Stadt Rosenburg eingebettet, zusätzlich umgeben von einem barocken Wehrgraben, dessen Wasser blau in der Sonne glitzerte.

Neben der Straße standen hohe Alleebäume, und direkt vor

dem Ortsschild stand ein altes Denkmal. Eine bunt getigerte Katze mit weißen Pfötchen strich scheinbar gelangweilt um den Steinsockel des Denkmals.

Kitty erfasste das alles nur mit einem Blick aus dem Augenwinkel, als sie vorbeifuhr, doch es erschien ihr wie ein freundlicher Willkommensgruß.

„Wir sind gleich da, Lord Mizius", sagte sie leise zu ihrem Kater.

Admiral Lord Mizius öffnete kurz ein Auge und schloss es sofort wieder. ‚Ist mir doch egal', sollte das heißen.

„Na, das glaube ich aber nicht, Miezi."

Kitty musste an einer Ampel halten. Sie setzte den Blinker auf eine stille Seitenstraße, die schattig unter hohen Bäumen lag.

„Lord Mizius bekommt gleich seinen feinen Thunfisch", schmeichelte sie weiter.

Ein bisschen Schmeicheln half immer. „Meinst du, die Nachbarin ist wie vereinbart zu Hause, um uns den Schlüssel zu geben? Ich hoffe sehr, sonst werden wir beide noch im Auto schlafen müssen!"

Lord Mizius drehte unmerklich sein linkes Öhrchen in ihre Richtung, und seine Stirnfalte vertiefte sich.

Kitty lächelte und lenkte den Wagen durch eine schmale Straße mit Kopfsteinpflaster vorbei an alten, einstöckigen Häusern aus dem achtzehnten Jahrhundert. Die Fassaden waren weiß und rosafarben geputzt, sodass sie wie Zuckerbäckerei aussahen.

Sie fuhr durch einen gewölbten Torbogen hindurch, und die Straße öffnete sich zu einem sonnenbeschienenen, weiten Platz, der von alten Bäumen umgeben war.

In der Mitte des Platzes lag eine stille Rasenfläche, an deren Rändern Rosenbeete angelegt waren. Dahinter stand ein wuchtiges Gebäude, dessen Eingang von vier Säulen gestützt wurde. Sein weißer Putz hatte stellenweise graue Schlieren, die der Regen hinterlassen hatte, und am Portikus prangte in goldenen, großen Lettern ‚*Dom-Museum*‘.

Das war dann wohl ihr neuer Arbeitsplatz. Rechter Hand stand eine alte, verwitterte Kirche, der Dom von Rosenburg. Er war klein für einen Dom und sehr alt. Kitty parkte den Wagen unter den Bäumen an der Rasenfläche.

„So, ‚*Am Gitterhof 12*‘, da drüben ist es. Aufwachen, Admiral Lord Mizius, wir sind da!"

Der Kater rührte sich zunächst nicht, als der Wagen mit einem Ruck zum Stillstand kam. Dann seufzte er vernehmlich, streckte sich, gähnte bis hinter beide Ohren und schloss mit einem kleinen Quiekser sein rosa Mäulchen. Aus einem Auge sah er Kitty an.

„Nun mach schon das andere Auge auf, Miezi!", lachte sie, „du hast doch sowieso nicht geschlafen!"

Sie löste den Sicherheitsgurt, öffnete die Tür und stieg steif von der langen Autofahrt aus. Das Sonnenlicht ließ Kitty blinzeln. Sie sah sich um, die Augen mit einer Hand gegen die warme Mittagssonne beschirmt. Niemand war zu sehen. Dann beugte sie sich wieder zu Lord Mizius in den Wagen, der sie nun erwartungsvoll beobachtete.

Und *wie* er es gar nicht erwarten konnte, aus diesem blöden Korb und dem stinkenden Auto herauszukommen!

„Einen kleinen Moment noch, Miezi. Ich schaue erst einmal, wo wir wohnen werden und hole den Haustürschlüssel von Frau Biberbrück ab."

„Mau!", sagte Lord Mizius empört zu ihrem davoneilenden Rücken.

Was sollte diese unbotmäßige Verzögerung?!

Es waren nur ein paar Schritte über das alte Kopfsteinpflaster, deshalb ließ Kitty die Fahrertür offenstehen. Ein bisschen frische Luft tat dem Admiral sicher gut.

Der Gitterhof lag direkt gegenüber dem Museum, allerdings durch die weitläufigen Grünanlagen um eine gute Entfernung getrennt. Ein hohes, sehr alt aussehendes, schmiedeeisernes

Gittertor trennte den mit Kopfsteinen gepflasterten Hof von der Straße. Weiße, einstöckige Häuser standen in einem rechten Winkel an der linken und hinteren Seite des kleinen Innenhofes, während die andere Seite von einer hohen, gelbbraunen Sandsteinmauer umschlossen wurde.

In der Mitte des Hofes wuchs eine mächtige Platane in einem rund ummauerten Beet. Die Häuser machten ebenfalls den Eindruck alt zu sein, mit weißen, geschwungenen Haustüren und flachen, ausgetretenen Sandsteinstufen davor. Dennoch erschien alles hell und erweckte einen gemütlichen, liebevoll gepflegten Eindruck.

„Ich werde nicht nur in einem Museum arbeiten, der ganze Ort ist ein Museum!", murmelte Kitty vor sich hin.

Ein leises ‚Miehhh' antwortete ihr, zart und dünn, als hätte ein kleines Katzenkind gerufen. Verdutzt blickte sich Kitty um.

Das war eindeutig nicht ihr Lord Mizius gewesen, denn wenn der Admiral etwas sagte, war es ein lautes, deutliches Kater-Mau, das durch Mark und Bein ging. In der alten Mauer befanden sich in gleichen Abständen Pfeiler, die oben von einer dicken Steinkugel gekrönt waren. Um eine solche Steinkugel in mehr als zwei Meter Höhe schmiegte sich schüchtern eine winzige, schwarze Katze, die Kitty aufmerksam aus seegrünen Augen musterte.

„Ja, wie kommst du denn da hin?", Kitty trat einen Schritt auf das Kätzchen zu, das sein Köpfchen an der Steinkugel rieb. „Bist du eine Süße! Und noch so klein! Wem gehörst du denn? Ein kleines Mädchen bist du, nicht? Admiral Lord Mizius, wir haben schon den ersten Besuch!", rief sie zu ihrem Auto gewandt. „Ein wunderschönes, kleines Katzenmädchen!"

Kitty wandte den Kopf wieder der kleinen, schwarzen Katze zu, doch die Steinkugel auf der Mauer lag verlassen in der Sonne. Nirgendwo war auch nur der Zipfel einer Katze zu sehen. Kitty rieb sich verlegen den Nacken.

‚*Netter Auftritt für die neuen Nachbarn*', dachte sie. ‚*Hoffentlich hat keiner hinter den Gardinen spioniert!*'

Sie räusperte sich. Dann schüttelte sie die langen, dunkelbraunen Haare aus dem Gesicht und drückte auf den Klingelknopf mit dem Namen ‚*Biberbrück*', der an dem letzten Haus ganz rechts in der Hof-Ecke stand.

Sie hörte das Trappeln von Füßen und Kinderstimmen. Es dauerte einen Moment, bevor sich eilige Schritte der Tür näherten und eine Frau öffnete, die vielleicht fünf Jahre älter als Kitty war, also fast Ende Zwanzig. Frau Biberbrück hatte schulterlange, dunkelblonde Locken und ein rundes Gesicht.

„Ach", rief sie, „Sie sind bestimmt Frau Katzrath, die neue Museumsmitarbeiterin!"

„Ja", erwiderte Kitty und lächelte, „genauso ist es."

„Ich habe Sie erst gar nicht gehört, wissen Sie!", Die blonde Frau nestelte neben der Eingangstür an der Wand herum. „Hier ist Ihr Wohnungsschlüssel. Frau Phus, die Sekretärin vom Museum, hat ihn gestern hier vorbeigebracht. War denn die Fahrt gut?"

Kitty trat rückwärts die drei Stufen hinunter. „Ja, danke."

„Na ja, Sie werden sich bestimmt frischmachen wollen, nicht? Nach der langen Fahrt! Hm ...", Kittys neue Nachbarin zögerte, etwas verlegen. „Wenn Sie möchten, können Sie gleich alleine ins Haus gehen, ich habe ihnen in der Küche ein paar Plätzchen, eine Wärmekanne Tee und die Zeitung von gestern hingelegt, so zum Einleben.", Sie lächelte fragend. „Aber ich kann ihnen auch gerne das Haus zeigen, wenn Sie möchten?"

Kitty räusperte sich wieder und trat noch einen Schritt zur Seite, um Frau Biberbrück Platz zu machen.

„Kommen Sie doch gern mit ...", begann sie, doch ein lautstarkes, empörtes ‚*Meauuauu ...*', das in schimpfendes Katzengeschrei überging, schnitt ihr das Wort ab. „Ja, gern", sagte sie deshalb nur hastig und war schon im Laufschritt zum Auto unterwegs. „Gehen Sie doch bitte schon mal voran, ich muss nur erst meinen Kater aus dem Auto holen!"

Admiral Lord Mizius war außer sich.

Sein Fell war aufgeplustert, und er machte in höchster Empörung einen Irokesenkamm auf dem Rücken. Sein Schwanz war dick wie eine Flaschenbürste, und er schnatterte immer noch schlechtgelaunt vor sich hin.

„Was ist denn? Ich bin doch schon da!", Kitty nahm den Weidenkorb aus dem Auto und schloss die Türen ab. Dann ging sie mit Lord Mizius zurück auf den Gitterhof, wo Frau Biberbrück lächelnd vor dem ersten Reihenhaus links wartete.

„Na, das ist ja mal ein Prachtkerl!", rief sie spontan aus. „Du bist aber ein schöner Kater!"

Kitty grinste.

Lord Mizius beruhigte sich sichtlich geschmeichelt und sagte ein artiges, leises ‚Miau!'

Die neue Nachbarin war begeistert.

„Schleimer!", flüsterte Kitty ihrem Kater zu, als Frau Biberbrück vor ihr die Sandsteinstufen hinaufstieg und die barocke Haustür mit dem vergitterten Fenster aufschloss. „Das ist aber wunderschön hier!", sagte sie dann laut.

Frau Biberbrück stand verlegen in dem leeren, großen Zimmer, das heißt, leer bis auf eine gemütliche, rot bezogene Ledercouch, die schräg vor einem offenen Kamin an der rechten Wand stand.

„Die Wohnung ist teilmöbliert", erklärte sie. „Das Museum hat hier öfter Mitarbeiter oder Gäste einquartiert, aber ich hoffe, dass Sie mal etwas länger hier wohnen werden."

Kitty runzelte die Stirn. „Wechseln die Mieter hier denn so häufig, oder die Angestellten des Museums?"

Ihre Nachbarin rieb sich mit einem Finger über die Nase, bevor sie antwortete. „Sowohl, als auch, fürchte ich. Obwohl ich über das Museum wirklich nichts Schlechtes sagen kann ...", fügte sie hastig hinzu. „Allerdings scheinen die Mieter sich hier nicht wohl zu fühlen ..."

17

„Tatsächlich?", Kitty sah sich in der hellen Wohnung um. „Sieht doch alles ganz freundlich aus!"

Sie tat ein paar Schritte tiefer in den rechteckigen Raum, der die ganze Breite des kleinen Reihenendhauses einnahm. Rechts von ihr befand sich der offene Wohnbereich, linker Hand bildeten drei weiße Stützen eine lockere Abgrenzung eines Küchenbereiches vom übrigen Wohnraum.

Frau Biberbrück streckte den Hausschlüssel mit steifem Arm Kitty entgegen, als würde sie sich weigern, ihn weiter in der Hand zu halten.

„Ja, es hat so seine ... *Atmosphäre*", bestätigte sie widerwillig. „Es ist eben ... alt. Dennoch ... ich möchte Ihnen nicht verschweigen, dass Ihre Vormieterin überstürzt mitten in der Nacht hier ausgezogen ist!"

„Nicht möglich!", grinste Kitty. „Weshalb denn das?"

„Sie sagte, sie habe Schreie aus dem Keller gehört!"

Frau Biberbrück zuckte die Schultern. Sie traute sich nicht, Kitty in die Augen zu sehen. „Und Gepolter ... Dinge hätten ihren Platz gewechselt. Lagen abends nicht mehr an der Stelle, wo sie sie morgens hingelegt hatte. Oder waren einfach verschwunden."

„Ach, das passiert mir ständig!", winkte Kitty ab.

Sie lachte, denn sie fühlte sich unbehaglich und wusste nicht, was sie von diesem Gerede halten sollte. „Nein, Spaß beiseite", fügte sie hinzu, als sie Frau Biberbrücks verkniffenes Gesicht sah. „Ich komme gerade aus Schottland. Ich glaube, ich bin nicht so schreckhaft! Auf jeden Quadratzentimeter kommen da drei Geister, verstehen Sie?"

Die blonde Hausmeisterin runzelte die Stirn. „ Nein. Na, dann."

Sie deutete auf einen dunklen Flur, der sich mittig an den Wohnraum anschloss. „Da hinten geht es in den Garten. Und da hinunter ... in den Keller."

Kitty folgte Frau Biberbrück bis zu einer hellen Holztreppe, die zum Obergeschoß führte. Daneben wendelten sich ausgetretene Sandsteinstufen in enger Biegung hinunter ins Dunkel. Kühle, muffig riechende Luft schlug aus dem Keller herauf.

„Oh", sagte Kitty unbehaglich. „Keine Kellertür?"

Ihre Nachbarin sah sie einen Moment lang still mit einem merkwürdigen Blick an. „Nein. Gestaltungsgründe, soviel ich weiß. Da unten ist noch ein richtiger Gewölbekeller aus dem 14.Jahrhundert, oder so. Das Museum ist sehr stolz darauf."

Auf einen dunklen, mittelalterlichen Keller? In einem Wohnhaus? Wenn das nicht schräg war!

Kitty schluckte und schwieg.

„Ja", sagte Frau Biberbrück dann einfach und ging weiter.

„Oben sind noch ein Bad und ein großer Schlafraum. Hier ist noch das WC ...", Sie öffnete eine Tür gleich neben der Kellertreppe in der linken Wand und dann noch eine andere rechts.

„Und hier ist noch ein Gäste- oder Arbeitszimmer."

Kitty warf einen Blick in beide Räume.

Man konnte von dem sogenannten Arbeitszimmer durch breite Sprossenfenster nach draußen sehen, in einen großen Garten mit hohen Bäumen und Büschen, der zu dieser Jahreszeit noch einen nassen, matschigen und verwilderten Eindruck machte. Ein paar Osterglocken winkten gelb in dem dunklen Gras. An der Zimmerdecke spielte ein gedämpftes, grünes Licht. Kitty entschloss sich spontan, dass dieses Zimmer ihr Schlafzimmer sein würde.

„Hier geht's in den Garten!", Die Hausmeisterin entriegelte am Ende des Flures eine doppelflügelige Sprossenglastür und trat auf eine mit Platten ausgelegte, breite Terrasse, die fast die ganze hintere Hausbreite einnahm.

Ein paar spärlich bepflanzte, hohe Steinkübel markierten die zwei breiten Treppenstufen, die auf den etwas tiefer gelegenen Rasen führten.

„Toll!", sagte Kitty begeistert. „Das ist ja alles nahezu *feudal!*"

Frau Biberbrück schwieg. Tatsächlich schien sie immer stiller zu werden. Die beiden Frauen gingen wieder hinein.

Kitty griff nach ihrem blauen Anhänger, den sie sich in Edinburgh gekauft hatte. Unbewusst tat sie das immer, wenn sie sich unsicher oder nicht wohl fühlte.

„Noch etwas, Frau Biberbrück ... dieses Bild hier ...",

Sie deutete auf ein dunkles Ölgemälde an der Wand im Flur, das etwas Unergründliches darstellen sollte. „Kann ich es abnehmen? Es ist abscheulich!"

„Nein", erwiderte die Hausmeisterin knapp, ohne Kitty anzusehen. „Das ist nicht möglich. Es ist fest mit der Mauer verbunden und würde sonst Schaden nehmen. Es ist sehr wertvoll, wissen Sie."

„Oh.", Kitty trat einen Schritt zurück.

„Nun ja.", Ihre Nachbarin schien es plötzlich eilig zu haben. „Ich glaube, ich muss langsam zu meinen Kindern zurück, ich habe auch das Essen auf dem Herd. Sie kommen sicher allein zurecht, nicht? Abends müssen Sie übrigens das Gittertor draußen abschließen."

Dann wandte sie sich noch einmal an der Haustür um, die Türklinke schon in der Hand.

„Wenn irgendetwas ist ..., Ihnen irgendetwas merkwürdig vorkommt ... Sie sich vielleicht irgendwie erschrecken ...", sagte sie zögernd und sah dabei konzentriert auf ihre Schuhe, „dann können Sie ruhig bei mir klingeln. Auch mitten in der Nacht!"

Die Haustür fiel ins Schloss, noch ehe Kitty antworten konnte, und sie sah Frau Biberbrück mit raschen Schritten über den Hof davoneilen.

„Was war *denn das* für ein Auftritt eben?", sagte sie leise zu Admiral Lord Mizius, der immer noch geduldig in seinem Korb saß. „*'Wenn Sie sich irgendwie erschrecken'...?* Wir beide werden uns hier schon wohl fühlen, nicht? Wir haben Edinburgh

geschafft, da werden wir uns doch hier nicht gruseln!"
Lord Mizius blinzelte ihr mit unergründlichem Gesicht ein Katzenküsschen zu.

2. Katzpitel,

in dem Kitty und Admiral Lord Mizius

geheimnisvolle Dinge erleben

Es war zehn Uhr abends. Kitty hatte inzwischen die wenigen Sachen, die sie mit ihrem kugelförmigen Kleinwagen hatte transportieren können, ins Haus geholt. Verstreut lag der Inhalt ihres Koffers zwischen den wenigen Kartons mit den nötigsten Küchen- und Badezimmerutensilien.

Admiral Lord Mizius' Koffer hatte sie schon ordentlich ausgepackt, sein Katzenklo stand sauber befüllt an seinem Platz im Gäste-WC, seine Futterdosen waren in einem eigenen Küchenschrank untergebracht. Sein Spielzeug war im ganzen Wohnzimmer verteilt, und der Admiral selbst hatte es sich, nach einem ausgiebigen Thunfischmahl, auf seiner liebsten Kuscheldecke bequem gemacht - natürlich der ganzen, stattlichen Länge nach auf dem roten Sofa ausgestreckt, das offensichtlich sein neuer, erklärter Lieblingsplatz war.

Lord Mizius' Kuschelkörbchen stand leer neben dem offenen Kamin, den Kitty vorhin angezündet hatte.

Kitty saß auf den Holzdielen, mit dem Rücken an das rote Sofa gelehnt und trank einen großen Topf Tee aus Frau Biberbrücks Wärmekanne. Abwechselnd las sie müde in der Zeitung von gestern und sah nachdenklich in das flackernde Feuer, das im Moment die einzige Lichtquelle im ganzen Haus war.

Das Knistern der Flammen bildete zusammen mit Lord Mizius' tiefem Schnurren eine schöne, einlullende Musik.

Kitty dachte nach.

Sie hatte mit ihrem Kater den ganzen Nachmittag eine ausgedehnte Hausbesichtigung durchgeführt. Natürlich – Lord Mizius musste jede Ritze beschnüffeln und kontrollieren. Das Haus war schön, aber tatsächlich irgendwie merkwürdig. Es fing schon mit diesem Gewölbekeller an, der zur Wohnung und ebenso nach draußen keine Tür hatte. Dieser Keller war sehr alt, und er passte viel besser zu dem mittelalterlichen Dom, der nicht weit entfernt stand, als zu einer Wohnanlage.

Er war von niedrigen Gewölben überspannt, die weiß gekalkt waren, und bis auf einen Stapel Holzscheite in der entfernten, linken Ecke leer. Trotzdem war er alles andere als übersichtlich durch die vielen Pfeiler, die die Gewölbe stützten, und voller Schatten.

Gruselig, eben.

Kitty nahm einen Schluck Tee aus ihrer Tasse und rieb sich die Nase. In Schottland war es auch gruselig gewesen, aber irgendwie hatte Edinburgh zusätzlich eben Großstadtflair. Dieses Haus hier sah eindeutig aus wie ein Geschichtspuzzle, und ein Antiquariat hätte besser hierher gepasst, als eine Wohnung.

Dann führte die Holztreppe zum Obergeschoß genau auf ein rundes Fenster im Giebel zu, das bunt verglast war. Das sah sehr hübsch aus, aber passte auch besser in ein Kloster. Und etwas anderes kam ihr noch in den Kopf. Vorhin hatte sie provisorisch die Küchenzeile eingeräumt, die Kaffeemaschine aufgestellt, das bisschen, was sie dabei hatte, aus dem Proviantkorb in den Kühlschrank geräumt.

Eigentlich hätte sie danach ihr Puten-Sandwich essen wollen, aber die Tüte war zerrissen, die Putenwurst sauber vom Brot verschwunden. Nur das Salatblatt war noch übrig.

Das ,*mysteriöse Verschwinden von Dingen*‘, von dem Frau Biberbrück vorhin geredet hatte, fing also schon an.

Sie betrachtete nachdenklich Lord Mizius, wie er fast grinsend schlief und dabei entspannt seine Ohren hängen ließ.

Er konnte die Wurst nicht von ihrem Brot geklaut haben, er war die ganze Zeit in seinem Transportkörbchen gewesen.

Aber wer dann?

Kitty konnte sich beim besten Willen keinen Reim darauf machen, und als das Feuer heruntergebrannt war, beschloss sie seufzend, sich in ihrem Schlafsack einzurollen und zu schlafen.

Die Glut im Kamin leuchtete rot in der Dunkelheit, und durch die heruntergelassenen Jalousien fielen schräg Lichtstreifen von der Laterne draußen vor dem Gittertor.

Kittys gleichmäßige Atemzüge erfüllten den Raum.

Admiral Lord Mizius gähnte bis hinter beide Ohren und reckte sich gemütlich auf dem alten Ledersofa. Seine allerbeste Freundin schlief tief und fest.

Für Lord Mizius erfüllten lauter kleine Geräusche die Nacht. Die Holzdielen knackten, die Heizungsanlage tickte leise, und draußen vor den Fenstern hörte er kleine und größere Tiere herumschleichen.

Auch wenn der Admiral für Kitty den ganzen Abend schlafend gewirkt hatte, er hatte entspannt, aber intensiv über den Tag nachgedacht.

Und es gab viel, worüber er nachdenken musste.

Allein diese Hausbesichtigung hätte gereicht, ihn zu alarmieren. Sicher, seine zweibeinige Freundin sah nur das augenfällig Sichtbare, und riechen konnte sie ohnehin kaum etwas.

Gerade deshalb fühlte sich der Admiral verpflichtet, ihr zur Seite zu stehen, sie zu beschützen.

Dieses Haus barg offensichtlich ein Geheimnis.

Besonders der Keller war voller Tierspuren. Voller Tiergerüche, um es genau zu sagen. Katzengerüche. Alte, neue, manche noch von heute früh. Verschiedene.

Allein fünf verschiedene Katzen waren hier im Haus lange Zeit ganz nach Belieben umherspaziert. Und ganz sicher unbeobachtet von den Menschen.

Aber wie?

Noch konnte Admiral Mizius keinen Weg nach draußen feststellen, den eine Katze problemlos öffnen und schließen konnte.

Er reckte sich noch einmal ausgiebig, streckte seine Füße nacheinander weit nach hinten, jeden flauschigen, krallenbewehrten Zeh gespreizt.

Dann sprang er mit einem leisen, geschmeidigen ‚*Plop*‘ zu Boden. Einen Moment lang lauschte er. Kitty schlief immer noch fest.

Es gab viel zu tun, deshalb ging der starke Kater nach kurzem Zögern zu seinem Thunfischteller. Eine kleine Stärkung konnte in keinem Fall schaden.

Admiral Lord Mizius schlich zunächst in den Keller, um dort sein Revier zu kontrollieren. Nein, bis jetzt war keine frische Spur auf dem Boden, oder an den Pfeilern hinzugekommen.

Dann bezog er Wachposition in dem Fenster des zukünftigen Schlafzimmers. Von hier aus hatte er einen hervorragenden Blick über den ganzen Garten, und ungestört nachdenken konnte er auch. Leise bewegte er seinen grau-schwarz geringelten Schwanz. Wie gesagt, diese Katzenspuren musste er im Blick behalten.

Aber dann war da noch etwas passiert, gleich als sie heute angekommen waren, was Kitty überhaupt nicht bemerkt hatte.

Er gab ein leises, schnatterndes Geräusch von sich.

Wie die zweibeinigen, großen Tiere *meistens* nichts bemerkten.

Kitty hatte ihn in diesem Weidengefängnis, das er zutiefst verabscheute, in diesem Autodings gelassen, die Fahrertür offen, damit der elende Gestank sich etwas verflüchtigte.

Mit der Aussicht vor Augen, dass er jetzt nun bald von seiner Freundin geholt und aus dem Korb gelassen würde, hatte der Admiral eigentlich ganz zufriedener Laune angefangen, sich zu putzen.

Dann hatte er Kittys Stimme gehört: ‚*Lord Mizius, wir haben Besuch, ein wunderschönes Katzenmädchen ...*‘, oder Ähnliches hatte sie gerufen und sich mal wieder vor Begeisterung fast überschlagen.

Der Kater hatte mit herausgestreckter Zunge im Putzen verhalten. Seufzend. Genervt seufzend.

Auch das noch.

Diese rückhaltlose Begeisterung für fremde Katzen nahm Lord Mizius seiner Freundin besonders übel. *War er ihr nicht genug? Was vermisste sie an ihm? War er nicht überhaupt der schönste, klügste und liebste Kater der Welt?*

Aber es sollte noch schlimmer kommen.

Eine Minute später sah er, hilflos wie ein Hamster in diesem Korbdings hockend, wie sich zwei winzig kleine, schwarze Samtpfötchen auf das Polster des Fahrersitzes legten. Seine hellgrünen Augen weiteten sich, als ein kleines, schwarzes Katzenköpfchen folgte und ihn seegrüne Augen ansahen.

„A-ou“, grüßte das kleine Katzenmädchen. Mit einem eleganten Schwung saß sie nun ganz auf dem Fahrersitz.

„Meck“, erwiderte Admiral Lord Mizius ungnädig.

Er kam sich diesem Kind gegenüber einfach dämlich vor in diesem Weidenkorb. Sie war doch höchstens sechs Monate alt und lief hier ganz alleine herum. Noch dazu ohne ein Halsband, wie es sich für eine ordentliche Hauskatze gehört hätte.

„Warum bist du in diesem Dings gefangen?“, fragte sie zu allem Überfluss neugierig. „Ich meine es nicht böse“, fügte sie schnell hinzu, denn der Admiral fing bereits an, leise und empört zu knurren.

„Ich bin Admiral Lord Mizius, und ich bin *niemals* gegen meinen Willen eingesperrt!“, kam es aus dem Weidenkorb.

Die kleine, schwarze Katze schien überhaupt nicht beeindruckt

26

zu sein. Im Gegenteil, sie fing doch tatsächlich noch frech an, hinter den Fahrersitz zu schielen und sich umzugucken.

„Stell' dich erst einmal vor, Kleine!", sagte der Kater eine Spur unfreundlicher, als er es sonst gewesen wäre.

„Oh, 'tschuldigung!", sagte das Katzenmädchen über ihre Schulter hinweg.

Sie saß gerade auf der Kopfstütze des Fahrersitzes und verschaffte sich einen guten Überblick über den vollgepackten Rücksitz. Dann sprang sie mit einem eleganten Satz in den Fußraum vor den Beifahrersitz und setzte eine würdevolle Miene auf. Dabei reckte sie ihren Hals, und der Admiral bemerkte einen helleren, grauen Fleck unter ihrem Kinn.

„Mein Name ist Bonnie und ich bin ein Finder!"

Lord Mizius fing an zu spucken.

Was war denn das für ein Unsinn, den ihm dieses Kind auftischen wollte?

„Was?"

„Mein Name ist Bonnie und ich bin ein Finder!", wiederholte die Kleine artig.

Es klang aber sehr gedämpft, denn besagte Bonnie saß inzwischen auf dem Rand des Proviantkorbs, der im Fußraum vor dem Beifahrersitz stand, und war bis über beide Achseln der Vorderbeine darin verschwunden.

Knisternde Geräusche begleiteten ihren Satz, während ihr kleiner Po vor Admiral Lord Mizius' Käfigtür auf und ab wippte, und ein kleiner, reinweißer Fleck auf ihrem Bäuchlein sichtbar wurde. Ihr langer, schwarzer Schwanz wischte beim Ausbalancieren ständig vor der erzürnten Admiralsnase im Transportkäfig hin und her.

Diese Respektlosigkeit ließ dem Admiral nun endgültig den Kragen platzen. Er begann einen drohenden Katergesang.

„Was erlaubst du dir? Du freches, kleines Mädchen? Hat dir deine Mutterkatze nicht beigebracht, wie man sich benimmt?!

Komm sofort da aus dem Korb heraus und wende mir nicht deine Hinterteilrosette zu! Hörst du?!"

Automatisch machte Lord Mizius einen Irokesenkamm und plusterte sich so dick und respektheischend auf, wie es in dem engen Korb nur möglich war.

Die kleine Bonnie drehte sich pflichtschuldigst um und sah ihn eingeschüchtert an.

„Ich fag foch, ich bin ein Finder! Ich muff daff tun!", nuschelte sie undeutlich, denn sie hatte eine große Scheibe Putenwurst in ihrem Mäulchen. „Und ich hab grad' waf Herrlichef gefunden!"

Wie ein Blitz hüpfte sie aus dem Korb wieder auf den Fahrersitz.

Dem Admiral fehlten die Worte, er spuckte, er schimpfte, und beide hörten Kittys rasche Schritte auf das Auto zukommen.

„Pfuldigung! Tut mir leid, daff fu fich fo ärgerft!", sagte das Katzenmädchen noch, dann war es von einem Moment auf den anderen verschwunden.

Als Nächstes hatte Kitty in den Wagen geschaut.

„Was ist denn?", sagte sie mit liebevollem Tadel in der Stimme und hatte mal wieder das Wichtigste verpasst. „Was schreist du denn so herum, Lord Mizius? Ich bin doch schon da!"

Lord Mizius seufzte schwer, als er sich erinnerte. Er liebte Kitty wirklich sehr, aber manchmal war sie einfach zum ‚Mewaumaumau-Sagen'.

So perfekt sie auch sonst war, sie war eben leider nur ein großes Tier. Und sie brauchte seine Hilfe. Dringend.

So saß der Admiral, mit sich sachte wiegendem Schwanz, nun katergeduldig auf diesem Fensterbrett und sah hinaus, in den für ihn bei Weitem nicht dunklen Garten.

Er war bereit. Er wartete auf diese Bonnie.

Denn auch ihre Spuren hatte er im Keller gefunden, und nicht nur da, sondern auch beliebig verteilt im ganzen Haus.

Der Admiral war bereit, und diese Finder - Bonnie würde ihm

Rede und Antwort stehen.

Und dieses Mal saß er nicht eingesperrt in einem Korb.

Mal sehen, wie sie das finden würde.

Da draußen war irgendetwas.

Lord Mizius fühlte es mehr, als dass er es sah oder hörte. Irgendwo da draußen versteckte sich mindestens eine Katze in dem feuchtkalten Garten und beobachtete das Haus. Er konnte nur nicht ausmachen, wo.

Langsam ging die Sonne auf, und die ersten Vögel fingen an, zu singen. Da, ein kaum hörbares, schabendes Geräusch. Admiral Mizius' linkes Ohr zuckte herum. Plötzlich war er hellwach. Dann geschah alles gleichzeitig. Lord Mizius sprang vom Fensterbrett und rannte mit wirbelnden Pfoten die Kellertreppe hinunter. Ein lautes Poltern ertönte aus dem Keller.

Kitty setzte sich mit einem Schreckensschrei senkrecht in ihrem Schlafsack auf.

„Wa ... wie ...?", stammelte sie unzusammenhängend.

Schlaftrunken versuchte sie, sich von ihrem Schlafsack zu befreien, was nicht sehr erfolgreich war, zumal sie nicht einmal so genau wusste, wo sie eigentlich war.

Der Admiral untersuchte alarmiert den Keller, sah genau hinter jeden Pfeiler. Er nahm einen ganz frischen, fremden Katzengeruch war, aber es war nicht der der kleinen Bonnie. Es roch sehr verwirrend.

Es war eine Katzenfrau, und irgendwie roch die Katzenfrau sehr alt, aber gleichzeitig auch sehr jung. Das konnte es eigentlich gar nicht geben. Lord Mizius hatte einen derartigen Katzengeruch noch nie gewittert. Und die Katzenfrau war fort.

Blitzschnell war sie wieder verschwunden, noch ehe der weiße Kater die Kellertreppe hinuntergerannt war.

Missmutig schlich er umher, konnte es nicht fassen, sie verpasst zu haben. Er war schließlich der schnellste Admiral unter allen ihm bekannten Katern.

Elektrisches Licht flammte im Gewölbekeller auf und blendete Lord Mizius. Zu allem Überfluss kam Kitty schlaftrunken die Wendeltreppe hinuntergetaumelt und stolperte als Erstes über ihren Kater. Lord Mizius fauchte übellaunig.

„Was ist denn hier los, Lord Mizius? Was war denn das, hast du das auch gehört?"

„Mau!", sagte Admiral Mizius. *Was denn sonst?*

Er hatte eine Spur entdeckt. Hinten, in der linken Ecke bei dem hohen Holzhaufen verdichtete sich der Geruch, führten alle Katzenspuren und -gerüche zusammen. Ein Holzscheit lag ein paar Schritte weit im Raum, wo es nicht hingehörte.

Kitty bückte sich und hob es auf. Nachdenklich wog sie es in der Hand.

„Wie kommt denn das hier her?", sagte sie leise, mehr zu sich selbst. Dann bückte sie sich und streichelte ihrem Kater den runden Kopf. „Das hast du ganz fein gemacht, Admiral Lord Mizius. Wenn du mir das nicht gezeigt hättest, hätte ich es gar nicht bemerkt."

Sie warf das Holzscheit mit Schwung zurück auf den Holzhaufen. „Also, entweder hier spukt es tatsächlich, wie Frau Biberbrück glaubt, oder wir hatten Besuch. In einem Keller, der keine Außentür hat. Das Erstere wäre mir eindeutig lieber."

Kitty nahm Lord Mizius auf den Arm, der es nach diesem Lob zufrieden zuließ. „Komm, Admiral."

Sie begann, die Wendeltreppe zum Wohnraum hochzusteigen. „Nach diesem Schrecken im Morgengrauen haben wir uns beide eine warme Milch verdient! Morgen rufe ich als Erstes einen Schlüsseldienst und lasse ein neues Türschloss einbauen. *Wenn* hier etwas in der Gegend herumgeistert, sind es die alten Schlüssel, die meine Vormieter nicht abgegeben haben!"

Kitty seufzte, als sie die Milch in einen Topf goss und auf den Herd stellte. Lord Mizius saß im Küchenfenster.

Am liebsten hätte er auch geseufzt. Während er ganz gemütlich aussah, beobachtete er gespannt den Hof.

Gegen elf Uhr vormittags wollten Kittys älterer Bruder Bastian und ihr gemeinsamer Freund Rainer mit einem Transporter die Möbel und die restlichen Kartons bringen.

Kitty sah auf die Uhr. Mit ein bisschen Glück konnten sie noch ein paar Stunden schlafen, denn der morgige Tag würde lang und anstrengend werden.

Genau dasselbe dachte auch ihr Kater.

Am nächsten Morgen brauchte Kitty sehr viel, sehr starken Kaffee, um wach zu werden.

Selbst Admiral Lord Mizius war nach dieser aufregenden Nacht missmutig und verschlafen.

Er lag auf der roten Ledercouch und sah nicht so aus, als wolle er munter werden. Aber Kitty wusste auch so, dass ihr Kater immer gerne bis mittags schlief. Sie streichelte ihm sein schwarzes, getigertes Mützchen, das wie eine Frisur seinen Kopf zeichnete.

„Schlaf nur schön, Miezi", flüsterte sie. „Die Mami geht nur schnell unter die Dusche und dann Brötchen kaufen. Nachher kommen ja gleich Basti und Rainer, dann hast du auch keine Ruhe mehr."

Lord Mizius streckte seine Vorderpfötchen gemütlich noch länger auf dem Sofa aus.

Nach dem Duschen zog Kitty sich eine Jeans und ein ausgewaschenes Flanellhemd von ihrem Bruder an. Die langen, dunklen Haare flocht sie sich zu einem festen Zopf. Das war genug Style, wenn nachher noch Möbel aufgebaut und Kisten ausgeräumt werden mussten.

Mit der Kaffeetasse in der Hand, versuchte sie, einen der zahlreichen im Internet aufgelisteten Schlüsseldienste zu erreichen, aber in einer so kleinen Stadt und auch noch am Ostersamstag war das schon ein Problem. Endlich war ein Handwerksbetrieb doch noch bereit, am frühen Nachmittag vorbeizukommen und das Schloss an der Haustür auszuwechseln. Kitty war darüber sehr erleichtert und sah nachdenklich durch die Sprossenglastür auf den nassen Frühlingsgarten.

Osterglocken blühten im hohen Gras, und Vögel hüpften vor der Terrasse hin und her und suchten nach Futter. Alles war friedlich und still unter einem strahlend blauen Himmel. Kitty trank zufrieden ihren starken Kaffee und freute sich über ihre neue, schöne Wohnung.

Plötzlich, aus dem Augenwinkel heraus, sah sie im Hintergrund des Gartens eine Bewegung, kaum wahrnehmbar in dem Halbschatten vor der alten Mauer und unter den hohen Bäumen.

„Das gibt's doch nicht!", entfuhr es ihr.

Vor Überraschung ließ sie fast den Kaffeetopf fallen. Der heiße Kaffee schwappte über den Rand und klatschte auf den Holzfußboden, dicht neben Admiral Lord Mizius, der inzwischen lautlos neben Kitty vor der Terrassentür saß.

Der große, weiße Kater hüpfte vor Schreck elegant einen Meter zur Seite.

„*Mau!*", beschwerte er sich empört.

Ohne darauf zu achten, trat Kitty noch zwei Schritte näher an das Glas. „Das ist nicht möglich!", sagte sie wieder erstaunt.

Dort hinten an der Mauer, jetzt deutlich zu erkennen, saß eine kunterbunt gezeichnete Katze.

Ihr Fell war gefleckt und getigert nebeneinander. Sämtliche Farbschattierungen zwischen weiß, beige, braun, schwarz, grau und rot waren in ihrem Fell vorhanden. Die rostroten Flecken leuchteten in der Morgensonne fast orange.

Ihre außergewöhnlichen, smaragdgrünen Augen standen sehr schräg in dem runden Gesicht und waren umrahmt von einer deutlichen schwarzen Zeichnung, die sich aus den Augenwinkeln bis weit über die Schläfen fortsetzte.

Kein Zweifel, das musste Kleopatra sein.

Und sie sah genauso unverwandt und kein bisschen überrascht

Kitty direkt in die Augen.

Lord Mizius stand auf seinen Hinterbeinen und stemmte die Vorderpfoten gegen die Glastür.

„Das ist Kleopatra!", sagte Kitty verdattert zu ihrem Kater und mühte sich damit ab, die Doppeltür zu entriegeln. „Aber das ist *völlig unmöglich*! Kleopatra muss längst tot sein, viele Jahre sogar schon. Ich habe sie zuletzt vor fast fünfzehn Jahren gesehen und das war oben bei uns an der Ostsee im Schlossgarten!"

„Mauuu!", antwortete Lord Mizius, der dringend in den Garten musste.

Das war sie, die Katze mit dem alt-jungen Geruch!

Diese Katze war heute Nacht hier im Haus gewesen! Endlich klackte das Schloss, die Türen ließen sich zu beiden Seiten öffnen.

Lord Mizius schoss im gestreckten Katergalopp in den nassen Garten hinaus. Aber Kleopatra war weg.

Kitty ging ein paar Schritte über die gefliese Terrasse hinter ihrem Kater her. Sie zögerte. Hatte sie Halluzinationen? Denn was sie gesehen hatte, war schlicht unmöglich.

Als ihre Familie damals an der Ostsee das alte, verfallene Schloss gekauft hatte und begann, es zu renovieren, war Kitty neun Jahre alt gewesen.

Damals war Kleopatra ständig im Garten herumgeschlichen, hatte sich ihr regelrecht an die Fersen geheftet.

Manchmal war es Kitty unheimlich gewesen, wenn sie plötzlich aus dem Nichts auftauchte, oder im Morgengrauen draußen auf Kittys Fensterbrett saß, obwohl das Zimmer im ersten Stock lag. Sie hatten die Katze damals behalten wollen, aber Kleopatra ließ sich nicht zähmen, und irgendwann war sie einfach wieder verschwunden.

‚Irgendwo muss noch ein altes Foto von ihr existieren', dachte Kitty.

Aber vielleicht war es auch nur eine andere Katze mit einer un-
wahrscheinlichen Ähnlichkeit. Kitty trank seufzend ihren Kaffee
aus und rief nach Lord Mizius.

Nass, die weißen Pfötchen vom Gras grün gefärbt, kam er
missmutig unter einem großen Schneeballgehölz hervorgetrot-
tet. Er hatte die Katze offensichtlich auch nicht erwischt.
Oh je, jetzt konnte nur noch eine Dose Thunfisch mit Käse
seine Laune heben.

Kitty hätte sich für ihren ersten Stadtbummel gerne mehr Zeit
genommen, aber in eineinhalb Stunden kamen Basti und Rainer, und die konnte sie ja schlecht mit den Möbeln vor der Tür
stehen lassen.

Also warf sie sich schnell ihre Lederjacke über und machte
sich im Laufschritt auf den Weg.

Glücklicherweise waren es nur wenige Schritte unter dem großen Torbogen hindurch bis in die Innenstadt. Es war ja noch
früh, und so waren nicht viele Menschen unterwegs, die in den
kleinen und großen Läden ihre letzten Osterbesorgungen machen wollten.

Der historische Stadtkern war in Rosenburg noch fast vollständig erhalten geblieben, und so standen Fachwerkhäuser mit
ihren verzierten Holzgiebeln und barocke Häuser mit pastellfar-
benen Putzfassaden in einem bunten Miteinander um den zentralen Platz herum. In dessen Mitte sprudelten Wasserfontänen
aus einem großen Steinbrunnen und glitzerten in der Morgensonne.

Kleine Läden duckten sich unter den schattigen Gewölbegän-
gen, und die Händler hatten ihre Auslagen darunter bis weit in
den Fußweg gestellt. Kitty nahm sich vor, sich in den nächsten
Tagen mit mehr Zeit in den geheimnisvoll aussehenden Geschäften umzusehen.

Endlich fand sie einen kleinen Supermarkt und kaufte für die
nächsten Tage ein. Nun brauchte sie nur noch einen Bäcker,

denn Basti und Rainer würden nach der langen Fahrt Hunger haben. Quer über den mit Kopfsteinen gepflasterten Brunnenplatz leuchtete ihr ein rosafarbenes Schild entgegen. ‚Café Kilmorlie‘ las sie darauf.

Als Kitty den Laden betrat, schlug ihr warme, nach Kuchen und Kaffee duftende Luft entgegen. Einige Leute saßen in einem gemütlichen Raum neben der Verkaufstheke und frühstückten.

„Ja, bitte?", Die Verkäuferin lächelte Kitty freundlich an.

Kitty bestellte Brötchen, und ihr Blick blieb an dem Namensschild der jungen Frau hängen.

„Sie heißen ‚Cadys Zucker'?", fragte sie vorsichtig.

Zusammen mit den bonbonrosa gefärbten Ponysträhnen erschien die hellblonde Frau dadurch fast zu zuckersüß.

„Ja", erwiderte sie, „meine Eltern fanden das witzig. Ich bin schon froh, dass in meinem Vornamen nicht noch das ‚n' ist.

Angehörige der ‚Spaß-Generation', wissen Sie!", Sie verdrehte die Augen. „Aber dann kamen sie Gott sei Dank auf ‚Cadys'. Das ist ein schottischer Name."

„Das dachte ich mir. Ich komme nämlich gerade aus Schottland.", Kitty streckte ihre Hand über die Theke. „Meine Eltern fanden es ebenso lustig, mich ‚Kitty' zu nennen. Kitty Katzrath. Ich bin gestern nach Rosenburg gezogen."

Einen Augenblick lang sahen sich die beiden an, dann brachen sie gemeinsam in prustendes Gelächter aus.

„Ich habe mich auf Katzenbeobachtungen spezialisiert, und ich bin immer froh, ein neues Gesicht in Rosenburg zu sehen, Kitty Katzrath. Komm' doch mal wieder vorbei, und bringe dann mehr Zeit mit!"

„Das mache ich gerne!", Kitty verstaute ihre Einkäufe. „Bis dann. Alles Gute und frohe Ostern!"

„Ja, ebenso! Bis bald!"

Vor der Ladentür schüttelte Kitty lachend den Kopf.

Zufälle gab es!

Zuhause angekommen warf sie die Lederjacke auf ein Fensterbrett und begann eilig, ein paar belegte Brötchen für ihren Bruder und Rainer zurecht zu machen.

Teller hatte sie noch keine, die aufgerissene Brötchentüte musste als Unterlage reichen.

Admiral Lord Mizius steckte seine Nase neugierig in die Küche, aber bis auf ein paar Stückchen Käse konnte ihn nichts weiter begeistern, und so bezog er wieder seine flauschige Ruhedecke auf der roten Couch. Wenige Augenblicke später klingelte es schon.

Aufgeregt rannte Kitty zur Haustür, das butterbeschmierte Messer noch in der Hand.

Breit grinsend stand ein riesiger, blonder Mann auf ihrer Treppe. Seine Schultern in dem Karo-Hemd verdunkelten fast die gesamte Türöffnung. Mit beiden Armen umfasste er ihre Taille und trug sie einfach zurück ins Wohnzimmer.

„Na, Mieze!", dröhnte er fröhlich. „Hast du schon das Inland im Süden erobert?"

Kitty drückte den Riesen herzlich. „Rainer! Toll, dass du dich von deinen zahlreichen Frauen und Fans losreißen konntest!"

„Immer, und guck mal, wen ich noch mit dabei habe!", Er trat zur Seite und ließ Kittys Bruder an sich vorbei ins Wohnzimmer.

Dieser war etwas kleiner, drahtig und dunkelhaarig wie Kitty selbst.

Auf der rechten Schulter trug er einen großen, langen Ledersack, den er nun schwer auf die Holzdielen plumpsen ließ.

„Na, Kitty-Kätzchen, alles gut?"

Er nahm seine Schwester in die Arme und trat dann spöttisch gegen den Ledersack auf dem Fußboden. „Und guck mal hier, Kleine, dein erstes und wichtigstes Möbelstück! Schenke ich dir zum Umzug in die neue Wohnung!"

Kitty lachte verlegen. „Dein Kickbox-Sack?", fragte sie und zog die Nase ein bisschen kraus. „Den brauchst du doch aber selbst, du musst doch trainieren!"

Ihr Bruder sah sich um und winkte grinsend ab.

„Ach Kitty, du hast doch zuhause mehr auf das arme Ding eingeschlagen als ich. Wer könnte euch zwei denn trennen?"

„Er hat einen neuen gekauft", warf Rainer ein. „Nur um seinen heroischen Anfall mal ein bisschen abzubremsen."

Kitty schüttelte den Kopf. Dann legte sie beiden Männern je einen Arm um die Hüfte und schob sie in die Richtung der Küche.

„Ach, Jungs", seufzte sie, „eben merke ich, dass ich Euch schon jetzt schwer vermisst habe!"

Admiral Lord Mizius hatte sich von seiner Couch erhoben und strich allen Dreien freundlich miauend um die Beine. Natürlich wollte auch er begrüßt werden!

„Kitty, eine Menge belegte Brötchen, starker Kaffee und Lord Mizius", meinte Bastian, zufrieden kauend. „Was will ich mehr! Ich glaube, hier bleibe ich!"

Es war ein Problem, Admiral Lord Mizius davon abzubringen, beim Möbel-und Kistentragen zu helfen.

Ständig war seine neugierige, rosa Nase an der Haustür.

Jede Kiste, jeden noch so kleinen Karton musste er inspizieren. Alles erforderte seine gründliche Aufmerksamkeit.

Kitty wollte nicht, dass der Kater schon allein draußen herumlief, weil er sich noch nicht lange genug in der fremden Umgebung orientiert haben konnte, und natürlich wollte auch niemand von den Dreien über Lord Mizius stolpern und sich oder ihn verletzen. Also entschloss sich Kitty schweren Herzens,

Admiral Mizius mit Kuscheldecke, Katzenklo und Futternäpfchen erst einmal in ihrem zukünftigen Schlafzimmer unterzubringen.

Lautes Protestgemaunze und heftiges Kratzen an der geschlossenen Tür ertönte.

So eine Frechheit!

Doch nach einer Weile war es still.

Lord Mizius hatte sich wohl beruhigt. Während draußen das Möbeltragen und später dann –aufbauen weiterging, war im Schlafzimmer alles ruhig. Kitty war erleichtert. Ihr bester Freund schlief nun wohl endlich tief und selig.

3. Katzpitel,

in dem Admiral Lord Mizius interessante Neuigkeiten erfährt, und Kitty über alte Bekannte nachdenkt

Das war ja wirklich mal wieder die Höhe!
Lord Mizius war schlecht gelaunt.

Draußen war es spannend, und viele Dinge bedurften seiner wachsamen Kontrolle, und da sperrte Kitty ihn einfach so hier ein. Beleidigt rollte er sich auf seiner Kuscheldecke zusammen, die auch noch einfach auf den Holzdielen lag.

Nicht einmal dieses rote Sofadings hatte man ihm hier mit hereingestellt!

Er kniff nach einer Weile fest die Augen zu, die Ohren weiterhin aufmerksam auf das Laufen und Krachen und Lachen vor der geschlossenen Tür gerichtet. Sein geringelter Schwanz klopfte ungeduldig auf den Boden.

Kein Wunder, wenn das ohne ihn wieder alles nichts wurde!

Im Flur draußen redeten sie mal wieder durcheinander, die drei großen Tiere.

Schritte hin und her, unschlüssig. Wieder Gerede.

Admiral Mizius spitzte die Ohren. Ein leises Geräusch erklang, ein Klicken, dann entfernten sich wieder alle drei.

Lord Mizius öffnete die Augen.

Tatsächlich, in dem Durcheinander hatte irgendjemand gedankenlos die Tür zum Schlafzimmer aufgeklinkt, sodass sie jetzt nur noch angelehnt war. Admiral Mizius reckte sich zufrieden.

Na also! Kein Problem für einen Admiral.

Wie Nichts war die Tür aufgepfotelt, und ein gelbgrünes Katzenauge mitsamt dem darüber liegenden rosa Ohr schielte vorsichtig um den Türpfosten. *Jetzt besser nur nichts überstürzen, sondern Katervorsicht walten lassen!*

Kitty, Bastian und Rainer standen draußen vor dem Riesenauto und hantierten mit vereinten Kräften mit einem großen Holzteil.

Vorsichtig schlich Lord Mizius in den Flur, und sein Katerherz hüpfte ihm vor lauter Freude fast bis zum Hals.

Es kam ja noch besser!

Die Menschen hatten sogar noch die Terrassentür zum Garten sperrangelweit geöffnet.

Admiral Mizius verschwand wie ein weißer Blitz nach draußen und suchte sofort Deckung hinter einem dicken Baumstamm. *Geschafft!*

Der Tag würde doch noch ziemlich spannend werden.

Schließlich wollte hier ein neues Revier begangen, zahlreiche Mauselöcher kontrolliert werden. Und die zwei fremden Katzen hatte Lord Mizius auch noch nicht vergessen.

Eigentlich waren es gemäß den Geruchsspuren im Haus sogar fünf fremde Katzen. Ja, er war ein schwer beschäftigter Kater. Zufrieden sah er sich um. Dann runzelte er die Stirn.

Na, da war er ja endlich einmal zur rechten Zeit gekommen.

Weiter hinten im Garten wippte ein kleiner, schwarzer Katzenhintern mit hin und her wischendem Schwänzchen auf und ab. Unter dem Bäuchlein wurde dabei ein reinweißer Fleck sichtbar.

Dieser Anblick kam dem Admiral bekannt vor.

Es war die kleine Bonnie, und sie steckte mit dem rechten Arm bis an die Schulter tief in einem Mauseloch.

Ungeduldig stocherte und angelte sie nach der Maus, die sich natürlich schon längst in Sicherheit gebracht hatte.

Lord Mizius unterdrückte ein Lächeln. Das kleine Katzenmädchen war zwar frech, aber süß.

Mit all seiner Katererfahrung schlich der Admiral langsam an die Kleine heran, jede Deckung und jeden Schatten geschickt ausnutzend. Schließlich saß er unbemerkt ein paar Schritte hinter ihr, und Bonnie war immer noch so konzentriert bei der Sache, dass sie absolut nichts Böses ahnte.

„Na", sagte Lord Mizius trocken, „mal wieder dabei, etwas zu finden?"

Die kleine, schwarze Katze sprang vor Entsetzen mit allen vier Pfötchen auf einmal in die Luft, dann war sie wie der Wind davon.

Der weiße Kater setzte elegant und siegessicher hinterher, aber Bonnie schlug Haken um Haken und schlüpfte am Ende durch die eng stehenden Stämme eines großen Fliederbusches.

Admiral Mizius schlüpfte hinterher, aber leider hatte er nicht bedacht, dass er um vieles größer und dicker war als das kleine Katzenmädchen, und so blieb er – ganz jämmerlich peinlich – zwischen den Stämmen stecken.

Bonnie saß inzwischen auf einem Baum über ihm. Wenigstens hatte sie den Anstand, jetzt nicht zu lachen.

„Oh, je!", sagte die kleine, schwarze Katze und sah mit runden, seegrünen Augen herunter zu ihm. „Du bist ja immer noch böse auf mich!"

Lord Mizius zog es vor, zu schweigen. Betont sah er in eine ganz andere Richtung, als gäbe es dort etwas Interessant es zu entdecken.

Wie peinlich! Was gab er sich auch mit solchem Gemüse ab.

„Alsooo", begann Bonnie noch einmal", eigentlich sollte ich dich *offiziell* besuchen, und dann hat mich diese doofe Maus abgelenkt!"

„Das ist aber nett, ein offizieller Besuch", antwortete Lord Mizius ungnädig. „Wo ihr doch in meinem Haus auch ganz inoffiziell ständig aus- und eingeht! Erst heute im Morgengrauen hatten wir Besuch von einer Katzendame namens Kleopatra. Sie hatte leider nicht den Anstand, sich persönlich vorzustellen!"

„Ach so", seufzte Bonnie, „darüber bist du sauer. Ich dachte schon, wegen der Scheibe Wurst von gestern. Da bin ich ja jetzt erleichtert! Also noch mal:", fuhr sie fort, „Ich bin offiziell zu dir geschickt worden von dem obersten Kater unserer Katzenvereinigung und soll dir Grüße entbieten."

Der Admiral war so verblüfft, dass er einen Moment lang vergaß, verärgert zu sein.

„Katzenvereinigung?", wiederholte er erstaunt.

„Ja", bekräftigte die kleine Katze stolz. „Ich gehöre zu einer freien Katzenvereinigung und bin dort Finder. Das habe ich dir ja schon gesagt. Die Katze Kleopatra ist bei uns ein Scout, deshalb war sie auch in eurem Haus. Ich soll dir aber, wie gesagt, Grüße von unserem Oberkater Boss bringen, und dir sagen, dass wir selbstverständlich dein Haus nun aus unserem Revier entlassen und als dein Revier respektieren werden. Wir werden nicht mehr herein kommen. Es wäre aber gut, wenn wir deine Erlaubnis hätten, gelegentlich unseren wichtigen Geschäften in deinem Gartenrevier nachzugehen. Und ich bin auch befugt, dir einige Fragen zu beantworten, soll ich sagen vom Boss."

Sie atmete erleichtert auf. „Darf ich jetzt vom Baum runterkommen? Ich muss sonst so schreien."

Der große Kater musste grinsen, verbarg es aber, sodass er nur ein kleines, schiefes Schmunzeln zeigte.

„Ja, na gut, komm nur runter. Ich tue dir nichts."

„Danke."

Bonnie kletterte umständlich rückwärts den Baumstamm herab. Dann stellte sich das kleine Katzenmädchen artig mit hoch erhobenem Schwänzchen vor ihm auf und sah ihn anmutig über ihre Schulter an.

„Hiermit stelle ich mich dir offiziell vor. So, das ist meine Geruchsvisitenkarte."

Lord Mizius schnupperte. „Vielen Dank. Und was sind das denn nun für wichtige Geschäfte?", fragte er um vieles freundlicher, als die winzige Katze sich nun vor ihn setzte und ihm eifrig ins Gesicht sah.

„Jaa ... ich bin ja nur ein Finder. Deshalb darf ich dir auch erst mal nur *bestimmte* Dinge verraten. Nicht alles, also..."

Sie sah auf ihre zierlichen, schwarzen Pfötchen.

„Hmm", machte der Admiral, „soso. Damit angefangen, was ist denn nun ein *Finder*?"

„Das darf ich dir nicht sagen."

„Hmm. So. Und was ist mit dieser Kleopatra? Was war sie noch gleich, ein *Scout*?"

„Ja. Das darf ich dir auch nicht sagen ..."

Bonnie wand sich verlegen, dann erhellte sich plötzlich ihr hübsches Gesicht. „Also: Finder und Scouts arbeiten für die Katzengemeinschaft. Die Scouts folgen den Menschen und sehen, ob sie Dinge haben, die für die Katzengemeinschaft wichtig sind, und die Finder holen sie dann."

„Wie zum Beispiel eine Scheibe Wurst vom Brot meiner Kitty, oder eine Maus aus meinem Garten?", bohrte Lord Mizius.

„Nein.", Sie machte ein verkniffenes Gesicht. „Gar nicht. *Wichtige* Sachen.", Die kleine Bonnie drehte sich beleidigt weg und zeigte dem Admiral den Rücken. „Du bist gemein. Du nimmst mich gar nicht ernst. Dabei hat Boss mir verboten, frech zu sein und mir eingeschärft, meinen Auftrag gut zu machen!"

Admiral Lord Mizius seufzte. "Na schön. Du darfst mir aber nicht eben viel verraten."

Sie schniefte. „Ich tue, was ich kann!"

„O.K., darfst du mir denn dann verraten, wo sich euer Zugang im Haus befindet? Das interessiert mich ja nun am allermeisten."

„Nein."

„Im Keller?"

„Vielleicht."

Der große, weiße Kater klopfte nervös mit dem Schwanz. *Herrje! Das hatte gerade noch gefehlt, ein eingeschnapptes Katzenkind!* Er seufzte wieder.

„Pass auf", sagte Lord Mizius milde, „ich habe fünf verschiedene Geruchsspuren von Euch im Keller gefunden. Da kann man mir doch nicht übelnehmen, dass ich um mein Revier besorgt bin, oder?"

Jetzt seufzte Bonnie. „Gut."

Die kleine, schwarze Katze ging in einem Halbkreis um den Baum, schielte Lord Mizius neckisch hinter dem Stamm hervor an und rieb nachdenklich ihr Köpfchen daran.

„Na gut. Darüber hat Boss mir nichts verboten. Also, im Haus war noch ein Scout außer Kleopatra, nämlich der Kleine Napoleon. Wenn du *den* hier mal triffst, der ist nicht so nett wie ich. Und außerdem war da noch Skip, der ist eigentlich ein Jäger von uns, aber er ist nur neugierig und war deshalb im Haus. Manchmal vergessen die Leute da ja auch was, wenn sie wegziehen. Das kann man dann finden und aufessen. Ja, und mein Zwillingsbruder Billy. Der ist auch ein Finder, aber meistens ist er hauptsächlich verfressen. Er hat absolut *immer* Hunger, und nie lässt er einem was übrig. Bis jetzt war das Haus ja auch offenes Revier, dort hat noch nie eine Katze gewohnt, nur ab und zu ein Mensch. Aber wie gesagt:", Bonnie guckte schmollend, „Wir dürfen das Haus ab jetzt nicht mehr betreten, damit brauchst du dich um den Geheimgang auch nicht mehr zu sorgen."

44

Admiral Lord Mizius hatte bei dem Wort ‚*Geheimgang*‘ nur sachte das Kinn gehoben. Natürlich war ihm Bonnies Ausrutscher nicht entgangen.

Die kleine, schwarze Katze guckte ganz zerstört.

„Verflixt", murmelte sie, „so was Dummes."

„Es gibt einen Geheimgang im Haus?", hakte Lord Mizius nach.

Mit einem Satz war Bonnie wieder auf dem Baum.

„Ich habe *nichts* gesagt!", rief sie herunter. „Ich weiß *gar nichts!*"

Langsam balancierte sie über einen dünnen Ast, der sie sicher in die Richtung der alten Gartenmauer führte.

Dann blieb sie stehen und guckte mit schief gelegtem Köpfchen noch einmal zu Lord Mizius hinunter.

„Ist das nun in Ordnung mit dem Gartenrevier? Das muss ich unbedingt noch wissen, bevor ich gehe!"

Der Admiral hatte sich natürlich schon längst so seine Gedanken über die kleine Bonnie gemacht und auch über das, was er von ihr erfahren hatte. Er legte seinen schönen Kopf mit dem seidigen, weißen Katerbart schräg.

„Na schön", antwortete er ruhig. „Vielleicht kann sich Boss ja auch einmal entschließen, mir mehr mitzuteilen. Das würde mich sicherlich beruhigen. Die Genehmigung erteile ich euch. Aber lasst mir meine Mauselöcher in Frieden!"

Bonnie zog schon wieder eine Schnute, warf ihm aber ein bejahendes Augenzwinkern zu.

„Ach ja, Bonnie?"

Sie sah noch einmal unsicher über ihre schwarze, glänzende Schulter. „Ja?"

„Kleine Bonnie. Wenn du Hunger hast, dann darfst du ruhig zu meiner Kitty gehen. Sie wird dir ganz sicher etwas geben und auch darauf achten, dass du es allein essen darfst."

Das hatte der Admiral nicht ohne Stolz gesagt, und Bonnie bekam große Augen.

„Ehrlich?"

„Ja. Großes Admirals-Ehrenwort."

Bonnies Blick aus runden, seegrünen Kinderaugen hätte einen weit strengeren Kater als Admiral Mizius zum Schmelzen gebracht.

Dann war das kleine Katzenmädchen fort. Der große, weiße Kater seufzte, aber nur ganz leise, denn es sollte ja niemand bemerken, dass er eigentlich ein hoffnungsloser Schmusekater war.

Einen Moment lang saß er noch still und nachdenklich auf der Stelle. *Das war schon alles mehr als rätselhaft.*

Kurz überlegte Admiral Lord Mizius, ob die kleine Bonnie das alles einfach erfunden hatte.

Aber diesen Gedanken verwarf er schnell wieder. Dagegen sprachen einfach die verschiedenen Spuren im Keller. Irgendwie mussten die Katzen ja ins Haus gekommen sein, so wie Kleopatra in der letzten Nacht.

Einen Geheimgang gab es im Haus also.

Nun gut, Boss hatte zwar bestimmt, dass seine Katzen den Geheimgang zu Kittys und Lord Mizius' Haus nicht mehr benutzen durften, aber hatte er gesagt, dass Lord Mizius sich nicht nach dem Geheimgang umsehen durfte?

Nein, ganz und gar nicht! Aber das war etwas für später.

Admiral Mizius drehte seine Ohren in die Richtung des Hauses: Dort war immer noch Gelächter, Geschabe und Rumoren vom Hof her zu hören. Jetzt auch Hämmern aus dem Haus.

Er seufzte. Gut, offenbar wurde er noch nicht vermisst. Er konnte sich die Zeit noch für einen Reviergang im Garten nehmen.

Sorgfältig schritt der große, weiße Kater die Reviergrenzen ab, markierte seinen Geruch an wichtigen Büschen und Stellen, um klarzumachen, wem das jetzt hier alles gehörte.

Er verschaffte sich einen Überblick über die Anzahl der Mauselöcher.

Es waren einige, stellte er zufrieden fest, bewohnt von dicken, vorwitzigen Mäusen. Hier war offensichtlich eine ordnende Katerpfote vonnöten!

Überhaupt war der Garten um vieles größer, als man es auf den ersten Blick vermutet hätte. Natürlich nicht so groß wie der Schlossgarten, wo er bisher mit Kitty gelebt hatte, dafür aber nicht halb so überbevölkert von Menschen und Katzen.

Außer den Mitgliedern der Katzenvereinigung, die hier ab und zu patrouillierten, gab es keine weitere Katze, die ausdrücklich dieses Revier für sich beanspruchte.

Lord Mizius seufzte zufrieden.

Das ersparte ihm schon einmal eine Menge Ärger. Er sah sich um. Eine Seite des Gartens nahm die breite Terrasse auf der Rückseite des Hauses ein, an zwei weiteren, nämlich links und hinten, begrenzte die alte Mauer sein Reich. Rechts war eine hohe, dichte Hecke.

Dort fand er einen strengen Geruch. Anscheinend lebte dort ein sehr großer Hund, von dem er bis auf eine riesige Hütte aber nichts weiter sah oder hörte.

Das machte dem Admiral aber im Moment keine Sorgen. Ein Hund dieser Größe würde sich weder unter, noch durch diese Hecke zwängen können. Der Hund konnte warten.

Jetzt war Anderes wichtiger.

Admiral Lord Mizius gähnte.

Der weiße Kater passte geduldig einen Augenblick ab, in dem er wieder ungesehen in das Haus und ins Schlafzimmer auf seine Kuscheldecke schlüpfen konnte.

Erst aß er ein gutes Häppchen von seinem vollen Teller, dann rollte er sich nach ausgiebiger Körperpflege gemütlich wieder zusammen. Besonders seine vom Gras grün verfärbten Pfoten putzte er sehr gründlich.

Lord Mizius war mehr als zufrieden. Glücklicherweise hatte er heute sehr viel erfahren und noch eine Menge mehr Wichtiges erledigt.

Als Kitty eine halbe Stunde später die unabsichtlich aufgeklinkte Tür entdeckte und besorgt nach ihrem Kater sah, fand sie Admiral Mizius unschuldig auf seiner Decke schlafend.

Kitty schloss leise die Schlafzimmertür.

So ein braver Kater!, dachte sie gerührt. *Die Tür war offen, und er liegt trotzdem wie ein Engel auf seiner Decke!*

Im Schlaf zeigte Admiral Lord Mizius' Gesicht ein breites Katerlächeln.

Am späten Nachmittag war nun endlich das Allerwichtigste geschafft.

Kittys Möbel waren im Haus verteilt und aufgebaut.

Der Esstisch stand in der Küche in der sonnigen Fensterecke. An der Wohnzimmerwand standen rechts und links neben dem gemauerten Kamin Kittys alte Holzschränke, und das wichtigste Möbelstück, der lederne Kick-box-sack, baumelte in der hinteren Wohnzimmerecke ein Stück weit von der Zimmerwand zum Schlafzimmer sicher an der Decke verankert.

Einen Kleiderschrank und den Computer hatte Kitty ins obere Geschoß verbannt. Sogar der Schlüsseldienst war, wie versprochen, am frühen Nachmittag gekommen und hatte ein sündhaft teures Sicherheitsschloss an der Haustür eingebaut. Kitty war es den Preis wert, wenn sie dafür in Ruhe schlafen konnte.

Dennoch musste sie erst einmal den Kloß im Hals herunterschlucken, als sie die Rechnung in den Händen hielt und den Betrag las.

„Gott, Kitty!", sagte Basti geschockt.

Er hatte ihr kurz im Vorbeigehen über die Schulter geschaut und die utopische Summe gelesen. „Du hast im ganzen Haus zusammen nichts, was das wert wäre! Vielleicht solltest du dein Oldsmobile jetzt lieber im Wohnzimmer parken!"

Seine Schwester zuckte nur die Schultern.

„Vielleicht hätte ich, statt ein neues Türschloss zu kaufen, lieber sicher im Auto schlafen sollen!"

Während Bastian und Rainer im Obergeschoß später noch den Kleiderschrank zusammenbauten, hatte Kitty Lord Mizius endlich aus dem Schlafzimmer befreit. Neugierig und vorsichtig schlich er durch das ganze Haus.

Gründlich nahm Admiral Mizius alles in Augenschein. Besonders zu begutachten waren sämtliche Kartons, in die er fast ausnahmslos seine rosa Nase steckte.

Schließlich beschloss er, doch lieber Kitty im Schlafzimmer mit gemaunzten Kommentaren zur Seite zu stehen, Nase und Pfoten immer dicht bei Hammer und Schraubenschlüssel.

Unter seinen wachsamen Blicken baute sie erst ihr Holz-Bett auf und begann dann, die kleine, antike Holzkommode, die ihren Platz rechts neben der Tür gefunden hatte, einzuräumen. Außer Bett, Kommode und einem kleinen Schrank war das wichtigste Möbel ein Bücherregal mit ihren Lieblingsbüchern.

Sie liebte es, mit Admiral Lord Mizius auf ihren Füßen im Bett zu liegen und zu lesen.

Am Abend wollten sie alle noch gemeinsam in der Stadt etwas essen gehen.

Es war ein sehr langer, anstrengender Tag gewesen.

Kitty machte sich zum Ausgehen fertig und zog einen langen, schwarzen Rock an und darüber einen dünnen, hellblauen Pullover, über den sie noch einen schwarzen Ledergürtel band.

Natürlich durfte auch ihr Lieblingsanhänger aus Edinburgh nicht fehlen, ein antikes, trapezförmiges Stück aus schwerem Silber, in das mittig ein hellblauer, ovaler Stein eingefasst war, und der an einem dicken Lederband baumelte.

Vor ein paar Wochen hatte sie sich das Amulett in einem geheimnisvollen, schottischen Antiquitätengeschäft gekauft.

Kitty bürstete sich noch die langen, dunklen Haare und

schminkte sich.

Dann gingen die drei gut gelaunt durch die fallende Dunkelheit das Kopfsteinpflaster entlang in die Innenstadt hinein. Rings herum auf den bewaldeten Hügeln um Rosenburg sah man gegen den dunklen Nachthimmel Osterfeuer hell brennen. Der Holzrauch erfüllte die Luft mit würzigem Geruch, und die weit entfernten orangen Flammen unter dem klaren April - Sternenhimmel machten diesen stillen Ostersamstag-Abend feierlich und wie von einem Zauber erfüllt. Kitty hatte das Gefühl, dass etwas ganz Neues, ganz Geheimnisvolles in ihrem Leben begonnen hatte.

Ein großer, rot getigerter Kater kreuzte ihren Weg, noch ehe sie die ersten Häuser der Innenstadt passiert hatten.

Mit runden Augen starrte er Kitty an, blieb stehen und starrte und starrte hinter ihr her, bis er die drei nach einer Straßenbiegung aus der Sichtweite verlor.

Bastian lachte. „Kitty-Kätzchen, du machst mal wieder deinem Namen alle Ehre! Ich sehe schon, auch hier werden dir wieder alle zwei- und vierbeinigen Kater hinterherlaufen!"

Kitty stieß ihren großen Bruder mit dem Ellbogen in die Seite. „Unfug, Basti! Sag lieber, wo wir essen gehen sollen!"

„Zum Iren, wohin denn sonst? Hier gibt's doch wohl einen Iren, in diesem Nest?"

Ihre Abende beim Iren zuhause an der Ostsee waren eine allwöchentliche Gewohnheit gewesen.

Obwohl die drei zusammen aufgewachsen waren und dicht beieinander wohnten, konnte man manche Dinge am freiesten und gemütlichsten in der irischen Kneipe besprechen. Dort war auch die Idee entstanden, dass Kitty für ein Jahr nach Edinburgh gehen wollte.

Beim Iren gab es zwar nicht ganz so viel Auswahl, was das Essen betraf, aber dafür war am Samstagabend mit einiger

Gewissheit Live-Musik.

Als sie die Tür mit der keltischen Harfe daran aufstießen, schlug ihnen warme Luft entgegen und fröhliches Stimmengewirr. Natürlich spielte auch wie erhofft eine Band irische und schottische Musik.

Zufrieden grinsend ließen sie sich an einem Tisch etwas weiter von der Bühne entfernt nieder.

„Also", sagte Rainer während er seine Lederjacke über die Stuhllehne hängte, „denn mol ran ans Bier!"

Basti winkte der Kellnerin. Einstimmig bestellten die drei Bier und Käse-Brote.

„Ich lade euch ein, Jungs!", sagte Kitty zufrieden. „Ihr wart so fleißig, ihr habt es euch wirklich verdient."

„Jo!", antwortete ihr Bruder. „Denn lass' mol krachen, min Deern!"

Rainer nahm einen Schluck von seinem Stoutbeer.

„Der Umzug ging ja dieses Mal auch ganz reibungslos, im Gegensatz zum letzten, als Kitty umzog."

Kitty verschluckte sich fast.

„Ja", bestätigte ihr Bruder grinsend, „ich weiß genau, was du meinst. Jedes Mal, wenn Kitty umzieht, demoliert sie ihre neue Wohnung."

„Was? *Was*?!!", rief Kitty in das Gelächter hinein. „In Schottland hab ich nichts kaputt gemacht!"

„Na, das ließe sich noch mal feststellen. Ein Anruf bei deinem Vermieter in Edinburgh dürfte genügen. Aber wir dachten ja auch mehr an deine Aktion damals, als wir alle ins Schloss eingezogen sind!"

„*Haha!*", antwortete Kitty säuerlich. „Immer wieder diese ollen Kamellen! Ich glaube, ich überlege mir das mit dem Bezahlen erst noch mal."

„Du hast damals die Dielen in deinem Zimmer rausgerissen", grinste Rainer.

„Sie hat gedacht, das olle Zeug muss raus."

„Der stinkende Teppich klebte daran!", beharrte Kitty und biss in ihr Käsebrot. „Außerdem habe ich unter den Dielen in meinem Zimmer damals einen Schatz gefunden und ihr nicht."

Ihr Bruder Bastian kicherte. „Diesen ollen Silberring? Und später hast du dann auch noch diese Katze reden hören, nicht?"

„Basti!", zischte Kitty ihren Bruder an.

Rainer unterdrückte sein Lachen höflich, sodass er in sein Bierglas gluckste.

Kitty seufzte. „Ich war erst neun! Und über Nacht in einem verfallenen Gruselschloss im Sumpf gelandet, und das noch mit euch Gestalten! Ich glaube, das erklärt schon alles!"

„Zumindest erklärt es, wie du zu dem ersten nagelneuen Fußboden im ganzen Haus gekommen bist!"

„Jo!", meinte Rainer. „Unsere Kitty, wer könnte ihr auch etwas abschlagen!"

„Und das ist auch gut so", bestätigte sie und nahm einen kräftigen Schluck von ihrem Bier. „Und mit Katzen, da reden wir ja schließlich alle, oder?"

Ohne, dass Rainer es merkte, trat Kitty ihrem Bruder unter dem Tisch fest auf den Fuß. Danach wechselte Basti das Thema.

Kitty erzählte ein bisschen von Schottland, wobei sie allerdings die unglückliche Liebesgeschichte ausließ, die sie gerade hinter sich hatte.

Dann fragte sie nach den Eltern und den anderen, die zu Hause an der Ostsee mit Familie Katzrath und Rainers Eltern das Schloss teilten.

Als der Hunger gestillt war, und das Bier seine entspannende Wirkung getan hatte, lehnte sich Kitty zufrieden und müde in ihrem Stuhl zurück. Die irische Band spielte immer noch.

Kitty ließ ihren Blick durch den Raum wandern, während sich Rainer und Basti über irgendein Problem bei einer ihrer Autoreparaturen unterhielten. Autos und Motorräder, wer es nicht an dem holsteinischen Singsang in ihren Stimmen hörte, merkte spätestens an dieser Themenauswahl, dass sie von der Küste waren.„*Fehlen nur noch Trecker und Großmaschinen!*', seufzte sie still.

Einen Moment lang war Kitty in Gedanken, ganz für sich. Dann bemerkte sie, wie sie jemand ansah.

Es war der Gitarrist der Band, der hinter einem Vorhang halblanger, glatter brauner Haare unauffällig in ihre Richtung sah. Kitty sah zurück.

Ein Lächeln spielte um den Mund des Musikers, und erreichte seine braunen Augen. Kitty lächelte zurück, aber dann sah sie, völlig durcheinander, wieder in ihr Bierglas. Ein flaues Gefühl kroch von ihrem Herz in ihren Magen und weiter in ihre Knie. Sie war froh, dass sie saß.

‚Er ist süß, aber ... woher kenne ich dieses Gesicht?', fragte sich Kitty. *‚Ich bin ihm schon mal begegnet, ganz sicher! Aber wo?'*

Kitty riskierte wieder einen Blick zu dem Gitarristen auf der Bühne, aber Rainer legte seine Hand auf ihre und schüttelte sie leicht.

„Mieze!", sagte Rainer. „Du bist so still! Ist was?"

„Nur müde", schüttelte Kitty den Kopf. „Und ich dachte gerade, ich hätte jemand Bekanntes gesehen, aber ich habe mich wohl geirrt."

Rainer grinste und drückte ihre Hand noch einmal. „Muss wohl so sein, Mieze. Bist doch erst gestern neu hierhergekommen."

„Ja, muss wohl so sein", murmelte Kitty in ihr Glas.

Basti warf ihr einen Blick zu und schüttelte leicht den Kopf. Rainer konnte es einfach nicht lassen, mit Kitty. Obwohl die Körbe, die er sich bei ihr schon eingefangen hatte, nicht mehr zu zählen waren.

Als sie später wieder an den Gitarristen dachte, hatte die Band aufgehört zu spielen.

Die Instrumente waren längst verstaut, und die Musiker waren gegangen. Wie auch viele andere Gäste, wie sie bemerkte. Kitty hatte plötzlich das Gefühl, dass sie etwas Wichtiges versäumt hatte. Sie seufzte.

‚Unverhofft kommt oft!‘, dachte sie. *‚Vielleicht sehe ich ihn ja noch mal wieder.‘*

Schließlich stand Rainer auf.

„Komme gleich wieder", murmelte er.

Schweigend sahen die beiden Geschwister hinter Rainer her, wie sein Rücken mit dem karierten Flanellhemd die Treppe hinunter zu den Toiletten verschwand.

Bastian kicherte gut gelaunt vor sich hin, wahrscheinlich über einen Witz, den Kitty in ihre Gedanken versunken nicht mitbekommen hatte.

Sie fuhr sich erschöpft mit der Hand über die Augen und nahm einen Schluck von ihrem roten Ale.

„Basti?", fragte sie leise über den Tisch hinweg, „noch einmal zu der Sache mit der sprechenden Katze von vorhin. Gott sei Dank hast du das Thema dann fallen gelassen! Kannst du dich noch an diese unheimliche Katze erinnern?"

„Ahhh!", Ihr Bruder ließ sich seufzend an die Stuhllehne zurückfallen. „*Kleopatra*! Ich wusste doch, dass da noch etwas kommt. Umsonst hast du mich ja nicht getreten! Du hattest als Kind regelrecht Angst vor dieser Katze. Was ist los, Kitty?"

Kitty rutschte unbehaglich auf ihrem Stuhl hin und her und drehte ihr Bierglas zwischen den Händen. „Also ... ich hatte keine Angst, mir war bloß ... komisch. Dauernd hat mich diese Katze verfolgt und beobachtet."

Basti legte seufzend den Kopf schief. „Klar. Das machen Katzen so. Du hast als Kind ja auch ausgesehen wie eine Haselmaus!"

Seine Schwester zog eine gequälte Grimasse.

„Na ja. Aber damals, als sie an diesem einen Morgen plötzlich draußen auf meinem Fensterbrett saß, da hat sie wirklich mit mir geredet, Basti!"

Sie warf einen schnellen Blick durch den Pub. Fehlte nur noch, dass Rainer jetzt wiederkam. Das sollte er nun wirklich nicht mitbekommen.

„Darum geht es jetzt aber nicht!"

„Aha?"

„Ich will nicht, dass Rainer das mitkriegt, verstehst du? Ich bin ja schließlich keine verschreckte Neunjährige mehr!"

Bastian grinste ein bisschen. „Nicht möglich! Also, worum geht es denn nun?"

Kitty holte tief Luft. „Ich habe Kleopatra heute früh gesehen, bei mir im Garten."

„Nein!", Ihr Bruder beugte sich vor und sah sie aus seinen blauen Augen durchdringend an. „Kitty, du spinnst! Das ist über *fünfzehn* Jahre her und ist mindestens 400 Kilometer von hier weg passiert. Das ist unmöglich!", Bastian ließ sich wieder an seine Stuhllehne fallen und hob sein Bierglas. „Es sei denn, diese Katze *könnte zaubern!*"

Er hielt das für einen total guten Witz und kicherte vor sich hin.

„Phhh!", schnaubte Kitty, „wieso unmöglich?! Was ist schon unmöglich?"

„Ach, komm" meinte ihr Bruder versöhnlich, „vielleicht hast du eine ähnliche Katze gesehen!"

„Nein", beharrte Kitty. „Sie hatte die gleiche schwarze Zeichnung um die Augen wie Kleopatra!"

Bastian schüttelte den Kopf. „So ein Käse! Trink' lieber noch ein Bier!"

„Bier? Käse? Gute Idee! Ich nehme' auch noch mal dasselbe! Hab ich was verpasst?", Rainer schob sich zu seinem Stuhl hinter Bastian durch.

„Nö", versteckte dieser sein Grinsen im Bierglas, „Kitty fühlt sich nur schon ganz wie zu Hause."

Kitty warf ihrem Bruder einen giftigen Blick zu.

Am liebsten hätte sie ihn noch einmal unter dem Tisch getreten. „Du wirst schon noch mitbekommen, dass ich Recht habe!", nickte sie.

Rainer hob sein fast leeres Bierglas. „Streitet euch nicht, Kinder. Noch einen letzten Schluck auf Kitty: Viel Glück in deiner neuen, *magischen* Stadt!"

Ihr Freund trank unschuldig nach diesem Toast sein Glas aus, aber Kitty hatte einen Kloß im Hals. Auch Bastian sah ein bisschen komisch um die Nase aus. Kitty wechselte einen bedeutsamen Blick mit ihrem Bruder.

Möglich, dass Rainer hier die Wahrheit traf, ohne es zu wissen. Konnte das sein?

Einige Bier und Käsebrote später machten sich die Drei durch die ruhige Nacht wieder auf den Weg zurück zum Gitterhof.

Die Feuer auf den Hügeln waren zu einem entfernten Glühen zusammengesunken, ein blasser Vollmond hing jetzt am Himmel. Mit schwarzer Silhouette zeichnete sich die alte Ruine der Rosenburg auf einem der Hügel gegen den Sternenhimmel ab.

Ein großer, rot getigerter Kater saß still im Schatten der Hauswand neben dem kleinen Tor, das vom Hof nach hinten in Kittys Garten führte.

Er beobachtete aufmerksam, wie sie erst das große Eisentor zum Gitterhof ab- und dann ihre Haustür aufschloss. Aber Kitty war in Gedanken versunken, und auch sonst bemerkte ihn niemand.

4. Katzpitel,

in dem die Kitty aus dem Haus ist, und die Katzen in aller Stille Wichtiges auf den Weg bringen

Außerhalb des alten Stadtkerns von Rosenburg, in der Nähe des mittelalterlichen Galgenberges, stand seit hunderten von Jahren ein altes Gutshaus.

Hoch und düster aus Fachwerk und Mauerwerk gebaut, erhob es sich auf einem Hügel, umgeben von alten, efeuüberwachsenen Kastanien und den Ruinen des restlichen Gutshofes.

Häuser und Türme, von denen meist nur noch die Grundmauern übrig waren. Der Weg, der seit vielen Jahren schmal und einsam zu diesem alten Gut den Hügel hinauf führte, hieß ‚Katzhagen‘. Seit Langem stand die alte Villa verlassen, und seit Langem ging dort kaum noch ein Mensch mehr hin.

Kaum noch ein Mensch. Aber die Katzen.

Auch in diesen ersten Morgenstunden des Ostersonntags eilte eine Katze diesen Weg entlang. Vorbei an mindestens vier anderen Katzen, die unsichtbar in den Büschen in der Nähe verborgen, über jede Bewegung auf dem Weg wachten.

Die Katze lief schnell und zielstrebig, unbehelligt auf die alte Villa zu. Im blasser werdenden Mondlicht leuchtete das rot getigerte Fell des großen Katers fast silbern auf. Auch auf den steinernen, ausgetretenen Stufen vor dem großen Haustor waren

Wachen aufgestellt.

„Boss!", grüßten sie höflich, aber der rot getigerte Kater antwortete nicht.

Er lief weiter, durch die hohe, leere Halle, die Treppe hinauf, vorbei an offenen Türen, hinein in ein großes Zimmer, das nach vorne hinaus, durch ein riesiges, halbrundes Fenster den gesamten Gutskomplex bis hin zum Umflutgraben und weiter bis zum Galgenberg überblickte.

Dort waren noch mehr Katzen versammelt.

„Schnell!", sagte Boss. „Ich brauche sofort ein Gespräch mit Doc Wolliday und auch der Scout Kleopatra soll sich bereithalten. Puma, du bleibst hier. Und dann lasst uns allein!"

Der große, rote Kater setzte sich still vor das hohe Fenster und sah hinaus. Er wartete, bis alle Katzen den Raum verlassen hatten. Nur ein riesiger, schwarzer Kater verharrte ruhig auf seinem Platz nicht weit von Boss entfernt.

Boss seufzte. Wichtige Dinge zeichneten sich ab, so wie die helle, rote Sonne gerade begann, sich am Horizont zu erheben.

Eine kleine, weiße Pfote tappte auf seine nervös zuckende Schwanzspitze.

„Hab dich!"

Der große Kater lächelte. „Meine kleine Tiffany! Du hast dich wieder gut versteckt. Ich habe dich in keinster Weise bemerkt!"

Die kleine, weiße Katze mit den rot getigerten Flecken strich dem Kater verschmust an der Seite entlang und gab ihm ein Nasenküsschen.

„Ich hab auf dich gewartet, Papa! Hast du mir etwas mitgebracht?"

„Ein andermal, Tiffany. Heute hat Papa mit Doc Wolliday und dem Puma Wichtiges zu besprechen."

Das kleine Katzenmädchen schmollte. „Och, ich will aber lieber mit dir spielen ..."

„So kleine Katzenkinder wie du sollten doch zu dieser Zeit im warmen Nest schlummern. Komm, kleine Tiffany, geh zu deiner Mami.", Boss leckte seinem Kind liebevoll das runde, weiche Bäckchen. „Morgen bringt dir Papa wieder etwas Schönes mit." Ein alter, grauer Perserkater war einige Schritte in den Raum getreten und blieb nun abwartend stehen.

Tiffany zog eine Schnute, dann trollte sich die Kleine mit einem düsteren Blick in Richtung des Perserkaters aus dem Zimmer.

„Wie schnell sie wachsen!", sagte der alte Perser.

Boss blickte gedankenverloren seiner Lieblingstochter hinterher. „Sie ist doch erst drei Monate alt."

„Du wolltest mich sprechen, Boss? Puma."

„Ja, Doc Wolliday, da gibt es etwas Wichtiges, worüber wir reden müssen ..."

Natürlich blieb auch Admiral Lord Mizius diesen Abend nicht untätig.

Kaum hatte sich die Haustür hinter Kitty, Rainer und Bastian geschlossen, reckte sich der große, weiße Kater ausgiebig.

Erst machte er einen stattlichen Buckel und streckte die Vorderpfoten. Dann dehnte er seine Hinterbeine, wobei er genüsslich jeden Zeh abspreizte.

Nachdem Lord Mizius noch einmal herzhaft gegähnt, und er sich mit einer Katzenwäsche frischgemacht hatte, sprang er von Kittys Bett herunter und begann seinen abendlichen Rundgang.

Zunächst kontrollierte der Admiral noch einmal das Haus.

Jeder Karton wurde ein weiteres Mal in Augenschein genommen, die neu aufgebauten Möbel begutachtet.

Auch das Obergeschoß wurde gründlich kontrolliert. Doch Lord Mizius war sich durchaus bewusst, dass ihm heute Abend nicht so viel Zeit blieb, wie er vielleicht für sein Vorhaben brauchte. So neugierig er auch war, das Haus musste warten.

Noch schnell kontrollierte er durch die Fenster des Wohnzimmers den vorne gelegenen Gitterhof und warf einen raschen

Blick in den Garten. Alles schien ruhig und still zu sein.

Ein wenig ärgerte sich der Admiral, dass Kitty ihn im Haus eingesperrt hatte, und er so seine Mauselöcher unbeaufsichtigt lassen musste.

Aber dann rief er sich seufzend ins Gedächtnis, dass er sich ja weit Wichtigeres vorgenommen hatte.

Und die Zeit drängte.

Der Keller war finster.

Admiral Lord Mizius wusste nicht, wie die Menschen es anstellten, dass plötzlich in einem Raum durch eine Handbewegung Licht aufflammte. Davon verstand er nichts.

Aber er verstand durchaus etwas davon, Gerüche und Fährten zu verfolgen.

Ein wenig konnte er in der Dunkelheit auch sehen, auch wenn die Menschen maßlos übertrieben, wenn sie behaupteten, Katzen könnten auch bei vollständiger Finsternis klar und deutlich alles erkennen.

Davon war es weit entfernt, aber zur Orientierung reichte es.

Na gut, ein großes Tier war ohne Licht natürlich so gut wie blind.

Der Admiral umschlich die gemauerten Pfeiler.

Auch hier waren alle Gerüche flach, mindestens zwanzig Stunden alt. Der Raum war leer, zumindest war keine andere Katze zu finden, was das Wichtigste war. Rainer und Bastian hatten allerlei von Kittys nutzlosem Gerümpel hier heruntergeschafft.

Admiral Mizius konnte sowieso nicht verstehen, weshalb die Menschen so viel unnützes Zeug anhäuften.

Wenn man es nicht essen konnte und nicht damit spielen konnte, wozu war es dann gut?

Systematisch ging Lord Mizius den Kellerraum ab.

Erst die Wände, dann die Pfeiler und Ecken, an denen er gestern Markierungen festgestellt hatte.

Zum Schluss folgte er den Geruchsspuren, die die Katzenpfoten auf dem Steinboden hinterlassen hatten. Sie alle führten am Ende zu einem Ziel.

Lord Mizius stand vor dem hohen Haufen aus trockenen, aufgestapelten Holzscheiten.

„Nun gut, kleine Bonnie", sagte der weiße Kater leise vor sich hin, „das ging schneller, als erwartet. Hier also endet irgendwo der Geheimgang.

Tatsächlich musste der Admiral auch nicht mehr lange suchen. Auf halber Höhe, verborgen hinter dem gehackten Holz, lag eine Öffnung in der Wand, die das Gewölbe verschloss.

Klein nur, gerade groß genug für eine Katze.

Lord Mizius saß da und überlegte. Da war er, der Einschlupf zum Geheimgang. Doch was war dahinter?

Bonnie hatte von einer Katzenvereinigung gesprochen, der sie angehörte und von Boss, dem Chefkater.

Das bedeutete, dass dieser Geheimgang sicher nicht in einem gemütlichen Wohnzimmer bei einem faulen, fetten Kater vor dem Fernseher endete.

Nervös klopfte Lord Mizius mit seinem geringelten Schwanz auf den kalten, staubigen Steinboden.

Katzenvereinigung. Mehrere Katzen. Katzenbande. Freie Katzenvereinigung. Wilde Katzen. Wilde Katzenrotte. Ohne Menschen. Das konnte durchaus gefährlich werden.

Sicher, er war groß und stark, und er war außergewöhnlich klug. Aber er war auch allein. So wie er es sah, hatte er drei Möglichkeiten.

Erstens, er konnte Kitty das Loch zeigen.

Sie würde es mit Sicherheit verschließen. Kein Eingang zum Geheimgang mehr. Das würde aber wiederum diesen Boss sehr verärgern, der ja sein Wort extra gegeben hatte, dass sie das Haus nicht mehr betreten wollten.

Verärgerte wilde Katzenrotte. Mau, das war schlecht.
Zweitens, er konnte sich gar nicht darum kümmern und sich einfach auf das Wort dieses Katers verlassen.

Dann würde allein dieses einmal gesprochene Wort eine wilde Katzenrotte davon abhalten, durch den Geheimgang sein Haus zu betreten.

Mau, das war genauso schlecht.
Die dritte Option war, dass Lord Mizius selbst den Geheimgang betrat.

Nicht so, dass er sich bis zu der Katzenbande vorwagen würde und man ihn entdeckte, sondern nur ganz vorsichtig, sodass er sich ein besseres Bild machen konnte, mit wem er es da zu tun hatte. Dann konnte er sich immer noch für Erstens oder Zweitens entscheiden.

Das war besser.

Der Admiral putzte sich noch einmal den weißen Bart und holte tief Luft. Dann blies er alle Luft aus seiner Lunge aus, hielt den Atem an und zwängte sich mutig durch das enge Loch in der Wand.

Er sprang nach unten, und noch während er sprang wurde ihm klar, wie leichtsinnig und dumm das war.

Glücklicherweise fiel er nicht in bodenlose Tiefen, wie es auch leicht hätte möglich sein können, sondern kam nach reichlich einem Meter sanft auf seinen vier Pfoten auf. Hier war es noch dunkler, fast undurchdringlich dunkel.

Und es war stickig, muffig. Die Luft roch, als wäre sie schon seit Jahrhunderten in diesem Gang eingeschlossen. Als sich Lord Mizius' Augen allmählich an das fehlende Licht gewöhnten, sah er, dass genau das höchstwahrscheinlich der Fall war.

Er spuckte.

Es hörte sich an, als würde ein Sektkorken aus der Flasche schießen. Als Mensch hätte der Kater wohl am Ehesten leise durch die Zähne gepfiffen, um sein Erstaunen und auch seinen

Widerwillen auszudrücken.

Tatsächlich war er in einem alten, rundgewölbten Gang gelandet. Die Mauer zu Kittys Keller schloss diesen Gang stumpf ab und ließ ihn so abrupt enden.

Ein groß gewachsener Mann wie Rainer konnte hier wohl nur gebückt gehen, aber für seine Kitty hätte die Höhe geradeso gereicht. Trotzdem, hätte das hier Kitty gar nicht gefallen. Feucht war es.

Am Rande seines Gesichtsfeldes sah der Kater undefinierbare Krabbeltiere in verschiedenen Löchern verschwinden. Die Wände waren aus grob behauenen Steinen gemauert. Löcher und tiefe Spalten befanden sich dazwischen.

Lord Mizius wollte gar nicht wissen, wie viele von den merkwürdigen, achtbeinigen Tieren hier ihr zu Hause hatten. Spinnennetze waren unter der gewölbten Decke genug zu sehen. Vorsichtig schlich er vorwärts.

Soweit Admiral Lord Mizius sah, machte der Gang schon nach wenigen Katzenschritten eine enge Biegung. Um die Ecke konnte selbst ein so begabter Kater wie er nicht sehen. Alles Mögliche mochte sich dort verstecken, dort lauern. Prüfend sog er die Luft ein, flehmte, schmeckte sie.

Dass er, wie alle Katzen, dabei ein ziemlich dummes Gesicht machte, störte ihn nicht. Kitty war ja nicht hier, sonst musste sie immer darüber lachen.

Nichts schien außer ihm hier zu sein.

Er wagte vorsichtig ein paar weitere Schritte. Der Boden unter seinen Pfoten war feucht und uneben.

Während die Wände und die gewölbte Decke über ihm von Menschen gemacht waren, bestand der Boden nur aus festgestampfter Erde, aus der hier und dort noch spitze, felsige Steine ragten.

‚*Was wollten die Menschen hier?*‘, fragte sich der weiße Kater. ‚*Kein Mensch kann hier vernünftig gehen!*‘

Der Admiral kannte die gepflasterten Wege draußen, die die Menschen sonst bauten. Die waren ganz anders, alles musste immer ganz glatt und eben sein.

Also was sollte das hier?

Pflanzenwurzeln hatten durch die Ritzen und Spalten in den Steinen ihren Weg gefunden und hingen wie Tentakel von der Decke.

‚Ekelig!‘, fand sogar Lord Mizius. *‚Wenn Kitty das wüsste, würde sie ganz bestimmt nicht in diesem Haus bleiben!‘*

Es schien endlos so weiter zu gehen, Schritt für Schritt ins Dunkle hinein. Manchmal eine Strecke geradeaus, dann wieder in einem engen Knick um die Ecke.

Überall waren hier Katzenwitterungen.

Alte, neue. Gelegentlich kreuzte eine Maus den Weg des Katers und floh in piepsendem Entsetzen. Ab und zu schien durch verborgene Spalten von oben etwas Licht in den Gang zu sickern, und machte es für Lord Mizius ein wenig einfacher, zu sehen.

Dann teilte sich der Geheimgang plötzlich.

Drei verschiedene Wege lagen vor dem verdutzten Kater. Dunkle, fast halbrunde Öffnungen gähnten ihm aus drei Himmelsrichtungen entgegen.

Alle rochen nach Katzen, überall waren Katzen gegangen. Menschen hatten den Gang offenbar schon lange nicht mehr betreten, so lange, dass ihr Geruch nicht mehr feststellbar war.

Admiral Lord Mizius schlich verwirrt im Kreis.

Er musste markieren, um den Weg zurückzufinden, aber dann war er entdeckt. Der Geruch seiner Pfoten würde mit etwas Glück übersehen werden.

Lord Mizius überlegte. Konzentriert klopfte er mit seinem geringelten Schwanz auf den steinigen Boden. Dann hatte er die Lösung. *Sicher, auch dieses Problem war nicht wirklich schwierig für einen Admiral.*

Allerdings brauchte er ein wenig Zeit, um den Plan, den er sich zurechtgelegt hatte, in die Tat umzusetzen.

Wieviel Zeit mochte bis jetzt vergangen sein?

Er durfte auch Kittys Rückkehr nicht verpassen.

Sie sollte nicht bemerken, dass er das Haus verlassen hatte.

Schließlich beschloss der Admiral, umzukehren.

Ein anderer Zeitpunkt war günstiger, jetzt war es besser, ins Haus zurückzukehren und über alles gründlich nachzudenken.

So machte sich der schöne, weiße Kater so schnell es ging auf den Rückweg zum Haus, schlüpfte durch das Loch in Kittys Gewölbekeller zurück und verschloss den Zugang wieder, indem er einige Holzscheite mit den Pfoten davor kratzte.

‚Meine Güte, bin ich erledigt!‘, Lord Mizius schüttelte den Kopf.

Eine Menge Thunfisch von seinem stets gut gefüllten Teller im Flur war nötig, damit er wieder auf alle vier Pfoten kam.

Eine ausgiebige Katzenwäsche auf Kittys Bett ließ ihn schließlich wieder zur Ruhe finden.

‚Was für ein Abenteuer!‘, dachte er belustigt, während er mit herausgestreckter, rosa Zunge einen Moment im Putzen innehielt. *‚Ich amüsier‘ mich so, wie schon seit Langem nicht mehr!‘*

Admiral Lord Mizius putzte mit Hingabe seine weißen Füße mit den rosa Ballen, die mächtig dreckig waren.

‚Gut, dass meine Kitty mich nicht so sieht. Wenn sie mich mit diesen schmutzigen Füßen auf ihrem Kopfkissen erwischen würde, gäbe es ziemlichen Ärger!‘

Zufrieden rollte er sich zu einem wohlverdienten Schläfchen zusammen.

Wenig später bemerkte der Admiral mit einem Ohr, mitten in einem spannenden Traum, wie Kitty draußen die Haustür aufschloss.

5. Katzpitel,

in dem Boss eine wichtige Entscheidung trifft

In dieser Nacht blieb alles ruhig, wie Kitty erfreut feststellte. Kein Gescharre, kein Geklapper im Keller oder im Haus. Sie hoffte sehr, dass der Spuk nun zu Ende war.

Auch Admiral Lord Mizius schlief glücklich und zufrieden, erst in ihrem Arm und dann schnurrend zwischen ihren Füßen auf der Bettdecke.

Kitty führte die Ruhe natürlich auf das neue Sicherheitsschloss an der Haustür zurück. Nur ihr Kater wusste, weshalb es im Haus wirklich so still blieb. Offenbar hielt Boss sein Wort, und die wilde Katzenbande befolgte seine Anordnungen. Lord Mizius war zufrieden, denn eine Katzenorganisation, die sich an ihr Wort hielt, ließ ja für die Zukunft hoffen.

Nach einem ausgiebigen Frühstück verabschiedeten sich Rainer und Bastian schon sehr früh am Morgen.

Die beiden hatten noch eine weite Strecke nach Hause zu fahren, zumal es Ostersonntag war, und das Verkehrsaufkommen auf den Straßen sicher sehr hoch sein würde.

Als sie hinter ihrem Bruder und Rainer schließlich die Tür schloss, war Kitty froh, endlich allein zu sein. Sie winkte ihnen noch nach und blieb, übermüdet und ein wenig übellaunig, in ihrem Umzugschaos mit Lord Mizius zurück.

Auch der Admiral kniff seine hellgrünen Augen fest zu, die rosa Nase tief in seiner puscheligen, bommelartigen Schwanzspitze versteckt. Die Ohren ließ er entspannt hängen.

Kitty musste lächeln, als sie einen Blick durch die halb offene Schlafzimmertür warf. Hingebungsvoll und erschöpft schlummerte ihr Kater eingekuschelt in die Bettdecke, als hätte er gestern persönlich jedes Möbelstück getragen und aufgebaut.

Sie hatte ja keine Ahnung von seinen tatsächlichen Abenteuern!

Oben auf dem Zuckerberg hatte der große, rot getigerte Anführer der Katzenvereinigung schon im Morgengrauen einen wichtigen Rat einberufen.

Die beiden Ratgeber des Katzenchefs, Doc Wolliday und der schwarze Puma, waren mit Boss nach der allgemeinen Versammlung in dem großen Raum mit dem Rundbogenfenster zurückgeblieben.

Der graue Perserkater, Doc Wolliday, hatte als kleines Kätzchen einst bei einem sehr alten, klugen Literaturprofessor gelebt. Da das kleine Katzenkind seine einzige Unterhaltung gewesen war, hatte der alte Mann oft aus seinen weisen Büchern vorgelesen, während er den kleinen Doc Wolliday auf seinem Schoß hatte, und er ihn mit in das Buch sehen ließ.

Deshalb konnte Doc Wolliday als einzige Katze der Katzenvereinigung Menschenbücher lesen. Möglicherweise kannte auch Kleopatra die Schrift der Menschen, aber das wusste niemand so genau.

Der alte Professor war nach einer wunderschönen, gemeinsamen Zeit leider hochbetagt gestorben, und der vereinsamte Kater fand seinen Weg zu der freien Katzenvereinigung auf dem Zuckerberg.Schnell hatten die Katzenältesten seine außergewöhnliche Intelligenz und sein Talent, anderen mit guten Ratschlägen zur Seite zu stehen, erkannt.

So wurde er auch von den Katzenweisen und -ratgebern in allem unterwiesen. Auch die alten Katzenüberlieferungen hatte er von ihnen gelernt.

Nun beriet er schon seit langen Jahren, selbst nun schon ein alter Kater, den Anführer der Vereinigung mit seinem fundierten Wissen über die Menschen, ihre Geschichte und Legenden, und wie die schwierige Aufgabe, die die Katzen übernommen hatten, am besten erfüllt werden konnte.

Der gutmütige Doc Wolliday war ein etwas beleibter Kater mit einem buschigen Schwanz. Man rühmte ihn für sein gründliches, tiefes Nachdenken und sein besonnenes Wesen.

Gott sei Dank wusste jedoch niemand, dass er insgeheim etwas faul war und gelegentlich beim Nachdenken den Faden verlor oder einschlief.

Der andere Berater des Anführers war der Puma.

Nachtschwarz mit smaragdgrünen Augen, geschmeidig trotz seines Alters, war er die meiste Zeit seines Lebens ein einsamer Streuner gewesen, der die Menschen beobachtete, sich aber niemals jemandem fest angeschlossen hatte.

In seinen Wanderjahren hatte er für die überall in der Welt verstreuten Katzenkolonien als Forscher gedient, der durch das Land streifte, Informationen und Wissen sammelte und dieses zum rechten Zeitpunkt in den nächtlichen Katzenversammlungen allerorts weitergab.

Es gab nicht viele Forscher in den Organisationen, und der Puma war einer der besten. Niemand hatte so einen breitgefächerten Überblick über all die wichtigen Geschehnisse wie er.

War Doc Wolliday der Gelehrte unter den Katzen, so wusste der wilde, scheue Puma stets über alle Vorgänge und Wege Bescheid.

Nun war er ein Kater in den besten Jahren und bekam schon einige graue Haare an der Stirn, am Kinn und am Schwanz.

Allerdings war er lange nicht so betagt wie der gemütliche, flauschige Doc Wolliday.

Der rote Boss war schon vor einigen Jahren Chefkater geworden. Er war stark und jung, sein rot getigertes Fell glänzte wie Kupfer mit Gold in den ersten Sonnenstrahlen dieses Ostersonntages. Seine Intelligenz war scharfsinnig, sein Urteil schnell und konsequent, aber immer gerecht.

Kein Mitglied der Katzenvereinigung hatte jemals Grund gehabt oder auch nur in Betracht gezogen, den Boss anzuzweifeln.

Obwohl Doc Wolliday und der Puma ihn noch als kleinen, frechen Kater in Erinnerung hatten, hätten auch sie ihm nie Respekt oder Gehorsam verweigert.

Zu stark war ihre gegenseitige Wertschätzung und Freundschaft.

Nur seine winzige, engelsgleiche Lieblingstochter Tiffany durfte ihm auf der Nase herumtanzen.

Frech wie ihr Vater selbst als Kind gewesen war, biss sie dem nun ehrfurchtseinflößenden, großen Kater in die Ohren, fing seine Hinterpfoten und sprang ihm sogar übermütig aus dem Hinterhalt auf den Rücken. Ein Blick in ihre babyrunden, himmelblauen Augen in dem weichen karamell-weißen Kindergesicht ließ ihn dahinschmelzen. Der große Kater war oft Wachs in ihren winzigen Pfötchen.

Als die kleine Tiffany jetzt mit einem letzten widerwilligen, schmollenden Blick um den Türpfosten strich, von ihrem liebevollen Papa ihn ihr Körbchen geschickt, trat schließlich auch der Puma näher zu Doc Wolliday und Boss.

„Meine Herren Kater", begann Boss mit ernster Miene, als die drei Kater allein waren, „es ist ein wichtiger Wendepunkt in unserem Anliegen eingetreten, ein sehr bedeutsamer Wendepunkt, wie ich denke."
Der Puma und der alte Perserkater tauschten fragende Blicke miteinander, unterbrachen aber den Chefkater nicht.

„Wie euch durch den Scout Kleopatra bekannt ist, ist in das alte Kloster, das bei den Menschen jetzt Gitterhof heißt, eine neue Bewohnerin eingezogen, eine junge Menschenfrau namens Kitty."

Bestätigend blinzelten die zwei Ratgeber dem großen, rot getigerten Kater zu.

„Wie Kleopatra weiter berichtet hat, ist ihr diese Frau schon seit einiger Zeit bekannt", fuhr er fort. „Sie schien als Kind eine wichtige Rolle für die Katzenvereinigungen zu spielen, was sich jedoch dann als falsche Hoffnung herausstellte.", Boss sah mit gerunzelter Stirn erst Doc Wolliday, dann dem schwarzen Puma eindringlich in die Augen. „Das, liebe Brüder, hat sich soeben geändert!"

Dieser Satz fiel wie ein Donnerschlag.

Es schien einen Moment zu dauern, bis die zwei anderen Kater begriffen, was der Chefkater da eben gesagt hatte.

Doc Wolliday trat von einer breiten Pfote auf die andere.

„Das ist ... inwiefern, Boss?", fragte er, nachdem er sich geräuspert hatte.

Der Puma sagte erst einmal gar nichts.

„Die junge Frau Kitty besitzt ein bedeutendes Zauberartefakt. Ich sah sie gestern am Abend, und sie trug den ‚Brustschild der Bastet‘."

Puma sprang vor Erstaunen einen Meter zur Seite, Doc Wolliday riss seine blauen Augen auf.

„Ist das wirklich möglich?", fragte der Puma mit einem Fauchen. „Von allen Zauberartefakten, die mir als Forscher bei meinen Wanderungen begegnet sind, war der ‚Brustschild der Bastet‘ nicht zu finden. Manche glauben, er wäre nur eine Legende."

Der Boss blinzelte. „Es war eindeutig."

Doc Wolliday hatte seinen dicken, grauen Katerkopf bedächtig zur Seite geneigt und sah nachdenklich auf den staubigen Fußboden vor seinen Pfoten.

„Das ... könnte alles ändern ...“, maunzte er schließlich. „Oder all unsere Hoffnungen bleiben weiterhin nutzlos.“

„Doc Wolliday.“, Der rot getigerte Anführer wandte sich nun direkt an den rauchgrauen Perser. „Nun will ich von dir wissen, was weißt du über den ‚Brustschild der Bastet‘? Ist es möglich, dass es Kitty bewusst ist, was sie da um den Hals trägt?“

Doc Wolliday neigte sein ehrwürdiges Haupt. „Das ist höchst unwahrscheinlich, Boss. Die Menschen können in der Regel das rotgoldene Leuchten, das Zauberartefakte umgibt, nicht sehen. Und nur wenige sind sensibel genug, um zu spüren, dass dieser Gegenstand kein menschlicher ist und auch meistens nicht zu ihrem Wohl beiträgt.“

„Aber der ‚Brustschild der Bastet‘ ist nicht gefährlich!“, warf der schwarze Kater rasch ein. „Und es ist zum Schutz der Menschlichen Kontaktkatze erschaffen worden. Es schützt doch, wird es getragen, vor fremden und bösen Zaubereinflüssen, soviel ich weiß.“

„Deshalb sitzen wir hier zusammen und halten Rat, meine Katzenfreunde. Um zu erkennen, was auf uns zukommt und um unser Wissen zu verbünden.“

Boss begann, vor dem hohen Rundbogenfenster auf und ab zu gehen. Die Strahlen der aufgehenden Morgensonne, die durch die staubige Glasscheibe fielen, umgaben ihn mit einem Lichtfächer.

Er sah stolz und mächtig aus. „Die Frage ist doch: Ist diese Kitty Katzrath wirklich die Menschliche Kontaktkatze und wenn ja, weiß sie es?“

Ratloses Schweigen erfüllte den Raum.

„Nun, zur ersten Frage“, erwiderte der alte, weise Perser schließlich leise, „nach jeder menschlichen und katzlichen Überlieferung: Eindeutig ja. Nur ein Mensch, der eine Verbindungsperson und eine Hilfe für die die Menschheit schützende

Katzenvereinigung ist, kann einen *‚Brustschild der Bastet'* überhaupt finden."

„Aber *weiß* sie es?", warf der Boss ein.

„Das", seufzte Doc Wolliday, „müssen wir erfahren. Manche Menschen besitzen es ein ganzes Leben lang, ohne es zu erkennen."

„Ja", bestätigte auch der Puma bedrückt, „manche erfahren es nie, oder es gerät später in die falschen Hände."

Boss blieb in seiner rastlosen Wanderung stehen. Er blickte aus dem Fenster und atmete schwer auf. Endlich sah er seinen Freunden mit festem Blick in die Augen.

„Und das, meine Brüder, müssen wir verhindern!"

Der Chefkater legte seinen Kopf mit der stattlichen Katermähne in den Nacken. Er stieß einen lauten, durchdringenden Ruf aus.

Sofort erschien eine Wachkatze aus dem dämmerigen Flur.

„Du wünschst, Anführer?"

„Sage dem Scout Kleopatra, sie möchte bitte zu uns in den Versammlungsraum kommen ...", erwiderte Boss. „Und ... ach ja, die kleine Bonnie soll mitkommen und natürlich auch ihr Zwillingsbruder Billy!"

Der rot getigerte Kater nahm seine rastlose Wanderung vor dem hohen, staubigen Fenster wieder auf, während sich der Puma still in eine schattenverhangene Ecke des Raumes zurückzog, aus der er, selbst unbeobachtet, alles verfolgen konnte.

Plötzlich, wie von Zauberhand, stand Kleopatra mitten im Zimmer.

Die kleine Bonnie strich schüchtern um den Türpfosten, fast als traue sie sich nicht hinein. Von hinten tapste ihr Bruder Billy verschlafen über sie hinweg.

„Aua!", maulte das kleine Katzenmädchen. „Pass doch auf!"

Billy gähnte. „Ich kann nicht aufpassen, bin ja noch müde", erwiderte er ungerührt. „Gibt's schon was zu essen?"

Boss seufzte. Kinder. *Aber sehr begabte Kinder.*

„Still.", Kleopatras Stimme war wie ein raschelnder Hauch, doch die Kleinen verstummten sofort. „Du ... hast mich rufen lassen, Boss?"

Ihre schönen Augen verengten sich leicht, und der rot getigerte Kater räusperte sich unwillkürlich. Diese Kleopatra hatte sogar für ihn etwas Unheimliches.

Ja.", Der Chefkater hob leicht sein kantiges Kinn. „Kleopatra, wir benötigen deinen Bericht. So ausführlich wie möglich. Bitte."

Die schöne Katze senkte hochachtungsvoll ihren Kopf, mit einem Augenzwinkern bestätigte sie seinen höflichen Befehl. „Gerne, Boss. Wo soll ich beginnen?"

„Du kennst die Menschenfrau Kitty Katzrath?"

„Ja ...", Sie zögerte einen Augenblick. „Wie ich schon einmal berichtet habe, traf ich sie zuerst, als sie noch ein Kind war. Vielleicht so alt, wie unsere kleine Bonnie jetzt ist."

Kleopatra wandte leicht den Kopf, und Bonnie versteckte sich noch weiter hinter dem Türpfosten, sodass nur noch ein kleines Öhrchen und ein seegrünes Katzenauge von ihr zu sehen waren.

„Es war oben an dem großen Wasser, das die Menschen heute ‚Ostsee' nennen, und sie zog mit ihrer Familie gerade in ein verfallenes Schloss. Dort, wusste die örtliche Katzenvereinigung, lag seit langen Jahren ein Zauberartefakt verborgen. Da dieser Ort vorher von den Menschen gemieden worden war, hielten wir dieses Versteck für sicher."

Boss hob das Kinn, er legte unbewusst seine Ohren zurück.

Die Katzenfrau fuhr fort. „Ich wurde gesandt, um die Menschen, die das Haus wieder bewohnbar machten, zu beobachten. Das kleine Mädchen Kitty fand das Artefakt in ihrem Zimmer, unter den Holzdielen."

Boss trat mehrere Schritte auf Kleopatra zu. „Was war es? Ein Amulett?", fragte er.

Kleopatra senkte die schönen Augen. „Nein Boss, es war kein Amulett. Es war ein *Franziskus-Ring*"

Der Anführer hielt die Luft an.

Doc Wolliday schüttelte ungläubig seinen dicken Kopf.

„Franziskus, ein heiliger Mann der Menschen", dozierte er leise. „Er lebte im Mittelalter und konnte der Sage nach mit den Tieren sprechen."

„Eben das bewirkt ein *Franziskus-Ring!*", zischte der Puma aus der dämmerigen Zimmerecke. „Der Mensch, der diesen Ring trägt kann uns verstehen! Er kann mit den Katzen sprechen!"

„Aber nur, wenn er genug Katzenverstand hat!", warf Doc Wolliday ein.

Boss verengte die Augen. „Was geschah weiter?", wollte er von Kleopatra wissen.

Sie legte den Kopf schräg. Ihr Blick war rätselhaft.

„Ich sprach zu ihr", erwiderte sie, „aber sie hatte Angst. Sie wollte nicht zuhören. Sie warf den Ring weg ...", Hier zögerte die geheimnisvolle Katze. „Obwohl ... ich muss gestehen, ich weiß nicht, wohin er verschwand. Kein Finder unserer Katzengemeinschaft konnte den Ring danach sichern."

Der Katzenanführer sah von Doc Wolliday zu dem Puma, dessen Augen aus dem Dunkel türkisgrün leuchteten. „Puma?"

„Der Ring wäre keine Gefahr, er ist gut", erwiderte der schwarze Kater. Er trat ein paar Schritte ins Morgenlicht.

„Dennoch, wenn sie ihn noch hätte, wäre es mehr als wichtig, sie für die Katzenorganisation zu gewinnen. Kitty hätte dann zwei Zauberartefakte, ohne es zu wissen: Den *Brustschild der Bastet*' und den *Ring des Franziskus*'. Sie wäre dann nicht nur eine Menschliche Kontaktkatze, sie wäre ... der Menschliche Scout."

Doc Wolliday riss die blauen Augen auf. „Ein Menschlicher Scout? Sie könnte, wenn sie beides trägt, immun gegen Zaubereinflüsse sein und Zauber-Artefakte erkennen und sichern?", wunderte er sich. „Ich habe davon gelesen, aber ... so einen

74

Menschen gibt es nur alle 300 Jahre! Unglaublich!"
Kleopatra fauchte. Ihr Fell war in einer widerwilligen Bürste aufgestellt, sie hatte all ihren scheinbaren Gleichmut verloren. „Kitty Katzrath soll der Menschliche Scout sein?!", zischte sie herablassend. „Sie besitzt zwei mächtige Zauberartefakte, ohne es zu wissen? Was für eine *Katzenschande*! Ihr habt sie nicht gesehen! Diese Frau richtet schon mit ihren zwei Beinen ein wahres Chaos an! Wenn sie vier hätte, wäre die Welt in Gefahr!"

Hinter ihr am Türpfosten kicherte Bonnie leise.
Boss stieß unwillig den Atem aus. Gedankenvoll sah er einen Moment lang aus dem Fenster.
„Das wird ja nicht geschehen. Sie wird *niemals* vier Beine haben! Deine Eitelkeit in Ehren, Kleopatra."
„So", sagte sie brüskiert blinzelnd, „so, das meinst *du*, Boss. Na gut. So. Kann ich dann jetzt gehen?"
Puma rollte die Augen. Doc Wolliday strich sich höflich über den grauen Bart, um ein Grinsen zu verbergen.
„Nein", erwiderte der Anführer aufseufzend. „Bleibe bitte noch einen Augenblick. Wir wollen erst von der kleinen Bonnie hören, was sie zu berichten hat. Kommst du bitte zu uns, Bonnie? Habe keine Angst!"

Die kleine, schwarze Katze trat zögernd ein paar zierliche Schritte in den Versammlungsraum hinein, dann machte sie mit schnellen Sprüngen einen Bogen um die noch immer empörte Kleopatra.
Billy hüpfte, obwohl er nicht dazu aufgefordert worden war, unbekümmert hinter ihr her.
„Bonnie, hast du meine Nachricht an den Kater, der mit Kitty Katzrath zusammenlebt, überbracht?"
„Ja. Hab ich", sagte die kleine Katze stolz und klappte dann ihr Mäulchen wieder zu.
„Und?"

Der Katzenchef konnte seine Ungeduld nur mühsam verbergen. „Öh ... ja ...", Bonnie sah hilfesuchend zu ihrem Bruder, der ihr eine Grimasse schnitt. „Öh ...", machte Bonnie wieder, „der Admiral, so heißt er, ist ganz nett. Er ist einverstanden, dass wir den Geheimgang meiden, aber den Garten betreten. Er ... er will nur, dass wir seine Mäuse nicht fangen."

Daraufhin ließ Billy eindeutig missmutig die Öhrchen hängen. „Natürlich", sagte Boss, „das versteht sich von selbst. Alle haben sein Revier zu respektieren.", Er sah den schmollenden, kleinen Billy einen Moment lang eindringlich an.

Bonnie kicherte wieder, bevor ihr einfiel, dass Lord Mizius sie selbst beim Mäusefangen in seinem Garten erwischt hatte. Als Antwort reckte Billy den Hals und spotzte zu seiner Schwester. Es hörte sich an, als würde Popcorn in der Pfanne platzen: ‚Phh!'

„Das hast du gut gemacht, kleine Bonnie!", lobte der Anführer freundlich.

Das kleine Katzenmädchen streckte stolz ihr Kinn in die Höhe und warf ihrem Bruder einen triumphierenden Blick zu, den Billy aber gar nicht sah.

Er war, für alle unbemerkt, um den großen, roten Boss herumgeschlichen.

Nun kauerte er hinter dessen Rücken vor dem staubigen Fenster. Gebannt starrte der kleine, schwarze Kater durch die Scheiben.

„Wir müssen eine Entscheidung treffen, Freunde.", Boss sah sie ernst und auffordernd der Reihe nach an.

„Beobachten", sagte Puma nach langem Schweigen.

„Observieren", stimmte Doc Wolliday zu.

„Natürlich im Auge behalten!", warf Kleopatra über ihre Schulter beleidigt in die Runde.

Boss wandte sich an Bonnie, die immer noch gespannt vor ihm saß, strahlend wegen des Lobes, das sie erhalten hatte. „Es ist beschlossen", entschied der rot getigerte Kater gewichtig.

„Kitty Katzrath wird observiert. Bonnie, das übernimmst du mit deinem Bruder Billy. Du hast dich ja schon mit Admiral Lord Mizius bekanntgemacht."

Bonnie strahlte über ihre runden Katzenbäckchen. „Ja, Boss!"

„Und der Kater, der Admiral?", Puma trat etwas weiter vor. „Soll er eingeweiht werden?"

„Nein", erwiderte Boss zögernd, „noch nicht.", Dann sah er zu Bonnie und auch zu dem kleinen Billy hinter seinem Rücken. „Ihr wisst also Bescheid. Ihr habt Wache. Ab heute Nacht. Das Observieren tagsüber übernimmst du, Kleopatra. Am besten gemeinsam mit dem Kleinen Napoleon."

Aber der kleine Billy hatte etwas ganz Anderes im Kopf.

Gebannt hatte er den Weg den Hügel herauf zu der Katzenvilla beobachtet. Nun hatte er endlich den weißen Transporter entdeckt, der sich langsam aus der Ferne durch die Bäume dem verfallenen Anwesen näherte.

„Juchuuu!!!", schrie er begeistert so laut, dass der Boss und der Puma entsetzt zur Seite sprangen. „*Endlich!* Da kommt Cadys mit dem Essen! Erster!!!"

Der kleine Kater sauste mit wirbelnden Pfoten los, rannte um Boss herum, sprang respektlos über die empörte Kleopatra hinweg.

Der Clanchef schüttelte den Kopf. „Wenn er so weiterfrisst", sagte er belustigt, „wird er als Finder bald nichts mehr taugen. Dann passt er durch kein Loch mehr!"

6. Katzpitel,

in dem Kitty ein Déjà-vu hat

Die restlichen Osterfeiertage versuchte Kitty, Ordnung in das Umzugsdurcheinander zu bringen und ihr neues Zuhause bewohnbar zu machen.

Ihre Stelle im Museum sollte sie schon am nächsten Tag, dem Dienstag nach Ostern antreten. So versuchte Kitty, wenigstens ihre Kleidung ordentlich in den Schränken unterzubringen. Schließlich konnte sie am Dienstagmorgen schlecht in irgendwelchen Kartons nach ihrer Bürokleidung herumkramen. Obwohl, auch das hatte es bei ihr schon gegeben.

Admiral Lord Mizius half tatkräftig bei allem. Das beschleunigte das Aufräumen leider auch nicht. Im Übrigen wollte er sowieso lieber in den Garten, und Kitty wurde bei seinen Hilfsaktionen in diversen Kartons und Schränken das Gefühl nicht los, dass er sie ein bisschen an den Rand der Geduld treiben wollte, damit sie es endlich aufgab und mit ihm hinaus ging.

Am Ende hatte es ihr schlauer Kater auch geschafft.

Kitty machte mit Lord Mizius einen kurzen Rundgang im regennassen Garten.

Dann wurde er jedoch zu seiner großen Empörung wieder auf den Arm genommen und lautstark protestierend ins Haus zurückgetragen, denn geschafft wie sie war, legte sich Kitty schließlich sehr früh mit einem ihrer Lieblingsbücher, einer Tafel Schokolade und ihrem allerliebsten Lieblingskater ins Bett. Und noch bevor der Admiral seinen Ärger überwunden hatte, war er zu seinem eigenen Erstaunen bereits schnurrend auf ihren Füßen eingeschlafen. In dieser Nacht träumte Kitty Merkwürdiges.

Sie war im Museum, in einer weiten, hohen Halle, die erfüllt war von Dämmerlicht.

Der Fußboden unter ihren Füßen bestand aus weißen und schwarzen Marmorplatten, die in einem bestimmten Muster verlegt waren.

Kitty stellte plötzlich erschrocken fest: *„Oh mein Gott, ich stehe mitten auf einem Schachbrett!"*

Da trat aus dem entfernten Zwielicht ein großer Mann mit Hornbrille hervor. Er streckte ihr freundlich seine Hand entgegen. Sie wollte auf ihn zugehen, aber Kitty zögerte, denn sie konnte sein Gesicht nicht erkennen.

Schließlich machte sie einen Schritt auf ihn zu, doch plötzlich stürzte eine riesige, schwarze Steinfigur der ägyptischen Katzengöttin Bastet mit lautem Getöse und aufwirbelndem Staub direkt vor ihre Füße ...

Mit einem Schrei fuhr Kitty schweißüberströmt in die Höhe.

Lord Mizius beschwerte sich verärgert und sprang beleidigt vom Bett, denn ihr Gestrampel unter der Bettdecke hatte ihn gestört.

Da machte er es sich schon lieber im Wohnzimmer auf dem Ledersofa bequem, so hatte er wenigstens seine Ruhe und wurde nicht noch getreten.

Kitty hielt sich immer noch verwirrt die Ohren. *‚Was für ein Lärm!'*, dachte sie fassungslos. *‚Was für ein gruseliger Ort! Oh, Mann ...'*

Sie rollte sich auf die andere Seite. Hoffentlich blieb sie jetzt von diesen blöden Träumen verschont!

Draußen vor dem Fenster rauschte einschläfernd und gleichmäßig der Regen.

Noch am anderen Morgen, als das Wecker-Klingeln sie aus dem Schlaf riss, war Kitty über diesen Traum verärgert und sogar ein bisschen ängstlich. *Ich kann doch unmöglich so viel Angst davor haben, gleich meine Arbeit im Museum zu beginnen?*, fragte sie sich verschlafen. *Lampenfieber? Was für ein Unsinn! Aber was beunruhigt mich dann?*

Sie gähnte und reckte sich. Ein riesengroßer Topf mit starkem Kaffee rückte die Welt bestimmt wieder in die rechte Ordnung.

Admiral Lord Mizius beobachtete sie von dem roten Sofa aus, wie sie die Kaffeemaschine in Gang setzte.

Unter fast geschlossenen Lidern lugte er misstrauisch hervor. Es war noch ziemlich früh, für ihn eindeutig zu früh, was tapste da sein Lieblingsmensch mit wirrem Haarpelz schon hier durch die Gegend und ließ dieses Kaffeemaschinendings ohrenbetäubend röhren?!

Was war denn nun schon wieder? Musste er etwa wieder ins Auto?

Kitty sah ihrem unwilligen Kater in sein leicht verkniffenes Gesicht und musste lachen.

„Schlaf noch schön!", sagte sie wie fast jeden Morgen mit einem Kuss zwischen seine rosa Öhrchen.

Zur Antwort gähnte er, drehte seinen Kopf auf die Seite und versteckte sein Gesicht zwischen beiden Pfoten.

Lass mich bloß zufrieden!, hätte er genauso gut laut sagen können. *Ich will nichts damit zu tun haben, egal, was es ist!*

Die heiße Dusche tat Kitty richtig gut.

Draußen war es immer noch dämmerig, der Regen fiel in nasskalten Schnüren vom Himmel. Anscheinend war heute so ein Tag, an dem es mal wieder gar nicht richtig hell werden wollte.

Sie suchte sich einen dunklen Hosenanzug aus ihrem Kleiderschrank, den sie mit einem dünnen, karamellfarbenen Rollkragenpullover kombinierte.

Einen Moment lang hielt sie ihren Lieblingsanhänger in den Händen, dann legte sie das Amulett doch wieder auf die Kommode im Schlafzimmer zurück.

‚Besser nicht', dachte sie, *, zu auffällig. Im Übrigen trage ich ja ohnehin die meiste Zeit einen weißen Kittel!'*

„Ich muss jetzt gehen, Lord Mizius", flüsterte sie ihrem noch immer misstrauischen Kater ins Ohr. „Dein Thunfisch ist auf dem Teller, sei schön brav."

Müde leckte der Admiral seine Lieblings-Käsepaste von dem kleinen Teller, den Kitty ihm vor die Nase hielt, um ihn zu trösten, dass er den ganzen Tag bis zum Nachmittag alleine sein würde.

Als sie die Haustür hinter sich abschloss und in den kalten Regen hinaustrat, streckte sich ihr Kater genüsslich in seiner vollen Länge auf dem Sofa aus und gähnte, als wollte er sein Mäulchen zerreißen. Kitty zog eine Schnute. Wenn sie ihn so sah, war sie fast ein bisschen neidisch.

Zehn Minuten später hatte ein Riesenschreck auch ihre letzte Müdigkeit vertrieben.

Aus dem trüben Tag trat sie in ein dämmeriges Museumfoyer, zog eine schwere Holztür auf und blieb wie gegen eine Wand gelaufen stehen.

‚Déjà-vu!', dachte sie entsetzt. *‚Das ... ist ein Déjà-vu! Heute Nacht hatte ich von genau diesen Raum einen Alptraum!'*

Kitty trat einen Schritt zurück, legte die Hand auf den Mund. Ihr Blick wanderte hinauf in die hohe Halle, wo ein Glasdach in Pyramidenform das nur spärliche Tageslicht einließ.

Sie stand in der weiten Empfangshalle des Dom-Museums auf dem schachbrettgemusterten Marmorboden, den sie in ihrem Traum gesehen hatte. Sie sah sich schaudernd um.

An den Wänden bildeten dunkel abgesetzte Steinpfeiler gegen die hellere Wand tiefe Nischen, in denen Statuen und andere große Exponate standen.

Fast in Armeslänge, rechts hinter ihr, stand in dunklem Zwielicht, von einer einzelnen Lampe angestrahlt, eine hohe, schwarze Steinfigur der ägyptischen Katzengöttin Bastet.

,Was soll das bedeuten?', fragte sie sich verwirrt.

Dann hörte sie Schritte hinter sich.

Kitty zuckte erschrocken zusammen. Aus einer im dunklen Hintergrund liegenden Tür trat ein Mann hervor. Er trug eine Hornbrille und kam mit freundlich ausgestreckter Hand auf sie zu. Sie schluckte trocken einen Kloß im Hals herunter.

„Frau Katzrath?", fragte er mit sonorer, im Raum hallender Stimme.

Kitty schaffte es, zu nicken.

„Schön, dass Sie da sind! Wir freuen uns alle, Sie als neue Kollegin zu begrüßen."

Der Mann stand nun vor ihr, gewinnend lächelnd.

Und er hielt immer noch seine Hand ausgestreckt.

,Oh, mein Gott', schoss es Kitty durch den Kopf, ,nun guck doch nicht so blöd, was soll er denn denken?!'

Sie räusperte sich. Langsam gewann sie wieder die Kontrolle über ihre entgleisten Gesichtszüge.

„Ja. Ich freue mich auch", erwiderte sie schließlich und ergriff seine Hand.

Der Mann schien erleichtert. „Ja", sagte er, „ich bin übrigens Dr. Janus. Der leitende Museumsdirektor."

Kitty hätte am liebsten laut gekreischt.

Dieser gruselige Mann aus ihrem Traum war ihr Chef und zwar nicht irgendeiner, sondern der große Oberboss.

Dr. Janus würde letztendlich darüber entscheiden, ob sie die Stelle hier im Museum behalten würde, oder eben nicht.

,Bestens!', schimpfte sie sich in Gedanken, als sie ihn durch die Halle über das Schachbrettmuster begleitete, ,vielleicht darfst du ja nach diesem Auftritt tatsächlich die Probezeit über bleiben!'

Dr. Janus sprach in angenehmem Tonfall über seine Vorstellungen, wie man zunächst in den nächsten Wochen verfahren würde, und über die Kollegen, die er ihr nun gleich vorstellen wollte.

Es war eine Leihausstellung über das mittlere ägyptische Reich geplant, die Kitty betreuen und mit museumseigenen Exponaten aus dem Depot ergänzen sollte.

Noch immer etwas schusselig, auch wenn man es ihr nicht anmerkte, schüttelte sie mit höflichen Worten noch einige Hände:

Da war der stellvertretende Museumsdirektor, Herr Dr. Frei, der nicht nur der Freund ihres Vaters, sondern auch ihr direkter Chef war. Die blonde Sekretärin Sissy Pfuhs, die direkt dem Herrn Dr. Janus zugeordnet, aber auch für alle sonstigen Personalangelegenheiten zuständig war.

Und schließlich stellte Dr. Janus ihr noch einen hochgewachsenen Mann mit schütteren, farblosen Haaren vor, die er quer über seine Stirnglatze gebürstet hatte, und der Kitty begeistert anlächelte.

„Dies ist unser Herr Heuchelheimer. Er ist unser Ägyptologe, und mit ihm sollten Sie im Folgenden die demnächst bei uns gastierende Ausstellung besprechen und einrichten!"

Kitty schüttelte Herrn Heuchelheimer die klebrige, warme Hand. „Natürlich", sagte sie ohne viel Begeisterung.

Herbert Heuchelheimer stieß ein schnaufendes Gelächter aus, das mindestens so klebrig war wie seine Handfläche.

„Ja", schnaufte er. „Tatsächlich sind wir ja auch Nachbarn. Ich habe Sie am Samstag beim Einziehen beobachtet!"

„Äh ... ja.", Kitty wandte sich ab.

Ein Spanner als Nachbar und direkter Arbeitskollege.

Das hatte ihr gerade noch gefehlt!

Zuletzt führte Dr. Janus sie in das Untergeschoss. Dort befand sich das Museumsdepot, wo die meisten musealen Gegenstände

die Zeit zwischen Ausstellung und Ausstellung sorgfältig eingepackt verschliefen.

Hier war auch der Arbeitsraum des Museumsrestaurators mit
allen technischen Gerätschaften.

„Dies ist nun Ihr Reich!", Dr. Janus öffnete eine schwere
Stahltür und ließ Kitty voran gehen. „Bei uns lagern hier unten
im Depot ständig 60 bis 70 Prozent der Artefakte. Die anste-
hende Ägypten-Ausstellung findet in Kooperation mit einem
Berliner Museum statt und ist leider zu großen Teilen nur eine
freundliche Leihgabe der Stadt Berlin."

Er räusperte sich, und seine fleischigen Wangen verfärbten
sich aus einem für Kitty unerfindlichen Grund rot. „Sicher, wir
sind natürlich im Vergleich zu Berlin sehr provinziell."

Dr. Janus zupfte an seinem rechten Ohrläppchen. „Dennoch,
wir haben auch unsere Vorzüge. Zum Beispiel verfügen wir über
eine rege Anteilnahme der Privatbevölkerung an unserem Museum. Größtenteils in Form von Sach- und Geldspenden! Nun,
sehen Sie sich um, machen Sie sich mit allem vertraut", fügte er
geschäftig hinzu. „Frau Pfuhs wird Ihnen sicher noch alle not-
wendigen Schlüssel übergeben."

Kitty wollte sich gerade umwenden und ihren Chef noch etwas
fragen, da bemerkte sie, dass sich Dr. Janus schon den Gang
hinunter entfernt hatte.

Er hatte die schwere Stahltür zu den Restauratoren-Räumen
einfach hinter ihr losgelassen und sie ohne ein weiteres Wort
stehenlassen.

Die Tür schloss sich langsam, wie von Zauberhand, durch den
elektrischen Türschließer gebremst. Es war totenstill, nur die
Klimaanlage rauschte.

Als die Tür mit einem ‚Klack!' endgültig ins Schloss fiel, hatte
Kitty das merkwürdige Gefühl, in eine Falle geraten zu sein.

Reihe um Reihe führten vollgestellte Regale in den tiefen Raum
hinein.

Sie reichten bis unter die Decke zur Neonbeleuchtung und erstreckten sich über die ganze Breite des Raumes. Verschlossene, graue Stahlschränke und klimatisierte Vitrinen standen an den Wänden.

Es sah aus wie ein Labyrinth aus geheimnisvollen Kisten und Kästen. Geradeaus sah Kitty eine Sicherheits-Stahltür mit einem Handrad. Dort befand sich der Tresor für die extrem wertvollen Museumsstücke. Linkerhand führte eine doppelflügelige Tür in ihr Büro.

Kitty sah sich noch einmal seufzend um und betätigte dann den elektrischen Türöffner, der die schwere Tür mit einem leisen Zischen ihr entgegen in den Depotraum schwingen ließ.

Ein gründämmeriges Halbdunkel lag dahinter.

Zwei breite Fenster, die mit einem kunstvoll geschmiedeten Eisengitter geschützt waren, gingen vom Souterrain auf eine flache Grasböschung hinaus und ließen ein trübes, durch Pflanzen gefiltertes Licht in den Raum.

Kitty stellte ihre Tasche auf den wuchtigen Holzschreibtisch und seufzte noch einmal, dieses Mal erleichtert.

Wenigstens hatte sie hier Tageslicht und konnte lüften, was sie auch sofort tat. Hinter ihrem Schreibtisch stand ein kleines Regal mit einer Kaffeemaschine, der nötigsten technischen Gerätschaft, wie Kitty fand.

,Na, das ist doch schon mal etwas!', stellte sie zufrieden fest. *,Das ist doch ein schönes Büro!'*

Sie schlüpfte in ihren weißen Arbeitskittel und wurde damit ganz zu Kitty, der Wissenschaftlerin.

Gegen Mittag klopfte es an ihrer Bürotür.

Kitty hob den Kopf von der meterlangen Inventarliste, die Herbert Heuchelheimer mit ihr am Vormittag besprochen hatte. „Ja, bitte?", antwortete sie.

Die Tür öffnete sich, und Sissy Pfuhs trat ein. Sie legte einen

Bund mit mehreren Schlüsseln, sowie ein Blatt Papier vor Kitty auf den Schreibtisch.

„Ich bringe Ihnen hier die Schlüssel, die Sie in Zukunft brauchen werden. Der hier ist der Generalschlüssel für sämtliche Türen im Museum und ebenfalls der Außentüren, diese hier sind für die Exponat- und Deponat-Schränke", zählte Frau Pfuhs auf. Sie zögerte unmerklich. „Und ... dieser Schlüssel ist für den Tresor. Dann brauche ich hier Ihre Unterschrift.", Sie legte ihre Hand mit den rot lackierten Kunstnägeln auf eine Zeile des Zettels.

„Gerne.", Kitty unterschrieb schwungvoll und reichte der Sekretärin den Zettel über den Tisch zurück.

„Besten Dank.", Frau Pfuhs lächelte. „Ach ... hätten Sie Lust, mit zum Mittagessen zu gehen?", fragte sie dann.

„Ja, sehr gern!", antwortete Kitty. „Und wohin?"

„Wir gehen immer in das Restaurant ‚Zum silbernen Groschen'. Da gibt es eigentlich alles. Von deutsch bis international. Ja? Wie schön! Dann lernen wir uns auch gleich besser kennen! In zehn Minuten? Ich warte dann oben in der großen Halle."

Die Sekretärin schenkte ihr ein weiteres Lächeln und wandte sich zum Gehen. Dann sah sie noch einmal durch die halb geschlossene Tür. „Ach ja, Herbert Heuchelheimer kommt auch mit."

„Schön.", Kittys Lächeln gefror mit zusammengebissenen Zähnen und entgleiste vollends, als die Tür wieder ganz geschlossen war. Sie ließ ihren Kopf auf die Tischplatte sinken.

„Oh nee ... der schreckliche Heuchelschleimer", seufzte sie tonlos. „Wie entsetzlich ..."

Eigentlich erzählte Herbert Heuchelheimer ganz witzige und interessante Dinge.

Und doch ließ der Anblick seiner schiefgestellten, gelben Zähne mit der daran klebenden Käsesahnesauce Kitty das Lachen und das Essen im Hals steckenbleiben.

Dieser Heuchelheimer war so vordergründig nett und witzig, wie er auf der anderen Seite klebrig war.

Sie konnte sich einfach nicht dazu durchringen, ihn wenigstens sympathisch zu finden. Das stellte Kitty unbehaglich fest, während sie lustlos in ihren grünen Bandnudeln stocherte.

‚Wahrscheinlich lunzt er mir auch noch unter den Jalousien durch ins Wohnzimmerfenster!‘

Irgendwie musste sie versuchen, die Klippen dieser unwillkommenen Arbeits- und Nachbarschaftsbeziehung so elegant wie möglich zu umschiffen. Sie runzelte unbewusst die Stirn. Diplomatie lag ihr leider so gar nicht.

Sissy Pfuhs war dagegen sehr nett, fast schon eine Freundin, zumal sie wohl auch nur ein paar Jahre älter war als Kitty selbst.

Die drei Arbeitskollegen saßen in einem gemütlichen, sehr edlen Lokal, das sich in der mittelalterlichen Innenstadt gleich am zentralen Brunnenplatz unter den tiefen Gewölben im Erdgeschoß befand.

Man musste sogar einige alte Steinstufen hinabsteigen, um, unter dem Bogengang hindurch, in die elegante und gediegene Gaststube des *‚Zum silbernen Groschen‘* zu gelangen.

„Das ist in Rosenburg *das* absolute In-Lokal!", hatte ihr Sissy Pfuhs zugeflüstert, als sie auf dem dicken Perserteppich standen und sich nach einem freien Tisch umsahen.

„Aha", hatte Kitty erwidert.

Sie selbst war ja eher schlichter gestrickt, konnte sich jedoch der kostbaren Umgebung auch nicht so ganz entziehen.

Das *‚Zum silbernen Groschen‘* war jetzt zur Mittagszeit sehr gut besucht. Elegant gekleidete Damen und Herren saßen an den weiß gedeckten Tischen, augenscheinlich waren es Bank- und Stadtangestellte gehobener Gehaltsgruppen. Kerzenlicht flackerte heimelig auf jedem Tisch, was sehr wohltuend bei diesem trüben Wetter war.

Herbert Heuchelheimer erzählte gerade wieder eine seiner lustigen Anekdoten, obwohl ihm niemand wirklich zuhörte. Der arme Kerl mühte sich ab, um seine neue Arbeitskollegin gut zu unterhalten und lachte dabei schnaufend und grunzend am allermeisten selbst über seine eigenen Witze.

Im Hintergrund des in gedämpftem Licht liegenden Raumes saßen vor einem breiten Buntglasfenster in der rückwärtigen Wand einige junge Männer in Kittys Alter.

Sie schienen sich wenig zu unterhalten, aber sie aßen Unmengen von Nudeln und tranken schon jetzt, zur frühen Mittagszeit, gläserweise Bier.

Sissy Pfuhs bemerkte mit schlauer Miene Kittys gedankenverlorenen Blick, der an dem schnaufenden Herbert Heuchelheimer vorbei in Richtung dieses Tisches ging.

Sie beugte sich näher zu Kitty hinüber.

„Das sind einige Spieler der Rosenburger Eishockeymannschaft", flüsterte sie wichtig. „*Echte Prominenz!* Zum Teil aus dem Ausland und sehr attraktiv, nicht?", Sie zwinkerte ihr mit einem elegant geschminkten Auge zu.

Kitty bemerkte den merkwürdig begehrlichen Blick in den Augen der Sekretärin. Doch ein zweiter, prüfender Blick in der Richtung des entfernten Tisches zeigte ihr selbst wiederum nur biertrinkende, junge Männer, die es tunlichst vermieden, den anderen Gästen im Lokal auch nur einen Blick zu schenken.

Offensichtlich wollte man unter sich bleiben.

Kitty rümpfte unwillkürlich die Nase. Mit Eishockey hatte sie es noch nie gehabt und mit arroganten Männern erst recht nicht.

Rainer hatte zu Hause auch ein paar solcher Freunde. Befremdet sah sie die blonde Arbeitskollegin von der Seite an.

„Aha", erwiderte sie.

„Der Blonde da, ganz links", flüsterte Sissy Pfuhs wieder, „das ist Top Scorer. Der *Beste* von allen.“

„Aha“, sagte Kitty wieder.

Zumindest hatte Top Scorer ein beachtliches Kinn und vertrug Unmengen von Bier.

Herbert Heuchelheimer räusperte sich. Er hatte endlich bemerkt, dass das Gespräch an ihm vorbei lief. „Und, konnten sie denn schon etwas mit der Inventarliste anfangen, Frau Katzrath?“, Mit ernstem Blick rückte er an seiner dicken Brille.

„Ja.“, Kitty war ihm plötzlich sehr dankbar für diese Wende im Gespräch. „Ich denke, ich werde auch noch einmal die Liste der Berliner Leihobjekte damit vergleichen. Vielleicht finden sich ja noch andere Artefakte bei uns im Lager, die gut zu den ausgeliehenen passen und uns bislang durch die Finger geschlüpft sind.“

„Ja, tun Sie das!“, bestätigte Heuchelheimer begeistert. Kitty sah ihn prüfend an, aber ein zaghaftes, fast schüchternes Lächeln erhellte sein schlichtes Gesicht.

Sie lächelte freundlich zurück. ,*Möglicherweise*‘, sagte sie sich nachdenklich, *,möglicherweise ist der Heuchelschleimer doch zu ertragen. Mag sein, er ist netter, als man bereit ist, zu sehen.*‘

Ein hübscher, karamellfarbener Kater sprang von einem entfernten Polsterstuhl, auf dem er bis eben gemütlich geschlafen hatte.

Er zuckelte verschlafen in die Richtung einer Tür neben dem Tisch der Eishockeyspieler, die, wie Kitty grinsend vermutete, in die Küche führen musste.

Top Scorer fing Kittys Grinsen auf und missverstand es als Interesse an seiner Person. Hochmütig wandte er den Blick ab. Als der karamellfarbene Kater an ihm vorbeischlenderte, sträubte er widerwillig das Fell und fauchte den Spieler an.

7. Katzpitel,

in dem Admiral Lord Mizius sich Schnurrhaar

über Schwanzspitze verliebt

Immer noch rauschte draußen vor dem Fenster einschläfernd der Regen.

Admiral Lord Mizius gähnte und streckte sich ausgiebig.

Auch wenn es nicht richtig hell zu werden schien, konnte der weiße Kater erkennen, dass es fast schon Mittag war. Noch einmal gähnte er.

Dann setzte er sich müde, mit verwuscheltem Fell, auf dem roten Ledersofa auf und begann, sich zu putzen. Am liebsten hätte er noch ein bisschen weiter geschlummert, aber schon in wenigen Stunden würde seine Kitty wieder da sein, und natürlich hatte auch der Admiral sehr wichtige Pläne.

Inzwischen hatte er sich detailliert zurechtgelegt, wie er die unterirdischen Gänge, die in Kittys Keller endeten, erforschen konnte, ohne den Boss und die Katzenvereinigung zu verärgern. Aber zuerst musste Lord Mizius sich an seinem Thunfischteller gebührend stärken, wenn er sich auch seufzend bremsen musste.

Ein bisschen Fisch musste übrigbleiben - der Admiral hatte Angst, dass er mit zu üppig gefülltem Bäuchlein nicht durch das enge Zugangsloch zum Geheimgang passte.

Dieses Mal brauchte der große, weiße Kater nicht ganz so viel

Zeit, bis er die Gabelung der Geheimgänge erreicht hatte.

Heute war es in den unterirdischen Gängen sehr feucht, stellenweise tropfte es von der gewölbten Decke, ein weißlicher Nebel trieb in der Luft.

Admiral Lord Mizius kauerte sich an einer bestimmten Stelle wartend zusammen, nämlich genau dort, wo er bei seinem letzten Erkundungsgang einer fetten Maus begegnet war.

Er musste nicht lange warten, nur eine kleine Katzenweile, da guckte die Maus zögerlich aus einem Spalt hervor.

Leider nicht zögerlich genug für so einen schnellen und geschickten Kater wie den Admiral. Lord Mizius schickte sie in den Mäusehimmel. Hin und her, er brauchte ein Gastgeschenk für den großen Boss der Katzenvereinigung.

Genau in der Mitte der sich kreuzenden Geheimgänge platzierte er sein großzügiges Geschenk. Mit dem Schwanz zeigte sie in die Richtung, aus der er gekommen war und diente so ihm selbst als ein heimlicher Wegweiser.

Admiral Lord Mizius begutachtete sein Werk. Der weiße Kater war mit sich hochzufrieden. Betrat ein Mitglied der Katzenvereinigung den Geheimgang und fand seine Witterung, würde sein Gastgeschenk den Boss freundlich stimmen. Kam keine Katze hier entlang, nun, dann war Lord Mizius unentdeckt geblieben und hatte noch eine fette Maus zusätzlich.

Mau, das war ein guter Plan.

Zusätzlich kratzte der Kater noch ein wenig an der Wand, dass er auch sicher den Rückweg fand, sollte die Maus doch den Weg zu Boss genommen haben.

Vorsichtig begann der schöne Kater seinen Weg in den linken Geheimgang hinein.

Zunächst war der schmale, gemauerte Tunnel noch recht gut intakt. Die Wände waren fest gemauert, darin befanden sich halbhohe Nischen, in denen merkwürdige, dunkle Gefäße standen. Manche Nischen waren fast raumhoch, aber sorgfältig vermauert und leer. Das sah aus wie verschlossene Menschentüren.

Alles sah hier nach Menschenwerk aus, auch wenn es schon lange staubig und verlassen war. Nichts sprach dafür, dass dieser Gang jemals benutzt wurde.

Gelegentlich fand der Admiral Geruchsspuren von Katzen. Einige kannte er schon, zum Beispiel Kleopatra war hier auch gegangen, andere waren ihm unbekannt.

Langsam schlich Lord Mizius weiter. Immer enger wurde der Gang, immer zerstörter die Mauern. Felsen ragten in den unebenen Weg, stellenweise war das Erdreich durch die gemauerten Wände gebrochen und hatte die Steine mitgerissen.

Der Kater kletterte mit vorsichtigen Schritten über diese Hindernisse, die den Gang halb verschütteten. An manchen dieser Stellen ragten große Knochen aus dem Erdreich, das in den Gang gerutscht war.

Lord Mizius schauderte.

Das war selbst ihm ein wenig zu geheimnisvoll und zu gruselig. Ein Mensch konnte hier schon gar nicht gehen. Er schüttelte den Kopf.

Was sich so alles unter einer ordentlichen, gepflegten Stadt befinden konnte!

Weiter vorne endete der Gang. Offensichtlich hatte ein Erdrutsch ihn irgendwann vollständig verschlossen. Der Admiral sah sich langsam und geduldig um, mit dem geringelten Schwanz auf den feuchten Boden klopfend.

Links über dem hohen Erdhaufen fiel ein wenig Licht durch ein zu gewuchertes, enges Loch.

Na, also!

Als sich Lord Mizius durch die enge Öffnung aus dem Geheimgang gezwängt hatte, stand er blinzelnd auf einer Wiese in der Nähe eines großen Wassergrabens. Der Regen hatte endlich aufgehört, und die Sonne lugte mit ihren blendenden Strahlen durch die davonziehenden Wolken.

Hinter sich sah der weiße Kater in der Ferne den alten Dom. Noch weiter entfernt, den Fluss entlang, waren sehr große Häuser, die aus hohen Bäumen hervorlugten.

Vor sich, mit kleinen Gärten hin zum Umflutgraben gelegen, sah er einstöckige Reihenhäuser, die mit malerischen Erkern in die Landschaft um Rosenburg hinaussahen.

Das musste der Admiral dringend näher inspizieren.

Das Gras war noch nass von dem Regen, der bis vor wenigen Momenten gefallen war, aber hier und dort summten schon ein paar Insekten über die Gänseblümchen dahin.

Wie Lord Mizius sah, als er auf die Häuser langsam und vorsichtig zu schlich, waren die schmalen Gärten gegen den daran vorbeiführenden Fahrradweg mit Hecken abgegrenzt, die schon ein dichtes Grün entwickelten.

Es war jetzt früher Nachmittag. Langsam klarte der Himmel auf, und die Sonne erwärmte schon mit Kraft die nasse Erde. Bald würde alles in voller Blüte stehen.

Admiral Lord Mizius war inzwischen an das erste Reihenhaus gekommen.

Sorgfältig beschnüffelte er die Zweige der Hecke. Hier war jedoch kein nennenswerter Geruch festzustellen, und so trat der Kater neugierig durch eine Öffnung zwischen den Zweigen in den Garten hinein.

Das Gras war sehr hoch, der Garten machte insgesamt einen ungepflegten Eindruck. Lord Mizius musste seine Füße hoch heben, wobei ihn die langen Halme unter dem Bauch kitzelten. Das war nicht angenehm, zumal sie vom Regen noch sehr nass waren.

Alles schien verlassen dazuliegen, das kleine Haus schien verwaist zu sein. Der Mensch, der es bewohnte, war wohl zur Arbeit gegangen wie seine Kitty. Vorsichtig schlich Lord Mizius über die schmale, mit Platten ausgelegte Terrasse.

Seine kleine, rosa Nase schob sich seitlich an die Glastür, die auf den Garten sah, sodass er in das dahinterliegende Wohnzimmer spähen konnte, möglichst ohne selbst gesehen zu werden. Entsetzt musste der Admiral sich schütteln.

‚Mau!‘, dachte er empört, *‚was für ein schlampiges, schmutziges, großes Tier! Gut, dass ich meine Kitty habe!‘*

Drinnen im Haus sah der weiße Kater in verstreuten Haufen merkwürdige, menschliche Kleidungsstücke herumliegen. Bierflaschen und andere Glasflaschen lagen dazwischen und verströmten durch die offene Dauerlüftung der Terrassentür einen beißenden Geruch, der sich auch noch mit dem menschlichen Schweißes und altem Zigarettenrauch mischte.

Lord Mizius leckte sein Näschen und schüttelte sich wieder.

‚Puh! Stinkender, menschlicher, junger Kater! Pfui!‘

Vor der Glastür lag, achtlos hingeworfen, ein großer, merkwürdig abgewinkelter Holzstock.

So etwas kannte Lord Mizius aus dem Schloss, in dem er bis vor kurzem mit Kitty gewohnt hatte. Rainer hatte so etwas besessen. *‚Eishockey-Schläger‘*, nannte er das wohl immer.

Wie dem auch sei. Menschenkram.

Das interessierte den Admiral nicht besonders, und er schlich vorsichtig weiter, durch einen Zaun, vor die nächste Terrassentür.

Hier war ebenfalls niemand zu Hause. Es roch aber eindeutig nach älterem Mann. Auch das nächste Haus war über den Tag verlassen. Soweit Lord Mizius aus den Witterungen in dem gepflegten Garten entnehmen konnte, wohnte dort ein Paar mittleren Alters.

Sorglos schlenderte der Admiral weiter. Offensichtlich waren die meisten großen Tiere sowieso nicht zuhause.

Und bei dem Blick in das letzte Haus, da traf den weißen Kater der Blitz!

Wie ein Donnerschlag fuhr ihm der Schreck in alle Glieder, kreiste in kitzeligen Windungen in seinem Magen, lähmte seine Pfoten.

Dann wurde ihm ganz schwach, seine hellgrünen Augen weiteten sich, und eine große Wärme breitete sich ganz in ihm aus. Der Admiral musste seufzen.

Da war sie. Ein Katzenmädchen.

Auf einem weinroten Samtkissen lag sie schlummernd im warmen Sonnenschein des Erkerfensters. Der Kater seufzte wieder, an die Stelle gebannt mit einer zum Laufen erhobenen Pfote. In der Bewegung sozusagen festgefroren.

Ihr Fell leuchtete in warmem Karamell, durchzogen von grauen Flecken, die in der hellen Sonne fast lila schimmerten. Ihr kleines, zierliches Näschen war von einem hellen, weißen Dreieck umgeben. Nur um ihr Mündchen spielte ein leichter, karamellfarbener Schimmer, als hätte sie sich vornehm gepudert.

Admiral Lord Mizius hatte schon viele Katzenmädchen gesehen, aber diese Kleine dort war eindeutig das anmutigste und schönste der ganzen Katzenwelt.

Ein feiner Perlmuttschimmer breitete sich sanft über ihr ungewöhnlich dichtes und samtiges Fell. Das zarte Kinn ruhte anmutig auf weißen Samtpfötchen, die aussahen, als hätte sie lange Handschuhe an.

Um den Hals trug die schöne Katze eine hell-lila Samtschleife, elegant hinter ein kleines Öhrchen gerückt.

‚Es muss ein Traum sein, ihr das samtene Bäckchen zu lecken!‘, seufzte Lord Mizius. ‚Vielleicht ist sie ein Katzen-Engel, ganz bestimmt aber eine edle Prinzessin!‘

Der Admiral stellte seine Vorderpfoten an das Mauerwerk des Erkers und schob sich, auf den Hinterbeinen stehend, noch näher an das Fensterglas heran, hinter dem das schöne

Katzenmädchen ruhte. Er war ganz in die Betrachtung versunken. Plötzlich öffneten sich traumverloren ihre großen, runden Augen.

Tiefstes Gold senkte sich in seinen hellgrünen Blick. Dem Admiral rutschte das Herz in seine flauschigen Fellhöschen. Er legte seinen Kopf schräg und verlor sich ohne ein weiteres Maunz in ihren tiefgoldenen, wunderschönen Augen.

Da gähnte das fremde Katzenmädchen zierlich.

Eine kleine, rosa Zunge rollte sich zurück in einen perfekten, rosa Rachen mit ebenmäßigen, weißen Zähnen. Sie sah Lord Mizius noch einen Moment an, dann stand sie majestätisch auf und drehte ihm ihr plüschiges Hinterteil zu.

Die fremde Schöne warf ihm noch einen letzten Blick über die Schulter zu, wobei sie ihren langen, flauschigen Schwanz elegant wie eine Federboa über ihren Rücken schmiegte.

Dann sah Lord Mizius nur noch das Aufblitzen weißer Katzenfüße, und sie war von ihrem Fenstersitz verschwunden.

Der große, weiße Kater seufzte aus tiefstem Herzen. Er reckte seinen Hals, um vielleicht noch einen letzten Blick auf das Mädchen zu erhaschen. Eine lange Weile saß er vor dem Erkerfenster, wartete sehnsüchtig, dass sie vielleicht wieder zurückkam. Aber sie blieb verschwunden.

Was sollte er tun? Bei so etwas war selbst ein Admiral machtlos!

Schließlich machte sich Lord Mizius wieder auf den Heimweg, darüber nachgrübelnd, wie und wann er sie wiedersehen würde.

Ganz in seine Gedanken verloren, lief er den Weg am großen Wassergraben entlang, dann direkt auf den alten Dom zu. So durcheinander war er, dass er sogar vergaß, wieder den Geheimgang in Kittys Haus zu benutzen, damit seine Menschen-Freundin von seinem Ausflug nichts bemerkte.

Zeitweilig war er so überschäumend von Freude erfüllt, dass

er wie ein kleines Kätzchen einer Fliege hinterhersprang.
Ach, er musste sie wiedersehen! Die schönste Katerarie würde er ihr vorsingen, sie mit den allerdicksten Mäusen beschenken …, Plötzlich stutzte er … *allerdickste Mäuse … verdammt, der Geheimgang!*
Nun war es zu spät, er war bereits am Gitterhof angekommen. Schnell quetschte sich der große, weiße Kater durch die schmiedeeisernen Stäbe des großen Tores.

Als Kitty ein paar Minuten später aus dem Museum nach Hause kam, fand sie Lord Mizius mit entrücktem Gesichtsausdruck und grünen Pfoten schnurrend vor ihrer Haustür auf den Steinstufen liegend.
Es traf sie fast der Schlag.
Irgendwie schien hier alles nicht mit rechten Dingen zuzugehen, in diesem Rosenburg!
„Lord Mizius!", rief sie entsetzt. „Wie kommst du denn hier her? Hat die Mami vielleicht ein Fenster offengelassen?"
Kitty beugte sich besorgt zu ihrem Kater herab und streichelte ihn ausgiebig, bevor sie die Haustür aufschloss.
„Och, der", sagte da eine Kinderstimme hinter ihr, „der sitzt da bestimmt schon seit einer Viertelstunde und guckt Löcher in die Luft! Ist der verliebt, oder ist er nur ein bisschen blöd?"
Ein kleines Mädchen von vielleicht sechs Jahren fuhrwerkte vor der Haustür der Biberbrücks mit einem blauen Kinderfahrrad herum und sah Kitty gegen die Nachmittagssonne blinzelnd an.
„Hallo", sagte Kitty, „wer bist du denn?"
Das Mädchen fuhr jetzt in Kurven um die große Platane.
„Och, ich? Ich bin Nelli. Und du? Bist du eine Hexe?"
Kitty fiel von einem Entsetzen in das nächste. „Wie kommst du denn darauf? Ich bin eure neue Nachbarin. Wieso sollte ich eine *Hexe* sein?"
„Hexen haben grüne Augen, und ihre Augenbrauen wachsen

über der Nase zusammen!", sang Nelli. „Und außerdem hast du komische Hexenschuhe an!"

Kitty seufzte und sah auf ihre hochmodischen, roten Schnürpumps mit hohem Barockabsatz, die sie sich auch am ersten Arbeitstag heute nicht hatte verkneifen können.

Ihre Hand wanderte zu ihrer Nasenwurzel. Na gut, Augenbrauenzupfen war wohl offensichtlich auch einmal wieder fällig, auch wenn sie das von Nelli nicht sehr höflich fand.

„Du hast mich erkannt!", zwinkerte sie der Kleinen zu. „Aber wenn du mich verrätst, verwandle ich dich in einen glimpschigen Frosch!"

Nelli starrte sie aus immer größer werdenden Augen an. „Mach' doch!", erwiderte sie trotzig. Dann plötzlich, ließ sie ihr Fahrrad fallen und lief kreischend zur Wohnungstür der Biberbrücks.

„Mami!", schrie sie aus vollem Hals, „Mami, die böse Hexe will mich in einen Frosch verwandeln!"

Genervt ließ Kitty ihre Haustür hinter sich und dem Admiral ins Schloss fallen.

Wie die abergläubische Mutter so auch die Tochter!

Sie hatte es nicht nur nicht besonders mit der Diplomatie, darüber hinaus verstanden Kinder meistens auch ihre Witze nicht.

Toffee Pearl lag auf ihrem Samtkissen und sah schmollend ihrem Lieblingsmenschen Ken McRight zu, wie er auf dem Sofa saß und las.

Manchmal sah sie auch aus dem Erkerfenster, aber es war nun schon dunkel draußen, und wegen des Lampenlichtes im Wohnzimmer sah sie in der spiegelnden Fensterscheibe nur ihr eigenes, missgelauntes Gesicht.

Heute Nachmittag hatte sie, aus einem langweiligen Traum heraus, ihre Augen geöffnet und hatte *ihn* gesehen, draußen auf der Terrasse vor dem Fenster.

So ein schöner Kater, so stattlich mit herrlichem, weißem Fell.

Auf den Schultern hatte er grau gepunktete Abzeichen gehabt, eine grau-schwarz getigerte Frisur und einen schwarz-grau geringelten Schwanz.

Er sah so sanft aus, gleichzeitig so stark. Sicher war er ein ganz besonderer Kater.

Das Katzenmädchen hatte sich nicht getraut, auf ihrem Kissen zu bleiben und dem vornehmen Kater weiter in seine hellgrünen, tiefen Augen zu sehen.

Verärgert musste sie sich eingestehen, dass sie einfach plötzlich schüchtern und verlegen geworden war, ganz entgegen ihrer sonstigen Gewohnheiten.

Da hatte sie das Erkerfenster verlassen.

Was der weiße Kater nicht sehen konnte, war, dass sich Toffee Pearl unter dem Sofa versteckt hatte, um ihn ungesehen beobachten zu können.

Aber, und das verursachte erst so richtig ihre Missstimmung, der schöne, gepflegte Kater hatte nicht lange nach ihr geschaut. Nicht einmal eine halbe Stunde hatte er vor der Terrassentür auf ihre Rückkehr gewartet, dann war er einfach verschwunden.

Sie drehte sich beleidigt auf die andere Seite, ihren flauschigen Po absichtlich gegen das Fensterglas drückend.

Sollte er doch ihren Po angucken, wenn er wieder zurückkam!

Die kleine Katzendame wusste ganz genau, dass sie eine außergewöhnliche Schönheit war.

Jawohl, viele Kater hatten sie schon vor diesem Fenster umworben! Einige hatten ihr sogar die ganze Nacht lang die schönsten Arien vorgetragen.

Geschenk-Mäuse stapelten sich regelrecht auf der Terrasse, um ihre Gunst zu erwerben!

Und dieser Weiße von heute? Nicht einmal eine lumpige halbe Stunde war sie ihm wert gewesen!

Mau! *Schließlich war sie eine edle Britin, sie legte Wert auf Etikette und darauf, auf beste Art und Weise umworben zu werden.*

Sie war aus vornehmem Geschlecht! *Phh!* Und eine Maus hatte er auch nicht da gelassen. Unwillkürlich rümpfte Toffee Pearl das Näschen. Obwohl ... sie fand Mäuse ekelig. Konnten die sich für ein Mädchen nichts Besseres ausdenken? *Kater!*

Toffee Pearl seufzte vor sich hin.

Wehe, wenn er morgen wagte, wieder vor ihrem Fenster zu sitzen, dann würde sie ... dann würde sie ...

Sie begann, sich hektisch zu putzen und sah wieder aus dem Fenster. *Er war immer noch nicht gekommen!*

Sie tat einen enttäuschten Riesenseufzer. Ganz klein rollte sie sich zusammen, steckte ihr Näschen traurig in ihre flauschige Schwanzspitze.

Dann würde sie ... sich furchtbar freuen.

„Ach, Toffee Pearl", flüsterte ihr Lieblingsmensch plötzlich in ihr weiches, graues Öhrchen, „so schlimm ist es? Kleine Maus, du bist doch das schönste Katzenmädchen der Welt und ganz bestimmt muss dich *jeder* liebhaben!"

Ken McRight streichelte seine Katze eine ganze Weile. Nach einer Menge ihrer Lieblingsleckerlies hatte er es geschafft, und Toffee Pearl sah ein bisschen zuversichtlicher aus ihrem Pelz.

Auch Admiral Lord Mizius und Kitty verbrachten den Abend nicht in der allerbesten Laune.

Kitty hatte sich etwas zu essen gemacht und dann wieder das Kaminfeuer angezündet. In der Nacht wurde es immer noch ziemlich kalt.

Die flackernden Flammen wärmten gut durch und das nicht nur den Körper, sondern auch die Seele. Sie grübelte immer noch über das merkwürdige Zusammentreffen von Traum und

Wirklichkeit. So etwas Seltsames hatte sie in ihrem ganzen Leben noch nicht erlebt.

Außerdem fühlte sie eine Unruhe in sich, die sie sich nicht erklären konnte.

Es gab einfach keinen rationalen Grund dafür. Sissy Pfuhs war nett, ihr Chef, Dr. Janus, war nett, die Arbeit schien spannend zu werden. Der Heuchelschleimer, nun ja, es gab Schlimmeres. Also, warum diese schlechte Laune?

Kitty schüttelte den Kopf.

Wahrscheinlich war sie nur müde. Sie sollte heute auch möglichst früh ins Bett gehen. Wenn das Wetter bald ein bisschen wärmer werden würde, dann würde auch die Gartenarbeit dazu kommen. Bald würde sie auch nach Feierabend eine Menge zu tun haben.

Sie sah zu ihrem Kater, der mit halb geschlossenen Augen und rätselhaftem Blick in die Flammen sah.

„Lord Mizius", Kitty streichelte sein weiches Fell, den Kopf ganz eng an sein weiches Katerbäckchen gekuschelt, „wie bist du heute aus dem Haus gekommen? Kannst du das der Mami zeigen?"

Der Admiral gähnte und streckte die Pfötchen. Dann drehte er den schönen Kopf und leckte ihr tröstend die Stirn.

„Also nicht", seufzte sie. „Du willst dein Geheimnis für dich behalten!"

Natürlich behalte ich mein Geheimnis für mich!', dachte Lord Mizius schläfrig. *Ich muss unbedingt schlafen, obwohl sich mir der Kopf dreht. Morgen muss ich sie wiedersehen.*

Und dann noch die Sache mit dieser Katzenvereinigung. Ich weiß gar nicht, worum ich mich zuerst kümmern soll! Vielleicht kann mir ja die kleine Bonnie irgendetwas über die fremde Schöne erzählen.', Er gähnte wieder bis hinter beide Ohren.

Ich darf nicht vergessen, sie zu fragen, wenn ich sie sehe. Bonnie sitzt ja schon wieder in der Nacht draußen im Garten. Und das bei diesem lausigen Wetter ... mau ...'

Kitty löschte das Feuer, nahm ihren müden Kater auf den Arm, und schon bald waren beide aneinander gekuschelt im warmen Bett eingeschlafen.

8. Katzpitel,

in dem Kitty etwas verliert

und jemanden wiederfindet

In den nächsten Tagen war Kitty mit der anstehenden Leihausstellung im Museum beschäftigt.

Am Mittwochmorgen war der Sicherheitstransport mit den geliehenen Exponaten aus Berlin eingetroffen. Jedes noch so kleine Stück musste in der klimatisierten Atmosphäre des Depots vorsichtig ausgepackt und auf mögliche Transportschäden überprüft werden.

Sie verteilte Exponat-Nummern, um die Ausstellungsstücke zu katalogisieren und verglich sie dann mit der mitgelieferten Dateiaufstellung.

Es wäre eine Katastrophe gewesen, wenn irgendetwas verloren gegangen oder beschädigt worden wäre. Bis die klimatisierten Schaukästen an ihrem endgültigen Platz standen, wurden die Leihstücke in verschlossenen Glasschränken im Depot aufbewahrt.

Natürlich brauchte das alles furchtbar viel Zeit, aber Kitty hatte Spaß an der Arbeit.

Wie sie es am ersten Arbeitstag mit Herbert Heuchelheimer besprochen hatte, begann sie ebenfalls, die alten Depotbestände des Museums durchzusehen, ob sich das eine oder andere Stück noch zu der Ausstellung hinzufügen ließ.

Kitty hatte sich in der letzten Woche mit Sissy Phus angefreundet. Sissy hatte sich sehr um sie bemüht, und sie waren jede Mittagspause gemeinsam essen gegangen. Sie verstanden sich so gut, dass Kitty ihrer neuen Freundin sogar von der gescheiterten Liebesbeziehung in Schottland erzählt hatte.

Es war inzwischen Freitagmorgen, und das Wetter war in den letzten Tagen sehr warm geworden. Alles blühte und grünte, die Natur schien förmlich zu explodieren.

Kitty war früh zur Arbeit ins Museum gegangen.

Sie war gerade auf dem Weg zu Dr. Janus, um mit ihm ihren Vorschlag für die endgültige Ausstellungsliste durchzusprechen.

Zu dieser frühen Morgenstunde war das Museum noch nicht geöffnet, die dämmerigen Flure der Verwaltung waren leer und sehr still.

Als Kitty an der Teeküche vorbeikam, hörte sie zwei Personen heftig miteinander streiten. Sie konnte nicht verstehen, was gesprochen wurde, und sie ermahnte sich auch, dass es sie nichts anginge.

Ein Mann und eine Frau stritten wie in einer Beziehung, und die weibliche Person war eindeutig Sissy Pfuhs. Kitty beschleunigte ihre Schritte, um unbemerkt zu bleiben. Wenn Sissy ihre Privatangelegenheiten auf der Arbeit klären musste, so war das nicht Kittys Sache.

Das Sekretariat war, wie erwartet, leer, doch auch Dr. Janus war nicht in seinem Büro. Die Tür zu seinem Zimmer stand weit offen.

Unbehaglich beschloss Kitty, wieder ins Depot zurückzukehren und einen besseren Zeitpunkt für ihr Gespräch mit Dr. Janus abzuwarten. Sie wandte sich zum Gehen, und direkt vor ihr stand Sissy Pfuhs.

„Oh", sagte die Sekretärin, „du? Heute schon so früh? Was ist denn?"

„Guten Morgen, Sissy", antwortete Kitty. „Ich wollte nur einen

Moment mit Dr. Janus sprechen. Es geht um die Ausstellung, aber ich sehe schon ..."

„Was sehen Sie, meine liebe Frau Katzrath?"

Dr. Janus tauchte hinter Sissy in der Tür auf.

Kitty stellte unbehaglich fest, dass er offenbar der Mann war, mit dem Sissy in der Teeküche gestritten hatte.

„Oh", log Kitty aus einem plötzlichen Gefühl der Gefahr heraus, „ich dachte, Sie hätten einen Termin außer Haus, dann wäre ich später noch einmal wieder gekommen."

„Nein, nein.", Dr. Janus schien aufzuatmen und reichte ihr die Hand. „Zeigen Sie mal her, was Sie da haben. Ah ja, die Ausstellungsliste."

Er wechselte einen seltsamen Blick mit Frau Pfuhs, und auch dieser Blick entging Kittys Aufmerksamkeit nicht.

Was ging hier vor?

Der Museumsleiter streckte einladend seine rechte Hand zu seinem Büro, und Kitty folgte ihm in sein Zimmer.

„Frau Katzrath", begann ihr Chef, als er in seinem tiefen Ledersessel hinter dem polierten Schreibtisch Platz nahm, „bevor ich Ihre Liste studiere, möchte ich Ihnen dazu gratulieren, wie hervorragend Sie sich in diesen wenigen Tagen in Ihren Arbeitsbereich eingearbeitet und in unser kleines, familiäres Team integriert haben. Ich bin sehr zufrieden!"

„Danke!", Kitty blieben vor Überraschung die Worte weg. Tatsächlich musste sie sich ein Stirnrunzeln verkneifen.

Eine Zeitlang fuhr Dr. Janus noch in dieser Art fort, dann warf er einen oberflächlichen Blick auf ihre Liste und entließ Kitty wieder. „Sicher werden Sie alles zu unserer höchsten Zufriedenheit organisieren, liebe Frau Katzrath. Und ein schönes Wochenende, wünsche ich Ihnen!"

„Ja, danke. Wünsche ich Ihnen ..."

Noch bevor sie ihre Antwort beendet hatte, schob Dr. Janus Kitty ins Sekretariat und schloss die Tür hinter ihr.

Sissy Pfuhs sah von ihrer Schreibarbeit am Computer nicht auf. Ein bisschen ratlos ging Kitty wieder zurück in ihr Büro im Keller. Eigentlich hätte sie sich freuen müssen über diese Lobrede ihres Chefs, aber irgendwie konnte sie es nicht. Irgendetwas erschien ihr daran falsch.

Irgendetwas stimmte hier ganz und gar nicht.

Gedankenverloren spielte sie mit ihrem Amulett, das um ihren Hals hing.

Sie hatte auch keine Lust auf eine gemeinsame Mittagspause mit Sissy. Alles, woran sie denken konnte, war, dass Dr. Janus verlogen klang.

Und dass er einen wirklich außergewöhnlichen Armreif am rechten Handgelenk trug.

Während des Gesprächs hatte sie die ganze Zeit nur wie hypnotisiert auf sein Handgelenk starren müssen. Ihr Chef hatte ohnehin einen Monolog gehalten, sodass sie nur ab und zu genickt und sich ihre Gedanken gemacht hatte.

Seine Armspange sah aus wie ein antikes Museumsstück, und wäre sie nicht aus Kupfer gewesen, hätte Kitty darauf geschworen. Sie bestand aus zwei umeinander gedrehten Kupferdrähten, deren Enden in Trichterformen ausliefen und stumpf verbödet waren.

Solche Armreifen kannte sie aus ihrer Zeit in Edinburgh, als sie dort in einem Museum gearbeitet und eine Zeitlang keltische Schmuckstücke untersucht hatte.

Allerdings war keltischer Schmuck meistens aus Bronze, manchmal auch aus Gold, doch fast nie aus Kupfer.

Einen Moment lang dachte Kitty: „... *wenn ich diese Spange nur näher untersuchen könnte* ...", dann verdrängte sie diesen Gedanken wieder.

Was sollte das?

Ein Schmuckstück aus der Zeit der Keltenfürsten wäre heute

so unbezahlbar, dass es schon aus diesem Grund unmöglich war, dass ein Stadtangestellter wie Dr. Janus mit so etwas am Arm spazieren ging.

Wie kam sie nur auf so einen Gedanken?

Sie riss in ihrem Kellerbüro die Fenster weit auf und nahm ihren weißen Kittel aus dem Schrank.

Dann zog sie sich die obligatorischen Gummihandschuhe an und machte sich im Depot an die Arbeit.

Sie wollte einige Exponate, die vom Material her unempfindlich waren, auf einem Rolltisch zusammenstellen und zur Begutachtung mit in ihr Büro nehmen.

Sie seufzte. Das würde dauern. Eine wahre Sisyphus-Arbeit.

Kitty musste grinsen. *Gutes Wort.*

Ob Sissy Pfuhs diesen Doppelsinn ihres Namens schon bemerkt hatte?

Das Thema der Ausstellung waren tägliche Gebrauchsartikel im alten Ägypten, es drehte sich also alles um eher unscheinbare Gegenstände. Kitty saß an ihrem Schreibtisch und betrachtete nachdenklich ein merkwürdiges Artefakt, das auf ihrer gummibehandschuhten Handfläche lag.

Was, in aller Welt, sollte dieses Ding sein?

In der Datei war es unter ‚*ägyptischer Spielstein*‘ verbucht.

Na gut. Wahrscheinlich hatte ihr Vorgänger auch keine Ahnung gehabt, was es darstellen sollte. Aber wenn es kein Spielstein war, was war es dann?

Der Gegenstand war sehr schlicht. Eigentlich ähnelte er einem kleinen Katzenspielball, nur dass er auf der Rückseite abgeflacht war, so als hätte jemand ein Stück mit einem Messer abgeschnitten. Er hatte eine graue Farbe und war aus Stein.

Kitty drehte ihn langsam zwischen den Fingern, begutachtete das Artefakt von allen Seiten genau. Laut der vergilbten Registratur-Karte, die dabei im Archiv gelegen hatte, war dieses Stück schon seit mehr als vierzig Jahren unberührt im Museums-Depot. Kitty fuhr sich mit dem Handrücken über die Stirn. ‚Möglicherweise ...‘, dachte sie.

Kurz entschlossen stand sie auf und wechselte von ihrem Schreibtisch auf den Stuhl vor einem der schmalen Arbeitstische an der Wand zum Depot.

Sie knipste zwei helle Lampen an. Eine davon besaß ein starkes Vergrößerungsglas. Dann tauchte Kitty ein dickes Wattestäbchen in eine spezielle Reinigungslösung aus einem Laborfläschchen. Vorsichtig trug sie Schicht um Schicht den Schmutz ab, der sich schon über Jahrtausende auf das Artefakt gelegt hatte.

Sie hielt den Atem an. Es war immer wieder unglaublich, was in ihrem Beruf passieren konnte.

Unter all dem Schmutz, der dem Artefakt eine gleichmäßige, schmutziggraue Farbe gegeben hatte, kam langsam eine weiße Oberfläche zum Vorschein. Doch nicht nur das. Kitty schüttelte den Kopf.

In der Mitte des fast kugelförmigen Gebildes war aus hellbraunem, goldgepunkteten Stein ein Kreis eingelegt, und darum verlief eingraviert eine schwarze Linie. Eigentlich sah das Artefakt aus wie ... ein Auge.

Sehr wahrscheinlich war es einmal in eine Statue eingesetzt gewesen, und mit der ägyptischen Kultur hatte es genauso wahrscheinlich nichts zu tun.

Kitty schätzte es eher auf die griechisch-römische Zeit und den europäischen Raum des Mittelmeeres und entschied sich dazu, es als ‚einzelnes Auge einer Statue‘ im Katalog zu vermerken.

Als sie ein weiteres Wattestäbchen in eine andere Flüssigkeit getaucht hatte, versiegelte sie damit die poröse Oberfläche des Steines. Dann vervollständigte sie den Eintrag im Computer. Nun musste das Auge nur noch auf dem Tisch trocknen, dann bekam es eine Objektnummer und ein neues Schild und konnte zurück ins Depot.

Was für eine Entdeckung!

Kitty streifte die Handschuhe ab, zog ihren Kittel aus und nahm ihre Handtasche aus dem Schrank, um Mittagspause zu machen. Die Fenster stellte sie auf Kipplüftung. Die Gitterstäbe verhinderten ja jeden Einbruch. Außerdem besaß das Museum Wachpersonal und eine Menge moderner Sicherheitstechnik.

Bevor sie ging und ihre Bürotür und die Stahltüren zum Depot sorgfältig verschloss, warf sie noch einen Blick auf ihr neu entdecktes Artefakt.

Und plötzlich hatte sie den seltsamen Eindruck, als würde das Auge lebendig und lauernd ihren Blick erwidern.

Draußen vor Kittys Bürofenster, verborgen im Halbdunkel von wuchernden Pflanzen und gegen das helle Sonnenlicht nicht zu sehen, saß Kleopatra.

Der Scout beobachtete aufmerksam jede von Kittys Bewegungen. Schon als Kitty mit dem Rolltisch durch die sich zischend öffnende Sicherheitstür hereingekommen war, hatten sich der Katze buchstäblich die Nackenhaare aufgestellt.

Die Menschenfrau hatte unwissentlich aus dem Depot ein lang verschollenes Zauberartefakt mitgebracht, das auf dem rollenden Wagen leise hin und her wippte. Kleopatra hielt aufgeregt die Luft an.

Jetzt bewegte dieser Kitty-Mensch den gefährlichen Zaubergegenstand auch noch auf der Handfläche.

Natürlich bemerkte Kitty nichts von dem giftig aussehenden, rotgoldenen Strahlen, das von dem Artefakt ausging und pulsierte. Wenigstens hatte der dumme Mensch Gummihandschuhe über seine Pfoten gezogen, sodass das Objekt ihn mit seinem Zauber nicht beeinflussen konnte.

Und sie trug unter ihrem Kittel offensichtlich den ‚Brustschild der Bastet', der sie vor dem bösen Zauber des Auges schützte.

Kleopatra verbiss sich ein Spotzen.

Menschlicher Scout, na ja.

Viel hielt sie persönlich nicht davon, dass Kitty der Menschliche Scout sein sollte, aber vielleicht war Kitty ja doch klüger, als sie es vermutete.

Nun ja, man würde sehen.

Nervös und ungeduldig wartete die schöne Katze darauf, was weiter passierte. Jede Katze hätte es bemerkt, wie Kleopatras Blicke sich förmlich in ihren Rücken bohrten, nur Kitty merkte natürlich nichts. Sie arbeitete langsam und konzentriert an dem Artefakt.

Kleopatra verengte die Augen zu Schlitzen. Sie hatte genug gesehen. Als ihr klar war, dass Kitty den Zaubergegenstand über die nächste Stunde nicht bewegen würde, schoss der schöne Scout wie ein Blitz unbemerkt davon.

Sie brauchte einen Finder. Und sie brauchte ihn schnell.

„Schaffst du das, oder brauchen wir Billy?", flüsterte Kleopatra der kleinen Bonnie zu, die vor ihr auf der Grasböschung zu Kittys
Bürofenster kauerte.

Der kleine Finder nahm gerade das vergitterte Fenster in Augenschein. Durch das Glas konnte sie sehen, dass das Büro verlassen war.

„Nö, das schaffe ich lässig!", erwiderte die kleine, schwarze Katze. „Lass den dicken Billy bloß schlafen, sonst ist er heute Nacht völlig ungenießbar!"

„Na, gut!", Kleopatra trat nervös von einer Pfote auf die andere. Gespannt beobachtete sie, wie die kleine Bonnie sich zwischen die schmiedeeisernen Stäbe kauerte, einen Moment von einem Hinterbein auf das andere wechselte und dann mit einer geschmeidigen Bewegung auf den oberen Rand des gekippten Fensters schnellte.

Einen winzigen Augenblick wippte der kleine Katzenhintern

balancierend auf und ab, dann sprang Bonnie mit einem weiten Satz über die gefährliche Glasfläche des Fensters hinweg direkt auf Kittys Schreibtisch.

„Siehst du es?", zischte Kleopatra draußen vor dem Fenster.

„Ja!", maulte Bonnie und verdrehte die Augen. „Bin doch kein blinder Mensch!"

Da, auf dem Tisch an der Seite, leuchtete rotgolden dieses Auge. *Wie furchtbar hässlich es war!*

Alle bösen Artefakte sahen für Katzen hässlich aus, und Bonnie wunderte sich immer wieder, wie die Menschen von ihrem angeblich schönen Schein so leicht übertölpelt wurden.

Die kleine, schwarze Katze setzte vorsichtig und zierlich Pfötchen vor Pfötchen. Sie machte ihre Nase lang und schnupperte. *Pfui!!!*

„Das Ding ist nicht nur potthässlich, es stinkt auch noch bestialisch!", rief sie über die Schulter Kleopatra zu.

„Nun mach schon!", erwiderte die Katzenfrau ungeduldig. „Eure Kitty-Kontaktkatze hat es vorhin noch fürsorglich eingecremt! Es müsste aber jetzt fast trocken sein!"

Bonnie schnüffelte naserümpfend an dem böse blickenden Auge herum und nahm es schließlich angeekelt in ihr Mäulchen.

„Pfmeckt aber nich fo!", nuschelte sie um das Artefakt herum.

Nun rollte Kleopatra die Augen.

Die kleine Bonnie sprang mit dem Zaubergegenstand zurück auf Kittys Schreibtisch. Vorsichtig legte sie das Auge auf die hölzerne Tischplatte. Dann reckte sie ihren Hals zum Computer-Bildschirm.

„Magisches Auge des Aureus Virrus: Artefakt gesichert!", sagte sie triumphierend zu dem noch laufenden Gerät.

Wie von Geisterhand löschten sich auf dem Bildschirm die alten und die von Kitty neu hinzugefügten Einträge über das Auge aus den Dateien. Auch die Karteikarten des Objektes flirrten kurz in der Luft wie in unsichtbarer Hitze und lösten sich dann auf.

Nichts wies jetzt noch darauf hin, dass das *Magische Auge des Aureus Virrus'*, wie es wirklich hieß, jemals existiert hatte.

Zufrieden nahm Bonnie das Zauberartefakt wieder zwischen die Zähne.

Zwei Sprünge, und die kleine, schwarze Katze stand wieder draußen vor dem Fenster bei Kleopatra auf der Grasböschung.

„Schnell", sagte der schöne Scout, „bringe es zu Boss und Doc Wolliday in die Villa! Am besten benutzt du einen unserer Geheimgänge, damit dich niemand sieht! Ich bleibe noch hier auf Patrouille, wir sehen uns dann heute Abend! Ach, Bonnie", fügte Kleopatra noch an, „das hast du wirklich gut gemacht, Kleine!"

Bonnie nahm das Auge noch fester zwischen die Zähne, entschlossen, diesen Auftrag auch besonders gut zu Ende zu führen. Dankbar blinzelte sie der erwachsenen Katze ein Augenküsschen zu und verschwand.

Gut gelaunt bummelte Kitty durch die sonnige Innenstadt Rosenburgs.

Tatsächlich stellte sie erstaunt fest, wie sehr sie es genoss, die Mittagspause ohne Sissy zu verbringen. Die Läden hatten bei diesem schönen Wetter ihre Auslagen bis in die schattigen Arkadengänge gestellt, und sie guckte hier und da interessiert an den Ständen, ob sie etwas Nettes fand.

Ein Antiquariat hatte die Tür zu dem kleinen, halbdunklen Laden unterhalb der Gewölbe weit geöffnet. Es sah sehr geheimnisvoll darin aus, und Kitty trat ein.

Neben der Tür lag auf einem bequemen Polsterstuhl ein leeres Katzenkissen. Daneben stand ein Schälchen Wasser und ein kleiner Teller mit Trockenfutter auf dem Boden.

Kitty lächelte still in sich hinein. *Hier muss ich wohl richtig sein'*, dachte sie belustigt. Eine Zeitlang stöberte sie versunken durch die verzaubert wirkenden Bücher. Plötzlich ertönte hinter ihrem Rücken ein leises Räuspern. Kitty fuhr erschrocken zusammen.

„Hallo", sagte eine ruhige, männliche Stimme, „entschuldigen Sie, ich wollte Sie nicht erschrecken."

Hinter ihr stand ein junger Mann mit schulterlangen, dunklen Haaren, die er im Nacken mit einem Haargummi zu einem Zopf zusammengefasst hatte. Seine großen, braunen Augen sahen sie freundlich durch eine schwarze Hornbrille an.

Kitty runzelte die Stirn. Sie trat ein Stück näher an den Ladenbesitzer heran in das hellere Licht an der Tür.

„Sie ...", begann sie zu stammeln, aber ihre Stimme versagte in einem lustigen Kiekser.

Prompt fing der Mann leise an zu lachen. Dabei färbten sich seine Wangen in deutlichem Rot. Abwehrend hob er beide Hände. „Ganz ruhig. Ich wollte *Sie wirklich* nicht erschrecken!"

Kitty starrte ihn wortlos an. In ihrem Gehirn hopste es wie tausend Flöhe. Sie kaute ein bisschen dümmlich auf ihrer Unterlippe und legte den Kopf schief, eine Geste, die sie mit ihrem Kater gemein hatte.

Natürlich war ihr schon klar, wie äußerst dämlich sie sich anstellte.

„Ich ... kenne Sie ...", sagte sie schließlich einfach.

„O.k.", nickte der dunkelhaarige Mann, „schon gut. Kein Grund zur Panik.", Er trat noch einige Schritte näher und streckte ihr seine Hand hin. „Ich bin Ken McRight und der Besitzer dieses tollen Ladens."

Kitty ergriff seine Hand. „Ich bin Kitty Katzrath. Aber woher kenne ich Sie? Ich komme im Moment wirklich nicht darauf!"

Der dunkelhaarige Mann nahm die Brille ab, und Kitty japste erschrocken auf.

„Vom Iren, Ostersamstag!", wusste sie sofort.

Ken neigte bedauernd den Kopf. „Ja, aber nicht nur."

„Das verstehe ich nicht", bekannte Kitty ehrlich.

„Schade", zuckte Ken die Schultern. „Na ja, es ist ja auch schon eine Zeitlang her. Wir haben uns in Edinburgh getroffen, im Antiquariat meines Onkels."

Kitty runzelte betroffen die Stirn. Sie konnte sich im Augenblick beim besten Willen nicht erinnern und wusste nicht, was sie sagen sollte.

„Möchten Sie vielleicht ein Tasse Kaffee?", fragte Mr. McRight freundlich. Er zwinkerte ihr zu. „Vielleicht fällt es Ihnen dann wieder ein."

„Oh, gern", antwortete Kitty. „Ich wollte sowieso gerade drüben im Café etwas essen gehen. Möchten Sie vielleicht mitkommen?"

Ken McRight blies einen Augenblick zögernd den Atem aus. Dann zuckte er die Schultern.

„O.k.", antwortete er grinsend. „Warum nicht?"

Ein paar Minuten später saßen die beiden vor dem ‚Café Kilmorlie' in der Sonne.

‚Der ist ja eigentlich richtig schnuckelig!', dachte Kitty und sah McRight möglichst unauffällig an.

„Und, haben Sie schon eine Idee?", unterbrach Ken McRight ihre Gedanken.

„Wie ... Was meinen Sie? Ach so ...", Kitty lief rot an. „Wie war das noch gleich: Ein Antiquariat in Edinburgh ... na ja ... das ... ist ... na ja ...", Sie kratzte sich an der Stirn. „Also ehrlich gesagt, da war ich in mindestens allen, die es da gab. In ungefähr zwanzig oder dreißig ...", Sie zog eine schuldbewusste Grimasse. „Sorry."

Ken lachte wieder und winkte ab. „O.k. Ist nicht weiter schlimm. Mein Onkel hat ein kleines Antiquariat in einem alten Hof hinter der Royal Mile. Und ich habe Ihnen sogar persönlich etwas verkauft."

Kitty fasste sich an den Hals, dort wo ihr Amulett an einem schwarzen Lederband hing.

114

„Richtig!", keuchte sie mit großen Augen. „Meinen Anhänger. Jetzt fällt es mir wieder ein!", Sie betrachtete Ken McRight mit zusammengekniffenen Augen. Dann stach sie mit ihrem Zeigefinger in die Luft vor seiner Nase. „Sie hatten damals keine Brille. Ach, und ...ja, Sie haben mir
irgendetwas von der Magie der geheimen Dinge erzählt, oder so etwas Ähnliches. Wenn ich Sie richtig verstanden habe."

Ken bekam wieder einen roten Kopf.

„Ja", bestätigte er, dieses Mal wirklich verlegen. „Und Sie haben mich für einen totalen Spinner gehalten."

Kitty lachte. „Nein, *so* schlimm war es nun auch wieder nicht!", Sie nahm einen Schluck von ihrem Milchkaffee. „Und, wie war das denn nun gemeint, mit ,*der Magie der geheimen Dinge*'?"

Ken machte mit beiden Händen eine geheimnisvolle Geste in der Luft. „Pure Mystik. Magie!", Er grinste. „Irgendwo im Antiquariat meines Onkels schwirrte ein altes Buch umher, davon war ich damals begeistert. Es erzählte von geheimen, magischen Gegenständen, die heute noch die Menschen verzaubern."

Kitty fühlte kleine, heiße Schmetterlinge in ihrem Magen herumflattern.

„Schade", lächelte sie, „ich habe Sie damals ganz anders verstanden!"

McRight stutzte, dann grinste er. „Nein, eigentlich haben Sie das ganz richtig verstanden! Statt Sie mit irgendeiner Mystik zu langweilen, hätte ich Sie gleich zu einem Kaffee einladen sollen!"

Kitty schluckte und lächelte verzückt in ihren Milchkaffee.

Der Tag wurde immer besser! Am liebsten hätte sie Ken McRight sofort auf seinen Dreitagebart geküsst.

„Und, wie sind Sie dann von Edinburgh hierher in das verschlafene Rosenburg gekommen?", fragte sie stattdessen.

Ken zuckte die Schultern. „Verwandte", antwortete er unbestimmt. „Und, was hat Sie hierher verschlagen?"

Noch bevor Kitty antworten konnte, tauchte Cadys an ihrem Tisch auf und stellte vor jeden einen Teller mit einem extra großen Stück Schokoladentorte.

„Hallo, ihr zwei! Das hier geht auf's Haus", zwinkerte sie ihnen zu. „Na, kennt ihr euch auch schon? Ken, sei nett zu Kitty! Sie ist neu in Rosenburg ..."

Ken McRight warf Cadys einen Blick zu, ohne etwas zu erwidern. Einen sehr vertrauten Blick, wie Kitty bemerkte.

Sie bekam einen Knoten dort, wo eben noch die kleinen Schmetterlinge getanzt hatten. Die model-schöne Cadys war befreundet mit Ken?

Und wie *sehr befreundet* waren die beiden?

Kitty seufzte. Wie McRight hinter Cadys her sah! Kitty hätte sich am liebsten in ihrem Milchkaffee ertränkt.

Von wegen Mr. McRight! Jemand, der so aussah wie Ken, wartete ganz sicher nicht auf Kitty Katzrath!

Sie versuchte, sich die bittere Enttäuschung nicht anmerken zu lassen, und alles in allem, wurde es dann doch eine schöne Mittagspause, die sie hier mit Ken lachend und redend in der Sonne verbrachte.

Und tatsächlich wollte er sie wiedersehen und bat sie um eine neue Verabredung.

Eine halbe Stunde später war Kitty das Lachen endgültig vergangen.

Ihre Bürotür war immer noch verschlossen, auch das Depot war verschlossen und dunkel. Und doch spürte sie, dass sich während ihrer Abwesenheit irgendetwas verändert hatte.

Dann sah sie es, noch bevor sie ihre Handtasche auf den Stuhl gelegt hatte.

Das Auge war fort. Kitty suchte das Artefakt verzweifelt überall. Unter dem Arbeitstisch, daneben. Hinter ihrem Stuhl.

Sie stürmte aufgelöst ins Depot, suchte in dem verschlossenen Vitrinen-Schrank, wo sie die Exponate für die Ausstellung lagerte. Nichts.

In dem Kasten, wo es die letzten vierzig Jahre verbracht hatte. Nichts.

Zuletzt kontrollierte sie die Computer-Dateien, vielleicht hatte Herbert Heuchelheimer das Auge mitgenommen, oder auch

Dr. Janus. Doch dann hätten sie ihr eine Mail hinterlassen, oder zumindest einen Zettel auf dem Tisch.

Kitty war verzweifelt. Das Auge war verschwunden, ein unschätzbares, antikes Artefakt.

Aber nicht nur das, auch alle Einträge, Dateien, Fotos waren gelöscht, die alten Karteikarten nicht mehr vorhanden.

Und das passierte ihr in ihrer ersten Arbeitswoche! Wie war so etwas nur möglich?

Kitty legte den Kopf auf die verschränkten Arme und zerquetschte ein paar Tränen.

Das konnte einfach nicht wahr sein. Jeder würde denken, sie hätte das Artefakt verschusselt.

Oder, noch schlimmer, gestohlen.

„Es ist gerade so, als hätte dieses Auge niemals existiert!", flüsterte sie leise zu sich selbst. „Das kann doch alles nicht wahr sein! Entweder, ich bin irgendwie krank im Kopf, oder ...", Kitty musste erst einmal zitternd und schniefend nach Luft schnappen, so ungeheuerlich erschien ihr die logisch folgende Alternative. „... oder hier im Museum gibt es einen Dieb, und zwar einen, der die allerhöchsten Schließgenehmigungen hat."

Sie ließ die Stirn wieder auf ihre Arme sinken. Einen Moment lang überlegte sie, einfach ihre Koffer zu packen und wieder zurück nach Hause an die Ostsee zu fahren.

Das war das Einfachste, bevor der Riesenärger sich hier richtig entwickeln würde. Und dass es nicht bei dem einen verschwundenen Artefakt bleiben würde, da war sich Kitty sicher.

Aber sie konnte nicht einfach kneifen und wegfahren, denn es würde aussehen wie ein Schuldeingeständnis für einen Diebstahl, den sie nicht begangen hatte.

Draußen vor dem Fenster beobachtete Kleopatra sie heimlich aus dem Gebüsch heraus.

Fast hatte sie Mitleid mit der armen Menschenfrau.

‚Du weißt nicht, wessen Du entgangen bist‘, flüsterte die Katze leise. ‚Jetzt glaubst Du, was passiert ist, ist schlimm für Dich. Aber Du weißt nicht, was Dir sonst hätte passieren können.

Menschen! Hilflose, blinde Geschöpfe!‘

Nachdenklich schüttelte Kleopatra ihren Kopf, als hätte sie Ungeziefer ins Ohr bekommen.

Wie gut, dass es die Katzen gab!

9. Katzpitel,

in dem die kleine Bonnie sehr traurig ist

Bonnie lief eilig durch einen der geheimen Gänge, der zu der verfallenen Villa führte, wo sich die Katzenvereinigung befand.

Sie nahm ihren Auftrag sehr ernst, und so ekelig das Auge in ihrem Mäulchen auch roch und schmeckte, das kleine, schwarze Katzenmädchen war fest entschlossen, es sicher zu Boss zu bringen.

Endlich kämpfte sie sich durch ein zu gewuchertes Erdloch, das direkt in dem verwilderten, weitläufigen Garten endete, in dem das alte Gutshaus stand.

Zwei große, starke Kater, Wachen der Katzenvereinigung, traten ihr rechts und links aus den Büschen in den Weg.

Bonnie rollte die seegrünen Kinderaugen.

„If binfs!", nuschelte sie um den weißen Ball herum. „Arfefakf!"

Die Wachen nickten ihr ehrerbietig zu und ließen sie passieren. Und dann, kurz bevor sie die ausgetretene Steintreppe des Haupteinganges erreichte, da neben der großen Kastanie, da passierte es.

Im Vorbeilaufen sah Bonnie aus dem Augenwinkel, wie die fette Maus, die sie schon lange vergeblich belauerte, ihre Nase aus ihrem Loch am Stamm der Kastanie steckte.

Die kleine Katze zögerte mitten im Lauf.

„Mift!", schimpfte Bonnie leise mit sich selbst. „Aufgerefnet jepf!"

Sie trat von einem Pfötchen auf das andere, hin und her gerissen zwischen Pflichtbewusstsein, ihrem Stolz als Finder und Jagdlust sah sie sich um. Sie war offenbar ganz allein hier. Ausnahmsweise. Nur sie und die Maus.

Bonnie legte das Auge vorsichtig zwischen die Wurzeln der alten Kastanie.

Nur ganz schnell würde sie die Maus fangen. Nur einen ganz kleinen Augenblick.

Als das kleine Katzenmädchen schließlich nach ein paar mehr Augenblicken, die sie umsonst der Maus gewidmet hatte, schlecht gelaunt das Auge suchte, war es verschwunden.

Weg. Einfach so.

Bonnie standen alle Haare zu Berge. Sie konnte nicht denken, sie konnte nicht einmal mehr atmen. Die kleine, schwarze Katze kauerte sich mit schreckgeweiteten Augen zitternd zwischen die Wurzeln des mächtigen Kastanienbaumes.

So saß sie da, ein winziges, bebendes Häuflein Elend, als Kleopatra in der Abenddämmerung zur Villa kam und die kleine Bonnie dort fand.

Kleopatra sprach ganz sanft zu ihr, bis sie endlich herausbekam, was passiert war.

Sogar der große Puma kam dazu und hörte sich alles an.

Er gab der kleinen Bonnie ein Nasenküsschen.

„Hab keine Angst, Kleine. Wir sagen es gemeinsam dem Boss.", Puma leckte sich die Nase und schüttelte sich. „Worin hattest du denn deine Nase? Schmeckt ja entsetzlich!"

„Das Auge war frisch mit irgendeiner Flüssigkeit behandelt", erklärte Kleopatra leise.

„So", sagte der Puma und verengte seine Augen nachdenklich zu

Schlitzen. „Interessant. Wisst ihr was? Geht ihr beide doch schon mal hinein. Ich sehe mich hier draußen noch kurz um." Geräuschlos schlich er davon.

Der große Versammlungsraum war voller neugieriger Katzen der Vereinigung, die teils tadelnde, teils mitleidige Blicke auf die kleine Bonnie warfen.

Boss saß auf seinem Platz vor dem hohen Rundbogenfenster und betrachtete streng das kleine, schwarze Katzenmädchen, das zitternd und mit hängenden Öhrchen, eng an Kleopatra gepresst, vor ihm kauerte.

„Sie hat es wirklich gut gemacht, Boss!", Kleopatra warf all ihr eindrucksvolles Charisma in die Waagschale. „Selbst ich kann mir nicht erklären, wie hier auf unserem Gebiet so etwas passieren kann!"

Ihre Stimme war nur wie ein Hauch und drang dennoch bis in den letzten Winkel des Raumes. „Ich sage: Die kleine Bonnie kann nichts dafür!"

Boss räusperte sich.

Er warf einen prüfenden Blick zu Doc Wolliday. „Zunächst: Doc, womit haben wir es hier zu tun? Was ist das für ein Auge? Und, was haben wir zu erwarten, jetzt wo es möglicherweise in die Hand eines Menschen fallen wird?"

Der alte Perser antwortete nicht gleich.

Er putzte sich erst einmal eine Zeitlang den grauen Schnurrbart. Das kleine Katzenmädchen tat ihm leid, und er wollte ihre Angst nicht noch verschlimmern. Und der Boss war auch schon sauer genug.

„So, wie Kleopatra es beschreibt, ist es das ‚Magische Auge des Aureus Virrus'", erklärte er schließlich nach einigem Nachdenken. „Es ist ein böses Artefakt. Die Menschen, die es berühren, können an nichts anderes denken, als an Geld und Gold", fuhr der alte, weise Kater fort. „Sie wissen sofort, welcher Mensch in ihrer Nähe Geld besitzt, sogar auch wo sich verborgene Schätze befinden. Aber natürlich nützt ihnen das gar nichts."

Der graue Ratgeber begann, sich ruhig eine Pfote zu putzen.

„Wie meinst du das, Doc Wolliday?", hakte der rot getigerte Boss nach.

„Nun, leider werden diese Menschen durch das ‚Auge des Aureus Virrus' gleichzeitig so verwirrt und dusselig, dass sie kaum noch ihren Namen kennen!"

Der Katzenchef zog ungläubig seine Stirn kraus.

„Du meinst, sie werden richtig bekloppt?"

Doc Wolliday zwinkerte gemütlich. „Richtig bekloppt!", bestätigte er gut gelaunt. „Verwirrt und verrückt wie ein Kuckuck!"

Billy kicherte und stupste seine Zwillingsschwester an.

„Hihihi!", flüsterte er ihr zu. „Das Auge vom verwirrten Virus, hihihi!", Er verdrehte lustig seine Augen, sodass er schielte, aber Bonnie war gar nicht nach Lachen zumute.

Boss warf dem kleinen Kater einen strengen, tadelnden Blick zu.

„Es ist klar, dass wir das verflixte ‚Magische Auge des Aureus Virrus' wieder sichern müssen. Und das so schnell wie möglich. Wir werden extra nur dafür jemanden abstellen. Kleiner Napoleon, du machst das!"

„Nein!", widersprach der Puma entschieden.

Er hatte unbemerkt den Raum betreten und schritt nun mit langen, gefährlich aussehenden Schritten auf Boss zu. „Das mache ich!"

Boss fauchte. „Puma? Erklärst du mir das?!"

„Gerne, Boss."

Der schwarze Puma blieb einen Moment neben einem alten, staubigen Polstersessel stehen, der in der Nähe des Rundbogenfensters stand.

Hineingekuschelt in die zerrissenen Kissen saß die kleine Tiffany und schnurrte.

Liebevoll begrüßte der große Ratgeber das Katzenkind mit einem Nasenküsschen.

122

Kleopatra und Doc Wolliday tauschten einen verwirrten Blick. *Was war denn plötzlich in den wilden Puma gefahren? Der mied doch sonst jede Nähe!*

Dann kam der große, schwarze Kater ganz dicht an die zusammengekauerte kleine Bonnie heran, sah sie einen Moment mit seinen smaragdgrünen Augen ernst an und leckte ihr tröstend das Köpfchen.

„Du hast keine Schuld!", flüsterte er ihr leise zu. „Hab keine Angst, es wird alles wieder gut. Bald!"

Der Ratgeber schritt mit ausgreifendem Gang zu dem ungeduldig wartenden Boss und flüsterte ihm etwas zu, was nur der rot getigerte Katzenchef verstehen konnte.

„Auf ein Wort, Boss!", sagte der Puma schließlich laut und sah mit zusammengekniffenen Augen über die anwesenden Katzen. „Allein!"

Boss räusperte sich.

„Geht nur, Freunde!", rief auch er. „Bonnie", wandte er sich dann an die kleine, zerknirschte Katze, „es ist gut! Heute Nacht schläfst du und morgen Nacht hast du wieder Patrouille bei Kitty Katzrath! Um das Auge wird sich der Puma kümmern!"

Der Raum leerte sich langsam.

Bonnie hob hoffnungsvoll das Köpfchen und sah Kleopatra zweifelnd an.

Die geheimnisvolle Katzenfrau betrachtete Boss und Puma einen Augenblick durch verengte Augen, dann leckte sie Bonnie schnell das schwarze Bäckchen und zwinkerte ihr aufmunternd zu, bevor auch sie mit den Zwillingsgeschwistern den Versammlungsort verließ.

Später in dieser Nacht, nach der großen Versammlung, als Bonnie sich in ihrem Kummer ganz eng mit dem schnarchenden Billy in ein Nest aus Kissen gekuschelt hatte und schon schlief, saß Kleopatra im Garten vor der alten Villa, um Luft zu schöpfen.

Sie sah zu dem hohen Himmel empor, der übersät war von goldenen Sternen, bewegte leise ihr buschiges Schwänzchen und dachte nach, über all das, was sie in ihrem Leben schon gesehen hatte.

Wie manches Glück so schnell umschlug in Missgeschick, und wie sich aussichtsloser Kummer oft in einem Wimpernschlag wieder zum Guten wenden konnte.

Aus dem Augenwinkel heraus sah sie eine leise Bewegung, wie ein Schatten, der sich durch Schatten bewegte. Plötzlich setzte sich der Puma neben sie.

„Hast du etwas gefunden, Puma?", fragte Kleopatra leise.

Der große, schwarze Kater legte nachdenklich seinen runden Kopf auf die Seite.

„Ja ... etwas ...", erwiderte er langsam. „Ich bin den Hügel bis zur Hälfte hinabgestiegen und habe alle Witterungen und Spuren geprüft. Nun kann ich nur sagen, dass ich jemanden von unserer Katzenverbindung in Verdacht habe, das Auge von Bonnie genommen und bis dorthin gebracht zu haben."

Kleopatra sog erschrocken den Atem ein.

„Du meinst eine Katze? Ein Verräter ist unter uns, der unsere Aufgabe sabotiert?!"

Die schöne Katze glaubte ihren Ohren nicht zu trauen, als der Puma im Dunkeln leise lachte.

„Nein", sagte er belustigt, „so ernst ist es Gott sei Dank nicht. Eher ... ein Streich!"

„Ein Streich? Aber wer? Bonnie war es doch nicht selbst?"

Der Puma schüttelte entschieden den Kopf.

„Nein, die kleine Bonnie hat damit nichts zu tun. Ich ... habe eine Vermutung, wer das Auge jetzt hat, aber darüber muss ich erst noch einmal mit Boss sprechen."

„Aha.", Kleopatra holte tief Luft und sah wieder in die Sterne. „Und, weißt du jetzt, wo das magische Auge versteckt ist?"

Wieder erklang ein leises Lachen. „Nein, das kleine Luder kann ihre Spuren sehr gut verwischen!"

„Wie, ‚kleines Luder'?", forschte Kleopatra sofort nach, aber Puma neigte nur seinen Katerkopf und sagte nichts.

„Puma", ermahnte Kleopatra den Ratgeber ernst, „ich bin nicht erst seit gestern auf dieser Welt, und du weißt selbst, wie lange ich dich schon kenne!"

„Lange."

„Ja, sehr lange. Dein Verhalten hat nicht zufällig irgendetwas mit dem Nasenküsschen zu tun, das du der kleinen Tiffany gegeben hast? Brauchst du vielleicht meine Hilfe?"

Der Puma sah die bunte Katze rasch und bewundernd von der Seite an.

„Du bist schlau, Kleopatra, sehr schlau. Aber ich sagte ja schon, ich will erst noch einmal mit Boss darüber reden. Weißt du ...", fügte der schwarze Kater ein wenig listig hinzu, „wenn du nicht schon meine Ur-Oma gekannt hättest, könnte ich mich glatt noch einmal in dich verlieben!"

„Sehr witzig, Puma!", kam es trocken von Kleopatra zurück. „Und wenn du nicht schon immer so ein Schleimer gewesen wärest, hätte ich dir als Katzenkind öfter den Po geklopft! Aber vielleicht sollte ich das noch nachholen!"

Der Puma lachte wieder leise, und auch Kleopatra musste kichern.

Über den Hügel mit der alten Villa fiel am samtblauen Himmel still eine viel zu frühe Sternschnuppe in goldenem Bogen.

Diesen Freitagabend kam zum ersten Mal der Kick-box-Sack zum Einsatz.

Kitty hatte das Licht im Wohnzimmer gedämpft und eine Trainings-DVD eingelegt.

Die langen Haare hatte sie zu einem festen, dicken Zopf geflochten. In Gedanken versunken umwickelte sie ihre Fäuste mit Bandagen, dann begann sie erst mit Schlägen, später mit Schlag-Kick-Kombinationen, den schweren Ledersack zu bearbeiten.

Die Vorgänge im Museum um das verschwundene Auge weckten in Kitty ein Gefühl der Hilflosigkeit und des Ausgeliefertseins, und das waren Dinge, die sie hasste.

Sie musste nachdenken, sie musste irgendetwas tun.

Am Kick-box-Sack gewann sie die nötige Entfernung zu den unerfreulichen Geschehnissen.

Vor dem offenen Kamin lag inzwischen ein Flokati, und genüsslich lang darauf ausgestreckt lag Admiral Lord Mizius.

Er freute sich immer, wenn seine Kitty ihm wieder einmal ein besonderes Geschenk gemacht hatte, wie diesen schönen Zottelteppich heute Nachmittag. So konnte er ihr seine Freude am besten zeigen, wenn er das schöne Flokati-Fell huldvoll entgegennahm.

Sein flauschiges Kinn lag auf seine weißen Pfötchen gestützt.

Mit großen, hellgrünen Augen beobachtete er, wie sein liebster Mensch um diese dicke Lederwurst, die von der Zimmerdecke baumelte, mit merkwürdigen Sprüngen herumtanzte.

Der Kater verstand nicht den Sinn dieser Prozedur, aber er kannte die Geräusche und besonders die Gerüche, die Kitty währenddessen ausströmte.

Puhhh!!!

Und trotzdem beobachtete er sie gerne dabei. Umso gemütlicher war es für ihn, vor dem warmen Feuer auf dem weichen Fell zu liegen.

Während Kitty sich dort in der Ecke zum Schlafzimmer austobte, wanderten Lord Mizius' Gedanken glücklich und schläfrig zu Toffee Pearl.

Inzwischen hatte sie ihm durch die geschlossene Glastür ihren Namen zugemaunzt.

Gleich am nächsten Tag hatte er sie wieder besucht, um die gleiche Zeit wie vorher.

Eigentlich hatte der pflichtbewusste Admiral zuerst noch die anderen Geheimgänge erkunden wollen, aber dann war die Sehnsucht nach dem schönsten Katzenmädchen der Welt doch zu groß geworden.

Er hatte gründlich nachgedacht und empfunden, dass für eine so außergewöhnliche und vornehme Katzendame wie Toffee Pearl eine schnöde Maus kein passender Liebesbeweis war. Sein Plan war gefasst gewesen, und *mau*, der Admiral hatte wieder einmal einen guten Plan gehabt.

Der große, weiße Kater räkelte sich zufrieden in der Wärme, die vom Kaminfeuer abstrahlte.

Lord Mizius hatte gleich am Mittwoch aus seinen Schätzen den schönsten Spielball ausgesucht. Er war rosa und grau gestreift, glitzerte im Sonnenlicht und gab beim Rollen einen angenehmen, leisen Klingelton von sich.

Ein bisschen tat es ihm schon leid um den schönen Ball, aber was sollte es, Toffee Pearl war es wert.

So hatte er das Bällchen den langen Weg durch den dunklen Geheimgang bis zu Pearl getragen, vorbei an der noch unberührt daliegenden Maus für Boss, die auch nur noch für einen weiteren Tag ein gutes Geschenk abgab.

Dann musste sie dringend entsorgt werden.

Endlich vor dem Erkerfenster der schönen Pearl angekommen, hatte Lord Mizius ihr dann mit eindrucksvollen Sprüngen den Ball präsentiert.

Zunächst hatte sich das wunderschöne Katzenmädchen etwas spröde gegeben und sich hinter einem Sessel versteckt, aber schließlich kam die Schöne mit verführerischen Bewegungen neugierig näher.

Am Ende saß sie sogar direkt vor der Terrassentür und bedeutete ihm, dass sie das Geschenk huldvoll annahm. Dann verriet sie ihm sogar ihren Namen.

Toffee Pearl. Das war ein außergewöhnlicher Name, schön und besonders wie sie selbst.

Admiral Lord Mizius hatte sich natürlich ebenfalls vorgestellt, auch wenn sie durch das Glas keine Geruchsvisitenkarten tauschen konnten.

Schlau, wie er war, hatte er in einem unwichtigen Nebensatz erwähnt, dass er, der Admiral, sich zurzeit auf einer wichtigen Untersuchungsmission befand.

Das hatte die schöne Britin sehr beeindruckt.

So, wie sie aussah, war auch ihr Katzenwesen: Weich, rund und sanft, und hach, einfach zum Verlieben!

Glücklich dachte Lord Mizius: *,Ich bin verliebt, mau, bis über beide rosa Ohren!'*

Gestern und heute hatte er seine Liebste auch besucht und immer von seinen Schätzen ein Geschenk mitgebracht.

Dass sie sich freute und auch einen lieben Menschen hatte, das sah Lord Mizius daran, dass seine Geschenke immer am nächsten Tag von der Terrasse ins Wohnzimmer gewandert waren.

Stolz und elegant spielte Toffee Pearl ihm am nächsten Tag mit dem Lieblingsbällchen vor. Und heute ...

„Ja, heute', dachte der Kater schwärmerisch, *,hat mir die schönste Perle der Welt durch das Glas ein Nasenküsschen gegeben! Ach, wenn ich doch nur die Fähigkeit hätte, diese Glastür zu öffnen ...',*

Lord Mizius begann laut, mit geschlossenen Augen zu schnurren.

Aus der Zimmerecke mit der Lederwurst kam ein lautes Schnaufen.

Kitty hielt den hin und her pendelnden Kick-box-Sack mit beiden Händen an.

Sie wischte sich das schweißüberströmte, puterrote Gesicht mit einem Handtuch ab. Über eine Stunde hatte sie auf das Trainingsgerät eingeprügelt. Langsam ging sie, die Handbandagen abwickelnd, in ihr Schlafzimmer hinüber.

Jetzt wusste sie, was sie zu tun hatte.

Noch bevor sie unter die Dusche ging, zog sie eine Schublade an der alten Kommode gegenüber von ihrem Bett auf.

Sie wog die kleine, schmale Digitalkamera nachdenklich in der Hand und steckte sie entschlossen in ihre Handtasche.

Dann stieg sie die polierte Holztreppe hinauf ins Obergeschoß, nahm aus ihrem Computertisch einen Daten-Stick und steckte ihn ebenfalls in ihre Handtasche.

Es konnte nichts schaden, die Dokumentation parallel abzusichern, ohne dass es jemand wusste.

Nicht noch einmal würde sie ohne Beweis dastehen, wenn wieder etwas verschwand.

10. Katzpitel,

in dem Top Scorer Pech im Spiel,

und Admiral Lord Mizius Glück in der Liebe hat

Am nächsten Morgen, Samstag, erwachte Kitty gutgelaunt und ausgeschlafen.

Vor dem Fenster lag der Garten im hellen Sonnenschein.

Frühlingsblumen blühten im hohen Gras, Vergissmeinnicht und Traubenhyazinthen nickten hell- und dunkelviolett aus verwilderten Beeten herüber.

Sogar die Bäume trugen schon frisches Grün.

Vögel zwitscherten fröhlich in den Bäumen und den gelben Forsythien-Sträuchern, die in voller Blüte standen.

Kitty reckte sich gähnend, dann nahm sie ihren verschlafenen Kater in die Arme und kuschelte ausgiebig mit ihrem besten Freund.

„Heute ist Gartentag, Lord Mizius!", rief sie fröhlich.

„Mau!", bestätigte der Admiral höchst erfreut.

Zuerst musste sie jedoch duschen und in der Stadt noch einiges besorgen.

Wie gewohnt blieb Admiral Lord Mizius müde in den Decken auf Kittys Bett liegen.

Sobald er hörte, wie sein Lieblingsmensch die Haustür hinter sich schloss, drehte er ein rosa Öhrchen einen kleinen Moment lauschend hin und her.

Die Luft war rein.

Er reckte und streckte sich, gähnte und stärkte sich an seinem delikaten Thunfischteller.

Heute widmete der Admiral seiner Morgentoilette besonders viel Zeit und Aufmerksamkeit. Sein herrlicher Pelz musste extra gepflegt und flauschig sein und in der Frühlingssonne elegant glitzern.

Lord Mizius wusste, dass er ein außergewöhnlich attraktiver Kater war. Natürlich besaß er auch eine besonders schöne Stimme. Er räusperte sich.

„Mau mau mau miauuuuuu ...", probte er versuchsweise.

Der Admiral hatte beschlossen, dass heute der richtige Zeitpunkt für seine erste Liebesarie an Toffee Pearl war.

Er wählte eine dicke Fellmaus als Geschenk aus seinem Spielzeugschatz und machte sich auf den Weg.

Top Scorer musste dringend schlafen.

Es war Samstagvormittag, und gerade vor einer Stunde war er von einem nächtlichen Kneipenzug mit seinen Eishockey-Kumpanen nach Hause gekommen.

Erledigt und betrunken war er in sein ungemachtes Bett gefallen. Er hatte noch ein paar Stunden bis heute Abend.

Ein paar Stunden, um auszunüchtern, zu schlafen und für das wichtige Spiel fit zu werden, das heute Abend im Rosenburger Eisstadion vor mindestens fünftausend Zuschauern stattfinden würde.

Top Scorer war *der* Stürmer, der Star.

Der, von dem alle erwarteten, das Spiel zu machen und zu gewinnen. Und das hatte er auch vor. Ganz sicher.

Aber dazu musste er schlafen.

Leider sang seit mehr als einer halben Stunde irgend so ein bescheuertes Katzenvieh in der Nachbarschaft seine Arie.

Es hörte einfach nicht auf.

„Mau mau mau miauuuuuu mau mau miemmieeemimi mau miauauau..."

Top Scorer konnte schon fast mitsingen. So ging das nicht weiter.

Der blonde Eishockeyprofi rappelte sich hoch.

Auf dem Weg zur Terrasse bückte er sich und ergriff eine der leeren Bierflaschen, die reichlich im Wohnzimmer verstreut herumlagen. Er ließ die Terrassentür offenstehen, während er barfuß über seine Terrasse bis zum Zaun tappte, der das angrenzende Grundstück von seinem trennte.

Sehen konnte er die Katze nicht, auch nicht, wenn er sich den Hals verrenkte. Aber hören konnte er sie nur allzu deutlich.

„Halt die Klappe, du blöder Kater!", brüllte er und schleuderte die Bierflasche dorthin, wo er den Sänger vermutete. „Sei endlich still, oder ich drehe dir den Hals um!"

Erschrockene Stille folgte.

Top Scorer wartete noch einen Moment, dann schlich er müde wieder hinein und verschloss die Tür.

Na, also!", knurrte er zufrieden.

Die Ruhe dauerte keine zehn Minuten. Dann ertönte der Gesang von neuem.

„Mau mau mau miauauaua mi aumimimimau maumau mieehhh!!!!"

„Neieeein!!!"

Genervt zog sich Top Scorer das Bett über den Kopf und knotete sich das dicke Kopfkissen um die Ohren. Es war schlichtweg zum Verzweifeln.

Während Top Scorer mit gequältem, zerknautschten Gesicht in einen oberflächlichen Schlaf gefallen war, ging in der schönsten Samstag-Mittagssonne am Katzhagen sein glühendster Fan spazieren.

Es war Sophia Oberplitz, die sechsjährige Tochter von Neidhard Oberplitz, dem Besitzer des Nobel-Restaurantes ‚Zum silbernen Groschen‘.

Sie hüpfte aufgeregt an der Hand ihrer Mutter Maria, den Arm lang ausgestreckt, als sie hügelabwärts auf die fünf Reihenhäuser deutete, die sich in der Entfernung an den blauen Umflutgraben duckten.

„Guck mal, Mammi", sagte sie aufgeregt, „da unten wohnt doch der Toppi, nicht?"

„Ja", antwortete ihre Mutter lächelnd. „Dein Toppi wohnt in dem ersten Haus links."

„Was er wohl jetzt macht, so kurz vor dem wichtigen Spiel?"

Maria Oberplitz seufzte. Sie hatte so ihre eigenen Gedanken über Top Scorer, die seinem momentanen Zustand ziemlich nahe kamen.

„Na ja", sagte sie liebevoll zu ihrer Tochter, „ich denke, der Toppi wird wohl ganz konzentriert an das Spiel denken und seine Spielerausrüstung packen."

Sophia machte sich von der Hand ihrer Mutter los und lief ein Stück voran.

Sie hatte etwas im Sonnenlicht auf der Wiese neben dem Weg aufblitzen sehen. Es war ein weißer, runder Stein mit einem goldglitzernden, hellbraunen Punkt in der Mitte.

Fast sah es aus wie ein Auge, wie es da im grünen Gras lag und sie listig anstarrte.

„Sophia, was machst du da?"

Ihre Mutter war auf dem Weg stehengeblieben und beschattete ihre Augen mit der Hand gegen die Sonne.

„Komm her, Sophia, wir wollen doch noch essen, und dein Toppi kommt doch schon um vier Uhr zu uns ins Restaurant. Dann kannst du ihm doch noch viel Glück wünschen!"

„Ja, Mammi!"

Sophia streckte die Hand aus und ließ das Auge blitzschnell in der Tasche ihrer Hose verschwinden.

„Was hast du da aufgehoben?", fragte ihre Mutter streng.

Maria Oberplitz war von einer plötzlichen Unruhe erfasst.

„Nichts, Mammi!", antwortete ihre Tochter unschuldig. „Ich habe da nur einen ganz schönen Stein gefunden, den will ich dem Toppi schenken, damit er heute Abend beim Spiel ganz viel Glück hat!"

„Na gut.", Ihre Mutter seufzte ergeben. „Da wird er sich aber sehr freuen.", Sie warf einen raschen Blick auf ihre Armbanduhr. „Komm, Sophia. Lass uns nach Hause fahren, es ist Zeit!"

Mutter und Tochter kehrten auf dem Katzhagen um und gingen den Spazierweg um den Hügel herum weiter in Richtung der Straße, die aus der Stadt heraus zum Galgenberg führte.

Dort in der Nähe besaß die Familie Oberplitz ein Lagerhaus, wo Maria Oberplitz des Öfteren ihr Auto parkte, wenn sie mit ihrer Tochter hier draußen spazieren ging.

Dass sie aus dem Gebüsch auf dem Zuckerberg von wütenden Blicken verfolgt wurden, bemerkten beide nicht.

Das Eisstadion war brechend voll.

Über fünftausend Fans standen eng gedrängt auf den Rängen, tranken Bier und Glühwein, unterhielten sich lachend.

Alle warteten gespannt auf das letzte Spiel der Saison, das alles entschied. Aufstieg oder nichts.

Einige Gruppen übten schon einmal zur Probe das Anfeuern. Trommeln dröhnten, Nebelhörner tuteten. Nach diesem Spiel war die Saison zu Ende.

Neue Verträge für die Spieler wurden ausgehandelt, neue Gehälter, je nachdem, ob man den Sprung in die höhere Liga geschafft hatte oder nicht.

Top Scorer konnte die Menschen da draußen toben hören, es klang wie ein Hexenkessel.

Der Profi war gerade dabei, sich in der Kabine seine Eishockeymontur anzulegen. Allein von dem Getöse da draußen standen ihm schon vor der Aufwärmphase Schweißperlen auf der Stirn.

Er war immer nervös, auch wenn er auf dem Eis ein übler Rüpel war.

Als er in seiner vollgestopften Sporttasche nach dem zweiten Schienbeinschoner angelte, stieß seine Hand gegen einen fremden Gegenstand, der zwischen den hineingestopften Kleidungsstücken lag.

Was war denn das?

Auf seiner bloßen Handfläche lag eine kleine, weiße Kugel, die auf der Rückseite ein wenig abgeflacht war, als hätte jemand sie mit einem Messer abgeschnitten. In der Mitte leuchtete ein perfekter Kreis aus goldgetüpfeltem, hellbraunem Stein.

Top Scorer starrte das Ding fassungslos an. Es war so wunderschön.

„Was hast du denn da, Scorer?"

Ein Mannschaftskamerad blieb im Vorbeigehen neben ihm stehen und beugte sich über seine Schulter.

„War in meiner Tasche ...", nuschelte Top abwesend.

„Oh?", Der andere Spieler lachte. „Na, da hast du wohl wieder einmal ein heißblütiges Mädel an der Hand, was? Das soll Glück bringen, aber du musst es auch bei dir tragen! Oder, gib's mir!"

„Nein!", fauchte Top.

Der andere verpasste Top Scorer noch einen freundschaftlichen Hieb auf die Schulterpolster. „Mach hin", sagte er und ging weiter, „gleich ist Einlaufen!"

Wie in Trance steckte Top Scorer das *,Magische Auge des Aureus Virrus'* unter den linken Schienbeinschoner, direkt auf die nackte Haut, bevor er den Schutz mit Isolierband fest umwickelte.

Bereits beim Einlaufen bemerkte der Eishockeyprofi eine furchtbare Müdigkeit.

Ihm war schwindelig, und goldene Punkte tanzten vor seinen Augen. Nur seiner Erfahrung und seinem außergewöhnlichen Talent verdankte er es, dass er zielsicher die meisten Probeschüsse im Tor versenkte. Andererseits, das war, bevor es ernst wurde, auch keine besondere Kunst. Nach einer kurzen Pause, die Top Scorer vor sich hinstarrend und schwitzend in der Kabine verbrachte, nahm die Mannschaft Aufstellung auf dem Eis.

Die blauen und roten Markierungen auf der Eisfläche begannen, vor seinen tränenden Augen zu verschwimmen.

Die Geräusche begannen, in seinen Ohren an- und abzuschwellen. Dann, überschrill, erklang der Pfiff. Das erste Drittel begann.

Bereits den ersten Bully versaute er.

Sein Hockeystock schwang über den Puck und landete bei seinem Gegner im Magen.

Das brachte ihm ein zu gezischtes ‚Vollidiot!' und einen Fausthieb auf sein linkes Auge ein.

Er blinzelte. Irgendwie konnte er überhaupt nicht mehr richtig sehen. Alles verschwamm. Nur manche Menschen im Publikum und an der Bande stachen ihm plötzlich besonders deutlich ins Auge.

Sie ... waren mit einem goldenen Strahlen umgeben, das immer stärker leuchtete. Er schwitzte, der Schweiß lief in Bahnen an seinem Gesicht herab und in sein Hemd. Sein Mund war so trocken, dass er kaum schlucken konnte.

Plötzlich, noch während er sich darauf konzentrierte, die gegnerischen Verteidiger abzuschütteln und an den Puck zu kommen, fraß sich ein brennendes, heißes Gefühl an seinem linken Bein hinauf, durch seine Magengrube mitten in sein Herz.

Gier. In seinen Verstand. *Habgier.*

Die Fans schrien seinen Namen, aber auch die Geräusche waren nun weit weg. Die Gedanken rasten in seinem Kopf.

Warum war er so unterbezahlt? Der Mann dort drüben, der besaß eine halbe Million, wusste er plötzlich. Die sollte ihm selbst gehören. Er war der Beste, er, und nur er war hier der Fanmagnet. Nur um ihn zu sehen, bezahlten die Leute viel Geld. Er sollte reich sein. Es stand ihm zu. Andere Spieler bei einem anderen Verein verdienten ein Zehnfaches.

Seine Augen verdrehten sich merkwürdig.

An der Bande rechts stand eine Frau. Sie war von einer leuchtenden, tiefgoldenen Aura umgeben. *Sie war steinreich:*

Top Scorer ließ den Puck und das Spiel einfach laufen. Er stürzte auf die völlig entsetzte Frau zu, breitete die Arme aus und schrie sie an: „Du bist mein Leben! Ich will dich heiraten, sofort!"
Die letzte Strecke legte er auf den Knien über das Eis rutschend zurück. Die Frau floh.
Die Fans begannen zu lachen.
Immerhin war die Frau über fünfundsiebzig, und alle kannten sie als dicke Würstchenverkäuferin aus der Pistenbar.
Top Scorer schüttelte den Kopf und versuchte, klar zu werden, einen vernünftigen Gedanken zu fassen.
Der Schiedsrichter half ihm dabei, und gab ihm für groben Unfug zwei Strafminuten auf der Bank. Die Menge johlte, immer wieder schickte die Stadiontechnik diese Szene mit der alten Frau in den Spielpausen über die großen Bildschirme unter der Decke.

Top Scorer wand sich.
Das Hämmern in seinen Schläfen und das pochende Geräusch in seinen Ohren verstärkten sich.
Es hörte sich an wie ‚*Gold, Gold, Gold*'. Der goldene Schein um gewisse Zuschauer wurde deutlicher.
Endlich konnte er wieder ins Spiel.
Es gab Bully vor dem gegnerischen Tor. Das war eigentlich eine sichere Sache. Der Profispieler stellte sich in Position, und der gegnerische Mittelstürmer grinste ihn frech an, während er mit dem Zeigefinger an seiner Schläfe eine eindeutige, kreisende Geste machte.
Doch Top war das egal. Plötzlich sah er nur noch, unter dem Zahnschutz seines Gegners, da leuchtete ein Goldzahn.
Top konnte an nichts Anderes denken, als an den Goldzahn.
Zumal der andere ihn immer noch nichtsahnend angrinste.

Schweiß rann ihm wieder das Gesicht herunter. Dann, der Pfiff.

Top Scorer schlug mit aller Kraft und Konzentration gegen den Puck, über ihn hinweg, drehte sich durch den Schwung einmal um sich selbst und schlug seinem Gegner unabsichtlich den Hockeyschläger an den Kopf.

Ach, was nutzte ihm dieser Schläger überhaupt noch, er wollte den Zahn!

Verzweifelt warf sich Scorer auf den gegnerischen Stürmer und versuchte, ihm den Zahn aus dem Mund zu reißen.

„Gib mir deinen Goldzahn!", schrie er. „Er gehört mir! Ich will deinen Zahn!"

Drei Schiedsrichter zogen ihn von dem völlig entgeisterten Gegner herunter.

„Der ist verrückt!", brüllte der. „Verrückt!"

Das Publikum wusste nicht mehr, wie es sich verhalten sollte. Einige buhten ihren Star aus, Andere johlten vor Lachen.

Für den Versuch, seinem Gegner böswillig den Goldzahn zu entreißen, bekam Top Scorer fünf plus zwanzig nachdenkliche Minuten auf der Strafbank.

Mittlerweile lief längst das dritte Drittel.

Top brütete mal wieder auf der Strafbank. Er wollte Gold. Und schließlich wusste er auch, wo er viel davon finden würde. Endlich sah er alles klar und deutlich vor sich.

Während er auf das Eis starrte, bildete sich vor dem gegnerischen Tor auf der glatten, weißen Fläche ein pulsierender, goldener Fleck.

Top Scorer wusste plötzlich ganz sicher, dass dort vor dem Tor, unter dem Eis, ein Schatz vergraben war, den er nur zu heben brauchte.

Er begann zu glucksen, ein glückseliges, dämliches Grinsen verzerrte seinen Mund von Ohr zu Ohr, während ihm der Speichel das Kinn herunterlief.

Ein gegnerischer Spieler, der, durch eine Plexiglasscheibe von Top Scorer getrennt, ebenfalls ein paar Strafminuten absitzen musste, betrachtete den blonden Profi kopfschüttelnd und fassungslos.

Das Spiel war für Top dann bald zu Ende.

Als seine Strafminuten abgesessen waren, stürmte er direkt auf das Eis vor das gegnerische Tor, obwohl sich alle anderen Spieler mit dem Puck in der eigenen Hälfte des Spielfeldes befanden.

Er war ganz allein mit einem Linienrichter und dem verdatterten Torhüter im gegnerischen Tor.

Da Top Scorer keinen Puck mit dabei hatte, fragten sich die zwei Männer, was denn da nun kommen sollte.

Top Scorer war nicht mehr zu bändigen. Er hackte mit seinem Schläger in das Eis und teilte jedem lautstark mit, dass er jetzt fertig gespielt habe, und dass er dringend seinen Gold-Topf ausgraben musste.

Jetzt tobte auch das Publikum.

Noch während die Sanitäter den armen, strampelnden Top Scorer, auf eine Trage geschnallt, hinaustrugen, schrie er: „Das ist mein Schatz, ich will meinen Gold-Topf! Der gehört mir! Mein Gold-Topf!"

Ständig lief auch dieser Auftritt über die Stadionanlage, und endlich wurde das Spiel abgebrochen. Tatsächlich war zu diesem Zeitpunkt auch dem letzten Fan das Lachen vergangen.

Erst als man Top Scorer einige Spritzen verabreicht und ihn von seinen Schienbeinschonern befreit hatte, wurde er ruhiger.

Gott sei Dank waren für ihn die letzten zwei Stunden wie von einem dicken Nebel verschlungen, er erinnerte sich an kaum etwas.

In der Sporttasche, noch immer in dem Beinschutz verborgen, lag das ‚Magische Auge des Aureus Virrus' und sah satt und zufrieden aus.

11. *Katzpitel,*

in dem Kitty zu verzweifelten Maßnahmen greift

Es war der gleiche Samstagmorgen, an dem Admiral Lord Mizius in wenigen Momenten zu seiner ersten Liebesarie für Toffee Pearl aufbrechen würde.

Kitty schloss gerade zufrieden die Haustür hinter sich, während ihr Kater drinnen mit einem vorsichtig lauschenden Öhrchen
sicherstellte, dass sie nicht wieder zurückkommen und seine Pläne stören würde.

Aber das hatte Kitty nicht vor. Einen Moment lang hielt sie mit geschlossenen Augen ihr Gesicht in die warme Frühlingssonne. Alles duftete nach Blumen, Schmetterlinge flogen über die Blüten in den Beeten neben den Sandsteintreppen und um die große Platane herum. Es war zum Quietschen herrlich.

Am liebsten wäre Kitty mit den Schmetterlingen mitgeflattert. Sie freute sich sehr auf den Tag im Garten. Endlich würde sie auch einmal Admiral Lord Mizius hinauslassen können.

Jetzt wohnten sie beide schon genau eine Woche hier im Gitterhof, nun sollte der Admiral sich die Geräusche der Umgebung eingeprägt haben und unter ihrer Aufsicht im Garten spazieren gehen können, ohne vor Schreck davonzulaufen und nicht mehr nach Hause zurückzufinden.

„Einen schönen guten Morgen!", sagte Herbert Heuchelheimer hinter ihr.

Kitty gefror in der Bewegung und drehte sich dann langsam um. Ach ja ... der Heuchelschleimer war ja ihr Nachbar, fast hätte sie es vergessen.

„Guten Morgen!", erwiderte Kitty notgedrungen mit süßlich verkniffenem Lächeln.

Herbert Heuchelheimer hatte sich eine große, grüne Schürze umgebunden und kratzte mit einer kleinen Gartenkralle hingebungsvoll in dem Beet neben seiner Sandsteintreppe herum.

„Was für ein herrlicher Tag!", meinte er lauernd. „Wo wollen Sie denn drauf los, Frau Katzrath? Nachdem Sie sich gestern Abend so schweißtreibend gestählt haben?!", Die letzten Worte begleitete er wieder mit seinem schnaufenden Gelächter.

Kitty riss die Augen auf. Auch ihr Mund stand offen, ohne dass ihr etwas einfiel, was sie darauf hätte sagen können.

„Ähhh ...", machte sie hilflos und klappte den Mund ein paar Mal auf und zu.

,Der Heuchelschleimer lunzt wirklich vom Hof durch die Jalousien in mein Wohnzimmer!', schoss es ihr stattdessen durch den Kopf. *,Er ist ein alter Spanner!'*

Nun ja, ihre Jalousien waren nicht bis ganz auf das Fensterbrett geschlossen, damit Lord Mizius hinaussehen konnte.

Dass dann auch jemand vom Hof aus hineinsehen konnte, darauf kam Kitty erst jetzt. Sie räusperte sich.

Heuchelheimer hatte seinen Kopf neugierig etwas schräg gelegt. Irgendwie sah er so mit seiner dicken Brille und seinen angeklatschten Haaren aus wie eine Schmeißfliege.

„Äh", machte Kitty wieder, „äh, ach, nur in die Stadt!", Sie lächelte wieder verkniffen. „Schönes Wochenende, Herr Heuchelheimer!", sagte sie dann salbungsvoll, während sie eilig die Sandsteinstufen mit ihren hohen Absätzen hinunterklapperte. „Wir sehen uns am Montag!"

Kitty wartete keine Antwort ab, sondern hetzte zu ihrem Auto und knallte schnell die Fahrertür hinter sich zu.

‚Der blöde Heuchelschleimer!‘, dachte sie wütend, *‚gerade konnte ich ihn halbwegs ertragen! Jetzt steigt er mir auch noch nach, oder was soll der Blödsinn?!‘*

Sie startete knatternd ihr altes Auto. Eigentlich hatte sie direkt in einem Baumarkt am Stadtrand Sachen für den Garten einkaufen wollen, aber jetzt entschied sie spontan, den Wagen um die Ecke wieder zu parken und bei Cadys im Café Frühstücken zu gehen. Sie sah auf die Uhr. Es war noch früh, Zeit war genug. Irgendwie war ihr das Gesicht der blonden Frau in den Sinn gekommen. Kitty brauchte jetzt einen Menschen, mit dem sie reden konnte.

Einen echten Menschen.

„Oh, hallo!", sagte Cadys erfreut, als sie aus dem Café kam und Kitty an einem der Tische in der Sonne sitzen sah.

„Hallo!", Kitty lächelte und bestellte ein Frühstück. „Wenn Sie Zeit haben Cadys, können wir ja heute zusammen Kaffee trinken", schlug sie dann vor. „Ich gebe ihn auch aus!"

Cadys lächelte. „Ja, gern! Aber das geht auf' s Haus! Heute passt es auch gut, ich bin nämlich nicht alleine im Laden und im Café."

Ein paar Minuten später tauchte sie wieder auf, zwei große Tassen Milchkaffee auf einem Tablett balancierend und setzte sich zu Kitty an den Tisch. „Frühstück kommt sofort!", Die blonde Frau lehnte sich seufzend in ihrem Stuhl zurück. „Ach, ist das nicht herrlich?"

„Ja", erwiderte Kitty lahm.

Sie wusste nicht, was sie sagen sollte, aber Cadys' gute Laune und Ruhe übertrugen sich wohltuend auf ihr immer noch empörtes Gemüt. „Mein neuer Arbeitskollege ist ein Spanner! Er lunzt durch meine Jalousien und beobachtet mich!", platzte es aus Kitty heraus.

„Oh", sagte Cadys freundlich, „na, wenn das so ein Gespräch

wird, dann sollten wir uns doch besser duzen, oder nicht?"

„Stimmt."

„Also, was ist das nun mit deinem Arbeitskollegen?", fragte Cadys nach einem Schluck Milchkaffee. „Ist er süß?"

Kitty verzog das Gesicht. „Er ist eine Schmeißfliege und sieht auch so aus!"

Cadys lachte wieder und überlegte einen Moment. „Na, dann …", antwortete sie langsam, „wäre es das Beste, wenn du ihn entwöhnst!"

Kitty runzelte die Stirn. „Ihn entwöhnen? Verstehe ich nicht!"

Cadys grinste. „Du musst ihm was zum Beobachten geben, was ihm nicht schmeckt und vor ihm verstecken, was ihn anzieht!"

„Hmmm …", machte Kitty, „das ist gut! Das ist wirklich gut! Warte mal, dazu könnte mir noch einiges einfallen …"

Beide beugten sich tuschelnd über den kleinen Tisch. Ab und zu brachen sie in Gelächter aus.

,Warte nur, Heuchelschleimer!', dachte Kitty. ,Das wird dir nicht gefallen!'

„Und, was machst du sonst so?", fragte Cadys nach einer Weile. Kitty blickte von dem Brötchen auf, das sie gerade mit Frischkäse beschmierte. „Du meinst, was ich arbeite?"

„Ja."

„Na ja.", Kitty legte das Messer aus der Hand. Zum ersten Mal bemerkte sie, dass sie sich bei diesem Thema irgendwie beklommen fühlte. „Ich arbeite als Restauratorin im Dom-Museum. Ich habe aber nur einen Zeitvertrag für ein Jahr!"

„Oh", sagte Cadys erstaunt, „du bist das, dem Janus die Stelle von Ken's Opa gegeben hat!"

„Wie, Ken's Opa?", stammelte Kitty.

Cadys kehrte die Handflächen nach oben. „Na ja, Ken's Opa war hier über dreißig Jahre lang der verantwortliche Restaurator im Museum. Er war früher, als er jung war, mal in Deutschland gewesen und ist dann später wieder zurückgekommen", erklärte sie der völlig verdatterten Kitty.

„Und vor ein paar Monaten ist er in Rente gegangen. Ja, so ist Ken überhaupt von Edinburgh in Rosenburg gelandet und hat nach seinem Geschichtsstudium das Antiquariat aufgemacht!", Cadys wedelte nachdenklich mit der Hand in der Luft herum. „Ganz davon ab, dass er mein Cousin ist.", Sie beäugte Kitty neugierig über den Rand ihrer Milchkaffeetasse, in die sie hineingrinste.

„Dein Cousin?", echote Kitty hirnlos. „Aber ihr seht euch doch überhaupt nicht ähnlich!"

Cadys schüttete sich vor Lachen aus. „Meine Haare sind gefärbt, oder wie glaubst du, kommt das Rosa da rein?"

„Das schon ..."

Cadys lachte wieder. „Wir gehen nach verschiedenen Verwandten", sagte sie belustigt, „Ken ist eindeutig der keltische Typ!"

Kitty fuhr sich mit der Hand über die Stirn. „Entschuldige, ich bin manchmal richtig dusselig! Ich habe gesehen, wie vertraut ihr seid und bin ganz automatisch davon ausgegangen, dass ihr zusammen seid.", Sie atmete erleichtert auf. „Dann hast du auch keine Probleme damit, wenn ich mich wieder mit Ken treffe?"

„Quatsch! Nur zu! Aber jetzt einmal ganz ernsthaft und gut gemeint", Cadys beugte sich weit über den Tisch zu Kitty und senkte ihre Stimme. „Wegen deinem Job: Meide den Janus und halte dich an Dr. Frei!"

Kitty guckte skeptisch.

Sie mochte Dr. Janus eigentlich und hielt ihn auch für einen sehr guten Chef, andererseits fühlte sie doch, dass Cadys aufrichtig war. Und sie hatte auch ihr letztes Gespräch mit Dr. Janus nicht vergessen. Irgendetwas war an ihm tatsächlich sehr merkwürdig.

„Wenn du meinst ...", antwortete sie zögernd.

„Du wirst sehen!", bestätigte Cadys ernsthaft. „Ich meine es wirklich nur gut! Denk' dran!"

Eine Weile saßen die zwei noch gut gelaunt zusammen, doch Kitty wollte noch einkaufen und Cadys musste auch wieder arbeiten.

Kitty hatte sich so wohl gefühlt, dass sie mit Cadys spontan Handynummer und Adresse tauschte. Bestimmt konnte man sich wieder treffen, vielleicht auch abends zusammen weggehen. Zum Iren. Wenn Kens Band spielte.

Am späten Nachmittag war es dann endlich so weit. Kitty hatte alle Gartenutensilien, die sie eingekauft hatte, auf ihrer Terrasse ausgebreitet und war glücklich in ihre Gartenarbeit vertieft.

Auch der Admiral war glücklich, denn seine Liebesarie war sehr gut angekommen. Wenn auch nicht bei dem stinkenden, menschlichen Kater, der im ersten Haus wohnte, so aber mau, doch bei seiner angebeteten Toffee Pearl.

Mit einen Augenaufschlag zum Dahinschmelzen hatte sie Lord Mizius für seinen schönen Gesang belohnt. Sein Katerherz hüpfte wie eine verrückte Springmaus in seiner stattlichen, flauschig-weißen Brust.

Kitty hing ihren eigenen verliebten Gedanken nach, grinste leise in sich hinein, während sie die großen Steinkübel auf ihrer sonnigen Terrasse mit Erde füllte und Blumenarrangements hinein pflanzte, die sie an ihre Monate in Schottland erinnerten.

Admiral Lord Mizius stromerte in Sichtweite durch den Garten. Gerade steckte er seine Nase in die Hecke zu ihrem einzigen direkten Nachbarn. Drüben im Nachbargarten lief der riesige Hund an der Hecke auf und ab, also würde der Admiral ihm ganz bestimmt nicht vor der Nase herumschwänzeln, jedenfalls nicht, wenn er noch all seine Katersinne beieinander hatte.

Allerdings begann er jetzt ein ziemliches Gemaunze, und der Hund bellte zurück. Kitty rollte die Augen.

Entschlossen zog sie die Gartenhandschuhe aus. Besser, sie sah einmal nach dem Rechten!

„Hallo", sagte der Admiral gerade zu dem riesigen Hund durch die Hecke, „darf ich mich vorstellen? Ich bin Admiral Lord Mizius und wohne seit ein paar Tagen hier!"

„Wuff", antwortete der große Hund höflich, „aber gerne. Ich bin Mina, und ich bin eine Hundepolizistin. Endlich einmal ein Herr Katzvallier, der weiß, was sich gehört!"

„Danke. Meine Kitty dort arbeitet übrigens im Museum", erzählte Lord Mizius. „Dann müsste dein Mensch also ein Polizist sein?"

„Genau!", bestätigte Mina. „Wir passen überall auf! Wusstest du im Übrigen, dass euer Haus von der Katzenvereinigung beobachtet wird?"

„Ja, man hat mich informiert!", sagte Lord Mizius bedeutsam. „Wahrscheinlich die kleine Bonnie, nicht?"

Mina guckte grimmig. „Nein!", bellte sie. „Da hinten in der Hecke sitzt der Kleine Napoleon und gib' Acht, er ist wieder einmal nicht zu genießen!"

Gerade trat Kitty hinter ihren Kater, als auch Bellamy Ritter auf der anderen Seite an die Hecke kam. Beide dachten bei all dem Gebelle und Gemaunze, Mina und Lord Mizius würden sich gleich gegenseitig an den Hals gehen.

Ritter streckte Kitty seine Hand über die brusthohe Hecke entgegen.

„Ich bin Bellamy Ritter", sagte er freundlich. „Und ich pass schon auf, dass Ihrem Kater nichts passiert.", Er sah den verblüfften und entrüsteten Blick im Gesicht seiner Mina. „Aber Mina ist eigentlich auch eine Liebe!", fügte er hinzu. „Sie ist ja Polizeihündin. Aber sie ist nur bei Gaunern streng, das muss sie auch!", Bellamy Ritter klopfte seinem Hund stolz den Hals.

„Ich bin Kitty Katzrath. Ein kleiner Gauner ist Lord Mizius aber schon, fürchte ich.", Kitty lachte.

Der Admiral war unterdessen an der Hecke entlang in den hinteren Teil des Gartens geschlichen und hatte seine Nase dort

146

in die Hecke gesteckt, wo er den Kleinen Napoleon vermutete. Tatsächlich saß dort ein magerer, schwarzer Kater mit weißer Nase und weißen Pfoten und guckte ihm grimmig entgegen.

„Hallo", sagte Lord Mizius höflich, „darf ich mich ..."

„Hau ab!", zischte der Kleine Napoleon ihm mitten ins Wort.

„Verzieh' dich! Ich observiere!"

Lord Mizius war entrüstet und automatisch plusterte er sein Fell auf. „Entschuldige mal ...", begann er, aber wieder ließ der Kleine Napoleon ihn nicht ausreden.

„*'Entschuldige mal*", äffte er ihn nach, „entschuldige du mal, du fettgefressener Hauskater! Ich sitze hier Tag um Tag und muss deine blöde Kitty beobachten, und der fette Herr Kater gestattet nicht einmal, dass ich mir gegen den Hunger eine Maus fange! Verzieh' dich, oder du fängst dir gleich eine!"

Der Admiral schrie wutentbrannt auf. „So eine Unverschämtheit!"

Fast wäre es zwischen Lord Mizius und dem Kleinen Napoleon zu einer Keilerei gekommen, aber Mina erschien bellend hinter der Hecke, und Kitty kam schon von der anderen Seite Lord Mizius zu Hilfe gerannt.

In die Enge getrieben, spritzte der Kleine Napoleon in einem Verzweiflungsangriff aus der Hecke, vorbei am Admiral, und stand plötzlich vor Kitty, die ihm unvermutet und unbeholfen in den Weg trat.

„Ach, die Kitty!", fauchte er. „Hier hast du, was ich deinem blöden Kater nicht gegeben habe!"

Der grimmige, magere Kater sprang an Kittys Bein hoch und biss ihr zwei, drei Mal fest in die Wade, dann schoss er wie ein Blitz davon.

„Aua ...", Kitty zog vorsichtig das Hosenbein ihrer Jogginghose herauf.

Die Zähne des Kleinen Napoleons hatten in ihrer Wade einige tiefe Löcher hinterlassen, aus dem in langen Bahnen rote Blutstropfen hinunter auf ihre Socken liefen.

„Das sieht nicht gut aus!", sagte Bellamy Ritter über die Hecke. „Das verdammte Katzenvieh! Haben Sie noch Tetanus-Schutz? Sonst sollten Sie noch heute Abend ins Krankenhaus an den Stadtrand fahren, da ist der einzige Arzt, den Sie am Samstagabend in Rosenburg im Dienst finden!"

Notgedrungen tat Kitty eine halbe Stunde später genau das. So lange hatte es gedauert, um den völlig entrüsteten Lord Mizius einzufangen und davon abzubringen, den Kleinen Napoleon durch ganz Rosenburg zu verfolgen.

Das wird ein Nachspiel haben, Kleiner Napoleon!, dachte der Admiral grimmig, als er schließlich auf seiner roten Couch lag und mit der Schwanzbommel die Polster beklopfte.

Kitty hatte gerade andere Sorgen.

Sie presste ein Papiertaschentuch auf die immer noch blutenden Wunden und hoffte inständig, dass sich der diensthabende Arzt bequemte, nach ihr zu sehen, bevor sie gleich hier in der Städtischen Notaufnahme mit Wundstarrkrampf vom Stuhl fiel.

Draußen war es inzwischen schon dunkel, und sie saß immer noch im Wartezimmer. Schon vor einer Stunde hatte eine Schwester ihre Personalien und ihre Verletzung in ein Formular eingeschrieben. Sonst war seit einer Ewigkeit nichts weiter passiert. Endlich erklangen Schritte auf dem blanken Linoleumboden draußen im Flur, und ein junger, durchtrainierter Arzt mit blonden Locken sah um die Ecke.

„Frau Katzrath?", rief er sie mit samtener Stimme auf. Seine blauen Augen leuchteten.

Holla, die Waldfee!, dachte Kitty unwillkürlich. *Da hat sich das Warten ja mal gelohnt!* Ja, das bin ich!", antwortete sie laut und folgte dem hollywoodschönen Arzt humpelnd ins Behandlungszimmer. Dr. Adonis Schnurz, wie der junge Arzt laut seinem angesteckten Schild hieß, beugte sich über ihr Bein und untersuchte die Wunden sorgfältig mit weichen, sanften Fingern.

„Oh!", Er krauste filmreif seine Nase. „Da hat die böse Katze aber ganz schön zugebissen!"

Er desinfizierte die Wunde und sprühte eine örtliche Betäubung auf Kittys Wade, die ganz kalt und taub wurde. Dann beugte sich der attraktive Arzt dicht über ihr Bein.

„Sie sind aber neu zugezogen, nicht?", fragte Dr. Schnurz lächelnd. „Ich würde Sie doch sonst kennen!"

Kittys Blick irrte im Raum hin und her, um ihm nicht in die Augen und auch nicht auf die Spritze sehen zu müssen, die er vorbereitete. Normalerweise hätte sie solch eine Frage mit einem Grinsen beantwortet, aber im Moment war ihr irgendwie speiübel.

„Ja, ich bin vor einer Woche hierher gezogen. Ich komme aus einem kleinen Dorf an der Ostseeküste, Kronshagen. Das kennen Sie bestimmt nicht."

,Warum redeten die Leute beim Arzt immer so viel?‘, schoss es Kitty durch den Kopf. ,Das geht ihn doch gar nichts an!‘

Der Arzt sah interessiert auf, überhaupt war er schon die ganze Zeit über auffallend interessiert. „Doch, die Gegend da kenne ich. Ich bin oft an der dänischen Grenze zum Segeln!", Er grinste Kitty an und rieb mit einem desinfizierenden Tupfer über eine Hautstelle neben den Bisswunden. „Nur ein kleiner Piecks, damit es keine Infektion gibt! Katzen haben fiese Bakterien an den Zähnen!", Er setzte die Spritze und legte Kitty noch einen kleinen Verband an. Dann strich er fürsorglich an ihrer Wade auf und ab. „So, das hätten wir!"

Glücklicherweise konnte er nicht sehen, wie Kitty bereits zu schwitzen begann. Ihr war das alles hier mehr als peinlich.

„Ich denke, eine Tollwut-Impfung wäre ein bisschen übertrieben, das haben wir hier in der Gegend schon lange nicht mehr. Außerdem wäre die Impfung gefährlicher, als die Wahrscheinlichkeit einer Ansteckung ist. Aber Tetanus brauchen wir, nicht wahr?"

Kitty nickte. Ihr Mund war ganz ausgetrocknet.

Der Arzt verkniff sich ein Lächeln. Er blickte sie unter seinen Wimpern hervor wissend an, und in seinen Wangen bildeten sich neckische Grübchen. Mit einem Wattebausch rieb er wieder eine Desinfektionslösung über Kittys Oberarm und spritzte dann langsam die Injektion.

„So ... damit sind wir dann fertig ...", sagte er fürsorglich, dann strich er wieder überfreundlich an Kittys Arm entlang.

Sie schluckte.

„Nun ...", Dr. Adonis Schnurz führte Kitty am Unterarm freundlich zur Tür. „...vielleicht sieht man sich ja einmal wieder?"

Das kam mit mindestens fünf Fragezeichen am Ende, und Kitty hob überrascht beide Augenbrauen.

„Sie meinen, in der Notaufnahme?", stammelte sie und starrte ihn hilflos an.

Dr. Schnurz kniff sich einen Moment lang mit geschlossenen Augen in die Nasenwurzel. „Nein", seufzte er, „so habe ich das eben nicht gemeint!"

„Oh ...", Kitty schluckte. "Ich dachte ... ein Kontrolltermin. *Oh!* Äh ja, sicher, sicher ...", Sie lächelte verlegen und drehte sich unter seiner Hand weg in den Flur. „Sicher. Natürlich. Dies ist ja schließlich eine sehr kleine Stadt!"

„Ja!", Der Arzt seufzte noch einmal und schloss dann die Tür.

Kitty eilte fluchtartig den glänzend polierten Flur entlang. Wütend biss sie sich auf die Unterlippe.

Verflixt! Warum war sie auch immer so unbeholfen?

Je attraktiver der Mann war, umso dusseliger benahm sie sich gewöhnlich. Weshalb hatte der Schnurz sie auch die ganze Zeit über so betatscht, da musste sie ja ganz durcheinander werden.

‚Wahrscheinlich werde ich noch beim Heuchelschleimer landen! Da reicht mir das Schicksal so einen Adonis auf dem Tablett, und ich muss mich wieder so doof anstellen!'

Schlecht gelaunt fuhr sie nach Hause, wo sie auf ihren ebenfalls schlecht gelaunten Kater traf. Das schrie geradezu nach der Ausführung des Heuchelheimer-Abschreckungsplanes, den sie heute Morgen mit Cadys besprochen hatte.

Kitty wusch sich die Haare und band sich ein dickes Handtuch um den Kopf.

Dann zog sie sich das allerhässlichste Nachthemd an, das sie besaß. Es war bodenlang, pink und mit Rüschen überladen. Tatsächlich hatte sie es schon vor langer Zeit von ihrer Oma geerbt.

Dann gönnte sie ihrem Gesicht eine extra Pflege: Kitty legte eine dicke Algenmaske auf, die in einer cremigen, türkisen Schicht ihr Gesicht entstellte. Normalerweise achtete sie streng darauf, dass niemand sie damit sah, aber der Heuchelschleimer erforderte eben verzweifelte Maßnahmen.

Dann stellte sie den Fernseher an und zog die Jalousien extra noch ein bisschen höher. An den Füßen trug sie riesige, rosa Plüschhausschuhe in Form von Schweinen. Zu guter Letzt holte sich Kitty aus dem Küchenschrank eine volle Flasche schottischen Whisky.

So setzte sie sich auf die rote Ledercouch vor den laut brüllenden Fernseher, in dem irgendein doofer Actionfilm lief. Sie trank den Whisky gleich aus der Flasche, stopfte sich mit Erdnussflips voll und hoffte inständig, dass der Heuchelschleimer all das nicht verpasste.

Admiral Lord Mizius lag auf seinem Flokati vor dem brennenden Kamin. Er sah sie entgeistert aus großen, runden Augen an. „Mau!", sagte er klagend und noch einmal: „Mau!"

Kitty seufzte. Sie wusste genau, was das hieß: ‚Wer bist du, und was hast du mit meiner Kitty gemacht?!'

12. Kapitel,

in dem die Katzenvereinigung unerwartete Hilfe bekommt, und Top Scorer nur noch Kamillentee

Top Scorer versteckte sein Gesicht hinter den Handflächen und stöhnte laut vor Verzweiflung auf.

„Ich kann mir das nicht mehr ansehen! Ich brauche dringend ein Bier, oder besser einen Whisky!"

Der Eishockeyprofi saß wieder an dem Tisch vor dem bunten Glasfenster im ‚Zum silbernen Groschen‘, allerdings war das Restaurant jetzt, am frühen Sonntagvormittag, geschlossen.

Neben ihm saß sein Trainer, vor ihm auf dem Esstisch stand ein Laptop, auf dem er unerbittlich immer wieder gezeigt bekam, wie er das wichtigste Spiel der Saison mit seinen Auftritten geschmissen hatte. Gerade sah er sich auf dem Bildschirm wieder mit ausgebreiteten Armen über das Eis auf die dicke, alte Würstchenverkäuferin aus der Pistenbar zu rutschen.

Wenigstens war der Ton abgestellt.

Ein paar Schritte entfernt vor der Theke stand Neidhard Oberplitz, der Besitzer des Lokales, und machte ein spöttisches Gesicht.

Neidhard Oberplitz hatte seine Finger in vielen Geschäften in Rosenburg, und nicht immer in den allersaubersten. Umsonst protzte sein Restaurant nicht mit der edelsten Ausstattung und den wichtigsten, zahlungskräftigsten Gästen.

Er war gut mit dem Bürgermeister Rosenburgs befreundet,

mit dem Stadtsprecher Sülz und auch mit Dr. Janus, Kittys Chef. Heute war er jedoch in seiner durchaus lukrativen Funktion als Manager und Kassenwart des Rosenburger Eishockeyclubs zugegen. Oberplitz griff hinter die Theke.

Er ging lässig ein paar Schritte auf Top Scorer zu und knallte eine Glastasse, gefüllt mit dampfendem, gelbem Tee vor dem Eishockeyspieler auf den Tisch. Tops blasses Gesicht bekam einen Stich ins Graue.

„Was ist das?" fragte er misstrauisch.

„Kamillentee!", antwortete Oberplitz höhnisch. „Ist nix mehr mit Bier. Bei mir kriegst du grosser Stürmer nur noch Kamillentee, ist auch gelb!"

Top Scorer stöhnte wieder. Er schüttelte den Kopf. „Ehrlich, Neidhard, ich weiß nicht, wie mir das alles passieren konnte. Ich weiß ja noch nicht einmal mehr genau, was überhaupt passiert ist!"

„Dafür ist das Video, Scorer!", Der Wirt tippte mit seinem Zeigefinger an seine Schläfe. „Du musst *denken*! Bist schon ganz blöde, säufst zu viel Bier, ne?"

Scorer wand sich. „Vielleicht hat es was mit der komischen Kugel zu tun, die mir jemand in die Tasche gesteckt hat", versuchte er verzweifelt zu erklären, was er nicht erklären konnte.

„Ist ja witzig!", lachte Oberplitz. „Jetzt ist ein Zauber schuld, nicht das Bier! Vielleicht macht dir der Zauber auch einen neuen Vertag für die nächste Saison, ja?"

„Was hat man dir in die Tasche gesteckt?", Der Trainer runzelte die Stirn. Ihm tat sein Spieler schon heftig leid, und er wollte das grausame Verhör nun endlich irgendwie beenden.

Scorer wachte auf. „Ja, irgendwer hatte mir ein komisches Auge in die Sporttasche gesteckt.", Er streckte den Arm aus und deutete auf seine Tasche, die neben der Tür zum Hinterausgang stand und immer noch unberührt mit seinen verschwitzten Sachen gepackt war, die ein Sanitäter am Samstagabend in der

Spielerkabine hineingestopft hatte. Top stand auf. „Ja, hier, es muss sogar noch drin sein!", Er zog entschlossen die schon offene Tasche zu sich heran und kippte den gesamten Inhalt, ohne sich zu zieren, einfach mitten auf den edlen Teppich vor den großen Tisch.

„Eh", schimpfte Neidhard Oberplitz, „nehme deine stinkenden Socken von meinem Teppich!"

Scorer ließ sich nicht stören. Er kramte und kramte, kehrte Schienbeinschoner und Hemd von oben nach unten, verteilte seine Socken und Schlittschuhe im Restaurant.

„Es ist nicht mehr da!", rief der Eishockeyspieler schließlich verzweifelt. „Es ist weg!"

„Nicht da, hä? Plötzlich weg, ja?", Neidhard Oberplitz beugte sich zu dem knienden Scorer hinunter und hielt ihm seinen wurstigen Zeigefinger unter die Nase. „Du bist *irre*, kapiert? Nix gibt's mehr, mit Bier! Nix ist mit nicht schlafen, kapiert? Kamillentee und Training, ja? Sonst ist nix mit dem Vertrag für die nächste Saison, verstanden? Dann kannst du wirklich die alte Wurstverkäuferin heiraten!"

Oberplitz machte mit beiden Händen eine ungeduldige Bewegung vor Top Scorers Gesicht, der immer noch wie ein armer Tropf zwischen seinen Utensilien auf dem Boden kniete. „Und nimm deine stinkenden Socken von meinem Teppich, hoast me?"

Glücklicherweise waren die drei Menschen so mit sich selbst und dem Video von Top Scorers Versagen beschäftigt, dass sie nicht auf die schlanke, karamellfarbige Katze der Oberplitzens achteten, die sich, wie auch sonst üblich, mit im Gastraum befand, und alles mit anhörte.

Als Top so schwungvoll seine Tasche ausgeschüttet hatte, kauerte der junge Kater gerade unterhalb des Tisches vor dem Buntglasfenster, an dem der Trainer immer noch saß.

Leopardo di Lasagne sah es sofort, das Auge, das umgeben

von einem roten Schein aus dem Schienbeinschoner purzelte, als Top Scorer die Tasche auf den Kopf stellte. Leise, gedämpft durch den dicken Teppich, rollte es ein paar Zentimeter weiter unter den Holztisch, auf den Kater zu.

Leopardo brauchte sich nur ein ganz wenig zu bewegen, aber es achtete ja ohnehin niemand auf ihn, und unter dem massiven Tisch war es dunkel.

Er setzte sich auf das ‚*Magische Auge des Aureus Virrus*' wie die Henne auf das Ei und beobachtete mit Seelenruhe, wie Top Scorer in seinem dreckigen Wäschehaufen verzweifelt herumwühlte. Irgendwann hätten die Herren sicherlich die Nase voll.

Sie würden das Restaurant verlassen, das heute erst um 17.00 Uhr für die Allgemeinheit öffnete, und dann wusste Leopardo di Lasagne genau, was er zu tun hatte.

Es dauerte gar nicht einmal so lange, wie der junge Kater befürchtet hatte, da verließen Top Scorer und sein Trainer das ‚*Zum silbernen Groschen*".

Neidhard Oberplitz öffnete seufzend und vor sich hin murmelnd die Verbindungstür, die in den kleinen Flur zwischen Küche und Hintertür führte. Nachdem er zur besseren Durchlüftung des Gastraumes diese auch noch geöffnet und verkeilt hatte, zog er sich in seine Privaträume zurück, um sich vor dem kommenden anstrengenden Sonntag-Abend-Geschäft noch ein bisschen zu erholen.

Leopardo di Lasagne blieb alleine und unbemerkt unter dem großen Stammtisch zurück. *Er und das ‚Magische Auge des Aureus Virrus'.*

Der karamellfarbene Kater wusste zwar nicht so ganz genau, was er da vor sich hatte.

Aber er sah das giftig-rotgoldene Leuchten, und er hatte unter dem Tisch lauschend mitbekommen, dass dieses Ding den armen Top Scorer völlig fertig gemacht hatte. Mit dem untrüglichen Katzengespür für die verborgenen magischen Kräfte zweifelte Leopardo, im Gegensatz zu seinem Freund Neidhard, keinen Moment lang daran, dass diese Kugel an allem Schuld war.

Und er hatte auch schon mitbekommen, dass über den großen Wassergraben hinweg auf dem Hügel neben dem Galgenberg eine mächtige Katzenvereinigung ihren Sitz hatte. Gelegentlich kam ein magerer, übellauniger Kater in den kleinen Hinterhof vom ‚Zum silbernen Groschen‘ und plünderte die Mülltonnen. Er nannte sich Kleiner Napoleon und hatte eine mächtig große Klappe.

Natürlich mochte Leopardo di Lasagne den Kleinen Napoleon nicht wirklich, aber manchmal fühlte er sich bei all seinem Wohlstand sehr einsam. Außerdem hoffte er, dass sich bei der Katzenvereinigung auch Katzendamen befanden, da war er ganz ein feuriger, junger Kater.

Also, was war naheliegender, als der mächtigen Katzenorganisation einen großen Gefallen zu tun und das Auge dort hinzubringen? Wobei dem Kater manche Menschen und Geschäfte, mit denen sich die Oberplitzens abgaben, ohnehin nicht gefielen. Aber da konnte er allein eben nichts ausrichten.

Leopardo di Lasagne schnappte sich das ‚Magische Auge des Aureus Virrus‘ und huschte in einem unbeobachteten Moment auf den kopfsteingepflasterten Hinterhof.

Von dort aus war es für ihn ein Leichtes, über die stillen Nebenstraßen rasch und ungesehen zu den Wiesen zu gelangen, die mit dem Umflutgraben Rosenburg umgaben. An manchen Stellen, weit außerhalb der Wohngebiete, wurde der Wassergraben hier und da durch Erdwälle unterbrochen.

Kein Mensch ging hier draußen, hier waren nur noch Wiesen und Felder. Natürlich war der Weg auf diese Weise länger, aber di Lasagne hatte Zeit und er konnte anschließend querfeldein abkürzen.

Von der Seite des Galgenberges durchquerte er das dichte Unterholz schließlich in Richtung der Katzenvilla.

Heute wurde natürlich längst niemand mehr auf dem Galgen-berg gehängt, dennoch mieden die meisten Menschen diese Umgebung. Niemand fühlte sich dort wohl. Deshalb befanden sich dort auch hauptsächlich Holzschuppen und Lagerhäuser, die man anmieten konnte.

Di Lasagne war mit dem ,*Magischen Auge des Aureus Virrus*' zwischen den Zähnen noch nicht einmal zu einem Drittel den Hügel zu der Villa hinaufgestiegen, als ihm wie aus dem Nichts plötzlich zwei starke Kater-Wachen in den Weg traten.

„Wer bist du? Und was willst du?"

Zwei streng gestellte, deutliche Fragen, auf die Leopardo leider nur sehr undeutlich antworten konnte, natürlich, weil er das Auge im Mund trug. Er wollte aber auf keinen Fall den magischen Gegenstand loslassen, bevor er vor dem großen Boss stand.

„Iff bün Eopado di Apfanje. Iff wif fu de Boff!", stammelte er, so deutlich wie es nur ging.

Die zwei Wachkater sahen sich mit gefurchter Stirn an. „Was?!"

„Iff bün Eopado di Apfanje. Iff wif fu de Boff!", wiederholte Leopardo verzweifelt.

Hoffentlich kamen die beiden nicht überein, ihn mir nichts, dir nichts zu verrollen wäre einfacher, als seinem Gestammel länger zu zuhören.

Der linke, ein getigerter Kater, legte den Kopf schräg. „Wie?"

Der andere, ein schwarzer, war weit ungeduldiger. „Also, ich versteh kein Wort. *Was* willst du?!"

„Iff bün Eopado ...!", Leopardo holte tief Luft. „Boff!", sagte er bittend um die weiße Kugel herum. „Boff!"

„*Boff*?", fragte der Getigerte, „ich verstehe ,*Boff*'. Was soll das sein?", Der Kater sah genervt seinen Wachkollegen an.

„Ach", fiel dem schwarzen Kater ein, „er meint vielleicht Boss!", Er wandte sich dem jungen di Lasagne zu.

„Du willst zu Boss, ja? Ist das richtig? Überlegs dir lieber, denn da musst du ohnehin hin. Nur nehmen wir dir sonst das magische Ding da weg und verprügeln dich vorher noch! Also, was ist jetzt? Willst du zu Boss?"

Leopardo blinzelte verzweifelt bestätigend mit den Augen.

„O.k.", Der schwarze Wachkater wandte sich ab und sah über seine Schulter zu ihm zurück. „Dann folge mir."

Di Lasagne beeilte sich, dem nachzukommen.

Hinter ihm ging der getigerte Kater, der immer noch leise mit nachdenklich gefurchter Stirn vor sich hin murmelte. „Iff *bün Eopado di Apf* ... was soll das denn für eine komische Sprache sein?"

Er schüttelte den Kopf, als wäre ihm eine Fliege ins Ohr gekommen. „Ich muss unbedingt Doc Wolliday fragen, vielleicht ist das ja eine Art Zaubersprache, die mit dem Artefakt zusammen hängt!"

Endlich waren sie in dem großen Versammlungsraum der Villa angekommen, der auch jetzt wieder mit vielen Katzen bevölkert war.

Boss saß mit Doc Wolliday und dem Puma im Gespräch auf seinem gewohnten Platz vor dem hohen Rundbogenfenster.

Da es nun schon Nachmittag war, warfen die durch das Fenster schräg einfallenden Sonnenstrahlen lange Schatten in den Raum. Kleopatra saß ein wenig weiter von den drei Katern entfernt im Raum, beobachtete genau mit ihren geheimnisvollen Augen, wie Leopardo di Lasagne von den Wachen in den Raum geführt wurde, und was er zwischen den Zähnen trug.

Die kleine Tiffany saß wieder in dem alten, schäbigen Sessel. Sie bekam ganz runde Augen und erhob sich erstaunt, als sie Leopardo sah.

In diesem Moment flüsterte der Puma Boss etwas ins Ohr, und der Katzenchef zuckte alarmiert zusammen.

„Boss", sagte der getigerte Wachkater ehrerbietig, „wir bringen hier einen Eindringling, den wir in Höhe des großen Haselholzes gestellt haben. Er scheint eine unverständliche, magische Sprache zu sprechen. Doc Wolliday, vielleicht hängt das mit dem Artefakt zusammen. Vielleicht kannst du ihn ja verstehen, du bist unser Gelehrter!"

„Was sagt er denn?", wollte Doc Wolliday interessiert wissen, während alle Katzenaugen neugierig und gespannt zwischen der Wache und dem alten Perser hin und her gingen.

Der getigerte Kater richtete sich wichtig auf. Er genoss es sichtlich, so im Mittelpunkt zu stehen. „Soweit ich ihn verstehen kann, sagt er immer etwas wie ‚*Iff bün Eopado di Apf*', oder so ähnlich!"

Noch ehe Doc Wolliday etwas darauf antworten konnte, rollte Leopardo entnervt mit den Augen. Gezielt spuckte er dem Boss das magische Auge vor die Füße, das auf seiner runden Seite im rotgoldenen Glanz leise wippte.

„Boss ... deine Wache ist molto *blöde*!", sagte er heftig. „Ich spreche keine magische Sprache. Ich bin Leopardo di Lasagne, das ist ein italienischer Name, und ich bringe dir grossem Boss ein magisches Auge!"

Kleopatra grinste.

Langsam kam sie näher, bis sie sich genau zwischen Boss und dem Dreiergespann der dümmlich aufhorchenden Wachkater mit dem genervten Leopardo niedersetzte.

„Er sagt die Wahrheit!", sagte sie sanft in die verblüffte und etwas peinliche Stille hinein. „Ich habe ihn öfter im ‚*Zum silbernen Groschen*' gesehen, als ich Kitty Katzrath die letzten Tage observierte. Er gehört ... zu den Oberplitzens!"

Boss verengte seine Augen zu einem unangenehm stechenden Blick. „Nicht gerade der beste Umgang, Leopardo di Lasagne!"

Leopardo wand sich verzweifelt. „Ich ... weiß ... Aber zu mir, sie sind gut ... besonders die Madame Maria."

Boss schwieg und sah ihn nur an.

„Deshalb bringe ich dir das Auge", fügte di Lasagne lahm hinzu. Er schüttelte traurig den Kopf. ‚Sie nehmen mich auseinander ... subito', dachte er hoffnungslos.

Aber Kleopatra lachte wieder leise. „Keine Angst, Katzanova di Lasagne!", sagte sie leichthin mitten in seine finsteren Gedanken. „Boss, ich glaube, er weiß gar nichts von den Machenschaften dieser Familie. So wie ich es beobachtet habe, sitzt er nur auf seinem Samtkissen im Gastraum und schläft. Das wird dir sicher auch der Kleine Napoleon bestätigen, wenn er heute Abend von der Patrouille wiederkommt. Aber...", fügte sie mit einem schlauen Lächeln und einem hinreißenden Augenaufschlag in di Lasagnes Richtung hinzu, „... ich glaube, nein, ich vertraue darauf, dass

Signore di Lasagne uns ... nun ja, sicherlich gerne mit Informationen über die Vorgänge bei den Oberplitzens auf dem Laufenden halten möchte!"

„Ma certo!", warf sich Leopardo sofort in die Brust. „Ich bin zu deine Diensten, Boss! Ich mag auch nichts von den Geschäften, die Neidhard macht. Bis auf das Essen ..."

Boss sah einen Moment aus dem Fenster. „Gut", entschied er schließlich, „du bist hiermit nun ein Informant der freien Katzenvereinigung!"

Leopardo strahlte über sein ganzes rundes Gesicht. Das war mehr, als er zu hoffen gewagt hatte. „Bene!", rief er glücklich. „Molto bene!"

„O.k.", sagte der Puma langsam, „dann mal los und informiere uns! Als Erstes wollen wir wissen, wie du an das Auge kommst, Leopardo di Lasagne.", Der schwarze Kater legte seinen Kopf schräg und betrachtete di Lasagne mit skeptischem Blick.

„Das ist facile!", erwiderte Leopardo erleichtert. „Top Scorer, das ist der blöde Eishockeyspieler, hatte das Auge in seine Sporttasche.", Er kicherte leise. „Das Auge hat den blöden Scorer ganz stupido gemacht! Nicht, dass Scorer nicht stupido ohne das Auge wäre ...", Leopardo lachte schadenfroh. „Boss, stelle dir vor, Scorer wollte die alte Wurstverkäuferin heiraten!"

Boss tauschte einen Blick mit Puma und Doc Wolliday.

„Die Frau ist reich", erklärte Doc Wolliday trocken. „Wie ich es gesagt habe, das ‚Magische Auge des Aureus Virrus' hat dem Menschen Top Scorer ihren Reichtum gezeigt."

Leopardo blieb das Lachen im Hals stecken. „Die alte Wurstverkäuferin hat Geld?!"

„Siiii!", gab Puma ein bisschen gehässig zurück.Boss räusperte sich.

„Danke, dass du uns das gefährliche Artefakt gebracht hast! Du hast ja gesehen, was solche Zaubergegenstände den Menschen antun können!"

Leopardo blinzelte stolz mit den Augen zur Bestätigung, auch wenn er insgeheim fand, Top Scorer hätte schon lange so eine Abreibung verdient.

„Hast du eine Ahnung, wie das magische Auge zu Top Scorer gekommen ist?", fragte Puma.

„No!", Leopardo machte unschuldige Augen. „Keine Ahnung, scusi!"

Der Chef der Katzen seufzte. „Gut. Hat noch irgendjemand eine Frage an unseren neuen Freund Leopardo di Lasagne?"

Er sah in die Runde, aber keine Katze antwortete auf seine Frage.

„Gut", sagte Boss wieder, „dann kannst du jetzt gehen, Leopardo. Noch einmal: Nimm unseren Dank, und wenn du mit guten Absichten kommst, dann bist du hier immer gerne gesehen!"

„Si, mille grazie", erwiderte Leopardo und zögerte noch etwas, obwohl die Wachen schon rechts und links von ihm zurückgetreten waren. Er warf einen sehnsüchtigen Blick auf Kleopatra.

„Ich danke dir, bella Signorina!"

Die schöne Kleopatra schenkte ihm ein huldvolles Augenzwinkern, als er an ihr vorbei ging und das Versammlungszimmer verließ.

Doc Wolliday gluckste leise vor Vergnügen. „Wenn der wüsste, wie alt Kleopatra in Wahrheit ist, dann würde er sich in seinen feurigen Katerpelz machen!", flüsterte er feixend dem Puma und dem Boss zu.

Kleopatra spitzte beide Ohren. „Ich habe dich gehört, Doc Wolliday!", tadelte sie streng, und der alte Perser zuckte zusammen wie ein Katzenkind. „Man spricht nicht so von einer Dame!"

Doc Wolliday ließ schuldbewusst seine Ohren hängen. Zum Erstaunen aller Anwesenden steckte er ohne ein Wort diesen Rüffel von ihr ein.

Boss richtete sich zu seiner vollen, stattlichen Größe auf. „Kleopatra, wir brauchen dringend deinen Bericht über Kitty Katzrath!", wandte er sich an sie. „Ganz besonders, wenn sie tatsächlich Kontakt zu diesen Oberplitzens hat!"

„Nun, ,Kontakt haben' ist vielleicht etwas zu viel gesagt", antwortete die schöne Katze ruhig. „Sie war in der letzten Woche, seit sie im ,Dom-Museum' arbeitet, oft dort Mittag essen. Allerdings scheint sie wirklich keinen guten Geschmack zu beweisen, was Freunde betrifft. Sie hält engen Kontakt zu Sissy Pfuhs!"

Der Puma und Doc Wolliday sogen scharf die Luft ein. Sie wechselten einen raschen Blick untereinander und mit Boss.

„Das ist gar nicht gut!", sagte Boss fauchend.

„Nein, das ist gar nicht gut!", zischte auch der Puma. „Wo diese Sissy Pfuhs ihre Nase hineinsteckt, ist auch der Janus mit dabei. Die beiden sind ... Gefährten!"

„Ja", bestätigte Kleopatra ein wenig betroffen. „Kitty Katzrath weiß nicht, mit wem sie es zu tun hat. Oder sie neigt sich wissentlich diesen Menschen zu, das konnte ich noch nicht genau feststellen!", Sie seufzte. „Zu allem Überfluss hat der Kleine Napoleon gestern auch noch den schweren Fehler begangen, Kitty zu beißen."

Boss spuckte. Auch alle anderen Katzen spuckten und murmelten entsetzt vor sich hin.

„Dieser unsagbar dumme, ewig schlecht gelaunte und verfressene Miesepeter!", schimpfte der Puma lauthals. „Er wird noch unsere wichtigste Verbündete gegen uns aufbringen!"

„Vielleicht sollten wir doch Admiral Mizius einweihen, damit nicht alles verloren geht?", gab Doc Wolliday zu bedenken.

„Alles zu seiner Zeit!", sagte Boss gefährlich ruhig. „Zuerst nehme ich mir den Kleinen Napoleon zur Brust, bevor es möglicherweise Kittys Admiral tun wird!"

Als die Katzenversammlung schließlich beendet und wieder Ruhe eingekehrt war, kletterte die kleine Tiffany aus ihrem staubigen Polstersessel.

Die meisten Katzen hatten den Raum längst verlassen und gingen ihren eigenen Beschäftigungen nach.

Mit ihrem schönsten Augenaufschlag schmuste Tiffany um den sich putzenden Boss herum. „Papaaaa", schmollte sie, „kannst du mir nicht vielleicht dieses weiße Kugel-Dings schenken?"

Boss leckte sich die Pfote. „Was denn für ein Kugel-Dings, meine Kleine?", fragte er seine kleine Tochter geistesabwesend.

„Na das, was der fremde Kater vorhin gebracht hat, Papa!", beharrte Tiffany mit leicht gerunzelter Stirn. „Ach Papaaaa, ich möchte das Bällchen so gerne haben, es kugelt so niedlich, dass es mir in den Pfötchen juckt!"

Boss lachte und leckte seiner Kleinen das Köpfchen. „Aber Tiffany! Das ist doch kein Bällchen, das ist ein gefährlicher Zaubergegenstand! Den kann dir der Papa wirklich nicht schenken!"

„Ooch, bitte, bitte!", quengelte das weiße Katzenkind. „Mir tut er doch nichts! Und ich weiß auch nicht einmal, was eine alte Wurstverkäuferin ist!"

Boss lachte wieder, dann wurde er jedoch langsam ernst, als der

Puma mit zusammengekniffenen Augen näher schlich.

„Tiffany", ermahnte Boss seine Tochter liebevoll, „du weißt doch, dass unsere Katzenvereinigung die wichtige Aufgabe hat, die Menschen zu beschützen?"

„Ja."

„Und du weißt auch, dass wir deshalb diese gefährlichen Zaubergegenstände sammeln und verbergen, damit sie ganz bestimmt keinen Schaden mehr in der Welt anrichten können?"

Tiffany zog eine Schnute, und ihre runden, blauen Kinderaugen füllten sich langsam mit großen Tränen. „Ja, weiß ich doch alles!", quengelte sie weinerlicher. „Aber wenn wir ihn verbergen, dann könnte ich doch aber ab und zu mit dem Bällchen spielen, nicht?"

Boss seufzte und leckte seiner kleinen Tochter wieder tröstend das Köpfchen. „Aber Tiffany! Der Papa hat dir doch eben erklärt, dass das kein Bällchen ist. Geh Kleine und such' dir eins von den Bällchen, die Cadys uns immer mitbringt, die kullern doch auch schön!"

Die kleine Tiffany pumpte und schniefte, während sie von einem Pfötchen auf das andere trat. „Papaaaa", versuchte sie es noch einmal, „ich möchöchte ... so gerne das Bähähällchen!"

Die letzten Worte gingen schon in Kätzchengeweine unter. Der Puma gab Kleopatra ein stilles Zeichen. Sofort erhob sich die schöne Katze und brachte das schluchzende kleine Katzenmädchen mit besänftigenden Worten aus dem Zimmer.

„Kleine Tiffany", sagte Kleopatra leise, „ich habe ein ganz schönes Bällchen für dich, du wirst schon sehen!"

Boss sah betreten auf seine Pfoten.

Der Puma und Doc Wolliday traten ganz dicht an den rot getigerten Katzenchef heran.

„Puma", sagte Boss leise, „was hast du seit Freitagnacht noch herausgefunden?"

Puma lächelte, was zwar grimmig aussah, aber nicht so gemeint war. „Was ich dir schon gesagt habe, Boss", erwiderte er ruhig. „Ich weiß nicht genau, ob es wirklich deine kleine Tiffany war, die das Auge von Bonnie genommen hat, aber als ich ihr ein Nasenküsschen gab, roch sie wie Bonnie nach dieser Flüssigkeit, die auf dem magischen Auge war. Sie muss also zumindest daran geleckt haben."

Der große, rote Kater seufzte schwer betroffen. „Und weiter?"

Puma machte eine unbestimmte Geste. „Ich konnte die Spur des Auges nur bis zur Hälfte unseres Hügels verfolgen, dann war sie verschwunden. Aber es war die von einem Kind da, auf dem Weg, den die Menschen ‚Katzhagen' nennen. Ein Kind und eine Frau sind dort gegangen, wahrscheinlich seine Mutter."

„Hat Neidhard Oberplitz nicht eine Tochter?", Boss sah die beiden Ratgeber aufmerksam an. „Dann sagt dieser Leopardo die Wahrheit, dass er nicht weiß wie das Auge bei ihnen aufgetaucht ist?"

„Ja, es stimmt", bestätigte der Puma. „Es ist wahrscheinlich, dass das Kind das Auge mitgenommen hat. Wenn sie es nur kurz berührt hat, hat es ihr keinen Schaden zufügen können. Ich habe die Spur der Menschen bis hinüber zum Galgenberg und dem
Lagerhaus der Oberplitzens verfolgt, aber dann verloren."

„Ja", warf Doc Wolliday ein, „so ist das Artefakt bei diesem Top Scorer gelandet. Der gute Leopardo di Lasagne hat uns eine Menge Arbeit abgenommen, das muss man ihm lassen!"

„Immer wieder diese Oberplitzens!", fauchte Boss. „Es gibt aber auch keine Missetat, in die diese Familie nicht verwickelt ist!"

„Nun", besänftigte der alte Perserkater, „immerhin haben wir einen neuen Verbündeten dazugewonnen."

„Du hast recht", lenkte der rot getigerte Kater ein. „Aber was wollen wir nun tun? Möglicherweise war es die kleine Tiffany, und nun haben wir Ruhe, wenn das Auge von der Schatzmeisterin geborgen ist. Aber was, wenn es nicht Tiffany war?"

„Geduld Boss", sagte der Puma leise. „Wenn du es möchtest, habe ich ... nun", Er grinste schief. „... noch ein Auge auf das Auge."

„Dafür danke ich dir, mein schwarzer Freund! Und auch für eure Diskretion wegen meiner verspielten Tochter, Euch beiden, Ratgeber !", seufzte der Boss grimmig. „Sicherlich gibt es Schlimmeres, aber eine Standpauke muss sie schon bekommen, wenn Tiffany am Ende doch damit etwas zu tun hatte!"

„Boss", mischte sich Doc Wolliday wieder schmunzelnd ein, „wenn sich nun am Ende deine großen Vatersorgen bestätigen sollten: Nimm es nicht so schwer und sei nicht so streng zu der Kleinen! Auch du warst einmal ein Katzenkind, und ich habe nichts von dem Unsinn vergessen, den du fabriziert hast! Das war oft genug weit schlimmer, und doch ist der Chef aus dir geworden!"

„Ich? Unsinn?", widerholte Boss verblüfft.

„Unsinn!", bestätigten der Puma und Doc Wolliday wie aus einem Mund.

13. Katzpitel,

in dem die kleine Tiffany sehr unartig ist,

und Admiral Lord Mizius eine folgenschwere

Entscheidung treffen muss

Natürlich folgte Charmonise sofort, als Boss sie spätabends wieder zurück in den Versammlungsraum rufen ließ, um das ‚Magische Auge des Aureus Virrus' sicher in die Schatzkammer der Katzenvereinigung zu bringen.

Vorsichtig nahm sie das unheilvoll glühende Artefakt zwischen die Zähne und trug es langsam und vorsichtig durch die dunklen Flure der Villa, drei steile Treppen hinauf, bis unter den hölzernen Dachstuhl.

Dort lagen die meisten düsteren Schätze, die die Organisation über hunderte von Jahren zusammengetragen hatte und nun bewachte. Die meisten, nicht alle. Die Gefährlichsten waren noch in anderen Verstecken verborgen. Allein die Schatzmeisterin wusste, wo sich die Zauberartefakte überall befanden.

Die Schatzmeisterin gab es weiter an ihre erstgeborene Tochter, und diese wiederum weiter an ihre erstgeborene Tochter.

So war es schon seit langer Zeit.

Und nun war Charmonise die verantwortliche Schatzmeisterin. Sie war eine schöne, wunderbar grazile Katze, jung und mit außergewöhnlich seidigem, weißem Fell. Irgendwann, so sagten die älteren Katzen, wäre eine besonders vornehme, weiße Angorakatze einmal unter ihren Vorfahren gewesen.

Charmonise hatte blaue Augen, und genau wie die kleine Tiffany besaß sie einige hübsche, karamellfarbene Abzeichen in ihrem Fell. Überhaupt konnte man, wenn man die zwei nebeneinander sah, nicht umhin, festzustellen, dass die kleine Tiffany aussah wie eine Babyausgabe von Charmonise.

Das war auch kein Wunder, denn die schöne, kluge Charmonise war ihre Mutter und die Lebensgefährtin von Boss, dem Chefkater. Von ihrer klugen Mama hatte die kleine Tiffany auch ihren starken Willen, ihre Verschwiegenheit und ihren Eigensinn geerbt.

So bemerkte die Schatzmeisterin und junge Mutter nicht, dass durch die dunklen, staubigen Schatten der Gänge ein kleiner, fast kugelrund aussehender, dunklerer und auch schon sehr staubiger Schatten hinter ihr herschlich.

Natürlich dachte Charmonise, dass ihre kleine Tochter immer noch tief und fest mit ihren anderen drei Geschwistern in dem gemeinsamen weichen Nest schlummern würde, das sie selbst verlassen musste, um das magische Auge zu verbergen. Überdies war es allen anderen Katzen, speziell den Katzenkindern, streng verboten, die Schatzkammer zu betreten.

Aber so war es.

Tief erzürnt und voll Kummer, dass ihr nun wieder dieses schöne Spielzeug weggenommen werden sollte, schlich das kleine Katzenmädchen hinter ihrer Mama her. Erst hatte Tiffany das Bällchen im Garten gefunden. Bonnie hatte es ja weggetan, also konnte sie es auch nehmen und behalten. Wenn ein Finder es wegtat, war es frei, so war die Regel.

Natürlich wusste das kleine Katzenmädchen sehr wohl, dass das schöne Bällchen ein gefährliches Zauberartefakt war, und dass Bonnie es nicht wirklich freigegeben hatte. Das würde Bonnie niemals tun. Nur, wenn sie es dem Katzenchef übergab.

Aber war es denn so schlimm, die Regeln, nun ja ... ein bisschen auszulegen?

Wenn man genug damit gespielt hatte, konnte man es ja wieder zurückgeben, oder selbst dem Papa bringen, oder der Mama. Doch nein, da hatte sie es so schön versteckt und gerade nur einmal richtig damit gespielt, da musste beim zweiten Spielen so ein doofes, riesiges Menschenkind daher getrampelt kommen und ihr das Bällchen wegnehmen.

Ach, sie hätte das doofe, große Tier so kratzen und verhauen können, wenn sie sich nur aus ihrem Gebüsch getraut hätte. Außerdem war da noch diese riesengroße Menschenmama dabei gewesen.

Aber jetzt war nur ihre eigene Mama dabei, und die würde sie schon austricksen.

Tiffany wollte ja nur wissen, wo die Schatzmeisterin ihr Bällchen verstecken würde, dann konnte sie ab und zu ganz geheim in die Dachkammer schleichen, das Auge an den Wachen vorbeischmuggeln, und wenn sie genug mit dem schönen Bällchen gespielt hatte, es wieder zurück in die Schatzkammer bringen.

Niemand würde etwas merken.

Tiffany verharrte reglos auf der Treppe. Zwei Wachen standen vor der Tür zu der Schatzkammer, die das ganze Dachgeschoß einnahm. Das kleine Katzenmädchen kannte das Procedere genau. Ihre Mama hatte ihr davon erzählt, sie war ja schließlich die Prinzessin und erstgeborene Tochter, die zukünftige Schatzmeisterin, wenn ihre Mama ihr in vielen Jahren die Schatzkammer übergeben würde. Bis dahin musste Tiffany aber noch sehr viel lernen.

„Schatzmeisterin!", grüßten die Wachen ehrerbietig.

Sie traten beiseite und ließen Charmonise in die Schatzkammer passieren.

Jetzt blieben nur einige wenige Augenblicke, Wimpernschläge bloß, in denen die Mama den Schatzraum betrat, während die Wachen sich rechts und links in den kurzen, engen Flur von der Tür zurückzogen, damit nur die Schatzmeisterin allein das Versteck kannte.

,Das Geheimnis des Artefaktes muss bewahrt bleiben!', dachte das kleine Katzenmädchen, wie ihre Mutter es ihr oft vorgesagt hatte. Nur mühsam konnte Tiffany ein Kichern unterdrücken. ,Was für ein Spaß!'

Jetzt! Ein paar Sekunden sahen die Wachen von der Tür weg. Sie bemerkten den gerade einmal orangengroßen Schatten nicht, der die letzten Stufen hinauf huschte, in den Raum hinein, und sich - schwupps! - unter einem alten Bettlaken verbarg, das einen wertvollen Tisch bedeckte.

Cadys machte gelegentlich so merkwürdige Dinge, wie Möbel mit Stoff zu behängen, wenn sie ihnen Essen brachte. Aber selbst Cadys wusste nicht, was das hier für ein Raum war.

Unter ihrem weißen Laken saß Tiffany nun und freute sich. Sie konnte ihre Mutter genau beobachten, wie sie in dem Zimmer umherging und das Artefakt zielsicher hinter einer Fußleiste in einem Mauerloch verbarg.

„Magisches Auge des Aureus Virrus: Artefakt geborgen", sagte Charmonise mit ihrer sanften, warmen Stimme.

Sofort wanderte das Artefakt in die Wand, wie ein Bild verblasste es langsam, bis nur noch eine glatte Mauerfläche dort war, die mit keinem Anzeichen verriet, was in ihr verborgen lag.

Das kleine Katzenkind gähnte, bedacht darauf, keinen Laut von sich zu geben. Nun kam der anstrengende Teil. Die Mama würde hier wachen müssen, um das neue Artefakt eine Nacht lang zu beobachten, ob irgendein rotes Zauberglühen das Auge und seinen geheimen Platz verraten würde.

Draußen vor der Tür standen wieder die Wachen. Deshalb würde auch Tiffany selbst unter ihrem Tisch sitzenbleiben müssen, um ihrerseits die Mama zu beobachten, wie sie sich seufzend auf ihrem Kissen zusammenrollte und mit wachen Augen durch den Raum blickte.

Erst am frühen Morgen, wenn Cadys mit dem Essen kam, dann würden die Wachen abgelöst, die Schatzmeisterin würde essen gehen, und auch die kleine Tiffany hätte eine Möglichkeit, ungesehen aus der Schatzkammer wieder hinauszukommen. Bis dahin konnte sie genauso gut unter ihrem langen Bettlaken schlafen. Nur schnarchen durfte die kleine Katze nicht.

Ungefähr zur gleichen Zeit in dieser Nacht waren Bonnie und Billy wieder auf Wachdienst in Kittys Garten.

Gelbes Licht schien aus dem breiten Schlafzimmerfenster und warf seltsame Schattenspiele auf die Terrassenplatten. In der Wohnung sah man Kitty schemengleich über den halbdunklen Flur hin und her gehen. Ein lauer Wind strich durch die Bäume und raschelte leise in den Blättern des riesigen, alten Birnbaumes. Der Mond schien fast voll vom Himmel und tauchte alle Farben in einen bläulichen Schein.

Wenn man es nicht wusste, konnte niemand die zwei kleinen, schwarzen Kätzchen sehen, die in diesem Birnbaum saßen, und Kitty mit gespannten Blicken nicht aus den Augen ließen.

„Ich hasse Patrouille", maulte Billy nach einer Weile. „Es ist so langweilig!"

„Stell' dir vor, du wartest auf eine Maus", erwiderte seine Schwester ungnädig.

„Jetzt habe ich Hunger!"

Bonnies seegrüne Augen zuckten kurz zu der Stelle, wo ihr Bruder in der Dunkelheit neben ihr auf dem Ast saß. „Wann denn mal nicht?", erwiderte sie trocken.

Billy schnitt ihr eine Grimasse. „Ich wachse. Im Gegensatz zu dir! Ob er wirklich ein Admiral ist?", wechselte er nach einem

Moment das Thema.

„Wer?"

„Na, der weiße Kater von Kitty. Der heißt doch *Admiral Lord Mizius*, hast du gesagt."

Bonnie krauste ihr schwarzes Näschen. „Quatsch!"

„Wieso ‚*Quatsch*'?", beharrte Billy.

Bonnie warf ihm wieder einen schnellen Blick zu. Langsam ging ihr Bruder ihr auf die Nerven. „Natürlich ist er kein Admiral, sie nennt ihn nur so. Er hat braune Schulterabzeichen in seinem weißen Fell."

„Vielleicht ist er dann doch einer."

Bonnie schnaufte ungeduldig und wechselte von einem Pfötchen auf das andere. „Quatsch!", antwortete sie wieder. „Wir kennen doch alle Admiräle aus der Katzenorganisation!"

„Vielleicht ist er ein neuer? Auf Geheimmission?", fragte Billy hoffnungsvoll.

Seine Schwester durchbohrte ihn mit einem giftigen, seegrünen Blick. „Sag mal, willst du mich ärgern?"

Billy gähnte. „Mir ist so langweilig! Es passiert doch nichts! Warum müssen wir dieses Kitty-Tier überhaupt beobachten?"

Bonnie stieß heftig die Luft aus. „Weil sie ein wichtiges Artefakt hat, wahrscheinlich sogar zwei!", sagte sie langsam und betont. „Weil sie dann vielleicht der Menschliche Scout ist. Und drittens, du Doofkater, weil sie im Moment mit Leuten befreundet ist, die der Katzenorganisation schon lange versuchen, zu schaden. Wir können uns nicht leisten, dass sie auf die falsche Seite wechselt!"

„Ich bin kein Doofkater!", begehrte ihr Bruder auf. „Und mit wem ist die denn schon befreundet? Mit dem Heuchelheimer?"

Bonnie spuckte. „Stell dich doch nicht so *blöde* an! Wenn du nicht immer nur fressen würdest, hättest du auch ein paar wichtige Sachen mitbekommen!"

Ihr Bruder sträubte sein schwarzes Fell, sodass jetzt ein kleiner, runder Igel im Mondschein auf dem Ast zu sitzen schien.

172

„Du bist selber doof!", spuckte Billy zurück. „Und überhaupt, wer hat denn nur ans Fressen gedacht und eine fette Maus fangen wollen und dabei das Auge vom Virrus verloren?!"

„Das Auge ist wieder da, du Oberblödie!"

„Selber Oberblödie!", Billy verdrehte die Augen und schnitt eine Fratze. „Virrus! Virrus, der Virus vom Virrus hat die Bonnie blöd gemacht!", sang er spöttisch.

Jetzt hatte Bonnie genug.

Ihr zierliches, schwarzes Pfötchen zuckte blitzschnell nach links und schlug ihrem Bruder fest zwischen die Ohren.

Sofort sprang Billy mit beiden Vorderpfoten um Bonnies Hals und nahm sie in den Schwitzkasten, um in ihre Ohren zu beißen.

„Blödmann!"

„Wirrer Oberblödie!"

Ein lautstarkes Katzengebalge beendete die geheime Observation, als beide maunzend und fauchend durch die raschelnden Birnbaum-Blätter auf den Rasen plumpsten und sich dort herumrollten.

In Kittys Flur flammte hinter der Terrassentür Licht auf. Eine gelbe Lichtspur fiel quer über die Platten der Terrasse und auf den Rasen dahinter, als sie einen Moment später die Glastür zum Garten öffnete.

Bonnie und Billy verharrten sofort erschrocken in ihrem Streit, Billy noch mit einem Pfötchen auf dem Kopf seiner Schwester, ihr Öhrchen in seinem Maul. Bonnie auf dem Rücken liegend, alle vier Pfoten gegen ihren viel größeren Bruder gestemmt.

Kitty trat im Bademantel auf die Terrasse heraus, hinter ihr um den Türpfosten der Sprossentür drückte sich Admiral Lord Mizius.

„Miezmiezmiez!", rief Kitty in die plötzliche Stille, „Kätzchen, hier ist Milch für dich, brauchst nicht mehr zu schreien!"

Bonnie befreite mit einer ruckartigen Kopfbewegung ihr Ohr aus den Zähnen ihres Bruders.

„Warum sagen die immer ‚miezmiezmiez'?", sagte sie unwillig.

Billy ließ seine zierliche Schwester sofort los. „Ist doch egal!" Er leckte sich erwartungsvoll das Mäulchen und begann, zielstrebig zur Terrasse loszutraben. „Guck mal, sie hat Milch!", rief er über seine Schulter zurück. „Dann bin ich auf jeden Fall ‚miezmiezmiez'!"

„Nicht", fauchte die kleine Bonnie, „wir observieren! Das ist geheim!"

Das kleine Katzenmädchen rappelte sich auf und trat unschlüssig von einem Pfötchen auf das andere. „Mist!", schimpfte sie leise vor sich hin. „Da hatte ich erst so einen Ärger mit dem ollen Auge, und jetzt macht der dicke Fresssack wieder Unsinn! Das kann ja nur wieder Ärger geben!", Trotzdem gab sich Bonnie einen Ruck.

Während Billy schon auf der Terrasse vor Kittys Füßen saß und laut schmatzend die Milch aufleckte, drückte sich das kleine Katzenmädchen schüchtern im Schatten um einen der riesengroßen Blumenkübel herum, die auf den Steinplatten der Terrassentreppe standen.

„Komm' ruhig näher!", maunzte da Admiral Lord Mizius von der Terrassentür, und sofort ruckte auch Kittys Blick zu Bonnie herüber.

„Zwei? Ihr seid zwei kleine Katzen?", sagte sie erstaunt. „Hast du deine Schwester mitgebracht? Aber nein, ein kleiner Kater bist du! Das merkt man an deinem stolzen Appetit!"

„Mieh!", miezte Bonnie aus dem Schatten heraus.

„Hallo Bonnie", antwortete Lord Mizius, „du siehst aus, als hättest du Hunger, und ich hätte da eine Botschaft für deinen Boss!"

Wenige Momente vorher war Kitty gerade dabei gewesen, zu

174

Bett zu gehen, als sie draußen im Garten das Katzengeschrei gehört hatte.

Sie hatte mit Admiral Lord Mizius einen ruhigen Sonntagabend verbracht, gelesen und ferngesehen.

Dabei war ihr auch Top Scorers Auftritt bei dem Spiel nicht entgangen, der in den Lokalnachrichten gezeigt wurde. Gnadenlos hielt die Kamera in Großaufnahme auf Tops verblödeten Gesichtsausdruck mit den hervorquellenden Augen, und mindestens drei Mal hintereinander ließ man ihn in einer Wiederholungsschleife auf Knien mit dem wüst herausgebrüllten ‚Heirate mich!' über das Eis rutschen.

Kitty schüttelte den Kopf. So einen übel verdrehten Kerl hatte sie noch nie gesehen.

Die Jalousien im Wohnzimmer hatte sie auch tagsüber ganz heruntergelassen, da sie weder auf einen spionierenden

Heuchelschleimer, noch auf einen Heuchelschleimer-Abwehr-Auftritt Lust gehabt hatte.

Am Abend hatte sie dann ein langes Telefongespräch mit ihren Eltern und mit ihrem Bruder Basti geführt. Nur Basti hatte sie von dem aus dem Museum verschwundenen Artefakt erzählt, während sie Admiral Lord Mizius geistesabwesend streichelte.

Natürlich hatte der Admiral die rosa Ohren gespitzt und aufmerksam das Gespräch verfolgt.

„Sag' bloß den Eltern nichts!", hatte Kitty gesagt. „Du weißt, wie Papa ist, er hängt sich sofort ans Telefon und ruft seinen Freund Dr. Frei an!"

„Nein, keine Sorge!", Basti lachte. „Ich sage nichts. Aber meinst du nicht, du solltest mit einem deiner Chefs ohnehin mal darüber reden?"

„Aber wie denn?", Kitty seufzte. „Ich habe doch keinen Nachweis, dass das Ding überhaupt mal existiert hat! Alle Daten sind gelöscht, sämtliche Unterlagen darüber verschwunden!"

„Da war aber wirklich mal einer gründlich!", antwortete ihr

Bruder. „Und was willst du nun machen, vor allem, wenn das noch mal passiert?"

„Ach, ich weiß nicht!", Kitty hatte sogar ein bisschen geschnieft. „Ich habe mir zwar vorgenommen, als Nachweis von allem Fotos zu machen, aber am liebsten würde ich die Koffer packen und einfach wieder nach Hause kommen!"

„Mau!", Admiral Lord Mizius hatte erschrocken die hellgrünen Augen geöffnet und seine Kitty angesehen.

Wegfahren? Das durfte nicht passieren! Nicht jetzt, wo er gerade in seine Toffee Pearl so verliebt war, und alles so gut zwischen ihnen lief!

Den ganzen Abend starrte er ins Feuer und machte sich Gedanken, was er nur tun könnte. Und dann war da auch noch das Problem mit diesem grässlichen Kleinen Napoleon, der seine Kitty gebissen hatte.

Der Admiral überlegte sich alles Mögliche, aber kein Plan wollte ihm gefallen. Es war nun schon spät abends, und Kitty lief im Bademantel zwischen Küche und Schlafzimmer hin und her und dann – hörten sie es beide gleichzeitig, das Kätzchen-Gezanke aus dem Garten, auch wenn Kitty die Worte darin nicht so verstand wie Lord Mizius.

Fast gleichzeitig waren beide an der Terrassentür.

Bonnie trat unschlüssig hinter dem Blumenkübel hervor, der für Kitty beinahe hüfthoch war.

„Hallo, Admiral Lord Mizius", erwiderte sie schüchtern. „Hallo, Kitty."

„Ach, da bist du ja wieder, meine Kleine!", Kitty ging begeistert vor Bonnie in die Knie und hielt ihr ihre ausgestreckte Hand unter das Näschen. „Ach, bist du süß! Du hast ja sogar lange, schwarze Wimpern!"

Billy guckte grinsend von der Milchschale auf, Milch war um sein Mäulchen verschmiert und hing in seinem Bart.

„Eititei!", äffte er Kitty nach.

Bonnie warf ihm einen düsteren Blick zu. „Sei nicht so blöd!",
sagte sie mürrisch. „Kitty ist nett!"
Das kleine Katzenmädchen stellte seine Vorderpfötchen zier-
lich nebeneinander. Dann legte sie das Köpfchen kokett schief,
spielte mit ihrem langen, buschigen Schwänzchen in der Luft
hin und her und machte artig einen schönen Buckel.
So sah Bonnie noch kleiner aus, sie wirkte beinahe wie ein
Katzenbaby, und auch ihr feines ‚Miehmiehmieh' verfehlte auf
Kitty nicht seine Wirkung.
„Ooooch, du Süße!", Kitty schmolz dahin und Billy kicherte.
„Du hast bestimmt Hunger! Ich hole dir etwas zu essen, Kleines!"
Kitty stand auf und ging zurück ins Haus, wobei sie die Ter-
rassentür hinter sich offen ließ.
Billy hörte auf zu kichern. „Ey!", rief er verdutzt hinter Kitty
her. „Ey, und ich? Ich bin auch total süß, und ich habe am aller-
meisten Hunger! Auch miehmieh!"

Bonnie spuckte. „Mein Bruder Billy – er ist ein elender Fresssack!", entschuldigte sie sich bei Lord Mizius. „Er denkt *nie* an
etwas anderes! Los", fuhr sie ihren Bruder an, der immer noch
verlangend hinter Kitty her starrte, „Zeige ihm deine Geruchsvisitenkarte!"
„Hat Kitty ja auch nicht gemacht!", Billy starrte seine Schwester einen Moment lang giftig an, zeigte dann aber folgsam Lord
Mizius seinen kleinen Po.
„Besten Dank", erwiderte der Admiral, „Menschen lassen uns
üblicherweise an ihrer Hand ihre Visitenkarte erkennen, anders
wäre es auch etwas umständlich für diese großen Tiere. Nun, da
wir die Formalitäten geklärt haben, hätte ich ein Anliegen an
dich, Bonnie."
Bonnie sah erwartungsvoll Kitty entgegen, die mit zwei vollen
Tellern gerade auf die Terrasse heraustrat.
„Ja, gerne", antwortete sie zögernd. „Aber darf ich erst essen?

Ich habe wirklich ziemlichen Hunger."

„Iss nur", erwiderte der Admiral ernst. „Höre einfach zu, was ich euch zu sagen habe, und verschlucke dich nicht!"

Billy hörte ohnehin nicht zu. Er strich Kitty maunzend um die Beine.

„Wie du schon wieder aussiehst!", tadelte seine Schwester ihn. „Deinen ganzen Brustpelz hast du dir schon vollgesabbert, bevor du überhaupt etwas gegessen hast!"

„Machen wir es kurz und schmerzlos", sagte Lord Mizius. „Folgendes ..."

„Thunfisch!", jubelte Billy begeistert und tauchte kopfüber in den Teller ab. „Lecker!"

Admiral Lord Mizius rollte die Augen. „Also, Folgendes ...", begann er erneut in Billys lautes Schmatzen hinein.

„... mit Käse!", kam es enthusiastisch aus dem Fisch heraus.

Lord Mizius tauschte einen langen, genervten Blick mit Bonnie. Er räusperte sich. „Noch einmal: Du weißt vielleicht, dass der Kleine Napoleon meine Kitty gestern gebissen hat?"

„Ja ... bitte sei uns nicht böse, das ist ein totaler Blödmann!", sprudelte Bonnie eifrig.

„... mit Käse!", schmatzte Billy glücklich vor sich hin.

Lord Mizius machte eine Pause, während er nachdenklich in die Dunkelheit des Gartens blickte. „Ja, so etwas Ähnliches dachte ich mir", erwiderte er langsam. „Eigentlich wollte ich den Kleinen Napoleon hier abpassen und ihn ordentlich verrollen."

„Das hat Boss schon gemacht!", fiel ihm Bonnie wieder ins Wort. Sie runzelte einen Augenblick die Stirn, während sie auf ihrem Fisch herummümmelte. „Jedenfalls, wenn er das mit dem Satz warmer Ohren gemeint hat", fügte sie nachdenklich hinzu.

Unauffällig, aber unaufhaltsam schob sich Billys schwarze Katzennase neben Bonnie über ihren Teller, denn mittlerweile hatte er seinen eigenen Fisch aufgegessen und das Schälchen blank geleckt.

178

„Du magst nicht mehr?", murmelte er fast unhörbar. Er begann zielsicher, seine kleine Schwester von ihrem Essen wegzudrängen.

„Oh, nein!", meldete sich plötzlich Kitty. „Kein Wunder, dass die Kleine so zart ist! Du isst ihr alles weg!"

Sie ging wieder in die Küche.

Lord Mizius seufzte. Anscheinend schien sich absolut niemand für das, was er zu sagen hatte, zu interessieren. „Also, *noch einmal*, damit ihr beide es euch merken könnt: Ich werde den Kleinen Napoleon nicht verprügeln. Erstens habe ich nachgedacht und möchte endlich wissen, weshalb wir überhaupt von euch observiert werden. Zweitens ist bei Kitty im Museum ein Artefakt verschwunden, deshalb will sie möglicherweise Rosenburg wieder verlassen. Kurz und gut: Ich will so schnell wie möglich ein Gespräch mit Boss!"

So, jetzt war es heraus.

Bonnie und Billy sahen erst einander an, dann mit tellergroßen Augen Admiral Lord Mizius.

Kitty war inzwischen wieder aus dem Haus gekommen und tat den schwarzen Katzenkindern eine weitere Portion auf den Teller. Sie bemerkte, dass Billy nicht mehr schmatzte.

„Was ist denn, Schätzchen?", fragte sie erstaunt. „Ist dir irgendwie der Appetit vergangen?"

Lord Mizius verengte seine Augen misstrauisch zu Schlitzen. Auch er hatte natürlich bemerkt, dass beide förmlich zu Salzsäulen erstarrt waren. „Ja, was ist denn, Schätzchen?", wiederholte er sarkastisch. „Keinen Appetit mehr?"

Bonnie wäre am liebsten im Boden versunken.

Wieso erwähnte er das Artefakt? Er konnte nichts wissen!

Billy schluckte hörbar. Dann schlug er seiner immer noch stummen Schwester mit der Pfote zwischen die Ohren. „Wir richten es aus!", sagte er leichthin und steckte seine Nase wieder in ihren Fischteller. „Isst du das nicht mehr?"

Bonnie räusperte sich.

„Äh ja, wie Billy schon sagte, natürlich sagen wir Boss Bescheid, aber du weißt ja, Admiral, nur er kann dir alles erzählen – oder gar nichts."

„Komm, Lord Mizius, mir wird langsam kalt. Hör auf mit deinem Gemaunze und lass die Kleinen essen!"

Der Admiral erhob sich seufzend. Es passte ihm ganz und gar nicht, dass Kitty ihn gerade jetzt herein rief, aber er hatte keine andere Wahl. Er ging lieber sofort freiwillig mit ihr hinein, als dass sie ihn sonst würdelos, wie einen nassen Sack, auf ihrem Arm hereinschleppte und das noch vor diesen kleinen, frechen Naseweisen. Der schöne, weiße Kater richtete sich zu seiner vollen stattlichen Größe auf.

„Gut", antwortete er majestätisch, „ich warte auf deine Antwort, Bonnie. Bald!"

Das kleine Katzenmädchen sah ihm mit schief gelegtem Kopf zerknirscht hinterher.

„Das ist eine kleine Süße, nicht Lord Mizius?", hörte sie Kitty liebevoll sagen. „Ich bin ganz verliebt in sie, du auch?"

Bonnie lief eilig ein paar Schritte hinter ihnen her, bis vor die Terrassentür, die Kitty gerade schließen wollte.

„Lord Mizius?", rief Bonnie ohne lange nachzudenken durch die Glastür. „Kitty hat einen großen Anhänger. Er ist geformt wie ein Beil und gibt ein goldenes Glühen von sich. Sorge dafür, dass sie ihn immer trägt! Hast du verstanden?! Sie muss ihn *immer* am Hals tragen, wenn sie aus dem Haus geht!"

Der Admiral sah sich erstaunt um.

Dann blinzelte er Bonnie durch das Glas ein bestätigendes Augenküsschen zu, bevor Kitty an der Terrassentür die Jalousie schloss.

Lord Mizius fragte sich zwar, was das nun wieder bedeuten sollte, aber er hatte sehr wohl verstanden, dass Bonnie ihm und Kitty helfen wollte und dabei offensichtlich ihre Befugnisse als Finder weit überschritten hatte.

„*Tss, tss, tss*", machte Billy draußen auf der Terrasse zu seiner Schwester. Er war so vollgestopft, dass er beim Laufen ächzte. „Erst verlegst du ein Artefakt und dann plauderst du wichtige Dienstgeheimnisse aus!", Er krauste seine Nase. „Würde mich nicht wundern, wenn das magische Auge dich *doch* schwer dusselig gemacht hätte!"

14. Katzpitel,

in dem für die arme Kitty alles falsch zu laufen

scheint

In der Nacht hatte Kitty wieder diesen Traum.

Sie stieß die schwere Eingangstür im Museum zu der großen, quadratischen Halle unter dem gläsernen Pyramidendach auf. Der Raum war fast dunkel, nur brannten dieses Mal vereinzelt Fackeln in eisernen Haltern an den Wänden. Zögernd trat sie auf das Schachbrettmuster des schwarz-weißen Marmorfußbodens und sah sich fröstelnd um. Alles erschien ihr noch düsterer, noch bedrohlicher zu sein, als in ihrem ersten Traum. Rechts von ihr, getaucht in den tanzenden Feuerschein, stand die riesengroße, schwarze Bastet-Figur.

Plötzlich hörte Kitty den hohlen Widerhall von Schritten, und aus der Dunkelheit einer entfernten Tür trat der Mann mit Hornbrille. Und obwohl der Mann kein Gesicht hatte, wusste Kitty, dass es Dr. Janus war. Sie wollte auf ihn zugehen, doch noch bevor sie das tun konnte, rief er mit grotesk verzerrter Stimme ihren Namen.

„Frau Katzzzzzzz ... rathhhhh ...", hallte es immer wieder von den glatten Wänden.

Die Worte schienen in dem Raum wie eine riesige Schlange hin und her zu zischeln. Dann begann der Mann ohne Gesicht hämisch und schallend zu lachen, und die Bastet-Statue fiel mit einem ohrenbetäubenden Donnern vor Kittys Füße ...

Kitty erwachte schweißgebadet. Wieder war sie völlig durcheinander. Draußen auf ihrem Fensterbrett sah sie im Mondlicht die kleine Bonnie sitzen und zu ihr hereinsehen. Admiral Lord Mizius schnurrte beruhigend auf ihren Füßen. Sie ließ sich seufzend in die Kissen zurückfallen. Gut, dass sie nicht allein war.

Admiral Lord Mizius lag diese Nacht noch lange wach in Kittys Bett und dachte über Bonnies Worte nach. Er kannte das kleine Katzenmädchen nun schon etwas besser, und auch wenn der Kleine Napoleon ein echter Blödmann war und Kitty gebissen hatte, konnte der Admiral nicht glauben, dass die Katzenorganisation Böses im Schilde führte.

Kitty musste in Gefahr sein.

Der weiße Kater spürte ihren unruhigen Schlaf, konnte ihre verängstigten Atemzüge hören. Das hatte sicher alles mit diesem Museum zu tun.

Admiral Lord Mizius' grüne Augen wanderten zu der alten Holzkommode, die am Fußende des Bettes vor der Wand stand. Dort bewahrte Kitty auch ihren Schmuck auf, einige Schmuckstücke, die sie oft trug, lagen immer dort oben auf der Platte auf einem kleinen Deckchen.

Ganz deutlich konnte der Admiral ein rotgoldenes Leuchten sehen. Das war Kittys Lieblingsanhänger. Er war geformt wie ein Beil, oder ein Schild, und trug einen großen, hellblauen Stein.

Lord Mizius sah zum Fenster, wo die kleine Bonnie draußen auf dem Fensterbrett saß. Der weiße Kater sah ihr fragend in die Augen, und sie bestätigte seine unausgesprochenen Worte mit einem Augenzwinkern. Er sah wieder auf das goldene Glühen und seufzte. Das war also der Anhänger, den Bonnie gemeint hatte. Der Anhänger, den Kitty immer tragen musste.

Am nächsten Morgen verschlief Kitty den Wecker.
Mit einem Käsebrot in der Hand versuchte sie, sich anzuziehen und hastete nervös von einem Zimmer in das andere, um ihre

Arbeitssachen zusammenzusuchen. Nebenbei trank sie noch einen Topf Kaffee, der viel zu heiß war und ihr die Zunge verbrannte.

„So ein Mist!", schimpfte sie schlecht gelaunt. „Auch das noch!"

Lord Mizius war auf die Kommode im Schlafzimmer gesprungen und hatte den schweren Silberanhänger an dem dicken Lederband zwischen den Zähnen heruntergezogen.

Nun lief er damit Kitty verzweifelt immer wieder vor die Füße. Natürlich merkte der Admiral, dass das Kittys Laune nicht gerade besserte, aber er wusste einfach nicht, wie er seine Freundin sonst auf ihr Amulett aufmerksam machen sollte.

In seiner Not versuchte es der schöne, stattliche Kater sogar mit niedlichen Kaspersprüngen, die ihm seit Jahren nicht mehr so einfach von den Pfoten gehen wollten. Schließlich war das etwas für Katzenkinder.

Immer wieder maunzte er und pfotelte mit kokett schief gelegtem Kopf an dem Silberstück herum.

„Ach, Lord Mizius", schnaufte Kitty hektisch, während sie um ihn herum lief, „nicht jetzt! Wo ist denn eigentlich dein ganzes Spielzeug, dass du mit Kittys Anhänger spielst? Na, egal, gib halt das Ding her ...", Sie gab ihm einen schnellen Kuss zwischen die Ohren, zog sich mit einer Hand das Lederband über den Kopf und warf schon einen Augenblick später die Haustür hinter sich ins Schloss.

Lord Mizius ließ sich fallen, wo er stand, und legte den Kopf auf die Pfoten. *War das ein Admiralsstück Arbeit gewesen!*

Kitty schwitzte, obwohl es in der Morgensonne noch recht frisch war.

Eilig sah sie in den Postkasten vor der Tür, bevor sie mit klappernden Absätzen die Treppe auf den Hof herunterrannte. Tatsächlich hatte ihr die Post etwas gebracht, einen ziemlich stabilen Din-A4-Umschlag aus Pappe und einen Brief von Rainer. Während sie im Laufschritt über den sonnigen Platz auf das

,*Dom-Museum*' zueilte, stopfte sie alles in ihre rote Tasche. Das würde sie sich in einer stillen Minute an ihrem Arbeitsplatz ansehen.

An einer Seite des Museumsgebäudes gab es einen Diensteingang direkt zum Untergeschoß, den Kitty benutzen konnte. So musste sie nicht den längeren Weg durch die Halle und vorbei an den Sekretariats- und Direktionsräumen nehmen. Begrüßen konnte man seine Kollegen auch noch ein bisschen später.

In ihrem Büro riss sie als Erstes die Fenster auf, die Luft wurde doch immer recht muffig über Nacht. Dann schloss sie das Museumsdepot auf, zumindest die Tür, die zu ihrem Arbeitszimmer führte. Sie ließ die Neonröhren aufflackern und warf einen prüfenden Blick durch ihr stilles Reich.

„Alles beim Alten", seufzte sie.

Ihre heimliche Hoffnung, dass das Auge wieder aufgetaucht, so wie es vorher verschwunden war, hatte sich leider nicht erfüllt, und so begann sie ernüchtert, weiter an den Exponaten für die kommende Ägypten-Ausstellung zu arbeiten.

Die Kaffeemaschine schnorchelte gemütlich hinter Kittys Rücken vor sich hin.

Nach einiger Zeit konzentrierter Arbeit wollte sie nun eine kurze Pause machen, denn sie brauchte dringend eine Tasse Kaffee und war neugierig auf ihre Post. Rainer schrieb, dass es ohne sie langweilig an der Küste wäre.

„Du alter Lügner!", murmelte Kitty grinsend vor sich hin. Sie kannte Rainer schließlich schon fast ihr ganzes Leben lang, und er war alles andere als ein einsamer Trauerkloß. Außerdem war er ihr bester Freund, aber lange nicht der Mann ihrer Träume. Basti hatte gestern am Telefon nichts davon gesagt, aber anscheinend überlegten Rainer und er, ob sie Kitty nicht zum 1.Mai wieder besuchen wollten.

,*Zwecks Hexenverbrennung*', schrieb ihr alter Freund, ,*damit dir nichts passiert!*'

Das wäre dann schon in acht Tagen. Kitty stopfte den Brief wieder in ihre Handtasche und nahm einen Schluck Kaffee.

‚Wenn ich dann noch hier sein sollte‘, dachte sie. *‚Ich sage den beiden wohl besser ab.‘*

Dann war da noch dieser feste Pappumschlag.

Neugierig riss sie ihn an der perforierten Lasche auf und fand darin ein flaches älteres Buch. Darauf lag ein Zettel, der aussah, als wäre er eilig aus einem Notizbuch herausgerissen worden. Kitty las fassungslos, was jemand in großer Eile darauf gekritzelt hatte, und ihr wurde entsetzlich schlecht.

‚Hallo Kitty Katzrath‘, stand da, *‚eigentlich wollte ich dich am Samstagabend spontan besuchen. Verzeih mir, aber ich konnte nicht umhin, dich durch die offenen Jalousien zu sehen. Es sah so aus, als wolltest du nicht gestört werden, deshalb habe ich lieber nicht geklingelt. Ich denke, dir wird dieses Buch aber trotzdem gefallen. Viele Grüße, Ken McRight.‘*

„Arrrgh!!!Nein!!!“, Kitty stieß einen entsetzten Schrei aus und legte ihre Stirn auf die Holzplatte des Schreibtisches. „Auch das noch!“

Ausgerechnet Ken war Samstagabend vor ihrer Tür gewesen und hatte sie vom Hof aus gesehen! Nicht der lästige

Heuchelschleimer, sondern Ken McRight hatte sie durch die Jalousien gesehen, mit dem grünen Gesicht, den rosa Schweinehausschuhen, wie sie allein aus der Flasche Whisky trank und sich lautstark hirntote Filme ansah.

Sie schlug die Hände vors Gesicht. „Ich will sterben!“, keuchte sie. „Nein besser, lieber Gott, bitte verwandle mich sofort in einen Wurm, dann krieche ich unter einen Stein und komme nie mehr hervor!“

Warum Ken, ausgerechnet der schöne Ken?! So viel zu dem durchschlagenden Erfolg ihrer Anti-Heuchelschleimer-Kampagne! Was sollte er jetzt bloß von ihr denken?

Sie schielte nach einer Weile zwischen ihren Fingern hindurch auf das Buch, das er ihr geschenkt hatte.

Was war das? Ein *'So-mache-ich mehr-aus-meinem-Typ-Ratgeber'* wäre jetzt noch die Krönung. Es war ein altes, flaches Buch mit gelb-grauem Einband, fast mehr eine Kladde als ein Buch, jedoch gebunden.

'Wertvolle Artefakte des Rosenburger Dom-Museums von Victor McRight', las Kitty auf dem Einband.

Sie schlug den Deckel vorsichtig auf. Braune Flecken verfärbten die Blätter des Buches, das ihr Vorgänger an diesem Arbeitsplatz in den achtziger Jahren des 20.Jahrhunderts verfasst hatte.

'Diese Arbeit meines Großvaters ist nur in einer kleinen Auflage erschienen und eigentlich gar nicht mehr erhältlich. Ich wünsche Dir viel Freude damit und Erfolg und Spaß in Deinem Job als seine Nachfolgerin. Ken McRight', hatte Ken als Widmung auf das erste, vergilbte Blatt geschrieben.

„Oh, nein!", Kitty wand sich in Selbstmitleid. Sie schaffte es aber auch zuverlässig, jeden Mann in die Flucht zu schlagen! Doch noch bevor sie ein weiteres Mal vor Scham unter den Fußbodendielen versinken konnte, klingelte ihr Telefon.

Es war ihr Chef, Dr. Frei, der stellvertretende Museumsleiter.

„Guten Morgen, Frau Katzrath!", grüßte er freundlich. „Ich hoffe, Sie hatten ein schönes Wochenende."

„Sehr schön!", antwortete Kitty gepresst und unabsichtlich giftig.

Dr. Frei machte eine erstaunte Pause.

„Nun ja, gut", redete er schließlich weiter, „Frau Katzrath, könnten Sie vielleicht einen Moment herauf kommen? Ich bräuchte Sie. Es ist nämlich Folgendes: Der Herr Dr. Janus hatte mit einem unserer Mitglieder des hiesigen Museumsvereins morgen einen Termin vereinbart. Nun ist das aber eine schon sehr alte Dame, hoch in den Achtzigern und aus einer sehr angesehenen Rosenburger Kaufmannsfamilie. Sie will unserem Museum eine großzügige Stiftung aus ihrem Vermögen überreichen und hat den Termin verwechselt. Nun steht sie mit drei Umzugskisten in unserem Besprechungszimmer und der Herr Dr. Janus ist heute den ganzen Tag außer Haus. Ich möchte die alte Dame wirklich nicht wieder wegschicken! Könnten Sie da vielleicht mit mir die gespendeten Gegenstände entgegen nehmen und auch anschließend gleich im Depot unterbringen? Ja? Das wäre toll! Danke!", Dr. Frei hängte ein.

Kitty trank ihren Kaffee aus, verstaute Kens Buch in ihrer Handtasche und setzte sich mit einem Rollwagen zum Transport der gestifteten Artefakte in Bewegung.

,Besser, ich konzentriere mich auf die Arbeit!', dachte sie, während sie im Fahrstuhl nach oben fuhr. *,Da geht's wenigstens auch ab und zu mal aufwärts!'*

Dr. Frei wartete mit der alten Dame in dem gediegen eingerichteten Besprechungszimmer, das in den hinteren Räumen im Erdgeschoß untergebracht war.

„Das ist Frau von Raffbrook", stellte Dr. Frei vor. „Und das ist unsere verantwortliche Museumsrestauratorin Frau Katzrath!"

Frau von Raffbrook war klein und zierlich und hatte ihre grauen Haare zu einer gepflegten Hochsteckfrisur frisiert. Sie trug ein elegantes, beiges Kostüm, das sehr teuer aussah und stützte sich mit einer blau geäderten Hand auf einen schwarzen Gehstock. Aber ihre Augen zwischen den vielen Fältchen blickten Kitty erstaunlich klar und klug ins Gesicht.

„Ich stamme aus einem sehr alten Rosenburger Kaufmannsgeschlecht, der Familie von Raffbrook", erzählte sie mit leiser, aber deutlicher Stimme. „Die Familie von Raffbrook war eine der ersten Kaufmannsfamilien, die sich hier in Rosenburg angesiedelt hatten. Wir hatten im 16. Jahrhundert sogar Handelshäuser in Hamburg und in Brügge. Leider hatten wir mit unseren Nachkommen nicht so viel Glück wie mit unserem Einkommen, und so ...", die alte Dame spitzte die Lippen und legte den Kopf ein wenig schräg, „... kommt es, dass ich nun alt bin und niemanden habe, der all die schönen Sachen erben wird, die unsere Familie über Jahrhunderte geschätzt und angehäuft hat."

Dr. Frei räusperte sich. „Und deshalb will Frau von Raffbrook dem Museum eine großzügige Spende zukommen lassen.", Er lächelte. „Was wir selbstverständlich in Ehren halten werden, denn die Kaufmannsfamilie von Raffbrook ist selbst ein großes Stück der Rosenburger Landesgeschichte!"

Frau von Raffbrook deutete mit ihrem schwarzen Stock auf die drei Umzugskartons, die auf dem Teppich hinter ihrem Stuhl standen. „Ich habe einige unserer wertvollsten und ältesten Familienschätze dort hinein gegeben. Der Taxifahrer war so freundlich, mir diese Kartons hier hereinzutragen. Ich trenne mich von einigem nur schwer", gab die alte Dame zu, während sie sich vorsichtig erhob. „Aber ich selbst werde nicht mehr lange leben, und hier weiß ich unsere Familienschätze doch in den besten Händen!", Sie schritt langsam zu einem der Kartons und hob den Deckel an. Kitty stand sofort auf, bereit, in jeder Weise der alten Dame behilflich zu sein.

„Danke!", sagte diese mit einem wohlwollenden Blick. „Ich will ihnen nur zwei der wertvollsten Stücke zeigen. Wenn Sie sonst Fragen zu der Bezeichnung und Datierung meiner Erbsachen haben sollten, liebe Frau Katzrath, zögern Sie bitte nicht, mich anzurufen oder zu besuchen!"

Kitty lächelte Frau von Raffbrook an und nahm aus den zitternden Händen der alten Dame ehrfürchtig eine hohe Silberkaraffe entgegen, die mit kunstvoller Goldarbeit eingelegt war.

Frau von Raffbrook setzte sich wieder an den Tisch. „Dieses war ein Hochzeitsgeschenk von meinem Urahn Edelbert von Raffbrook an seine liebe Braut, die aus Brügge kam, aus einer sehr reichen Kaufmannsfamilie.", Sie strich zärtlich über das getriebene, bauchige Silber. „Englische Silberarbeit von 1570, sehr wertvoll!", flüsterte sie und hob dann den Zeigefinger. „Aber ...", mit schelmischem Blick nestelte sie an ihrer Handtasche und zog eine Schmuckrolle aus dunkelrotem Samt hervor. „Aber ...", wiederholte sie leise, während sie das Tuch ausrollte, „was seine junge, flandrische Braut Minna van Kiess zu ihrer Hochzeit 1582 in ihrer Mitgift mit in die Ehe brachte, das war noch um ein Mehrfaches kostbarer!"

Kitty sah Dr. Frei an, der plötzlich ganz blass wurde. Sie gab einen erschrockenen, erstickten Japser von sich. Auf der ausgerollten, dunklen Samtfläche lag eine Halskette aus hochkarätigstem, gelbem Gold. In die schweren, gegossenen Goldelemente waren funkelnde Rubine eingelassen, die in tiefstem Feuer transparent glühten. Darum und darunter befanden sich beweglich eingehängte, tropfenförmige Perlen.

Kitty warf Dr. Frei wieder einen Blick zu. „Aber Frau von Raffbrook", sagte sie völlig fassungslos, „so etwas können Sie doch nicht einfach unserem Museum stiften! Das ist viel zu wertvoll!"

Dr. Frei nickte stumm.

In diesem Moment klopfte es plötzlich an der geschlossenen Tür. Ohne eine Antwort abzuwarten, betrat Sissy Pfuhs den Raum. Sie trug ein Tablett mit drei Tassen Kaffee und einem Schälchen Kekse.

„Ich bringe Ihnen Kaffee", sagte sie lächelnd und stellte die Tassen geschickt auf den Tisch. „Bitte, lassen Sie sich nicht stören.", Mit einem Blick streifte sie die auf dem Tisch präsentierten Kostbarkeiten und die im Hintergrund stehenden Umzugskartons.

„Vielen Dank, Frau Pfuhs!", erwiderte Dr. Frei. „Sehr aufmerksam von Ihnen."

Die blonde Sekretärin nickte und zog sich sofort wieder sehr korrekt aus dem Raum zurück. Als sie die Tür wieder hinter sich geschlossen hatte, atmete Frau von Raffbrook laut auf.

„Aber mein Kind!", sagte sie belustigt und legte Kitty gütig ihre Hand auf den Arm. „Möchten Sie vielleicht in der heutigen Zeit mit einem solchen Halsband draußen herumspazieren? Sie kämen doch nicht einmal bis zur nächsten Straßenecke, bevor man Ihnen eins über den Schädel zieht!", Im Gegensatz zu ihrer burschikosen Wortwahl nippte die alte Dame äußerst zierlich an ihrer Tasse Kaffee. „Und ich bin nur eine alte Schachtel! Nein, nein", beharrte sie kopfschüttelnd, „glauben Sie mir, das Halsband ist hier im Museum genau richtig aufgehoben!"

Dr. Frei sah Kitty an. Der blonde Mann zuckte fast unmerklich die Schultern.

Kitty schluckte.

„Nun", erwiderte ihr Chef, „vielleicht haben Sie damit sogar Recht, Frau von Raffbrook.", Er wandte sich an Kitty. „Frau Katzrath, bei einer solchen Schenkung müssen wir natürlich auch die rechtliche Form wahren. Machen Sie einige Notizen über den Zustand und geschätzten Wert dieser beiden Stücke, und lassen Sie dann Frau Pfuhs einen Schenkungsvertrag aufsetzen. Sicher ist es auch besser, diese Stücke so schnell wie möglich im Tresorraum einzuschließen, verstehen Sie?"

Kitty runzelte ihre Stirn, aber sie erhob sich.

So wertvolle Stücke anzunehmen, ohne *sofort* einen entsprechenden Vertrag aufzusetzen und auszuhändigen, erschien ihr mehr als unüblich. Auch hatte sie noch nicht einmal einen Blick in die Kartons geworfen, was sich sonst noch an Wertvollem darin befand.

„Aber ...", begann sie.

„Das wäre es so weit", fiel ihr Dr. Frei ins Wort. Sein Blick war eisig.

„Natürlich, Dr. Frei. Sicher."

Kitty reichte der alten Dame die Hand zum Abschied. „Vielleicht komme ich wirklich noch einmal wegen der Datierung der einzelnen Stücke auf sie zurück."

„Aber gerne", erwiderte Frau von Raffbrook, „gerne, mein Kind."

„Nun, liebe Frau von Raffbrook", fuhr Herr Dr. Frei zu seiner Besucherin gewandt fort, „sicher verstehen Sie, dass wir von solch einer generösen Spende völlig überrascht sind. Wenn Sie einverstanden sind, übersende ich Ihnen den unterschriebenen Stiftungsvertrag baldigst mit der Post."

Die alte Dame zuckte die Schultern ein wenig. „Lieber Dr. Frei", erwiderte sie bedächtig, nachdem sie wieder an ihrer Kaffeetasse genippt hatte, „sicher verstehe ich Sie. Sehen Sie, in meinem Alter weiß man, dass am Ende nichts so wertvoll sein kann, wie ein Tag, den man leben darf. Sorgen Sie sich also nicht, dass ich meine Schenkung im Nachhinein widerrufe oder mit Kosten für Sie verbinde!"

Dr. Frei lief rot im Gesicht an und hüstelte verlegen.

Kitty schlug die Wertgegenstände vorsichtig wieder in die Verpackungen ein und lud die Kartons auf den bereitstehenden Rollwagen.

Einen Augenblick lang überlegte sie, doch noch etwas zu irgendeinem schriftlichen Nachweis für Frau von Raffbrook zu sagen, doch dann biss sie sich auf die Zunge und verließ mit einem Kopfnicken den Raum.

Nachdenklich und mit einem schlechten Gefühl ging sie, den Tisch vor sich herschiebend, über den Flur zu den Fahrstühlen, die sie hinab ins Untergeschoß zu den gesicherten Depoträumen bringen würden. Als sie gerade am Sekretariat vorbeigehen wollte, sah Sissy Pfuhs aus der Tür.

„Hast du Lust, ins *Zum silbernen Groschen*' zu gehen, heute Mittag?"

Kitty zuckte die Schultern und sah auf ihre Uhr. Mittag wäre ohnehin bald.

„Gern."

„O.k., schön!", antwortete Sissy lächelnd. „Ich hole dich in einer halben Stunde unten in deinem Büro ab, ja?"

Als Kitty in ihrem Büro angekommen war, zog sie sich sofort

192

Gummihandschuhe an und fotografierte jedes einzelne Stück, das in den Kartons enthalten war, mit ihrer Digitalkamera. Sie war gerade damit fertig geworden und hatte die beiden wertvollsten Stücke im Tresorraum verschlossen, als sie auch schon hohe Absätze den Flur entlangklappern hörte, und Sissy Pfuhs stand in ihrem Büro.

„Da bin ich", sagte sie strahlend, „bist du fertig?"

Sissy Pfuhs sah elegant und leuchtend wie immer aus. Sie trug nur edelste Garderobe und war modisch frisiert. Ihr Make-up war das reinste Kunstwerk. Neben ihr kam sich Kitty gelegentlich ziemlich schlicht vor.

Wie kam es nur, dass eine so strahlende Persönlichkeit wie Sissy sich mit ihr befreundet hatte?

Kitty verschloss das Depot hinter sich.

„Gleich", erwiderte sie, während sie ihre Gummihandschuhe abstreifte, „ich muss nur noch einmal zur Toilette, das dauert aber nicht lange."

Sie hängte ihren weißen Arbeitskittel in den Schrank, schloss die Fenster, und als sie von der Toilette wiederkam, stand Sissy Pfuhl immer noch wie festgeschraubt an derselben Stelle in ihrem Büro. Sie hakte sich gut gelaunt bei Kitty ein.

„Komm, draußen ist schönes Wetter, lass uns gehen!"

15. Katzpitel,

in dem Kitty auf verlorenem Posten zu sein

scheint

Das ,*Zum silbernen Groschen*' war mittags wieder sehr gut besucht.
Die Sonne schien vom strahlend blauen Himmel, die Tauben spazierten gurrend zwischen den Tischen unter den Arkaden und auf dem angrenzenden Platz umher. Es war eine Luft wie im Mai, der ja auch nicht mehr so lange auf sich warten ließ.
Kitty steuerte sofort einen Tisch draußen in der Sonne an, aber Sissy bestand darauf, sie könne nur drinnen im Lokal in Ruhe essen.

Seufzend gab Kitty nach, und folgte ihrer Freundin in das elegante Halbdunkel des Gastraumes, in dem poliertes Silber, Glas und Kerzen aus allen Winkeln schimmerten. Hier waren viele Tische besetzt mit gutgekleideten Menschen, die sich gedämpft unterhielten. Neidhard Oberplitz stand an der Theke und begrüßte sie mit einem freundlichen Kopfnicken.

„Also, hast du das Drama um den armen Top Scorer mitbekommen?", begann Sissy bei der Vorspeise zu erzählen.
Kitty nickte.
Sissy Pfuhs spreizte dramatisch die gepflegten Finger mit den lackierten Nägeln. „Was für eine Katastrophe!", fuhr sie fort.

194

„Er ist so ein Ausnahmetalent und beim wichtigsten Spiel passiert ihm *so etwas*!"

Spontan hatte Kitty eine eher deftige Antwort auf der Zunge, aber irgendwie konnte sie auch nicht umhin, Sissy zu bewundern und vielleicht auch ein bisschen zu beneiden.

Die blonde Sekretärin war immer so elegant und stilsicher gekleidet. Dazu war sie wunderschön. Sie schien sich ihrer selbst immer so sicher zu sein. Sissy wurde besonders von Männern ständig bewundernd angesehen.

Kitty strich sich über ihre langen, dunkelbraunen Haare, wie um sich selbst ein bisschen zu ermutigen. Neben Sissy fühlte sie sich wie die sprichwörtliche graue Maus. Sie drehte sich kurz auf ihrem Stuhl um.

„Er ist nicht da", antwortete sie lakonisch mit einem Blick zu dem Stammtisch vor dem bunten Glasfenster. Den zweiten Teil des Satzes, *,also spar dir deine Mühe',* verschluckte sie.

Es hätte auch nichts genützt, denn Sissy redete auch den ganzen Hauptgang ununterbrochen weiter über dieses Thema.

Kitty fragte sich allmählich, ob sie selbst zu wenig Interesse für die Rosenburger Lokalhelden aufbrachte. Vor dem abschließenden Cappuccino erhob sich Sissy schließlich und sagte, sie wolle sich etwas frisch machen.

,Warum sagt sie nicht einfach, sie muss aufs Klo?', dachte Kitty genervt. Überhaupt bemerkte sie, dass ihr ihre superschöne Freundin heute wirklich auf die Nerven ging, ohne dass irgendetwas anders war als an vorherigen Tagen.

Merkwürdig.

In Gedanken versunken spielte Kitty mit ihrem Amulett aus Schottland, das beruhigend schwer vor ihrer Brust baumelte. Auch an einem anderen Tisch entstand Unruhe, als sich einige Personen erhoben, und Stühle hin und her geschoben wurden. Sissy schüttelte ihre hell leuchtenden Haare und stöckelte elegant durch den Gastraum. Als sie an dem Inhaber Neidhard

Oberplitz vorbeikam, legte sie einen Moment lang vertraulich ihre Hand auf seinen Unterarm.

Kitty hob eine Augenbraue.

Die beiden schienen sich gut zu kennen, nach den Gesten zu urteilen, die die wenigen gewechselten Worte begleiteten. Leider konnte Kitty alles nicht so genau verfolgen, denn sie musste sich dazu ständig umdrehen, da sie mit dem Rücken zum Gastraum saß. Das war ihr zu auffällig, zu unhöflich.

Doch etwas bemerkte sie noch aus dem Augenwinkel: Der junge, blonde Mann, der sich mit seiner Begleitung an dem hinteren Tisch erhoben hatte, blieb ebenfalls einen Moment an der Theke bei Oberplitz und Sissy Pfuhs stehen und begrüßte beide, als würde er sie täglich sehen. Kittys Magen hüpfte ein Stück in Richtung Herz. Ihr wurde plötzlich sehr warm.

Der blonde Mann war Dr. Adonis Schnurz.

Sissy verschwand durch die Tür zu den Toiletten, und Dr. Schnurz ging weiter zum Ausgang und an Kittys Tisch vorbei. Erwartungsvoll sah Kitty den Arzt an, aber der Blick, den er erwiderte, war so kühl, dass sie unwillkürlich schauderte. Zum zweiten Mal an diesem Tag wäre Kitty am liebsten unter den Tisch gekrochen.

‚Du liebe Güte!‘, dachte sie. *‚Entschuldige, dass ich lebe!‘*

Sie suchte nach der Bedienung, einfach um in eine andere Richtung zu sehen. Kitty winkte und bat um ihre Rechnung. Dabei sah sie gerade noch, dass die Tür zu den Toiletten hinter Neidhard Oberplitzens Rücken zu schlug.

‚Merkwürdig‘, dachte sie, *‚wieso geht der Besitzer hinter Sissy Pfuhs aufs Gästeklo?‘*, Kitty schauderte plötzlich. *Was waren das für seltsame Leute?*

Auf einmal fühlte sie sich entschieden unwohl in diesem Lokal. Wenn Sissy ihren Cappuccino nun ohne Gesellschaft herunterschütten musste, war sie selbst schuld.

Sie hatte lang genug mit Oberplitz und Schnurz herum getrödelt. Fast fluchtartig verließ Kitty das *‚Zum silbernen Groschen‘*, sie wollte lieber draußen in der Sonne auf Sissy warten.

Quer über den kopfsteingepflasterten Platz sah sie Cadys vor dem *‚Café Kilmorlie‘* zwischen den Tischen hin und her gehen.

‚Ich muss Cadys endlich mal anrufen!‘, dachte Kitty und hob die Hand zum Winken. *‚Und Ken auch. Ich werde nicht feige sein, weil er mich bei der Heuchelschleimer-Abschreckung gesehen hat!‘*

Als Kitty wieder zurück in ihrem Büro war, wollte sie den Nachmittag damit verbringen, die gestifteten Kostbarkeiten zu schätzen und zu katalogisieren.

Sie zog ihren Arbeitskittel und die Gummihandschuhe an, band sich die dunklen Haare zusammen und ging hinüber in das Museumsdepot, wo sie vor der Mittagspause das wertvolle Rubinhalsband und die Silberkaraffe im Tresor eingeschlossen hatte.

Die schwere Stahltür des Tresors ließ sich trotz des massiven Gewichtes leicht und geräuschlos bewegen. Kitty schaltete das Licht im Inneren des Stahlbetonwürfels an und sah in der flackernden, bleichen Beleuchtung …

… ein leeres Regal.

Da, wo eigentlich die Schmuckrolle mit der Goldhalskette liegen sollte, war - *nichts*. Das Hochzeitshalsband hatte sich in Luft aufgelöst.

Verschwunden, einfach so.

Nur die Silberkaraffe stand bleiern funkelnd noch dort, wo Kitty sie vor einer Stunde abgestellt hatte, ein Regal tiefer.

Kitty brach der kalte Schweiß aus. Sie suchte jeden Winkel des ohnehin übersichtlichen Tresorraumes ab. *Nichts.*

Sie durchwühlte ohne viel Hoffnung die drei Umzugskartons. *Ohne Erfolg.* Die Halskette war gestohlen.

Wie war so etwas möglich? In dieser kurzen Zeit, mit all dieser

Sicherheitstechnik, womit das Museum vollgestopft war, mit all dem Wachpersonal?

Kitty fühlte sich, als würde sie sich gleich übergeben.

Das Auge, das am Freitag verschwunden war, konnte das Museum finanziell verschmerzen. Es hatte hauptsächlich einen historischen Wert. Aber das Halsband?

Kitty setzte sich auf den Stuhl hinter ihren Schreibtisch, ihre Beine gaben einfach nach. Mit zitternden Händen goss sie sich den letzten Kaffee aus der Kaffeemaschine ein, auch wenn er nur noch bitter schmeckte und lauwarm war. Sie fuhr sich mit den Fingern über die verschwitzte Stirn.

Das Halsband - das war eine ganz andere Hausnummer. Das Rubinhalsband stellte einen enormen Geldwert dar, der ihr zudem von Dr. Frei im Beisein der Stifterin Frau von Raffbrook offiziell und persönlich anvertraut worden war.

Zwei Artefakte waren innerhalb von vier Tagen unter ihrer Aufsicht verschwunden. Das sah gar nicht gut für sie aus.

Sie musste denken. *Was konnte sie tun? Was konnte sie nur tun?*

Nur sie, Frau von Raffbrook und Dr. Frei konnten überhaupt von dem Halsband gewusst haben. *Oder nicht?* Denn jetzt war es verschwunden.

Für jeden anderen konnte nur sie der Dieb sein, oder? Was passierte hier, in diesem Museum?

Kitty wischte mit dem Ärmel ihres Kittels über ihr schwitzendes Gesicht. Sie sah einfach nur einem tiefen, schwarzen Abgrund entgegen.

,Ich muss zur Polizei gehen!', überlegte sie fieberhaft. ,Aber vorher zu Dr. Frei. Wieder würden keine Aufzeichnungen existieren, wenn ich nicht das Foto davon hätte. Aber das entlastet mich auch nicht als Diebin!

Sie stand entschlossen auf. Es musste sein, sie musste Dr. Frei so schnell wie möglich von dem Diebstahl unterrichten und dann die Polizei informieren. Einen Augenblick lang blieb sie noch vor dem gekippten Fenster stehen und schöpfte Luft, versuchte, sich ein wenig zu fassen.

Da öffnete sich die Tür hinter ihr.

„Ahh, guten Tag, Frau Katzrath!", sagte Dr. Janus. „Wie ich hörte, hat Frau von Raffbrook den Termin verwechselt und war heute schon da, nicht wahr? Ja ...",

Ihr Chef rieb sich erfreut die Hände. Dann reichte er ihr die Hand freundlich zum Gruß. Licht blitzte kurz auf dem Kupferarmreif an seinem Handgelenk auf.

„Jaa ...", fuhr er begeistert fort, „wie ich sehe, haben sie die Kartons mit den Artikeln ja schon in Arbeit. Sehr schön ... sehr schön ...", Er beugte sich über einen der Kartons und hob neugierig die Klappen an, um hineinzusehen. „Was haben wir denn da? Sind ein paar schöne Sachen dabei?"

Kitty schluckte. Sie räusperte sich. Irgendwie hatte das überraschende Auftauchen ihres Chefs sie völlig aus der Bahn geworfen.

„Ja ...", antwortete sie mit belegter Stimme. Sie räusperte sich wieder.

Dr. Janus richtete sich auf und betrachtete sie forschend mit gerunzelter Stirn.

„Dr. Janus, da ist etwas, das ich ...", Das Amulett vor ihrer Brust schien ihr plötzlich so etwas wie einen Stoß in die Magengrube zu verpassen. Kittys war jetzt völlig durcheinander.

„Ja?", fragte ihr Chef aufmerksam.

„Dr. Janus, ich muss ...", begann Kitty erneut.

„Mau!", sagte draußen vor dem Fenster eine Katze.

Kitty fühlte ganz deutlich, dass sie sich Dr. Janus unbedingt anvertrauen *musste*, dann würde wieder alles in Ordnung kommen.

„Dr. Janus ..."

Ein giftiges Fauchen aus dem Gebüsch vor der Böschung im

Lichtschacht schnitt ihr das Wort ab.

„Ach, diese verdammten Katzenviecher! Überall schleichen sie in der Stadt herum, eine richtige Plage ist das!", Dr. Janus schritt übellaunig zu dem gekippten Fenster und schloss es mit einem kräftigen Knall. „So!", sagte er energisch, „was wollten Sie mir nun mitteilen?"

„Nichts", murmelte Kitty, während sie sich über die Stirn fuhr. Das Amulett puckerte vor ihrer Brust wieder wie ein stumm gestelltes Handy. Wie fettiger, schwarzer Rauch verzog sich langsam der Gedanke, Dr. Janus würde ihr verständnisvoll helfen. Stattdessen bemerkte Kitty erschrocken, dass sein Blick etwas Lauerndes hatte.

„Frau Katzrath, Sie wissen doch sicher, dass Sie über *alles* mit mir sprechen können, ja?", fragte er sanft und langsam.

„Ja", Kitty sah zu Boden.

„Bitte, sagen Sie mir doch, was Sie bedrückt. *Ich wünsche es!*" Kitty rang mit sich. Fast körperlich zerrte es an ihr, ihrem Chef von dem Diebstahl der Rubinkette zu berichten.

Es war ihre Pflicht. Er war der Museumsleiter. Er war ein guter Chef. Er würde Verständnis haben und ihr helfen. Dann, nach einem endlosen Moment, rückte dieses Gefühl abrupt von ihr ab, wie Hände, die von ihrem Hals abglitten.

„Nichts", murmelte Kitty wieder und starrte an ihrem Chef vorbei auf die Grasböschung vor dem Fenster. „Ich ... fühle mich nur sehr schlecht. Ich wollte Sie fragen, ob ich nicht heute ausnahmsweise einmal früher gehen könnte."

Dr. Janus antwortete zunächst nicht, sondern starrte sie nur weiter eindringlich an. „Gut!", entschied er dann nach einem Moment, als Kitty nichts mehr hinzufügte. „Sicher. Gehen Sie, und erholen Sie sich!", Er nickte ihr noch einmal freundlich zu und verließ dann ihr Büro.

Kitty musste sich setzen.

,*Was ist nur mit mir los?*', fragte sie sich verzweifelt.

,*Was war das denn eben mit dem Amulett?*', Sie schüttelte den Kopf. ,*Ich muss sofort hier raus!*' Gehetzt zog sie ihren Kittel aus, nahm ihre Handtasche und verließ das Museum durch den hinteren Eingang im Untergeschoß.

Kleopatra saß wieder auf Patrouille draußen vor Kittys Fenster, versteckt in den Büschen auf der Grasböschung.

Sie beobachtete, wie Kitty das Halsband fotografierte, und natürlich wusste Kleopatra auch, wohin das kostbare Rubinhalsband verschwunden war.

Die kleine Bonnie war in den frühen Morgenstunden, als die Sonne aufging, mit Billy zurück in die Katzenvilla gekommen. Wie das schwarze Katzenmädchen atemlos berichtete, wünschte Kittys Kater Admiral Lord Mizius eine Unterredung mit Boss. Der Katzenchef hatte sich zunächst nicht sehr begeistert gezeigt.

Wie auch seine Ratgeber und Kleopatra selbst hielt Boss es für besser, Lord Mizius noch nicht vollständig ins Vertrauen zu ziehen. Er wollte erst wissen, wie sehr Kitty unter Dr. Janus' und Sissy Pfuhs' Einfluss stand. So war die Katzenversammlung übereingekommen, dass Bonnie Lord Mizius eine Botschaft überbringen sollte.

Heute Abend sollte Bonnie dem weißen Kater sagen, dass Boss ihn am nächsten Tag im Haus besuchen würde, wenn Kitty im Museum war. Boss würde Admiral Lord Mizius wieder nicht einweihen, weshalb sie beobachtet wurden. Die Frage war nur, würde sich der schlaue Admiral mit diesen fadenscheinigen Auskünften, die Boss ihm nennen würde, zufriedengeben?

Doch dann, am frühen Nachmittag, sah Kleopatra etwas, das ihr die Haare zu Berge stehen ließ. Der schöne Scout war außer sich. *Was sie da sah, das änderte alles!*

Dr. Janus, Kittys Chef, reichte der dunkelhaarigen Menschenfrau die Hand zum Gruß. Sonnenlicht blitzte auf dem Armreif an seinem Handgelenk auf, gepaart mit dem giftigsten, rotgoldenen Glühen, das Kleopatra je gesehen hatte. Die harmlos und schlicht wirkende Armspange war ein Zauberartefakt, noch dazu eines der gefährlichsten, wie Kleopatra als Scout sofort wusste. Es dauerte einen Moment, bis sich die schöne Katze wieder gefangen hatte.

„Dr. Janus, da ist etwas, das ich ...", hörte sie Kitty gerade sagen.

„Mau!", rief Kleopatra warnend. „*Sei vorsichtig!*"

Selten schritt sie als Scout so direkt ein und gab sich damit preis.

„Dr. Janus, ich muss ...", begann Kitty wieder und Kleopatra fauchte.

„*Sei still, um Gottes willen!*", Trug dieses dumme Menschentier wenigstens sein Schutzamulett?

Dr. Janus kam mit schnellen Schritten durch den Raum und knallte das Fenster zu. Gedämpft durch das Glas hörte der Scout, dass ihre Warnungen geholfen hatten.

Kitty bewies echten Katzenverstand und verschwieg, was ihr Chef ihr durch den Zwang des Zauberarmreifens entlocken wollte.

Kleopatra atmete auf. Nachdem Kitty schließlich das Museum verlassen hatte, lief sie, so schnell sie konnte, durch die Geheimgänge hinauf zu der alten Villa.

Sie brauchten eine Katzenversammlung.

Dringend!

„Was sagst du da?!", fragte der Puma schneidend und trat mit verengten Augen aus seiner halbdunklen Zimmerecke hervor. „Janus hat *was für ein* Artefakt?!"

Kleopatra holte tief Luft. „Wenn ich mich nicht sehr irre, trägt Janus das ‚*Band der Sympathie*'."

Doc Wolliday schüttelte seinen dicken, grauen Kopf. „Aber das ist seit langer Zeit verschollen! Bitte beschreibe es doch noch einmal genau!"

Kleopatra wiederholte noch einmal geduldig, was genau sie gesehen hatte. „Ich irre mich nicht", fügte sie dann ernst hinzu. „Verschollen oder nicht. Ich habe dieses Ding schon einmal gesehen, auch wenn es lange her ist. Wir konnten es auch damals nicht sichern. Damals besaß es ein kleiner, dicker Mann von Korsika, und er hieß Napoleon!"

Puma spuckte. „Wenn es wirklich das ‚Band der Sympathie' ist, brauchst du hier niemandem zu erklären, wozu es die Menschen bringt!"

„Nein", sagte Doc Wolliday bekümmert, „dann hat Kitty keine Chance. Kein Mensch kann sich dann Dr. Janus entziehen. Sie befolgen einfach, was er *wünscht*."

„Und wir haben ein wirklich *großes* Problem!", schloss Boss bitter.

Die kleine Bonnie drückte sich ganz eng um Kleopatra herum, die einen Augenblick verdutzt auf sie heruntersah, denn eigentlich sollten die beiden Katzenkinder nach ihrer langen Nachtwache im Körbchen sein und schlafen. Natürlich schlich auch Billy in der Nähe um ein Tischbein herum.

„Bitte, darf ich etwas sagen?", fragte das kleine Katzenmädchen schüchtern.

Die schöne Kleopatra blinzelte ihr aufmunternd zu.

„Bitte", gestattete Boss streng. Der rot getigerte Kater war sehr besorgt.

„Aber ... Kitty hat doch ihr Schutzamulett!", sagte Bonnie leise. „Wenn sie es trägt, kann der Janus ihr doch nichts anhaben, oder?"

„Ja", bestätigte der Puma säuerlich, „*wenn* sie es trägt!"

„Also, ich denke, die kleine Bonnie hat da gar nicht so unrecht", unterstützte Kleopatra die kleine, schwarze Katze, die gleich strahlend ein Stück größer wurde.

„Ich muss sagen, Kitty hat sich vorhin für einen Menschen

sehr gut geschlagen. Ich würde vermuten, sie trug ihr Amulett, denn sie hat dem Zwang des Armreifs nicht nachgegeben!"

„Genau, dann müssen wir ihr nur helfen, *dass* sie es immer trägt", warf Bonnie, mutig geworden, ein.

Billy kicherte hinter seinem Tischbein, und Doc Wolliday unterdrückte ein Schmunzeln.

„Und du weißt auch schon, wie das geschehen könnte, kleine Bonnie?"

„Ja", erwiderte das Katzenkind stolz, „wir müssen nur Lord Mizius in alles einweihen!"

Ihren Worten folgte erst einmal eine erstaunte Stille, dann räusperte sich Boss.

„Nun", sagte er langsam und bedächtig, „es war erst nicht nach meinem Willen, aber ich denke nun, du hast tatsächlich recht, Bonnie. Wenn die Dinge nun einmal *so* stehen, sollten wir wohl den Admiral vollständig in alles einweihen."

„Ja", bestätigte der Puma ebenfalls, „das denke ich auch. Wir brauchen jetzt jede Hilfe, die wir bekommen können!"

„Gut gemacht, kleine Bonnie!", lobte Kleopatra, auf sie hinunter lächelnd.

Das kleine Katzenmädchen strahlte vor Freude über ihr ganzes Gesicht.

„Wir sollten dennoch anstreben, das ,*Band der Sympathie*' zu sichern!", gab Doc Wolliday zu bedenken. „So ein gefährliches Artefakt dürfen wir nicht sein Unwesen treiben lassen! Und schon gar nicht, wenn es im Besitz eines Menschen wie Janus ist!"

Boss begann wieder, vor dem hohen Rundbogenfenster auf und ab zu gehen, um besser nachdenken zu können.

„Du hast sicher recht, Doc Wolliday", erwiderte er schließlich. „Ich denke, wir sollten auch einen Scout zum Observieren dafür abstellen!"

204

Der Puma grinste, was eher einem grimmigen Zähne-Fletschen gleichkam. „Und ich weiß auch schon, für wen das der richtige Job ist!"

„Der Kleine Napoleon!", riefen er und Kleopatra gemeinsam.

„Ja", grinste auch Boss, „Der Janus und der Kleine Napoleon - da haben sich dann wirklich einmal zwei verdient!"

Bevor Bonnie und Billy wieder zurück in ihr Körbchen geschickt wurden, um weiterzuschlafen, wurde entschieden, dass die kleine Bonnie noch in der nächsten Nacht Lord Mizius eine wichtige Nachricht überbringen sollte.

Der Admiral wurde eingeladen, zu einer ausführlichen Besprechung das Katzenhauptquartier in der Villa zu besuchen.

„Du olle Streberin!", murmelte Billy, während er vor dem Einschlafen an Bonnies Ohr kaute. „Bald muss ich noch ‚*edle Ratgeberin*' zu dir sagen!"

Bonnie leckte ihm das Bäckchen. „Aber mein Billy, dafür hast du mich doch gestern Nacht beim Admiral rausgehauen!"

„Mhhhmm ...", machte Billy, schon fast im Schlaf, „Thunfisch mit Käse ...", Der kleine Kater steckte traumversunken seine Nase in das Ohr seiner Schwester, und schon bald schliefen beide laut schnarchend ein.

Gerade, als Admiral Lord Mizius sich mit angehaltener Luft und eingezogenem Bauch durch das Loch vom Geheimgang in Kittys Keller zurück gequengelt hatte, hörte er oben im Haustürschloss ihren Schlüssel rasseln.

Eilig verschloss er den Eingang wieder mit Holzscheiten. Natürlich war sein weißer Pelz jetzt, nach dem Weg durch den dunklen Geheimgang, ziemlich schmutzig, und er schlich nur zögerlich die Treppe zum Wohnzimmer hinauf.

Umso erstaunter war der weiße Kater, dass Kitty ihn, ohne etwas davon zu bemerken, in die Arme nahm und sich mit ihm eng aneinander gekuschelt einfach auf ihr Bett im Schlafzimmer fallen ließ.

„Ach, Lord Mizius!", seufzte sie traurig. „Es ist schon wieder etwas aus dem Museum verschwunden, und dieses Mal ist es wirklich sehr wertvoll und es gibt Zeugen, die gesehen haben, dass nur ich das Halsband an mich genommen habe! Ach, mein Admiral, Kitty weiß nicht mehr, was sie machen soll!"

Lord Mizius lag ganz still in Kittys Armen.

Für ihn stand fest: Das ging hier alles nicht mehr mit rechten Dingen zu! Für seine Kitty musste er ihm alle zur Verfügung stehenden Katzenverbindungen spielen lassen! Nicht nur die Katzenorganisation würde er um Hilfe bitten, vielleicht konnte die Polizeihündin Mina ihm auch in irgendeiner Weise helfen.

Mau! Gut, dass er auf Kitty aufpasste! Er würde alles in seine kompetenten Pfoten nehmen, denn der Admiral war noch lange nicht am Ende seiner Weisheit!

16. Katzpitel,

in dem Kitty und Admiral Lord Mizius

eine Überraschung nach der anderen erleben

Als Kitty wieder wach wurde, war es schon früher Abend. Admiral Lord Mizius hatte sich aus ihren Armen befreit und an das Fußende zurückgezogen, wo er nun leise vor sich hin schnorchelte, das Bäuchlein mit dem langhaarigen, weißen Pelz nach oben gedreht.

Endlich konnte Kitty wieder lächeln. Vorsichtig stand sie auf und schlich ins Wohnzimmer hinüber. Sie hatte beschlossen, Ken McRight anzurufen, um sich für das Buch zu bedanken. Ein bisschen nervös drückte Kitty die Tasten am Telefon und wählte Kens Nummer.

„Ken McRight", erklang es am anderen Ende der Leitung.

Kitty holte tief Luft. *,Du meine Güte, ich hatte seine Stimme gar nicht so samtig in Erinnerung'*, dachte sie erschrocken, *,los, Kitty, sei mutig!'*

„Ja", sagte sie langsam, „hallo, hier ist Kitty Katzrath. Ich wollte mich bei dir für das Buch bedanken."

Ken lachte leise. „Nichts zu danken. Gefällt es dir?"

„Ja, es ist interessant. Au, verdammt!", platzte es aus ihr heraus, obwohl sie sich vorgenommen hatte, ganz über ihrem Missgeschick zu stehen. „Du hast mich bestimmt mit dem grünen Gesicht gesehen, am Samstagabend!"

Ken lachte jetzt richtig, auch wenn er aus purer Höflichkeit versuchte, es möglichst dezent zu machen.

„Ach was, keine Spur!", erwiderte er dann.

„Nicht?", fragte Kitty hoffnungsvoll.

„Nein", beteuerte Ken, „es sah eigentlich mehr türkis aus!"

„Gnnnn!", Kitty klappte unartikuliert mit ihrem Gesicht auf das Sofakissen auf ihrem Schoß.

„Aber das war nicht schlimm!", tröstete Ken. „Es passte super zu den rosa Hausschuhen!"

„Hmpf! Jetzt hast du ja einen schönen Eindruck von mir."

„Ach, was!", erwiderte er gut gelaunt. " Und sonst? Wie geht es dir so? Alles o.k. im Museum?"

Dass er ausgerechnet *davon* anfangen musste! Urplötzlich hatte Kitty einen dicken Kloß im Hals und hätte am liebsten losgeheult. Sie holte tief Luft. „Also ...", sagte sie zögernd, „das Rosenburger Museum ist, na ja ..., sagen wir, so ein Fall für sich."

„So.", Der junge Schotte machte eine Pause, so als müsse er einen Moment ganz genau über seine nächsten Worte nachdenken.

„Du weißt ja jetzt, dass mein Großvater der Museumsrestaurator vor dir war?"

„Ja."

„Ah, ja" sagte Ken grimmig, „und, verschwinden immer noch Artefakte?"

Kitty wurde schwindelig.

„Was?!", hauchte sie in den Apparat.

„Du hast mich schon verstanden, Kitty. Verschwinden immer noch Artefakte?"

„Das, das ... weißt du, das ...", stammelte sie mit einem Blick aus dem Fenster auf den Gitterhof. Auf einmal fragte sie sich, ob Herbert Heuchelheimer wieder die Rabatten goss, oder was er sonst so tat, um sie unauffällig durch ihr Wohnzimmerfenster zu beobachten.

Und was war mit Ken McRight?

Was war das überhaupt für eine Frage?

Was hatte *er* mit den verschwundenen Artefakten zu tun? *Wieso wusste er überhaupt davon?*

Kitty räusperte sich.

„Weißt du was, Ken?", erwiderte sie. „Bevor ich dazu etwas sage, musst erst einmal *du* mir deine Karten auf den Tisch legen. Und jetzt am Telefon sage ich dazu ohnehin nichts!"

„Mau!!!", bestätigte auch Lord Mizius, der unbemerkt nach vollendetem Nachmittagsschlaf aus dem Schlafzimmer gekommen war und nun am Fußende des roten Ledersofas saß und das Gespräch mithörte.

Zu ihrer großen Überraschung lachte Ken McRight.

„Das ist mir sehr recht, Kitty. Wenn du magst, kannst du auch via Skype mit meinen Großvater reden, der inzwischen wieder in Edinburgh lebt, und das aus gutem Grund! Aber fürs Erste wäre es am besten, wir beide treffen uns. O.k.?"

„Gerne. Ich bin schon sehr gespannt, was du mir zu erzählen hast. Weißt du was, ich habe auch noch nichts gegessen, wir könnten essen gehen. Ist das in Ordnung?"

„Sicher.", Ken zögerte einen Augenblick. „Wie wäre es, ich hole dich in einer halben Stunde ab?"

„Prima! So lang ich nicht wieder ins ‚Zum silbernen Groschen' muss, bin ich mit allem einverstanden. Ich verspreche auch, nicht wieder ein grünes Gesicht zu haben!"

Kitty goss sich eine Tasse heißen, starken Kaffee ein. Dann zog sie sich schwarze Jeans, ein T-Shirt und flache Ballerinas an. Während sie sich in der Toilette im Erdgeschoß ein wenig zurechtmachte und ihr Haar bürstete, bemerkte sie, dass sich ihre Niedergeschlagenheit immer mehr in Zorn verwandelte. Sie trug nicht umsonst Jeans und flache Schuhe. So lange sie nicht vollständig davon überzeugt war, dass Ken McRight ihr nicht aus eigensüchtiger Berechnung das Buch geschenkt hatte, war es durchaus möglich, dass sie heute Abend allein zu Fuß nach Hause gehen würde. Von wo auch immer.

Sie würde nicht in ein Auto steigen, in dem kein Freund saß.

Ein leises Schaben und Klirren riss sie aus ihren trüben und wütenden Gedanken. Lord Mizius zog wieder ihren großen Silberanhänger an dem dicken Lederband hinter sich her über den Dielenboden.

„Mau!", sagte er eindringlich mit schräg gelegtem Kopf. „Me mau mie!"

Kitty bückte sich und nahm die Kette. „Danke, Lord Mizius!", antwortete sie. „Du hast ja recht! Wenn ich es mir genau überlege, dann hat mir das Amulett heute wirklich gute Dienste geleistet! Wenn ich nicht so erschrocken über das Puckern gewesen wäre, hätte ich mich dem Janus auf dem Silbertablett serviert!"

„Mau! Miiieau!!!"

Ihr Kater schien höchst zufrieden über beide Katerbäckchen zu grinsen. Es klingelte, und natürlich war der Admiral wieder als Erster an der Haustür.

Kitty hielt ihn mit einem Bein zurück, während sie öffnete und Ken eintreten ließ.

„Hallo!", sagte Ken McRight und schenkte ihr ein Lächeln, doch gleich darauf sah er Admiral Lord Mizius und runzelte die Stirn. „He", stieß er verdutzt hervor, „den Kater kenne ich! So einer läuft schon seit fast einer Woche bei mir auf der Terrasse herum, wenn ich in der Mittagspause zu Hause bin!"

„Mau!", widermaunzte der Admiral trotzig, denn Kitty konnte dazu vor Erstaunen erst einmal gar nichts sagen.

„So ein Unsinn!", brachte sie schließlich hervor und lachte. „Lord Mizius darf gar nicht rausgehen, außer mit mir in unseren Garten!"

Ken sagte darauf zwar nichts mehr, schüttelte jedoch nachdenklich den Kopf.

Kitty sah mit wachsender Verwirrung, wie ihr Admiral Lord Mizius die Öhrchen und den Schwanz hängen ließ und sich hinter dem Sofa versteckte.

Nur mit einem hellgrünen Auge und einem rosa Ohr lugte er um die Ecke. Kitty war sich sicher, dass ihr Kater ein schuldbewusstes Gesicht zog.

Nur, warum?

Der Kleine Napoleon war nicht erfreut gewesen, von Boss den Auftrag zu bekommen, Dr. Dietbert Janus zu observieren.
Er hasste die meisten Menschen, und er hasste es, ständig welche beobachten zu müssen. Andererseits, meistens hatte er ohnehin schlechte Laune, also war es auch einerlei, womit er den Tag verbrachte, oder eben die Nacht.

Nun saß der magere Kater übellaunig auf einem Baum im Garten des Museumsdirektors. Er hatte einen Ast in mittlerer Höhe ausgewählt, sodass er einen guten Blick in das Wohnzimmer hatte, wo der ältere Mann in einem Sessel saß und auf die schrillen Bilder guckte, die auf dem flachen Fernseher hin und her zuckten.

Der Kleine Napoleon musste zynisch grinsen – edel gekleidet war der Mann mit Hornbrille ins Haus gekommen, nun saß er da, in Unterhemd, Socken und kurzer Hose, während er sich seinen erstaunlich feisten, haarigen Bauch kratzte.

Menschen machten nicht viel her, so ohne Fell, nicht mal die, die sich selbst für immens wichtig hielten wie der Janus. Das wenige Fell, das der Mann noch auf seinem eierförmigen Kopf trug, hatte er quer über seine Glatze gebürstet, wo es auch hartnäckig kleben blieb.

Nein, der Kleine Napoleon war froh, eine Katze zu sein, die meisten Menschen waren nur dazu gut, dass man sie ärgerte und biss. Aber dennoch hielt der Kater seine Aufgabe und die der Katzenorganisation für immens wichtig.
Schließlich sicherten sie nicht nur das Überleben der Menschen, sondern schützten auch den Rest der Welt vor dem Wirken einer bösen, fremden Macht. Langsam wechselte er von einem

Hinterpfötchen auf das andere, das giftige, rotgoldene Glühen des Artefaktes am Handgelenk von Dr. Janus immer fest im Blick.

Der Janus hatte zwar alle Insignien seiner Macht über einen Stuhl gehängt, aber den Kupferarmreif trug der hässliche Mensch noch immer.

Ob der Janus nun wusste, was dieser Zauberarmreif bewirkte, oder ob er ihm einfach gefiel, das wollte der schwarz-weiße Kater bei seinem Auftrag noch herausfinden.

Der Kleine Napoleon verdrehte die Augen, als Janus eine Dose Bier an seine Wulstlippen hob und lautstark schlürfte. Gar nicht vornehm. Es hatte auch tatsächlich schon Menschen gegeben, die dem Kleinen Napoleon solche Büchsen an den Kopf geworfen

hatten.

Jetzt lehnte sich der Mann in seinem Sessel gespannt vor und stellte den Ton an dieser Bildermaschine lauter. Er musste noch tauber sein als die übrigen menschlichen Exemplare. Biestig verzog der Kleine Napoleon sein Mäulchen.

Davon, dass er bei diesem Auftrag seinen Spaß nicht haben durfte, hatte keiner etwas gesagt. Außerdem kam noch dazu, dass Dr. Janus auch kein Haustier besaß. Nein, im Gegenteil, er machte den Katzen Probleme auf Schritt und Tritt.

Seit Jahren versuchte er schon, Cadys den alten Gutshof abzukaufen, wo die Katzenorganisation zu Hause war.

Der Museumsdirektor erzählte ihr ständig, wie geschichtlich wertvoll dieses alte Gut aus ihrer Familie war, und versuchte, sie mit viel Geld zum Verkauf zu bewegen. Boss selbst hatte dabei herausbekommen, dass es dem Janus nur darum ging, die Katzenorganisation zu vertreiben. Anderen Menschen gegenüber sprach dieser Mann von ,Katzenpest' und ,Katzenplage'.

Na gut, es ging auch noch in alten Legenden das Gerücht, auf diesem Gut wäre ein großer Schatz aus dem Dreißigjährigen

Krieg verborgen. *Aber das glaubten doch ohnehin kein Mensch und keine Katze ernsthaft, oder?*

Der Kleine Napoleon schnaubte.

Er nahm diesen Auftrag durchaus persönlich. Er würde alles dafür tun, dass Dr. Dietbert Janus von diesem Kupferarmreif erleichtert würde. Der kleine, magere Kater räusperte sich. Offenbar wollte der Janus genau hören, was da im Fernsehen kam.

„Du doofer Mensch, du!", schrie der Kleine Napoleon aus voller Kehle. „Dir werd' ich die Suppe versalzen! Du denkst vielleicht, du bist schlau, aber ich bin viel schlauer!"

Dr. Dietbert Janus saß vor dem Fernseher und sah eine wichtige Wirtschaftssendung. Geld und Goldpreise, Aktienkurse, Fonds und Gewinne, das interessierte ihn.

Plötzlich zerschnitt ein schreckliches Katzengekreische die abendliche Stille, sodass er den Moderator der Sendung nicht mehr verstehen konnte.

„Maumemamewaumaumau ... miehihihi!", hörte er nur noch, während der Mann auf dem Bildschirm die Lippen dazu bewegte.

Jähzornig erhob sich Dr. Janus und ergriff den Teller, auf dem sich noch eine halbe Salamipizza mit einer dicken Käseschicht befand. Er öffnete die Terrassentür zum Garten.

„Du elendes Katzenvieh!", brüllte der Museumsdirektor unfein in die Dunkelheit des Gartens, während er den vollen Teller in die Richtung des Katzen-Geschreies schleuderte. „Ich werde dir den blöden Hals umdrehen, dir und deiner ganzen verdammten Sippe da oben auf dem Berg!"

Mit lautem Gedepper zerschellte der Porzellanteller an dem Baum, auf dem der schwarz-weiße Kater saß. Janus stellte den Fernseher noch lauter.

Der Kleine Napoleon grinste höhnisch. Leise und vorsichtig kletterte er an der Rückseite des Baumes den Stamm herab. *,Vielleicht ist dieser Auftrag doch ganz gut!'*, dachte der magere

Kater mit einem Hauch von Zufriedenheit. *‚Das ist das erste Menschentier, das mich mit Essen bewirft, endlich werde ich mal satt!'*

Hätte Dr. Janus einen Moment gelauscht, dann hätte er gehört, wie sich der Kleine Napoleon laut schmatzend den Bauch mit der halben Salamipizza vollschlug. Er beleckte sich genüsslich das Mäulchen.

„Mau! Mal sehen, was es morgen Abend Leckeres gibt!"

Ken und Kitty waren in einem griechischen Restaurant gelandet, das ein wenig außerhalb in der Rosenburger Burgruine lag, mit einem herrlichen Blick auf die kleine Stadt und die umgebenden Hügel.

Sie hatten in der frischen Abendluft noch einen Tisch draußen auf der Terrasse gefunden.

Ken drehte sein Wasserglas zwischen den Fingern und beobachtete Kitty forschend aus seinen rehbraunen Augen.

Schließlich hatte Kitty genug. „So, Ken McRight", sagte sie, während sie ihre Gabel unfein auf den Teller knallte, „jetzt lege endlich deine Karten auf den Tisch! Ich will wissen, welches Interesse du an den angeblich verschwundenen Artefakten des Museums hast!"

„Nicht *angeblich* verschwunden, *tatsächlich* verschwunden!", korrigierte Ken mit sanfter, warmer Stimme.

Dieser Mann machte sie wahnsinnig!

Trotzdem hatte Kitty das Gefühl, dass sie sein konnte wie sie war, ohne sich zurücknehmen zu müssen.

„Wie auch immer!", entfuhr es ihr unwillig. „Raus mit der Sprache!"

„Zu dieser Laune hätte dein türkises Gesicht besser gepasst!", erwiderte Ken mit einem schiefen, zynischen Grinsen. „So siehst du einfach zu nett aus. O.k., ich sage dir ja alles, was ich weiß!"

Er lehnte sich lässig in seinem Stuhl zurück.

„Eigentlich wollte ich warten, bis du mit dem Essen fertig bist,

214

nicht dass du dich verschluckst, oder so."

Kitty kaute weiter und verdrehte wortlos die Augen.

Ken lachte trocken. „So, na gut. Wie du willst! Also, zum Ersten: Du behandelst mich momentan so ähnlich wie einen potentiellen Feind."

Kitty wollte mit einem Mund voll Gyros protestieren, konnte jedoch nicht verhindern, dass sie stattdessen tomatenrot anlief.

„Das ist gut", fuhr Ken mit schräg gelegtem Kopf fort. „Denn es bedeutet, dass du vorsichtig bist. Und es *ist* etwas passiert, nicht? Ich habe Recht, es ist wieder etwas verschwunden! Entweder bist du mit im Boot bei den Dieben ...", Er sah sie prüfend an und lachte wieder, als Kitty ihm vor Empörung fast an die Gurgel ging. „Nein ...", redete der junge Schotte weiter, „demnach also nicht. Das ist noch besser!"

„Sag' mal", platzte Kitty wütend dazwischen, nachdem sie endlich geschluckt hatte, „was soll denn das alles?! Schenkst mir ein Buch, fährst mit mir zum Essen und jetzt bin ich auch noch eine Diebin? Geht's noch?!"

Ken breitete beide Hände aus, die Handflächen offen nach oben gewandt.

„Du wolltest die Karten auf dem Tisch haben!", erwiderte er unschuldig, „Nun kannst du wohl vergessen, dass ich einer von den Bösen bin und dich mal beruhigen!"

Kitty stopfte sich wütend erneut eine Riesengabel voller Gyros in den Mund.

Ken strich sich mit einer Hand die halblangen, braunen Haare hinter ein Ohr. „Soll ich weiter reden?"

Kitty nickte, mit vollem Mund kauend.

„Also, wie du weißt, war mein Grandpa vor dir der Museumsrestaurator hier. Er ist vor sechs Monaten in Rente gegangen."

Sie nickte wieder.

„Ja", fuhr Ken fort, „er hat mir erzählt, dass davor ungefähr ein Jahr lang immer wieder Artefakte aus dem Museum verschwanden. Meistens sehr wertvolle Artefakte. Silber, Schmuck,

Gold und solche Sachen."

Kitty riss die Augen auf und vergaß das Kauen.

„Er hat Dr. Janus darauf angesprochen. Daraufhin stellte Dr. Janus ihn vor die Wahl: Entweder er geht still und leise in den vorgezogenen Ruhestand, oder er wird wegen Diebstahls verklagt!"

Kitty verschluckte sich, und ein Hustenanfall ließ ihren Kopf noch roter anlaufen.

„Ich sagte doch, du wirst dich verschlucken! Du musst etwas trinken!"

„Das ist nicht wahr?!", japste Kitty.

„Doch!", nickte Ken. „Das ist es. Wie du weißt, hat mein Grandpa ohne viel Begeisterung die erste Möglichkeit gewählt.", Er wartete geduldig, bis sich Kitty etwas gefasst hatte. „Viel mehr gibt es nicht dazu zu sagen", schloss Ken, während er sich mit einem Daumen über seinen Drei-Tage-Bart fuhr. „Vielleicht noch, dass der gute Dr. Janus seinen Dienst als Direktor hier im Rosenburger Museum erst vor ungefähr eineinhalb Jahren aufgenommen hat. Also genau zu dem Zeitpunkt, als es mit dem Verschwinden der Artefakte begann. Er kommt von wer weiß woher!"

Nicht nur das Geräusch, das Kens Finger auf den Bartstoppeln erzeugte, jagte Kitty einen Schauer über den Rücken.

„Erst seit eineinhalb Jahren?", fragte sie tonlos. Sie war völlig durcheinander.

„Yep", erwiderte Ken trocken und betrachtete sie forschend.

„Er kam von Außerhalb und wurde dem lieben Dr. Frei von der Stadtverwaltung, auf persönliche Fürsprache von Stadtsprecher Sülz, direkt vor die Nase gesetzt."

Erschlagen lehnte sich Kitty in ihrem Stuhl zurück. Angewidert legte sie die Gabel auf den Tellerrand und warf ihre Serviette auf den Tisch. „Wo bin ich da bloß reingeraten?!", stieß sie hervor.

„Das ist ja schrecklich!"

„Also, *ist* etwas verschwunden?", hakte Ken interessiert nach.

Kitty seufzte. „Ja, am Freitag ein unscheinbares Artefakt aus der Ägyptischen Sammlung und heute Mittag ein immens wertvolles Halsband aus einer Spende, die wir erst heute Morgen bekommen haben. Das wird mir das Genick brechen. Und *ich* kann nicht in vorgezogene Rente gehen! Ich gehe stattdessen in den Bau!", fügte sie bitter hinzu.

„Nun mal langsam", erwiderte Ken beschwichtigend, „ich habe dir das Buch doch nicht geschenkt, um an dir eine billige Rache zu nehmen, oder so! Ich will dir helfen, dass es dir nicht so ergeht wie Grandpa. Dass man dir nicht auch versucht, etwas in die Schuhe zu schieben! Gemeinsam werden wir die Nuss schon knacken!", Er grinste wieder dieses eigenwillige, schiefe Grinsen. „Obwohl ... 'ne billige Rache zusätzlich wäre am Ende dann auch nicht so schlecht!"

Kitty schüttelte langsam den Kopf. „Das gibt es doch alles nicht! Wenn du mir helfen kannst, und ich da wirklich heil rauskomme, dann kannst du an Janus die übelste Rache nehmen, die dir einfällt, und ich helfe dir sogar dabei! Teeren und Federn wäre noch das Mindeste!"

Es war schon spät am Abend.

Der Kleine Napoleon saß immer noch in dem hohen, stattlichen Ahornbaum vor Dr. Janus' Haus. In dem durch eine Stehlampe spärlich beleuchteten Wohnzimmer schaltete der Museumsdirektor gerade das Fernsehdings aus. Da klingelte das Telefon, und der Janus drückte einen Knopf an dem Apparat. Draußen spitzte der schwarz-weiße Kater die Ohren.

„Ja", sagte der untersetzte Mann ins Telefon, „ach, Neidhard! Ja, hast du also bekommen.", Er lachte hinterhältig. „Natürlich ist dann wieder eine Versammlung der Loge nötig, sicher.", Dann lauschte der Mann einen Moment in das Telefon. „So? Ja, gern. Dann machen wir die Logenversammlung an diesem Donnerstag um 20.00 Uhr, wie üblich bei dir im Kaminzimmer."

Er lauschte wieder. „Nein, noch nicht. Aber ich denke doch, wir finden sehr bald zahlungskräftige Interessenten. Ja. Bis dann."

Dr. Janus hängte ein. Er rieb sich gierig die großen Hände.

Der Kleine Napoleon verzog das Gesicht.

Was für ein besonders ekeliges Exemplar von Menschentier.

Hoffentlich legte der feiste Janus das Artefakt wenigstens über Nacht ab.

Janus löschte in seinem Wohnzimmer das Licht und verließ den Raum. Als Nächstes flammte in zwei Zimmern im Obergeschoß die Beleuchtung auf. Angewidert schüttelte der magere Kater sich, als er den Janus aus dem rechten Zimmer schnaufen und gurgeln hörte.

Dann sah er den Mann in einem lächerlichen, gestreiften Pyjama in dem linken Zimmer hin und her gehen. Neugierig kletterte der Kleine Napoleon in dem Ahornbaum ein paar Äste höher.

„Na, los", knurrte er in seinen schwarzen Katerbart, „leg' die Armspange schon auf den Tisch, du grässlicher Mensch! Dann hol' ich Billy, und wir haben's hinter uns!"

Leider tat Dr. Dietbert Janus dem Kleinen Napoleon diesen Gefallen nicht. Stattdessen ließ sich der Mann auf der Bettkante nieder, stellte einen Fuß auf das Fensterbrett und knipste an seinen Fußnägeln herum.

„*Bläh!*", machte der Kater draußen im Baum angeekelt. „*Bläh! Bläh! Bläh!* Das wirst du mir büßen, dass ich mir das mit ansehen muss! Na warte, Janus, das zahle ich dir heim!"

Ken und Kitty waren von der Terrasse in das griechische Restaurant hinein gewechselt, als es mit fortschreitendem Abend draußen zu kühl wurde. Sie hatten sich einen Tisch in der Nähe eines großen Kachelofens ausgesucht, der aber im Moment nicht befeuert wurde. Gemütlich auf einem Kissen auf der Ofenbank, lag zusammengerollt ein weißer Perserkater und schlief.

„Ich liebe Katzen", sagte Kitty gerade lächelnd.

„Ja, ich auch", erwiderte Ken. „Ich habe ein kleines Katzen-mädchen, eine British Shorthair, meine Toffee Pearl. Aber das ist nichts gegen Cadys, die hat mindestens dreißig!"

„Was? *Dreißig* Katzen?"

Kitty wollte gerade genauer nachfragen, wie Cadys denn drei-ßig Katzen haben konnte, da brachte der Kellner beiden ein Glas Rotwein an den Tisch und unterbrach das Gespräch.

„Sie haben da eine schöne Katze", meinte Kitty freundlich.

Der Mann lächelte. „Ja", nickte er, „das ist unser Sir Takis, er hat unserem Lokal den Namen gegeben, oder war es doch an-ders herum?"

Ken lachte. „*Sir Takis,* das ist ja witzig!"

Als der Kellner wieder fort war, beugte sich Kitty verschwöre-risch zu Ken über den Tisch. „Also", begann sie leise, „noch ein-mal zu dem Plan. Ich kopiere also die Depotdateien."

„Ja", bestätigte Ken, „am besten nimmst du dazu eine externe Festplatte, die wirst du von den Datenmengen her wohl brau-chen. Die ganzen Fotos und so. Hast du eine?"

Kitty schüttelte den Kopf. „Nein, aber ich kann sie morgen in der Mittagspause besorgen."

„Hmmm, nein. Besser, ich mache das!", entgegnete Ken mit zusammengekniffenen Augen. „Nur für den Fall, dass Sissy Pfuhs dir wieder an den Fersen klebt! Hole die Festplatte mit-tags doch einfach als Buch eingepackt bei mir im Laden ab, o.k.?"

„Aber Sissy ist *nett!*", protestierte Kitty entrüstet. „Sie ist meine Freundin!"

„Sissy ist die *Geliebte* von Dr. Janus!", betonte Ken. „Mache dir keine Illusionen über ihre Freundschaft zu dir: Was Dr. Ja-nus auch tut, Sissy steckt mit drin! Sei also besser vorsichtig mit ihr!"

Kitty schwieg betroffen. Sie konnte kaum mehr klar denken. Erst bezichtigte Ken Dr. Janus, der so nett war, und jetzt auch noch Sissy Pfuhs, von der sie glaubte, sie sei ihre Freundin. Sie schluckte.

Und Ken? War Ken nun *tatsächlich* ein Freund? Für all das hatte sie doch nur sein Wort. Doch obwohl ihr nicht gefiel, was Ken sagte, musste sie einen Punkt zugeben: Nur jemand, der an den Tresorschlüssel unauffällig herankam, hatte die Halskette überhaupt stehlen können. Und *das* war ein illustrer, kleiner Kreis, zu dem außer Dr. Janus, Dr. Frei und ihr selbst nur noch Sissy gehörte.

„Na gut", sagte sie schließlich. „Ich kopiere dann also am Nachmittag die Dateien."

„Ja", erwiderte Ken. „Auch wenn es dir schwer fällt, pass bitte auf, dass Sissy es nicht mitbekommt, es ist nur zu deinem Besten. Und am Abend, nach Ladenschluss, komme ich bei dir vorbei, und wir gehen anhand des Buches die Museumsdateien durch, ob davon noch etwas fehlt!"

Kitty nahm einen großen Schluck von ihrem Rotwein. „Na, wenigstens gehe ich nicht wehrlos unter."

Ken hielt ihr seine Handfläche entgegen. "Yep! Sei beständig und hartnäckig wie eine schottische Diestel! Willkommen im Clan!", lächelte er, und Kitty schlug ein.

Der Kleine Napoleon wartete draußen auf dem Ast vor Dr. Janus' Schlafzimmerfenster geduldig, bis die ersten Schnarchtöne an seine Ohren drangen.

Dann grinste der Kater erfreut.

„Janus – Dumpfnuss!", sang er kreischend, so laut er konnte. „Janus kommt von Anus! Wach auf! Wach auf! Janus – Dumpfnuss!"

Drinnen im Schlafzimmer fuhr Dr. Dietbert Janus erschrocken mit aufgerissenen Augen im Bett auf. „Wa ... wa ... was?", stammelte der Mann verschlafen.

Der Kleine Napoleon kicherte. *Das war lustig!*

Wieder wartete er, bis er durch das Fenster regelmäßige Atemzüge hörte. Der Kater hatte sich einen Ast ausgesucht, der bis fast an das Fensterglas des Schlafzimmers reichte. Nun balancierte er auf diesem Ast immer weiter nach außen, sodass dieser sich sehr nahe bis an die Glasscheibe bog.

Perfekt!', dachte der Kleine Napoleon. Er begann, auf dem Ast auf und ab zu wippen.

Schsch-pock!', klatschte der biegsame Ahornast laut gegen die Scheibe des Schlafzimmerfensters. *Schsch-pock! Schschpock!*'

„Juchuuu!", kreischte der Kleine Napoleon.

Wieder saß Dr. Dietbert Janus senkrecht in seinen Federkissen, verwirrt von dem plötzlichen Höllenlärm vor seinem Schlafzimmerfenster. „Wer ... ist da?", lallte er schlaftrunken. „Lacht da wer?"

Der Kleine Napoleon rollte sich vor Lachen fast auf dem Ast.

Nein, war das ein prima Auftrag, seit langer Zeit hatte er sich nicht mehr so amüsiert!

Er würde den doofen Janus da drin die ganze Nacht wachhalten. Und das mit Freuden. Erschöpfte Menschen machten Fehler. Die Katzenorganisation brauchte einen müden Dr. Janus. Wenn der böse Mensch keinen klaren Gedanken mehr fassen konnte, wäre das Artefakt bestimmt auch leichter von ihm zu sichern.

Wie auch immer!', dachte der Kleine Napoleon fröhlich und lauschte, ob er wieder Schnarchtöne hören konnte. *Hauptsache, ich habe meinen Spaß! Dir mache ich Augen wie ein müder Frosch, Dietbert!*'

17. Katzpitel,

in dem Kitty eine Einladung erhält
und Admiral Lord Mizius ebenso

„Er hört mich nicht!", klagte Bonnie verzweifelt.

Das kleine, schwarze Katzenmädchen kratzte wieder an der Glastür, die auf Kittys Terrasse hinausführte. „Admiral Lord Mizius!"

Billy hatte währenddessen gerade den Teller Thunfisch und die Milch aufgeputzt, die Kitty wieder für die zwei schwarzen Katzenkinder hinaus gestellt hatte.

„Vielleicht schläft er", erwiderte ihr Bruder, während er sich das Mäulchen genussvoll beleckte und langsam näherkam. Er setzte sich neben Bonnie. „Lass mich mal", meinte der kleine Kater und räusperte sich. „Du quiekst ja so leise wie eine Maus! *LORD ADMIRAL MIZIUS, JUCHU! ADMIRAL MIZIUS, BITTE AUF DIE BRÜCKE!*"

Drinnen zuckte ein rosa Öhrchen jäh in Richtung des Gartens herum.

Lord Mizius gähnte. Tatsächlich war der weiße Kater doch über all seinen Sorgen hinter dem roten Ledersofa eingeschlafen, nachdem Kitty und Ken Essen gegangen waren. Jetzt war es draußen schon dunkel. Er gähnte.

„JUCHUUUU! LORD MIZIUS! WIR SIND HIER HINTEEEN!
KOMM' DOCH MAL HIERHEEHEER!", hörte er wieder Billys
Katergekreische.

Zuweilen kippte seine Stimme in eine Tonlage tiefer, sodass er
sich anhörte, als würde er jodeln.

„Du machst vielleicht einen Lärm!", beschwerte sich Bonnie
beleidigt. Sie war zwar klein, aber sie war sicherlich keine Maus!

„Na und", sagte Billy leichthin, „ist doch egal! Guck, da kommt
er!"

Tatsächlich kam Lord Mizius langsam über den dunklen Flur
zur Terrassentür und ließ sich davor nieder. „Hallo Kinder",
gähnte er wieder, „was gibt's Neues?"

„Endlich hast du uns gehört!", sagte die kleine Bonnie eifrig.
„Wir rufen dich schon ganz lange!"

Der Admiral legte seinen schönen, weißen Katerkopf schräg.

„Wir hatten heute einen schweren Tag", erklärte er. „Bei Kitty
im Museum ist wieder etwas verschwunden, ein wertvolles
Halsband, so viel ich verstanden habe!"

Die Katzengeschwister sahen einander betroffen an. Billy
machte ein dummes Gesicht und kratzte sich hinter dem rechten Ohr.

„Äh ... äh ...", erwiderte Bonnie etwas ratlos, „äh ja,... ich habe
also deine Botschaft dem Boss gebracht. Er hat beschlossen,
dich morgen Vormittag zu unserer großen Katzenversammlung
einzuladen. Ich und Kleopatra werden dich hier abholen, sobald
Kitty das Haus verlassen hat. Dann kannst du dem Boss auch
das von diesem Halsband erzählen, was verschwunden ist."

Sie wechselte wieder verstohlen einen Blick mit ihrem Bruder
Billy.

Natürlich entging dieses dem Admiral nicht, obwohl er müde
war. Er beschloss jedoch, nichts darauf zu sagen, da er morgen
ja ohnehin mit dem Katzenchef persönlich sprechen würde.

„Danke, kleine Bonnie", antwortete der Admiral, „und natürlich auch Dir vielen Dank, Billy. Bonnie, ich werde dich dann morgen mit Kleopatra erwarten.", Er runzelte sorgenvoll die Stirn, sodass eine senkrechte Falte zwischen seinen Ohren und auf seiner Stirn erschien. „Es wird aber auch höchste Zeit!", seufzte er. „Kitty ist in großer Not!"

„Das ist schlimm!", beteuerte Bonnie. „Du musst alles dem Boss sagen, dann kann er bestimmt helfen! Und er weiht dich bestimmt auch in alles ein!"

„Ja, genau! Sag‘ alles dem Boss!", Billy hatte zwar wieder einmal nicht zugehört, aber dieser Satz war in jedem Fall richtig. Er stellte sich neugierig mit den Vorderpfötchen an der Terrassentür auf, und presste seine kleine Nase an das Glas. „Du, Admiral, hast du vielleicht da drin noch Thunfisch mit Käse?", maunzte er hoffnungsvoll.

Seine Schwester schlug ihm mit einem Pfötchen zwischen die Ohren, aber Billy schüttelte nur geistesabwesend den Kopf. „Nicht!", zischte sie leise. „Das darfst du nicht!"

„Was denn?", fragte Billy mit runden, unschuldigen Augen.

„Nein, ich habe keinen Thunfisch mit Käse", antwortete Lord Mizius belustigt über die zwei Geschwister. Er warf einen Blick über die Schulter in den dunklen Flur hinter ihm, wo seine Futternäpfchen in der Nähe der Küche auf einer Matte standen. „Heute gab es Huhn."

„Huhn …", sinnierte Billy mit träumerischen Augen, während er sich das Mäulchen beleckte, „auch nicht schlecht … Was meinst du, Admiral, wenn ich …"

„Nein!", fauchte Bonnie und warf sich auf ihren viel größeren Bruder. „Nicht!"

Admiral Lord Mizius beobachtete amüsiert, wie die beiden Katzenkinder maunzend und meckernd über die Terrassenplatten rollten und dann im hohen Gras verschwanden. Die kleine Bonnie hörte sich an wie ein Teddybär, den man drückte.

„Kinder!", Kopfschüttelnd drehte sich der schöne, weiße Kater um. Da konnte er besser noch ein Schläfchen auf dem weichen Flokati vor dem Kamin halten, bis Kitty endlich nach Hause kam.

,Morgen, also‘, dachte er, als er sich um sich selbst drehte, um sich dann gemütlich hinzukuscheln. ,Morgen werde ich hoffentlich endlich erfahren, was hier los ist, und wie ich Kitty helfen kann. Und mit Mina muss ich auch sprechen ...“

Als Kitty sich von Ken verabschiedete und die Haustür aufschloss, war es schon kurz vor Mitternacht.

Admiral Lord Mizius lag auf seinem Flokati lang ausgestreckt und öffnete gerade seine schönen, hellgrünen Augen.

„Mau!“, sagte er gähnend mit aufgerollter rosa Zunge.

„Na, mein Schatz! Kitty ist wieder zu Hause!“, Kitty ließ sich neben ihrem Kater auf die Knie nieder, um ihn zur Begrüßung zärtlich zu kuscheln. „Hast du fein geschlafen, Lord Mizius? Du bekommst gleich noch einen leckeren Fisch, mein Kleiner!“

Lord Mizius reckte sich und machte sich ganz lang. „Mauuu!“, erwiderte er zufrieden.

Die rote Lampe an Kittys Anrufbeantworter blinkte. Sie drückte im Vorbeigehen die Taste, die die Nachricht abspielte, während sie Lord Mizius‘ benutzte Katzenteller aufsammelte.

„Hallo ...“, sagte eine männliche Stimme sanft, „hier spricht Dr. Adonis Schnurz.“, Ein verlegenes Lachen erklang. „Kitty ... Ich habe Sie heute Mittag wieder gesehen, und es war einfach um mich geschehen! Ich muss Sie unbedingt treffen. Ein ,Nein‘ würde mir das Herz brechen! Sie sind jetzt nicht da ... aber ich werde es wieder versuchen. Ciao, meine Schöne!“

Kitty bekam tellergroße Augen, die offene Fischdose in der Hand. Sie hörte die Nachricht vier Mal ab, bis Lord Mizius entrüstet protestierte.

Was trieb sie denn da? Er wartete schließlich auf sein Essen! Kitty lehnte sich verträumt an die Wand.

„Lord Mizius, Dr. Adonis Schnurz möchte sich mit mir treffen!“, seufzte sie glücklich. „Wer hätte das gedacht!“

Der Admiral beobachtete mit wachsendem Missfallen, wie sich Kitty im Raum einmal um sich selbst drehte.

Immer noch war kein Fisch auf seinem Teller, obwohl er schon einige Zeit brav davor saß. Nun war es aber endgültig genug mit diesem sinnlosen Menschenquatsch!

„Maumauwaume!“, tadelte er empört. „Mau! Maumemiehh!“

„Ja!“, Kitty zuckte zusammen und beeilte sich, ihren Kater zu füttern. „Du hast sicher recht!“

‚Na, wenn du meinst!‘, dachte Lord Mizius ironisch, während er endlich mit seinem Abendessen beginnen konnte. ‚*Ich habe zwar gerade gesagt, dass wir diesen Adonis-Schleimsack hier nicht brauchen können, und du ihn nicht anschleppen sollst! Aber wenn du meinst, ich habe recht, dann bin ich ja beruhigt!*‘

Genüsslich ließ sich der weiße Kater seinen leckeren Käse-Thunfisch schmecken.

Am nächsten Morgen erwachte Kitty noch vor dem Weckerklingeln.

Sie fühlte sich überraschend zufrieden und war einen Augenblick lang irritiert, weshalb das so war. Dann fiel es ihr wieder ein: Jaaaa, sie hatte zwar Probleme auf der Arbeit, aber Adonis hatte sie angerufen.

Wie herrlich, dass so ein toller Mann sie beachtete!

Sie reckte sich, in das frühe Sonnenlicht blinzelnd. Dann drückte sie den Wecker auf ‚stumm‘ und schwang sich aus dem Bett.

Mit einem hellgrünen Auge beobachtete Lord Mizius misstrauisch, wie Kitty vor sich hin summend ihre Sachen zusammensuchte und dann die Holztreppe zum Bad im oberen Geschoß hinauftänzelte.

Sie hatte vergessen, ihm einen guten Morgen zu wünschen.

Das war noch *niemals* vorgekommen, und der Admiral empfand

es als kränkend und empörend. Er war ja schließlich kein
Einfaltskater, sondern Admiral Lord Mizius, und der schöne,
weiße Kater wusste genau, wem er diese Rücksichtslosigkeit zu
verdanken hatte.

‚Doktor Adonis Schnurz, die Ratten sollen dich holen!‘, dachte
er grimmig.

Eine kleine Weile später erklangen Kittys rasche Schritte auf der
Treppe.

Lord Mizius reckte sich ausgiebig auf dem Fußende von Kittys
Bett, bevor er aufstand. Geschmeidig sprang er auf die alte Holzkommode, wo sie das Schutzamulett gestern Abend beim Zu-
bettgehen abgelegt hatte.

Mit dem dicken Lederband zwischen den Zähnen marschierte
Lord Mizius zu seiner Freundin in die Küche und zog den
schweren Silberanhänger scheppernd über die Holzdielen hinter sich her.

„Aber Lord Mizius“, sagte Kitty mit einer Stimme, die von
irgendwo weit her zu kommen schien, „was macht denn der
Kater mit Kittys Anhänger?“

Lord Mizius schnaufte empört. Das wurde ja immer schöner!

*‚Der Kater‘! War Kitty denn restlos verblödet? Hatte sie nicht
gestern erst irgendetwas von ‚Puckern‘ erzählt, was immer sie
damit gemeint hatte?*

Kitty schien sich selbst tief in ihrem hohlen Kopf verlaufen zu
haben, sodass der Admiral beschloss, dass hier nur die höchsten
Überzeugungstaktiken angemessen waren.

Kitty hatte *sofort* wieder vernünftig zu werden! Sie musste
schließlich diesen Anhänger tragen, so wie Bonnie es als unbedingt wichtig befunden hatte.

Einen Moment lang überlegte Lord Mizius, ob er seine Freundin
nicht besser ins Bein beißen sollte, so wie es eigentlich seiner
Laune entsprach.

Aber meistens schmeckte Kitty morgens immer sehr widerlich nach der Creme, die sie auf ihr haarloses Fell schmierte. Der weiße Kater verzog das Gesicht und verwarf diese Idee wieder, obwohl Kitty es eigentlich verdient hatte.

Er würde diesen Geschmack wahrscheinlich den ganzen Tag lang nicht mehr aus dem Maul bekommen.

Stattdessen setzte sich der Admiral auf seine Hinterfüße wie ein Hase, die Vorderpfoten vor sich in die Luft gereckt und das dicke Köpfchen schräg gelegt.

„Mau!", sagte er klagend, während er die Pfoten bettelnd bewegte. Das war seine Geheimwaffe, die noch immer bei Kitty funktioniert hatte.

„Oh, mein Süßer!", rief sie auch dieses Mal begeistert und beugte sich sofort zu ihm herunter.

„Du bist ein *solcher* Schatz! Kitty soll ..."

Und dann klingelte das Telefon.

Kitty bekam sofort glasige Augen. Mit zwei Schritten war sie am Apparat und riss den Hörer an ihr Ohr. „Ja?!", schrie sie aufgeregt in die Muschel.

Lord Mizius ließ sich seufzend auf seine vier Pfoten zurückfallen.

‚Na toll, wetten wer da anruft ...‘, dachte der Kater resigniert. *‚Da macht man sich solche Mühe, und dann ist alles Schnurz!*

Dafür beiß‘ ich den Kerl, so viel ist sicher!‘

„*Ooohhhh*, Doktor Schnurz ...", flötete Kitty gerade, bevor sie dann anfing, verlegen zu kichern.

„Ach, nein ..."

Der Admiral legte sich lang hin und bedeckte die Augen mit einer Pfote. Gott sei Dank hörte er nur ihren Teil dieses Gespräches.

„*Ohhh*", machte sie gerade, und wieder „*OOOhhh!*"

Vielleicht hätte er sie doch beißen sollen. *Nein. Ganz sicher sogar.*

„Nein, leider nicht", erwiderte Kitty auf eine Frage ihres

Gesprächspartners. „Heute Abend habe ich leider keine Zeit, aber morgen dann. Ja? Wundervoll! Ich freue mich sehr!"

Sie beendete endlich das Gespräch und seufzte glücklich.

„Lord Mizius", rief sie, während sie ihren Kater überglücklich küsste und wuschelte, „Adonis will morgen Abend mit mir essen gehen!"

„Gnagnagackgackgack!", meckerte Lord Mizius übellaunig.

Jetzt sagte sie schon ,Adonis'!, Mit einem entschiedenen ,Memau!' entwand er sich ihren Händen.

Betont gleichgültig ging er hinüber ins Wohnzimmer. Dann kehrte er Kitty den Rücken zu, während er sich niederließ und mit dem Schwanz heftig auf den Boden klopfte.

„Ach, nun sei doch nicht so!", klagte Kitty. „Freu' dich doch ein bisschen für Kitty! Adonis ist für dich doch keine Konkurrenz!"

Lord Mizius warf ihr einen klitzekleinen Blick über die Schulter zu. *,Ah ja?',* dachte er vorwurfsvoll. *,Wir essen seit über vier Jahren abends zusammen, und hast du deshalb je so gequiekt wie eine verrückte Maus? Und was ist überhaupt mit diesem Ken-Kater? Mit dem warst du erst gestern essen. Ist der nun auch nicht mehr gut genug?'*

Kitty strich ihrem zutiefst beleidigten Kater noch einmal über den Kopf, bevor sie das Haus verließ. Dann, im allerletzten Moment, bückte sie sich, hob das Amulett auf und band es sich um.

Seufzend begann Lord Mizius, sich zu putzen.

Na, wenigstens hatte er das erreicht! Er hielt einen Moment inne, um zu gähnen. *Und den Schnurz würde er auch noch loswerden. Da gab es gar keinen Zweifel! Er war schließlich der Admiral!*

„Neein! Nicht!", hörte der Admiral einen Moment später Geflüster aus dem Flur hinter sich. Und wieder: „Nein!"

Lord Mizius' rosa Ohren drehten sich nach hinten, während seine Zungenspitze zwischen den pelzigen Lippen verharrte.

Aus dem Flur erklang eindeutig lautes Schmatzen.

Der Admiral runzelte die Stirn. Das Fell auf seinem Rücken begann, sich zu sträuben, und entschlossen erhob sich der große Kater.

„Bitte!", sagte die kleine Bonnie rasch hinter ihm. „Sei Billy nicht böse, Admiral Lord Mizius! Er wollte unbedingt mit mir und Kleopatra mit, und jetzt sitzt er da hinten und isst deinen Thunfisch!"

Der weiße Kater wandte sich um.

Das kleine Katzenmädchen stand unsicher ein paar Schritte von ihm entfernt. Ihr Blick wanderte unglücklich zwischen dem großen Admiral und dem Flur, woher das laute Schmatzen ertönte, hin und her. Lord Mizius seufzte.

„Hallo, Bonnie! Ihr seid früh dran!", erwiderte er. „Lass es dir schmecken, Billy!", rief er dann den Flur hinunter. „Ich bin schon satt!"

Wieder ertönte als Antwort nur lautes Schmatzen.

„Danke", erwiderte Bonnie schüchtern, „du bist wirklich sehr nett."

„Hast du auch Hunger?", Lord Mizius betrachtete die kleine Katze forschend.

„Nein, Cadys hat uns vor zwei Stunden gerade gefüttert. Ich bin noch satt.", Sie warf wieder einen Blick nach links. „Billy isst einfach *alles*!", seufzte sie resigniert. „Ich schwöre, er hat sogar schon mal Papier gegessen. Und Holzkohle!", Das kleine, schwarze Katzenmädchen verzog das Gesicht. „Um es ganz klar zu beschreiben, mein Bruder ist ein hoffnungsloser Fresssack. Wir haben Glück, wenn er nicht auch noch die Sachen frisst, die er als Finder holen soll."

Lord Mizius unterdrückte ein Schmunzeln, denn er musste wieder an seine erste Begegnung mit der kleinen Bonnie denken, wo sie selbst Kittys Wurstbrot geplündert hatte. Er räusperte sich. „Sollen wir gehen?"

Bonnie war einige Schritte in das Wohnzimmer getreten und sah sich neugierig um. „Du hast es schön. Bei Kitty ist es viel schöner, als bei den anderen, die vorher hier gewohnt haben." Der weiße Kater verharrte im Schritt. „Du warst jedes Mal hier?", fragte er verwundert. „Auch wenn hier andere Menschen gewohnt haben?"

„Ja.", Die kleine, schwarze Katze wand sich unbehaglich. „Ja, das müssen wir. Hmmm ...", Sie sah sich noch einmal um. „Ich hoffe sehr, dass Boss dir gleich alles erklärt, Lord Mizius. Ich fände es schön, wenn wir alle richtige Freunde wären."

Bonnie sah ihm noch einmal schüchtern in die Augen. Dann lief sie mit leichten Schritten voran, an dem stirnrunzelnden Kater vorbei.

Lord Mizius schüttelte einmal kurz seinen Kopf, als hätte er etwas in seinem Ohr. ,Das wird ja immer geheimnisvoller!', dachte er seufzend, als er der kleinen Katze folgte.

Billy saß immer noch vor Lord Mizius' Katzenteller und leckte ihn hingebungsvoll mit geschlossenen Augen blank, obwohl der Teller eigentlich schon ganz leer war.

Erst, als seine Schwester und der große, weiße Kater direkt vor ihm standen, öffnete er seine gelben Augen. „Aber heute hattest du Käse-Thunfisch!" sagte er glücklich ohne ein ,Guten Morgen' vorher, so wie es höflich gewesen wäre. „Ich wünschte nur, du hättest vorher nicht so viel davon aufgegessen!"

„Billy!", schnappte Bonnie.

„Entschuldige", erwiderte der Admiral trocken, „wenn ich gewusst hätte, dass du mitkommst, hätte ich von Kitty selbstverständlich eine zweite Dose verlangt!"

„Ehrlich?!", Billy strahlte.

Seine Schwester schlug ihm fauchend mit dem Pfötchen zwischen die Ohren. „Ganz bestimmt! Los, in den Keller, du Fresssack! So lange du noch durch das Loch in der Wand passt!"

Nur ein einziges, gewölbtes Fenster führte aus dem Keller auf den Gitterhof hinaus, sodass diffuses Licht durch die hoch unter der Decke gelegene Öffnung in den fast dunklen Raum fiel.

Gerade an der Grenze, wo das schwache Licht in die Dunkelheit der entfernten Ecken überging, saß Kleopatra.

Würdevoll blickte sie Lord Mizius entgegen, der hinter Bonnie die steinerne Wendeltreppe in den Gewölbekeller unter Kittys Wohnung hinunterkam.

„Admiral Lord Mizius", grüßte sie ruhig, als der große Kater vor ihr stand.

„Kleopatra", erwiderte Lord Mizius ebenso ruhig.

Ein wissendes Lächeln flog über ihr geheimnisvoll gezeichnetes Gesicht und fing sich in den schrägen, grünen Augen.

„Ich komme von der Katzenvereinigung, um dich zu unserem Hauptquartier zu bringen", fuhr sie fort.

Lord Mizius blinzelte bestätigend. „Ich weiß."

Kleopatra legte ihren schönen Kopf schräg. „Sicher weißt du auch schon, dass wir gleich durch einen unterirdischen Geheimgang gehen werden, dessen Zugang sich dort oben über dem Holzhaufen befindet."

Wieder bestätigte der Admiral dieses mit einem Blinzeln. „Es ist nicht nötig, Geruchsvisitenkarten auszutauschen, Kleopatra. Ich habe beschlossen, euch zu vertrauen. Bitte, gehe voran, ich werde dir folgen."

„Gern."

Die bunte Katze erhob sich hoheitsvoll, dann verharrte sie einen Moment und warf Lord Mizius einen rätselhaften Blick über ihre Schulter zu. „Du scheinst sehr weise zu sein, für deine wenigen Lebensjahre. Ich hoffe sehr, dass deine junge Menschenfreundin diese Weisheit mir dir teilt."

Kleopatra stieg vor Lord Mizius durch das Zugangsloch.

Der weiße Kater warf den zwei Katzenkindern einen ratlosen Blick zu, bevor er ihr folgte.

Bonnie rollte mit ihren seegrünen Augen, Billy machte eine

Fratze, indem er seine dicken Bäckchen noch dicker aufblies.

Lord Mizius musste lächeln. *So viel* hielten die Kinder also von Kleopatras Dramatik.

Er zwängte sich durch das enge Loch und sprang in die eineinhalb Meter tiefe Finsternis unter ihm. Hinter sich hörte er Billy ächzen.

„Siehst du!", schimpfte Bonnie. „Sogar die großen Katzen kommen ohne zu stöhnen durch das Loch, und du jammerst *jetzt* schon. Du sollst nicht immer so viel in dich hineinstopfen, die Löcher kriegst du mit deinem blöden Trick nicht auf!"

„Oh menno!", schnaufte ihr Bruder. „Ist doch egal, du bist nur neidisch!"

„Gackgackgnagna!", meckerte das Katzenmädchen in die feuchte Dunkelheit.

Sofort fuhren Kleopatras leuchtende Augen zu ihnen herum. Ein einziger, türkis glühender Blick genügte, damit die Kleinen ihren Streit beendeten und brav den großen Katzen hinterhertrotteten.

Ein paar Meter weiter wurde der Gang ein wenig heller, sodass die Katzen besser sehen konnten. Schweigend folgte Lord Mizius Kleopatra, deren helle Fußsohlen bei jedem Schritt im Zwielicht aufleuchteten. Das hatte fast etwas Hypnotisches an sich.

„Du kennst den Weg?", fragte die Katzenfrau unvermutet über ihre Schulter zurück. Sie blieb stehen.

Der Admiral sah keinen Sinn darin, ihre Bekanntschaft als Erstes mit einer Lüge zu beginnen. „Ich kenne den Gang bis er sich in drei Richtungen aufteilt. Ab dort kenne ich nur noch einen Weg, den linken."

„Ah.", Kleopatra ging weiter.

Offensichtlich hatte Lord Mizius' Aufrichtigkeit sie jedoch bewogen, nun neben ihm zu gehen, statt vor ihm her. Bonnie und Billy trabten schweigend hinter ihnen.

„Wir werden von dort aus den Weg geradeaus nehmen",

erwiderte sie schließlich mit ihrer geheimnisvollen, rauchigen Stimme. „Der führt zu einem alten Gutshof oben auf dem Berg. Dort befindet sich unser Hauptquartier. Der Weg, den du kennst, führte einst zu einem geheimen Eingang in den alten Dom. Wie du sicher bemerkt hast, haben die Menschenmönche in früheren Zeiten in diesem Gang die Knochen ihrer Gefährten beerdigt. Die normalen Menschen vergruben sie in der Erde darüber. Das hast du sicher auch bemerkt, da die Erde, mitsamt den Menschen darin, zum Teil in den Gang gebrochen ist. Oder vielmehr, damit, was noch von den Menschen übrig ist."

„Ah", machte jetzt Lord Mizius, „die Knochen in der Erde dort habe ich gesehen, aber wo sind die Mönche in dem Gang?"

Kleopatra warf ihm einen Blick zu, der eindeutig spöttisch war, und sie grinste tatsächlich ein bisschen. „In den komischen Töpfen an der Seite. *Beingefäße* nennen die Menschen das. Auch die bewachen wir Katzen. Tja, sie mögen sich für groß und wichtig halten, aber am Ende ... sind sie alle ... gleich."

Nach der Weggabelung führte der Weg steil abwärts.
Die Umgebung wurde immer feuchter, an manchen Stellen tropfte Wasser von der Decke. Lord Mizius ging neben Kleopatra nun durch tiefste Dunkelheit. Irgendwo gluckerte Wasser. Der große Kater musste sehr aufpassen, wohin er auf dem glitschigen Boden seine Pfoten setzte. Die schöne Katze neben ihm wartete geduldig.

„Das ist hier ein sehr seltsamer Ort!", bemerkte der Admiral nachdenklich.Der Kater schüttelte unwillig seinen Kopf, als sich ein Wassertropfen von der Decke löste und zwischen seine Ohren fiel. „Ist über uns Wasser?"

„In der Tat!", Kleopatras Augen glühten in seine Richtung. „Im Moment befinden wir uns direkt unter dem Wassergraben."

„Ich *hasse* Wasser!", Bonnies Stimme klang hohl und widerhallend hinter ihnen. „Hier habe ich immer Angst!"

„Denk' nur an all den Fisch in dem Wasser!", hörte Lord Mizius

Billy begeistert sagen. „Ob der schon so mit Käse da oben über uns herumschwimmt, wie er dann in der Dose ist?"

Langsam führte der Weg wieder aufwärts und wurde auch zusehends breiter. Die beiden schwarzen Katzenkinder liefen jetzt Kleopatra und dem Admiral voran, immer wieder spielten sie nebenbei Fangen, miteinander pfotelnd und von links nach rechts durch das Zwielicht hüpfend.

„Du hast gesagt, dieser Gang führt zu eurem Hauptquartier auf einem Berg. Und du hast auch gesagt, wohin der andere Gang ursprünglich führte", sagte Lord Mizius, nachdem sie eine Weile still nebeneinander hergegangen waren. „Kannst du mir auch sagen, wohin der rechte und dritte Weg führt?"

Kleopatra überlegte einen Moment. „Nun ja", erwiderte sie, „natürlich will ich Boss in keinster Weise vorgreifen. Er wird dir sicher auch noch etwas über die Geheimgänge erzählen. Der rechte Gang ist der längste. Er führte in früheren Zeiten über Umwege bis hinauf in die Kellergewölbe der alten Rosenburg."

„Oh, das klingst sehr spannend."

Die schöne Katze neben dem Admiral lachte plötzlich auf.

„Weißt du, vor einigen hundert Jahren war es hier weit spannender! Aber zumindest gibt es heute noch dort oben in der Burgruine die delikatesten und fettesten Mäuse."

Der Admiral ließ ihre Worte einen Augenblick in sich nachklingen. ‚... in früheren Zeiten ...', hatte Kleopatra gesagt, und dazu fiel dem weißen Kater wieder etwas ein. Er blieb mitten in dem halbdunklen Gang stehen, und die Katzenfrau wandte sich erstaunt zu ihm um.

„Was ist?"

„Kleopatra, bevor wir da sind ...", begann Lord Mizius, „hätte ich eine persönliche Frage an dich. Es ist wegen Kitty."

Die geheimnisvolle Katze legte den Kopf schräg und verengte ihre schönen Augen, die in dem trüben Licht türkis reflektierten. „Frag. Ich werde sehen, ob ich dir antworten kann."

„Den ersten Morgen, als wir angekommen waren, da sah meine Kitty dich in unserem Garten. Sie war völlig außer sich und sagte, sie kenne dich seit sie selbst ein Kind war.", Er zögerte. „Verzeih mir, aber du müsstest weit älter sein, als du aussiehst.", Wieder zögerte Lord Mizius. „Und auch weit älter, als es möglich ist."

Kleopatra holte tief Luft.

Admiral Lord Mizius hätte schwören können, dass sie in der Dunkelheit breit grinste, was er jedoch nicht genau erkennen konnte.

„Lieber Admiral", erwiderte sie schließlich, und es klang eindeutig belustigt, „du glaubst gar nicht, wie oft mir diese Frage in meinem Leben schon gestellt worden ist. Ja, deine Kitty hat recht: Ich bin dieselbe Katze, die sie als Kind kannte. Und ja, ich bin älter, als ich aussehe. Aber, Lord Mizius, das gehört zu dem großen Geheimnis, über das Boss gleich mit dir sprechen wird. Nun komm weiter. Wir sind gleich da, und ich denke, dann werden wir dir die meisten deiner Fragen beantworten können!"

Sie erhob sich, ging zwei Schritte voraus und sah sich freundlich nach ihm um.

Der Admiral schluckte. *Was würde ihn erwarten? Wo waren Kitty und er da hinein geraten?*

„Wir sind daha!!!!", schallte Bonnies Stimme fröhlich aus dem Gang vor ihnen.

Mehrfach brach sie sich an den feuchten, gemauerten Wänden. Der unterirdische Geheimgang bog um eine Ecke und endete abrupt vor einem runden Loch, das in schwärzeste Tiefen zu führen schien. Ganz tief unten sah man die Reflexionen von Licht, das sich auf einer tintenschwarzen Wasserfläche brach. Lord Mizius' Herz setzte einen Schlag aus.

Ein unvorsichtiger Mensch wäre jetzt hier hineingestürzt und dort unten ertrunken. Aber auch ein tollpatschiger Kater hätte, einmal dort hinabgestürzt, keine Möglichkeit mehr, wieder hinaufzuklettern. Die Steinwände waren spiegelglatt und glitschig von grünem, feuchtem Belag.

„Der alte Brunnen des Gutshofes", erklärte Kleopatra leise. „Sieh hinauf."

Lord Mizius' Blick nach oben zeigte ihm, dass diese runden Wände auch hoch hinauf zur Erdoberfläche führten. Weit oben sah er in der Öffnung des gemauerten Schachtes ein rundes Stück blauen Himmel leuchten. Und vier Katzengesichter, die zu ihm herab blickten.

Bonnie und Billy waren schon, ihnen voran, nach oben geklettert und sahen zusammen mit zwei Wachkatzen nun zu den Neuankömmlingen herunter.

„Du musst die schmale Treppe gehen, die ringsherum an der Wand heraufführt! So ähnlich wie in deinen Keller, Admiral!", rief Bonnie in den Schacht hinein.

Ihre Stimme klang viel tiefer als sonst und ganz hohl.

Billy lachte. „*Mau!!!*", maunzte er. Seine Stimme wurde verzerrt, als würde er auf einem Horn blasen. "*Mau!!!! Ich bin der große, böse Monsterkater!!!! Mau!!!!*"

Der kleine, schwarze Kater kicherte wieder.

„Willkommen in unserem Hauptquartier", sagte Kleopatra ernst, bevor sie Lord Mizius voran die Treppe hinaufstieg, die gerade einmal so breit war, dass ein einzelner Mensch mit Mühe und in großer Gefahr darauf gehen konnte.

„Komm Admiral, du hast nichts zu befürchten. Du hast das Wort von Boss. Und auch meines."

18. Katzpitel,

in dem Admiral Lord Mizius auf der

Katzenversammlung Vieles erfährt,

und Tiffany einen Plan hat

Der Versammlungsraum der Katzenorganisation war brechend mit neugierigen Katzen gefüllt.

Alle wollten Admiral Lord Mizius sehen, der zu Kitty gehörte, die womöglich der Menschliche Scout war. Sogar der sonst so ungesellige Kleine Napoleon war von seiner Observation des Dr. Dietbert Janus zurückgekehrt, um erst von seinen Erfahrungen zu berichten und danach bei der großen und wichtigen Besprechung dabei zu sein.

Boss hatte beschlossen, dass Admiral Lord Mizius nun wirklich in alles eingeweiht werden sollte, wenn er bereit war, ein Mitglied der Katzenorganisation zu werden.

So hatte der Katzenchef verfügt, dass auch der Bericht des Kleinen Napoleon zunächst warten sollte, damit auch der Admiral mithören konnte, was der schwarz-weiße Kater über den Museumsdirektor zu berichten hatte.

Doch überraschenderweise hatte dieses den Kleinen Napoleon gar nicht gestört. Sonst hätte er sich bitter beschwert, wieder einmal zurückgesetzt zu werden. Nun war er, zum Erstaunen von Boss und seiner zwei Ratgeber Puma und Doc Wolliday, fast gut gelaunt und umgänglich.

So saß nun der stattliche Admiral Lord Mizius neben Kleopatra

238

vor Boss in der Mitte des Zimmers, während sich Billy und Bonnie in der Nähe herumdrückten, um nicht so ganz im Zentrum der Aufmerksamkeit zu stehen.

Es war immer noch ein Stimmengewirr in dem Raum, doch als Kleopatra leise wie Blätterrascheln sprach, herrschte ganz plötzlich Stille.

„Boss, hier bringe ich dir Admiral Lord Mizius."

Der große, rot getigerte Chefkater schritt mit aufmerksamem Blick zwei Schritte auf den wartenden Admiral zu. „Admiral Lord Mizius", richtete Boss das Wort an den schönen, weißen Kater, "ich heiße dich bei der Katzenorganisation willkommen."

„Boss", erwiderte Lord Mizius ebenso würdevoll, „ich danke dir für die mir gewährte Audienz. Ich bin gern gekommen."

Kleopatra neigte den schönen Kopf. Sie musste sich höflich ein Schmunzeln verkneifen, denn sie konnte ganz genau sehen, dass der junge Admiral Boss und die zwei Ratgeber schon mit seinen ersten Worten beeindruckt hatte. Tatsächlich war Boss einen Moment verblüfft. Noch verblüffter war der rot getigerte Kater, als sich Lord Mizius geschmeidig erhob und die letzten Schritte, die sie voneinander trennten, zurück legte.

„Ich entbiete dir meine Geruchsvisitenkarte, Boss. Und meine Freundschaft."

„Ich ... bin sehr geehrt, Admiral Lord Mizius. Und wir wären sehr glücklich, dich als unseren Verbündeten zu gewinnen."

Ein Raunen ging durch den Versammlungsraum, als auch der rote Chefkater dem Admiral seine Geruchsvisitenkarte zeigte. So etwas geschah hier äußerst selten.

Meistens ging ein sehr genaues Begutachten dem Austausch der Geruchsvistenkarten voraus. Das bedeutete, dass dieser weiße Kater mit dem wichtigen Namen wohl auch für die gesamte Katzenorganisation wichtig war. Nicht einmal Billy kicherte.

Boss räusperte sich. Eigentlich waren ihm solch pathetische

Auftritte immer sehr peinlich.

„Nun ja", begann er mit betont tiefer Katerstimme, „lieber Lord Mizius, am besten erkläre ich dir nun erst einmal, wer wir sind und was unsere Katzenvereinigung tut..."

Der rot getigerte Kater erhob sich und begann, wie üblich, vor dem großen Rundbogenfenster hin und her zu gehen.

„Denn ...", und hier machte er eine sehr bedeutsame Pause, „... am Ende dieser Versammlung werden wir dich bitten, unserer Katzenvereinigung beizutreten."

Admiral Lord Mizius hielt unwillkürlich die Luft an. Insgeheim musste er ein breites Grinsen verbergen, um Boss würdevoll in die ernsten Augen zu sehen.

Welche Ehre! Wie würden Toffee Pearls runde Augen noch runder werden, wenn er ihr davon erzählte!

Dann bemerkte der Admiral, wie die Augen eines großen, wild aussehenden, schwarzen Katers zusammengekniffen und konzentriert auf ihn gerichtet waren.

‚Das ist ernster, als ich befürchtet habe!', rief sich Lord Mizius sofort zur Ordnung. *‚Besser, ich behalte meine Sinne beieinander!'*

„Gut ...", Boss nahm seine nachdenkliche Wanderung wieder auf. „Du hast vielleicht schon irgendwann einmal von den großen, freien Katzenkolonien gehört, wie von der in Rom, im ‚Area Sacre' am ‚Largo Torre Argentina'. Diese Kolonie besteht seit über 2000 Jahren. Ein wichtiger Mensch namens Julius Cäsar wurde einmal durch ein böses Artefakt dort ermordet, und mehr als hundert Katzen dienen heute dort. Oder von der Organisation in St. Petersburg, die im Museum in der ‚Eremitage' ihre Heimat gefunden hat? Auch dort sind es fast hundert Katzen, die dort leben."

Lord Mizius bestätigte das durch ein Augenzwinkern.

„Im Allgemeinen halten die Menschen und ihre, ... nun, Katzenfreunde, diese Kolonien für herrenlose, streunende, vielleicht sogar wilde Katzen. Das ... ist nicht so!"

Admiral Lord Mizius schluckte, bemüht, es niemanden merken zu lassen.

,Immerhin hat Boss nicht ‚Hauskatzen‘ gesagt!‘, schoss es ihm durch den Kopf.

Der Chefkater machte wieder eine Pause und kam dann offensichtlich zu einem Entschluss.

„Dieses dort, der ehrwürdige graue Perser, ist mein zweiter Ratgeber Doc Wolliday. Doc Wolliday, vielleicht ist es besser, wenn du Admiral Lord Mizius in das Geheimnis unserer Katzenvereinigungen einweihst!"

Der graue Perserkater putzte sich zunächst ruhig seinen Schnurrbart, ohne sofort zu antworten.

,Ein Geheimnis?‘, dachte Lord Mizius überrascht. *,Schon wieder ein Geheimnis? Und Julius Caesar ermordet durch ein böses Artefakt? Wann gibt's denn endlich mal Antworten?!‘*

„Ich weiß nicht, ob du mit den alten, mündlichen Überlieferungen der Katzen vertraut bist ...", begann Doc Wolliday bedächtig.

„Meo, nein, das bin ich nicht", antwortete der schöne, weiße Kater. „Ich kam als kleines Kätzchen zu Kitty und lebe seitdem nur bei ihr."

In einer Ecke des Raumes hörte er den Kleinen Napoleon hämisch kichern. Boss brachte den Scout mit einem schnellen, scharfen Blick zum Schweigen.

„Nun ... nun, ja.", Doc Wolliday wirkte einen Moment ein bisschen zerstreut. „Nun, alles kann ich dir natürlich heute hier nicht erzählen, dazu reicht die Zeit dieser Versammlung nicht, aber wenn es dich interessiert, dann ..."

„Doc Wolliday ...", unterbrach Boss seinen Ratgeber sanft, um zu verhindern, dass Doc Wolliday wieder einmal vom Thema abwich und stattdessen einen gelehrten Vortrag hielt.

„Ja ... natürlich.", Der graue Perser blinzelte ein paar Mal, um sich zu sammeln. „Vielleicht nur so viel: Die überlieferte Geschichte der Katzen ist seit Urzeiten verflochten mit der geschriebenen Geschichte der Menschen. *Verflochten*, aber sicher *nicht dieselbe*. Vor tausenden von Menschenjahren gab es eine Katzengöttin, die große Katze, die die Menschen eine Zeitlang ,Bastet' nannten. Sie brachte die Liebe, die Freude und war die Beschützerin des Lichtes, das sie vor ihrem Todfeind, der bösen Schlange der Finsternis, hütete. Nun, nur so viel: Bastet und die Schlange kämpften gegeneinander. Um dem Guten in der Welt zu schaden, besonders den guten Menschen auf der Welt, erschuf die böse Schlange magische Gegenstände, die, mit einem Zauber belegt, die Menschen verderben sollten. Sie spuckte diese Artefakte in die irdische Welt. Diese Dinge sahen – und sehen *heute* noch – ganz normal und unauffällig aus, aber wenn ein Mensch sie besitzt, dann kann er sich dem bösen Zauber nicht entziehen. Er stürzt sich und andere ohne Rettung ins Unglück."

Doc Wolliday seufzte tief auf.

Der rot getigerte Boss räusperte sich ungeduldig.

„Bastet schickte ihre Kinder aus, um den Menschen gegen die Bedrohung durch die böse Zauberei zu helfen", ergriff Kleopatra mit sanfter Stimme das Wort. *„Das sind wir."*

Admiral Lord Mizius wäre fast erschrocken zusammengezuckt, als die schöne Katzenfrau plötzlich neben ihm sprach.

„Wie meint ihr das?", fragte er irritiert. *„'Das sind wir'?* Und wieso sehen diese Gegenstände *heute* immer noch harmlos aus? Ist das nicht alles nur eine Geschichte aus der Vergangenheit?"

„Genau das wollte ich damit sagen!", erwiderte Kleopatra. „Noch heute sammeln wir Kinder Bastets, die Katzen, die bösen Zaubergegenstände der großen Schlange ein und verbergen sie an verschiedenen Orten, um die Menschen zu beschützen."

Der weiße Kater war sprachlos. *„Zaubergegenstände?"*, wiederholte er tonlos.

Kleopatra lächelte. „Ja, und du befindest dich hier an so einem Ort, an dem Zauberartefakte gesammelt und gehütet werden."

„Genau!", übernahm Boss nun wieder entschlossen das Gespräch. „Danke dir, Doc Wolliday, danke Kleopatra. Kurzum: Das ist es, was die großen Katzenkolonien tun, und das ist es, was auch wir hier tun: Wir sammeln die gefährlichen Zauberartefakte und machen sie unschädlich!"

„Das ist unmöglich!", rief Lord Mizius stirnrunzelnd. „*Zauberei*?!"

„*Unmöglich* sagst du? Hast du jemals bei deiner Kitty um irgendeinen Gegenstand ein rotgoldenes Leuchten gesehen?", fragte der Puma listig und trat einen Schritt auf den weißen Kater zu.

„Ja", erwiderte der Admiral erstaunt, „sie hat einen großen Anhänger, der ..."

Ihm stockte das Wort im Hals und er sah sich rasch und entsetzt zu Bonnie um. Die kleine Katze sah den unausgesprochenen Vorwurf in seinen hellgrünen Augen und wurde verlegen. Schüchtern betrachtete sie ihre zierlichen Pfötchen.

„Reg' dich nicht auf!", grinste Puma mit einem Zähnefletschen. „Es gibt auch wenige *gute* Artefakte, die die Menschen schützen. Auch sie leuchten rotgolden für Katzenaugen. Bastet erschuf sie, weil die Katzenorganisationen auch manchmal die Hilfe der Menschen brauchen. Nicht oft, aber manchmal."

Lord Mizius begann, sich nervös die Flanke zu putzen. „Was für ein Durcheinander!", stöhnte er.

„Nicht unbedingt.", Kleopatra warf ihm von der Seite einen Blick zu. „Die meisten Gegenstände sind schlecht. Nur einige sind gut. Sie wurden für *besondere* Menschen erschaffen. Einen davon hat deine Kitty."

„Wenn du das Leuchten gesehen hast", ergänzte der schwarze Puma, „dann hast du den Beweis, dass wir hier alle die Wahrheit sprechen."

Der Admiral schüttelte den Kopf, um seine Gedanken zu klären. „Ich glaube euch ja. Aber woran sieht man, ob der Zaubergegenstand gut oder schlecht ist, wenn sie alle rotgolden leuchten?" Der wilde Puma fletschte wieder die Zähne. „Die meisten Menschen können nicht einmal dieses Leuchten sehen. Eine Katze sieht es und kann unterscheiden, ob es böse aussieht, oder gut."

„Und dann gibt es noch Katzen mit einer besonderen Begabung, die es intuitiv erfassen können, was der Gegenstand bei Menschen bewirkt", ergänzte Doc Wolliday ehrwürdig. „Das sind unsere Scouts, wie die gute Kleopatra neben dir."

Kleopatra blinzelte Lord Mizius huldvoll zu und senkte leicht den schönen Kopf.

„*Hrmhrmm!*", machte der Kleine Napoleon in seiner Ecke.

„Ja, natürlich ...", fügte Doc Wolliday zerstreut hinzu, „nicht zu vergessen unser Kleiner Napoleon, den du ja auch schon kennst. Auch er ist unser Scout."

„Ja! Und wir Finder holen die Artefakte dann, weil wir besonders gut klettern können und so!", krähte Billy fröhlich dazwischen, während er auf einem alten, staubigen Tisch herumturnte. „Und ich habe von Geburt an noch zusätzlich ein ..."

„Sehr schön!", fiel Boss dem kleinen Kater entschieden ins Wort, der daraufhin beleidigt eine Schippe zog. „Nun hast du einen Überblick über die Wichtigkeit unserer Aufgaben, Lord Mizius!"

„Ja, im Wesentlichen schon. Aber ich verstehe immer noch nicht, warum ihr uns beobachtet.", Lord Mizius furchte konzentriert die Stirn. „Wegen Kittys Zauberanhänger? Aber, er ist doch gut, oder? Und was bewirkt er?"

„Ah!", Boss setzte sich zufrieden einige Schritte entfernt dem Admiral gegenüber. „Das sind sehr wichtige Fragen! Endlich kommen wir zum Punkt! Zu deiner ersten Frage: Ja, wir beobachteten euch zunächst einmal, weil Kitty diesen Anhänger besitzt. Zu deiner zweiten Frage: Eindeutig ja, das Amulett ist gut, da brauchst du dir als Beschützer deiner Kitty keine Sorgen zu machen. Und nun zu deiner dritten Frage: Dieses seltene und wichtige Artefakt schützt seinen Träger vor bösen Zaubereinflüssen. Deshalb darf es *keinesfalls in die falschen Hände fallen!*"

Lord Mizius sträubte sich das Fell. „Kittys Hände sind keine falschen Hände! Niemals!", rief er fauchend.

Alle Anwesenden schwiegen betroffen. Einige Katzen fauchten ebenfalls.

„Du musst Eines verstehen, Admiral Lord Mizius", schritt Kleopatra nach einem kritischen Moment ruhig ein, „Kitty *will* natürlich nichts Böses. Aber, nun ja, sie befindet sich zum einen zurzeit in der Gesellschaft von wirklich schlechten Menschen, die zudem auch noch eines der bösesten Artefakte überhaupt besitzen. Wahrscheinlich wollen diese Menschen auch Kitty Böses tun. Die einzig andere Möglichkeit wäre sonst noch, dass sie Kitty verderben wollen."

„Was?!!", Jetzt spuckte der Admiral entsetzt. Vor Schreck sprang er auf der Stelle einen halben Meter in die Höhe, wobei er sich einmal um die eigene Achse drehte. Alle anwesenden Katzen raunten leise. Dann, als er sich wieder beruhigt hatte, ließ der schöne, weiße Kater traurig die Ohren hängen.

„Wenn du das so sagst, Kleopatra", erwiderte er zerknirscht, „dann muss ich zugeben, dass Kitty ja tatsächlich in großen Schwierigkeiten steckt. Deshalb bin ich hier. Ich wollte die Katzenvereinigung um Hilfe bitten. Dabei wusste ich noch nicht einmal, wie schlimm das alles wirklich ist!"

Ein hörbares Aufatmen ging durch das Versammlungszimmer.

„Bitte vergib mir, dass ich mich vorhin so äußerst ungeschickt ausgedrückt habe. Natürlich glauben wir, dass Kitty nicht böse *ist*. Auch wir wollten dich um Hilfe bitten, denn ohne dich und Kitty schaffen wir es nicht", sagte Boss mit Nachdruck.

„Ja", sagte auch der Admiral, „gerne will ich mit euch zusammenarbeiten, das würde mich sehr freuen. Und ich wäre auch geehrt, ein Mitglied eurer Katzenvereinigung zu werden."
Der wilde Puma zwinkerte Kleopatra anerkennend zu. ‚Gut gemacht!', sollte das heißen.
Die schöne Katzenfrau neigte unmerklich den Kopf. ‚Charmeur!', dachte sie belustigt.

Draußen im Flur, vor der Tür zum Versammlungsraum, eng an die Wand gedrückt, saß die kleine Tiffany und lauschte.
Ihre Mama Charmonise hatte sie gleich, nachdem Cadys mit dem Essen dagewesen war, mit ihren Geschwistern in ihr Schlafkörbchen gebracht. Streng hatte sie den Katzenkindern eingeschärft, brav zu schlafen, denn unten im großen Zimmer wäre heute eine sehr wichtige Katzenversammlung. Unter keinen Umständen sollten sie heute durch die Besprechung strolchen, auch wenn es sehr lange dauern könnte.
Tiffany hatte ganz artig ihre kleinen, blauen Augen zugekniffen. Ihre Katzengeschwister schnorchelten schon im Traumland vor sich hin, kuschelig lagen die vier kleinen Körper eng aneinandergeschmiegt. Das kleine Katzenmädchen dachte mit geschlossenen Augen nach.
Als sie vor zwei Tagen ihre Mama in dem Artefaktraum beobachtet hatte, musste Tiffany bis zum frühen Morgen unter ihrem Bettlaken versteckt bleiben. Sie konnte nur ab und zu schlafen, denn wenn ihre Mama auch nur einen kleinen Schnarcher von ihr gehört hätte, wäre ihr ganzer schöner Plan umsonst gewesen.
Aber endlich war es acht Uhr früh gewesen und Cadys war mit dem Frühstück gekommen. Alle Katzen waren wie immer maunzend hinaus gelaufen, um ihre Menschenfreundin zu begrüßen. *Alle.*
Auch die zwei Wachkatzen vor dem Archiv waren nach der langen Nacht in der Regel viel zu müde und zu hungrig, um sich

das Essen entgehen zu lassen. So fand der Wachwechsel meistens unten an dem gefüllten Fressnapf statt.

Boss übersah dieses unkorrekte Verhalten gutmütig. Sicher, wer sollte in den zehn Minuten schon in den Archivraum eindringen und ein Artefakt stehlen, zumal diese ohnehin durch den Zauber der Schatzmeisterin gesichert und verborgen waren. Die kleine, schlaue Tiffany hatte diese Lücke in der Sicherheit schnell durchschaut.

Nachdem ihre Mama, die Schatzmeisterin, und die Wachen die drei steilen Treppen ins Erdgeschoß gestiegen waren, hatte das kleine Katzenkind unter seinem Bettlaken hervorgelugt.

Sie war allein. Dann war sie eilig in den Flur gelaufen, an einem alten zerschlissenen Wandbehang hinuntergerutscht, ohne die Treppe zu nehmen, und dann, so schnell sie konnte, in ein abgelegenes Zimmer gerannt. Dort war ihr Geheimweg, den sie bis jetzt noch niemandem gezeigt hatte.

Ein kaputtes Fenster diente ihr als Durchschlupf nach draußen. Tiffany sprang geschmeidig auf ein tiefergelegenes Schuppendach. Nachdem sie an dem dichten Efeubewuchs des alten Holzhäuschens heruntergerutscht war, hatte sie doch, wenn auch außer Atem, brav vor einem der Fressnäpfchen gestanden, die Cadys immer auf dem Hof vor dem Haus austeilte.

Noch bevor ihre Mama und die zwei anderen Katzen durch die große Tür gekommen waren. Niemand hatte bemerkt, dass sie die Nacht nicht in ihrem Bettchen, sondern in dem Raum mit den Artefakten verbracht hatte.

Das dachte sie zumindest.

Nun kauerte Tiffany an der Tür zum Versammlungsraum. Vorsichtig lugte sie mit einem Auge um den Türpfosten. Fast die ganze Katzenvereinigung war jetzt in diesem Raum versammelt, nur um diesen weißen Kater mit dem geringelten Schwanz anzugucken. Selina, die eigentlich vor dem Archiv heute Wache hatte, saß in einer entfernten Ecke neben dem Kleinen Napoleon. Sogar Billy und Bonnie waren dabei, obwohl sie nur drei

Monate älter waren als sie.

‚Phh‘, dachte Tiffany beleidigt, *‚dafür mach ich gleich was viel Besseres!‘*

„Ja", sagte der fremde, große Kater gerade, „gerne will ich mit euch zusammenarbeiten ..."

Tiffany grinste zufrieden.

Das versprach ja, noch eine ganze Weile zu dauern. Vorsichtig schlich sie den Gang hinab und stieg die Treppen hinauf. Sie überlegte angestrengt.

‚Also, wenn Selina heute Wache hat, hat NN heute auch Wache. Selina darf aber bei der Versammlung sein. Also ist NN ...‘

Das kleine, weiße Katzenmädchen kam im zweiten Obergeschoß an und bewegte sich noch vorsichtiger, denn sie wusste genau, NN saß ganz bestimmt nicht vor der Tür zur Schatzkammer im Dachgeschoß darüber, wo sie eigentlich hätte sein sollen. Stattdessen saß sie – ganz sicher – gleich in dem nächsten Zimmer, wo sie durch einen alten Speisenaufzug die Versammlung belauschen konnte.

NN hieß eigentlich *‚Neugiernase‘*, aber sie mochte es gar nicht, so genannt zu werden. Trotzdem passte der Name perfekt zu ihr, denn die dicke, ältere Katzendame war viel zu neugierig, um sich *irgendetwas* entgehen zu lassen.

Tiffany lugte vorsichtig um die Ecke. *‚Ja, da sitzt sie‘*, grinste sie zufrieden in sich hinein.

Die schwarz gescheckte Katze mit dem einen schwarzen Fleck auf der weißen Nase saß ganz versunken mit schräg gelegtem Kopf und lauschte den Stimmen, die aus dem Schacht zu ihr emporklangen. Sie konnte es einfach nicht ertragen, etwas als Letzte zu erfahren.

Tiffany huschte wie ein Schatten an der Türöffnung vorbei. Neugiernase bemerkte sie nicht.

Die kleine Katze entschied sich, sicherheitshalber nicht die verräterisch knarrende Holztreppe ins Dachgeschoß zu nehmen, sondern kletterte hastig den alten Wandbehang hinauf.

Dann betrat sie endlich glücklich die Schatzkammer.

Still lag der große Raum im Sonnenlicht des Morgens. Staub tanzte in der Luft. Einige Möbelstücke standen verstreut auf den Holzdielen, zum Teil bedeckt mit den weißen Laken, worunter die kleine Tiffany die Sonntagnacht verbracht hatte.

Nun war es so weit.

Der große Augenblick war gekommen, und das weiße Katzenmädchen hoffte inständig, dass Neugiernase sie nicht noch im letzten Moment überraschte.

Sie seufzte. *‚Gut, dass Neugiernase heute Wache hat, wenn Soldier hier gewesen wäre, hätte ich keine Chance gehabt!‘*

Mit großen, runden Augen und aufgeplustertem Fell schlich sie aufgeregt die letzten Schritte an der Wand entlang, in der die Schatzmeisterin Charmonise das magische Auge verborgen hatte. Tiffany beäugte ehrfürchtig die besagte Stelle hinter der Fußleiste, wo das Artefakt gesichert war.

Sie war sich ganz und gar nicht sicher, dass sie schon in der Lage war, ein gesichertes Zauberartefakt zu befreien. Ein einziges Mal hatte sie es mit ihrer Mama hier geübt und hatte kläglich versagt.

Tiffany legte ihren kleinen, flauschigen Kopf schräg und dachte nach.

‚Du bist zu ungeduldig, Kleines!‘, hatte die Mama damals hier beim Üben gesagt.

Leider war sie auch jetzt alles andere als geduldig. Das kleine, weiße Katzenkind holte tief Luft.

„Artefakt freigeben!", sagte sie würdevoll zu der kahlen Mauer über der Fußleiste, während sie so konzentriert auf die Ziegelsteine starrte, dass ihre runden, blauen Augen übergroß wurden und fast hervortraten.

Einen winzigen Moment lang erschien ein runder, rotgolden glühender Fleck auf der dunklen Mauer. Tiffany hielt erwartungsvoll den Atem an.

Gleich würde das Bällchen aus der Wand treten. *Gleich.*

Dann war der rote Schein wieder verschwunden.

„Mist!"Das Katzenmädchen räusperte sich. „Artefakt freigeben!", wiederholte sie befehlend. Wieder erschien der rotgoldene runde Fleck, und wieder verschwand er von einem Augenblick auf den anderen.

„Menno!", schimpfte Tiffany enttäuscht, während sie zappelig von einem Pfötchen auf das andere trat. Schnell sah sie sich um. *Sie musste doch leise sein, damit Neugiernase sie nicht hörte und erwischte!*

Noch einmal holte die kleine Tochter der Schatzmeisterin tief Luft.

„Artefakt freigeben!", sagte sie ein drittes Mal leise, aber bestimmt.

Dieses Mal konnte Tiffany in dem rotgoldenen Glühen sogar ein durchscheinendes Bild des magischen Auges erkennen. Leider verlosch es wieder genauso schnell, wie bei den vorherigen Versuchen. Tiffany machte mit gesträubtem Fell einen kleinen Buckel. Sie war fürchterlich frustriert und wütend.

„Meckmeckmeck!", schimpfte sie und bearbeitete die glatte Mauer mit ihren Krallen. „Du doofes Bällchen, los, komm' endlich raus!"

Das geschah natürlich nicht.

Außer Atem und völlig beleidigt kehrte die kleine, weiße Katze Mauer und Bällchen den karamellfarben betupften Rücken. Ihr gerade einmal fingerlanges Schwänzchen klopfte empört auf die staubigen Dielen.

‚Ich will mein Bällchen!', dachte sie hartnäckig.

Draußen vor dem Artefaktraum knackte die Holztreppe. Sofort fuhr eines ihrer Öhrchen herum. *War sie zu laut gewesen? Hatte NN sie bei ihrem Wutausbruch gehört?*

Doch nach einem bangen Moment konnte die kleine Tiffany aufatmen. Die alte Treppe knackte eben manchmal. Deshalb war sie ja vorhin nicht die Treppe gegangen, sondern an dem

Wandbehang hochgeklettert. Das Knacken hätte sie verraten.

Neugiernase hatte wohl doch Besseres zu belauschen, als ihre vergeblichen Versuche, dieses blöde Bällchen aus der Wand zu holen.
Trotzdem, langsam wurde es zu gefährlich, und die Zeit wurde knapp.
‚Einmal versuche ich es noch!‘, beschloss sie. *‚Wenn das Bällchen wieder nicht kommen will, dann eben nicht! Doofes Bällchen!‘*
Tiffany nahm wieder Platz vor der Stelle, an der das Artefakt verborgen war. Sie schloss die Augen und atmete tief durch. Einen Augenblick dachte sie daran, wie einfach das alles bei ihrer Mutter, der Schatzmeisterin, aussah.
Vielleicht brauchte sie das doofe Bällchen am Ende ja doch nicht, zumal die Mama sicher sehr böse auf sie sein würde, wenn sie am Ende doch hinter alles kam.
„*Magisches Auge des Aureus Virrus*“, sagte sie fast gelangweilt zu den Ziegelsteinen, „Artefakt freigeben!“
Sofort erschien ein tiefes, rotgoldenes Glühen auf der Wand. Langsam formte sich ein rotierendes Bild des Artefaktes darin. Zuerst war es durchscheinend, bis es immer mehr an Form und Dichte zunahm und mit einem plötzlichen *‚Plopp‘*, aus der Wand stieg. Es plumpste Tiffany direkt vor ihre Füße.
„Jippie!“, Mit allen vier Pfötchen sprang sie vor Freude und vor Stolz auf der Stelle in die Höhe. „Mein Bällchen!“
Dann sah sie sich verstohlen um. Alles war still. Eilig nahm sie das Bällchen zwischen die Zähne und hüpfte damit zur Tür hinaus.

‚Jetzt bringe ich es noch schnell in mein Versteck, und dann gehe ich ins Körbchen schlafen, damit die Mami nichts merkt!‘
Sie kletterte wieder den Wandbehang herunter und nahm ihren Geheimweg über Fenster und Schuppen hinunter in den Garten

auf der Rückseite des Gutshauses. Ab jetzt war alles nur noch ein Katzenkinderspiel.

Bald krabbelte sie, sehr zufrieden mit sich selbst, zu ihren Geschwistern in das Schlafkörbchen. Sie gähnte so sehr, dass ihr Kopf nur noch Mäulchen war.

„Menno! Dauernd gehst du aus dem Nest!", schimpfte ihr Bruder Mausbert schlaftrunken, während er unwillig sein kleines Schwänzchen zwischen die Füße klemmte. „Trampel! Kannst du nicht auf mein Schwänzchen aufpassen?!"

Ein Stockwerk über den schlummernden Katzenkindern saß Neugiernase immer noch eifrig lauschend vor dem alten Speisenaufzug.

Es war schließlich gut, niemals etwas Wichtiges zu verpassen.

19. Katzpitel,

in dem die Katzenversammlung schließlich

wichtige Beschlüsse fasst

„Eines verstehe ich trotzdem noch nicht ...", sagte Admiral Lord Mizius gerade, „...sofort, als ich dort einzog, bemerkte ich verschiedene Spuren von euch im ganzen Haus. Deine, Kleopatra ...", Er schenkte Kleopatra einen tiefen Blick und sah dann weiter zu der kleinen Bonnie, die verlegen mit ihrem Schwänzchen spielte. „... und darunter auch deine, Bonnie. Weshalb ist das so? Wir waren doch noch gar nicht dort."

Boss sog nachdenklich die Luft ein. „Nun ja", antwortete er schließlich, „zunächst einmal bewacht unsere Katzenvereinigung die Gänge und diesen Ort, seit sie existiert."

Doc Wolliday räusperte sich. „Das sind nun 418 Jahre, genauer gesagt, ist unsere kleine Katzenvereinigung auf diesem Gut, seit es noch von Menschen bewohnt war, seit dem Jahre 1595", ergänzte der graue Perser freundlich. „Und seitdem ist im Gitterhof auch ein Zauberartefakt verborgen, das wir Katzen leider nicht entfernen können. Es ist zu groß."

Lord Mizius machte runde Augen. „Tatsächlich? Ich habe keines bemerkt!"

Kleopatra lächelte.

„Nein? Es ist zwar böse, aber nicht sehr gefährlich, es hat eine

253

... nun ja, sagen wir, eher zermürbende Wirkung auf die Menschen.", Sie sah ihn prüfend an. „Du hast es sicher gesehen", fuhr sie fort, „es ist das große Gemälde, das sich an der Wand befindet, die zum Garten führt. Und ‚befindet' bedeutet in diesem Fall, durch Zauber mit der Wand verschmolzen. Auch kein Mensch kann es entfernen! Es sei denn, man reißt die Mauern ein!"

„So", erwiderte der Admiral verblüfft, „das hätte ich nicht vermutet. Ich dachte, der rotgoldene Schein, den ich daran sah, gehöre zu den Farben!"

Der schwarze Puma lachte. „Ach ja", warf er ein, „hast du nichts an Kitty bemerkt, seit ihr dort wohnt?"

Lord Mizius war ein wenig ärgerlich. *Das war ja wie in einer Menschenschule!*

Dennoch überlegte er einen Moment.

„Doch!", antwortete er schließlich. „Sie schläft sehr unruhig und manchmal wacht sie schreiend auf."

Die schöne Katzenfrau neben ihm zwinkerte bestätigend. „Du passt sehr gut auf deine Kitty auf!", bemerkte Kleopatra ruhig.

„Eben das ist die Wirkung des ‚Traumbildes': Es zeigt den Menschen die Wahrheit im Traum. Aber nur das Schlechte, und das ertragen sie auf Dauer selten!"

Der Katzenchef klopfte rasch und laut mit seinem Schwanz auf die Holzdielen.

Sofort wandte sich alle Aufmerksamkeit ihm zu.

„Genau hier brauchen wir dich, Lord Mizius", ergriff er das Wort, „du musst sehr auf Kitty aufpassen. Sie ist für uns ein ganz wichtiger Mensch, vielleicht der Wichtigste überhaupt!"

Einen Moment lang schluckte der Admiral trocken. Fast spürte er einen Stoß von Eifersucht: Er wollte seine Kitty natürlich nicht teilen. Aber er besann sich. Hier ging es um mehr.

Um Kittys Sicherheit und um die wichtige Arbeit der Katzenvereinigung.

„Gern", erwiderte er und neigte seinen schönen Kopf im Einverständnis, „aber was soll ich tun, was ihr nicht tun könnt?"

Boss nahm wieder seine angespannte Wanderung vor dem Fenster und den versammelten Katzen auf. „Sorge dafür, dass sie ihren Schutzanhänger trägt!", zischte er. „Und halte die bösen Menschen von ihr fern, wenn du kannst!"

Lord Mizius schenkte Bonnie einen dankbaren Blick. Freundlich zwinkerte er ihr ein Katzenfreundesküsschen zu. Die kleine, schwarze Katze strahlte über ihr ganzes Kindergesicht.

Billy kicherte spöttisch auf dem Tisch hinter ihr.

„Ja, das tue ich natürlich. Wen genau meist du damit, Boss?"

Die Antwort darauf gab der Katzenchef fauchend durch die gefletschten Zähne. „Du wirst sie erkennen, wenn du sie siehst. Mit deinem Katzeninstinkt! Zum Ersten ist das ihr Chef Janus. Er wird sie wahrscheinlich nicht besuchen. Ihn observiert auch schon der Kleine Napoleon. Dann ist da Janus' Gefährtin, Sissy Pfuhs. Sie ist genauso schlimm wie er, und sie hat mit Kitty Freundschaft geschlossen.", Er dachte nach.

„Pass auf, dass sie nicht so viel mit diesem Heuchelheimer zu tun hat, der neben ihr wohnt und mit ihr arbeitet. Er ist seltsam. Und er verbirgt etwas. Und darüber hinaus besitzt der Janus noch dieses *wirklich böse* Artefakt, durch das er alle Menschen nach seinem Willen beeinflussen kann. Deshalb ist es auch so wichtig, dass Kitty ihr Schutzamulett trägt!"

„Oh, nein!", rief Lord Mizius entsetzt. „Meine Kitty!"

„Ja", bestätigte Kleopatra, „sie ist in großer Gefahr. Aber ich passe auf sie auf."

„Und wir auch, Billy und ich!", sagte Bonnie eifrig.

„Und dieser Adonis Schnurz? Der ruft seit Neuestem bei Kitty an und behauptet, verliebt in sie zu sein!"

Boss, Puma und Kleopatra sahen sich verblüfft an, dann hörte Lord Mizius Kleopatra zum allerersten Mal laut lachen. Auch der Puma lachte, was sich jedoch eher wie ein Fauchen anhörte.

„Was ist?", fragte der Admiral erstaunt.

„Adonis Schnurz ist ein eigenes Artefakt für sich!", erklärte Kleopatra heiter. „Er ist nicht sehr böse, aber ein unmoralischer Katzanova der Menschen, und Kitty ist das neue Kätzchen in der Stadt!"

Lord Mizius runzelte bei diesem Ausdruck widerwillig die stolze Stirn.

„Trotzdem ist auch bei ihm Vorsicht geboten", warnte der Puma. „Er kennt beide, Janus und Sissy Pfuhs. Irgendwie hängt er in

Allem mit drin!"

Der Admiral knurrte grimmig, und sein geringelter Wildkatzenschwanz schlug wütend hin und her. „Dachte ich es mir doch! Na, diesem Schleimer werde ich es geben, sollte er es wagen, meine Kitty zu besuchen!"

Boss schmunzelte. „Ich bin geehrt, dich als unseren Verbündeten gewonnen zu haben, Lord Mizius! Einen so ehrlichen und mutigen Kämpfer können wir gut gebrauchen!"

Der schöne, weiße Kater war verblüfft. Mit so einem Kompliment hätte er gar nicht gerechnet.

Der rot getigerte Katzenchef warf einen Blick zu Doc Wolliday und erteilte ihm mit einem leichten Augenblinzeln das Wort. Der graue Perser räusperte sich. „Da ist noch etwas Wichtiges, das du wissen solltest, Admiral Lord Mizius. Ungefähr alle zweihundert Jahre gibt es einen Menschen, der dazu ausersehen ist, der Katzenvereinigung in ihrem Kampf gegen das Böse zu helfen. Meistens besitzen sie das Schutzamulett - richtig heißt es ,Brustschild der Bastet' - und einen Ring, der es ihnen ermöglicht, mit uns Katzen zu sprechen. Deine Kitty ist wahrscheinlich so ein Mensch."

Admiral Lord Mizius war sprachlos. In seinem Kopf überschlugen sich die Gedanken.

„Meine Kitty?!", brachte er hervor.

Natürlich hatte der Admiral immer schon gewusst, dass Kitty

ein ganz besonderer Mensch war, sonst wäre sie nicht seine Menschenfreundin. Mau! Aber das?

Er begann, sich hektisch zu putzen. Es war ihm auf einmal furchtbar heiß und sein Pelz juckte. Boss gewährte ihm freundlich einige Augenblicke, damit Lord Mizius seine Fassung wieder gewinnen konnte.

„Weißt du, ob Kitty vielleicht so einen rotgolden leuchtenden Ring besitzt?", fragte er schließlich vorsichtig.

„Nein!", erwiderte Lord Mizius atemlos. „So etwas habe ich bei ihr noch niemals gesehen!"

Kleopatra, Doc Wolliday und der Puma seufzten enttäuscht.

„Wie dem auch sei", erklärte Kleopatra sanft, aber eindringlich, „du siehst doch nun sicher ein, welche große Gefahr für uns alle davon ausginge, wenn sich Kitty von Dr. Janus und Sissy Pfuhs in ihre bösen Machenschaften verwickeln ließe? Diebstahl, Betrug und Lügen sind noch das Wenigste. Auch auf dieses Gut hier, den Sitz der Katzenvereinigung, das seit 1595 der Familie von Cadys Zucker gehört, haben sie es abgesehen! Von Kitty hängt nicht mehr oder weniger ab, als der Bestand der ganzen Katzenvereinigung!"

Der Admiral sah prüfend in die Runde.

Nacheinander blickte er Boss, Puma, Doc Wolliday, Kleopatra und auch der kleinen Bonnie in die Augen. „Warum?"

„Der Mensch, der Kittys Amulett und auch ihren Ring besitzt, kann Zauberartefakte und ihre Fähigkeiten erkennen. Nicht auszudenken, was ein böser, machtgieriger Mensch wie Dietbert Janus mit ihnen anfangen würde", erwiderte Boss ruhig.

„Wir alle hoffen, dass sich Kitty für uns entscheidet und sich von den falschen Freunden abwendet!", erklärte Kleopatra neben ihm sanft.

Der Admiral spürte einen tiefen Schmerz in seinem Herzen. Traurig ließ er die Ohren hängen. Eigentlich war er hierher in die Villa gekommen, um zu verhindern, dass Kitty weiteren

Kummer durch ihre Arbeit erlebte, und dass er selbst seine Toffee Pearl nicht verlassen musste. Jedoch, was er nun erfahren hatte, übertraf seine schlimmsten Erwartungen. Betretene Stille legte sich auf den Versammlungsraum.

„Es darf nicht sein, dass Kitty böse wird und mit dem Janus zusammenarbeitet!", sagte Lord Mizius schließlich mit einem dicken Kloß im Hals. „Ich kann das nicht glauben, und ich werde alles tun, um das zu verhindern! Da war noch ein anderer Mensch bei uns. Ein Mann namens Ken McRight. Was ist mit dem? Soll ich ihn auch vertreiben?"

Kleopatras schöner Kopf zuckte hoch. „Nein, im Gegenteil! Er ist gut!", antwortete sie aufatmend. „Ken McRight gehört zu unserer Verbündeten Cadys. Er ist ein guter Mensch! Dann ist Kitty nicht so alleine, wie wir es befürchtet haben!"

Der Admiral fasste wieder Mut.

Sicher fiel ihm doch noch ein guter Plan ein, mau, oder ihnen allen. Was konnte ein geld- und machtgieriger Mensch wie dieser Janus schon gegen so viele tapfere und kluge Katzen ausrichten?

Mau, das wäre ja gelacht!

„Vielen Dank, Boss, dass du meine Fragen so großzügig und geduldig beantwortet hast. Auch dir, Kleopatra, und dir, Doc Wolliday, sei Dank, und danke auch dir, feuriger, schwarzer Kater, dessen Namen ich nicht kenne!"

„Ich bin der Puma!", grinste der wilde Kater zähnefletschend.

„Willkommen in unserer Organisation."

Lord Mizius blinzelte freundlich. „Ich habe jedoch noch eine letzte Frage", sagte der schöne, weiße Kater. „Wenn ich bedenke, dass das der Grund war, weshalb ich euch um Hilfe ersuchen wollte, erscheint es mir nun unwichtig!"

Der rot getigerte Kater wandte seinen Blick dem Admiral zu. „*Nichts* ist in dieser Situation unwichtig! Sprich, lieber Lord Mizius!"

„Seitdem wir hier sind, verschwinden aus Kittys Museum Gegenstände", erklärte Lord Mizius. „Sie sind wohl wertvoll, und Kitty ist deshalb sehr aufgelöst."

Billy rollte sich auf der Tischplatte, sodass sein flauschiges Bäuchlein nach oben zeigte. Er kicherte frech. „Da frag' mal die liebe Bonnie!", krähte er vorlaut.

„Billy!", tadelten Boss und Kleopatra gleichzeitig.

Bonnie spuckte aufgebracht in Billys Richtung. „Alte Petze!"

„Ein Artefakt mussten wir sichern", antwortete Kleopatra. „Es kam bei Kitty auf den Tisch und war ein böses Artefakt, das ,Magische Auge des Aureus Virrus'."

„Ja", entgegnete der Admiral stirnrunzelnd. „Das war das Erste. Am Freitag. Zuletzt ist eine goldene Halskette verschwunden. Habt ihr die auch sichern müssen?"

Boss, Doc Wolliday, Puma und Kleopatra sahen sich einen Augenblick lang an.

„Nein!", schnaubte Kleopatra schließlich verächtlich. „Das war Sissy Pfuhs. Ich habe sie selbst bei dem Diebstahl beobachtet!"

Admiral Lord Mizius spuckte wütend. „Und meine Kitty hält sie für eine Freundin! Wie gut, dass ihr mich ins Vertrauen gezogen habt!"

Der rot getigerte Katzenchef richtete sich zu seiner ganzen eindrucksvollen Größe auf. „Deshalb sind wir zusammengekommen. Du weißt nun, es drohen Kitty Gefahren aus der Menschenwelt und Gefahren aus der magischen Welt. Es ist unsere Aufgabe, zu helfen. Und nun: Admiral Lord Mizius, willst du unserer Katzenvereinigung beitreten?", fragte Boss mit feierlichem Ernst.

Der Admiral neigte leicht sein Haupt. „Ja, Boss, das will ich gerne."

„Und versprichst du, die dir hier anvertrauten Geheimnisse zu wahren?", fragte Boss wieder.

Lord Mizius blinzelte. „Ja, das verspreche ich."

„So bist du nun ein Mitglied unserer Katzenorganisation und allein dem Guten verpflichtet.", Boss schritt feierlich die wenigen Schritte auf Lord Mizius zu und berührte majestätisch mit seiner rot gezeichneten Nasenspitze die weiße Nasenspitze des Admirals. „Nun, Admiral Lord Mizius, bist du unser Bruder!"

Ein Raunen ging durch die Katzenmenge.

„Hurra!!", rief Billy, der sich immer noch auf seinem Tisch hin und her rollte. „Thunfisch für alle!"

Ein weißes Öhrchen drehte sich schlaftrunken nach der empörten Stimme, die da sprach.

„Menno ... immer geht sie aus dem Nest und tritt mich dabei auf mein Schwänzchen, Mammi!", hörte Tiffany ihren Bruder gerade maulen. Sie öffnete ein Auge.

Ihre Mama, Charmonise, saß neben dem Katzenkorb, hatte beide Vorderpfoten um den kleinen Mausbert gelegt und putzte ihm gerade hingebungsvoll das Köpfchen und die Ohren.

Der kleine, rot getigerte Kater ließ das alles geduldig über sich ergehen, ergriff aber die Gelegenheit, sich über seine Schwester zu beschweren. „Die soll mich nicht immer treten!", sagte er wieder nachdrücklich, da seine Mama noch nicht auf seine Klage geantwortet hatte.

Tiffany öffnete jetzt beide dunkelblaue Augen und reckte sich. „Olle Memme!", schimpfte sie und gähnte.

„So.", Ihre Mami sah ihr bestimmt in die Augen. „Du warst also demnach nicht im Körbchen, Tiffany. Wo warst du denn dann, hm?"

„Auf'm Klo!", log das kleine Katzenmädchen schnell, konnte aber ihrer Mutter dabei nicht in die klugen Augen sehen.

„Gar nicht wahr!", Mausbert entwand sich den Pfoten der Mama, um zu Tiffany hinüber zu tapsen. „Ich hab' dich nämlich gar nicht im Klo kratzen hören!"

„Wohl wahr!"

„Nein!"

„Nun gebt Ruhe, Kinder!", unterbrach Charmonise ihre Kleinen eilig. „ Zu dumm. Ich muss jetzt zurück in den Versammlungsraum, wir haben nur eine kurze Pause gemacht!"

Die schöne, karamell-weiße Katze wandte sich zum Gehen. „Aber: Meine liebe Tiffany", ermahnte sie ihre kleine Tochter ernst, „darüber werden wir noch einmal reden!"

„Ja, Mama", erwiderte Tiffany brav. *Gott sei Dank hatte sie das schöne Bällchen schon sicher versteckt.*

Als ihre Mutter das Kinderzimmer verlassen hatte, umhalste sie sofort ihren Bruder. „Olle Petze!", schimpfte sie wütend. „Dafür beiße ich dir ins Ohr!"

„Und ich dir dreimal in dein Schwänzchen!", keifte der kleine, dicke Mausbert zurück. „Damit du mal weißt wie's ist, wenn einem dauern das Schwänzchen misshandelt wird!"

Charmonise hörte auf dem Flur ihre Kinder fauchen und balgen und schüttelte den Kopf. Langsam schritt sie die Treppe in das Erdgeschoß hinunter.

‚So, so!', überlegte sie, ‚Da hat meine kleine Tiffany wohl Wichtiges zu tun gehabt! Ich denke, darüber sollte ich nachher mit ihrem Vater und dem Puma sprechen!"

Unten im Ratszimmer war schon wieder eine große Anzahl von Katzen versammelt, als Charmonise eintrat und Boss zublinzelte.

Der Kleine Napoleon saß in der Mitte der Katzen und plusterte sich auf. Offensichtlich bereitete er sich darauf vor, über seine Observation von Dr. Janus zu berichten.

Admiral Lord Mizius hatte sich weiter an den Rand der Menge zurückgezogen, um nicht mehr im Mittelpunkt zu stehen. Zu viele der anwesenden Katzendamen hatten den schönen Kater wohlwollend betrachtet und ihm Katzenküsschen zu geklimpert.

Gut, dass Toffee Pearl davon niemals etwas erfahren würde.
Der Admiral war nämlich ein sehr treuer Kater.
Charmonise setzte sich still neben ihn und neigte ihren Kopf
zum Gruß. Das war ihre Pflicht als erste Katzendame.

„Nun, da wir wieder hier zusammen sind", erhob Boss seine
Stimme, „bitten wir dich, Kleiner Napoleon, uns von deinen
Erkenntnissen über Dr. Janus zu berichten!"

Der Kleine Napoleon plusterte sich noch ein bisschen mehr
auf, damit er größer aussah.

„Dr. Janus ist ein hässlicher Mann mit einem dicken, behaar-
ten Bauch, und er hat mich mit seinem Abendessen beworfen!",
begann er und grinste dabei.

Der Katzenchef seufzte. „Das ist sehr interessant. Und weiter?"

Der Kleine Napoleon leckte sich nachdenklich das Mäulchen.
„Es gab Pizza. Das hat gut geschmeckt! Ich hoffe, heute Abend
hat er auch wieder etwas Leckeres!"

„Oh, das ist gemein!", krähte Billy dazwischen. „Da will ich
auch mit zum Observieren!"

Boss fletschte die Zähne und stieß ein kurzes, leises Knurren
aus. Er hasste es, wie der Kleine Napoleon mit seiner Selbstdar-
stellung alles durcheinanderbrachte. Das tat er immer, wenn er
nur die winzigste Gelegenheit dazu bekam. „Du observierst mit
Bonnie und Lord Mizius weiter Kitty!", fuhr er ungeduldig Billy
an. „Und du, Kleiner Napoleon, komme endlich auf den Punkt!"

Der schwarz-weiße Kater grinste wieder breit. ,Nicht so
schnell!', schien er zu sagen.

Kleopatra seufzte, Doc Wolliday verbarg seine ehrwürdige
Nase und sein Grinsen zwischen den dicken Pfoten.

„Na, gut", begann der Kleine Napoleon erneut. „Er legt so
ziemlich alles von seinem Fell abends ab, was ehrlich wirklich
ekelig ist.", Er verzog dramatisch das Gesicht. „Besonders seine
Füße, also die ..."

„Napoleon!", Boss verengte seine Augen.

„Na gut. Also, er legt sein ganzes Fell ab, nur das Artefakt nicht", fuhr der magere Kater ungerührt fort. „Er hat es sogar heute Morgen unter dem Wasserfall anbehalten, worunter sich die Menschen immer putzen, wenn sie stinken. Und er stinkt wirklich, sogar durch die Fenster!"

„Na, das ist doch mal eine brauchbare Information!", erwiderte Boss. „Was gedenkst du jetzt weiter in deiner Observation zu tun?"

Der Kleine Napoleon machte ein listiges Gesicht, wobei er das Mäulchen spitzte und die schwarzen Ohren auf den Kopf zurückklappte. „Ich habe schon gestern mit meiner Spezialtaktik begonnen!", erklärte er geheimnisvoll, wobei er in die Runde sah und überprüfte, wieviel der weiblichen Aufmerksamkeit nun endlich einmal ihm galt. „Ich mache ganz viel Krach, spiele ihm Streiche und klopfe mit einem Ast an sein Fenster. Ich lasse ihn einfach nicht schlafen! In vier Tagen spätestens ist er so matschig, dass er nicht mehr weiß, was er tut!"

„Oh, was für ein Spaß!", rief Billy wieder dazwischen. „Kann ich nicht doch mit?"

„Nein!!!!", fauchte Boss über die Schulter.

Kleopatra und der Puma lachten.

„Ruhe!!! Ich befürchte, euch geht hier langsam der Ernst der Dinge verloren!", tadelte der Chefkater, während sein Schwanz auf die Dielen trommelte.

„Hier gibt es weit und breit keinen Kater, der Ernst heißt", maulte Billy beleidigt. „Verstehe ich nicht!"

Kleopatra warf ihm einen warnenden Blick zu. „Verzeihe uns, Boss!", bat sie, verbarg aber dennoch ein Grinsen, indem sie ihre Pfote putzte.

„Fahre bitte fort, Kleiner Napoleon!", Boss begann wieder, hin und her zu wandern und sah dabei entschieden missgelaunt aus.

„Halte jetzt bloß endlich deine Klappe!", flüsterte Bonnie ihrem vorlauten Bruder zu. „Sonst fängst du nachher noch ein paar

Ohrfeigen von ihm. Denke lieber an den Thunfisch, den dir Kitty immer hinstellt!"

Billy warf Boss einen prüfenden Blick zu. Dann zog er einen Flunsch und trollte sich in eine abgelegene Zimmerecke, um demonstrativ in einem Astloch in den Holzdielen zu stochern. Die Maus, die dort einmal gewohnt hatte, war klugerweise längst ausgezogen, das wusste hier jede anwesende Katze.

„Na ja, ansonsten war die Nacht recht langweilig!", sagte der Kleine Napoleon und tat so, als würde er angestrengt überlegen.

„Ach ja, da fällt mir ja doch noch etwas ein. Aber ... wie war das denn noch gleich?", Er legte den Kopf schräg und machte eine
weitere Kunstpause.

„Bitte!", knirschte Boss und blieb dicht vor dem Kleinen Napoleon stehen.

„Also, der fette Mensch hat telefoniert, ihr wisst schon ... dieses Dingens, was sich die Menschen immer an ein Ohr halten ... mit einem gewissen Neidhard, glaube ich ...", Der magere Kater registrierte genau, wie Boss sich gespannt aufrichtete, und die Katzen still wurden.

„Ja?", drängte der Katzenchef. „Und weiter?"

„Ich denke, sie haben sich im ,Zum silbernen Groschen' zu einer Logensitzung, ja ... so war das Wort, verabredet. Für übermorgen Abend, so acht Uhr."

Diese Worte fielen wie Silvesterkracher unter die Katzenrunde. Ein allgemeines Aufstöhnen ging durch den Versammlungsraum.

Der kleine, magere Kater warf sich zufrieden in die Brust. *Was für ein gelungener Auftritt! Tatsächlich beachtete ihn sogar die eingebildete Patty und zwinkerte ihm zu.* Der Kleine Napoleon hob stolz das Kinn.

„Na, gut, dass es endlich heraus ist!", seufzte Boss.

„Angeber!", spuckte der Puma aus seiner dunklen Zimmerecke.

Lord Mizius verbarg ein Lächeln.

Den Kleinen Napoleon ließ das alles völlig ungerührt.

Schließlich hatte er sich diesen Auftritt auch redlich verdient.

Er war eben ein Meister des Dramas!

„Kleopatra, das ist dein Auftrag!", fuhr Boss fort, ohne den Kleinen Napoleon eines weiteren Blickes zu würdigen. „Du gehst zu unserem neuen Verbündeten ins ,*Zum silbernen Groschen*' und bittest ihn, für uns am Donnerstagabend zu spionieren, was bei dieser sogenannten Logensitzung vor sich geht! Wie war sein Name noch gleich?"

„Leopardo di Lasagne", erwiderte Kleopatra ruhig.

„Eben der!", bestätigte Boss.

„Ähem! Ähem!", meldete sich der Kleine Napoleon, „wo ich doch ohnehin dem Janus auf den Fersen bin, sollte ich da nicht am Donnerstag mit observieren? Nur so zur Sicherheit?"

Kleopatra verbarg wieder ein Grinsen, und der Puma beobachtete intensiv die hölzerne Zimmerdecke. Natürlich wussten sie alle, dass der Kleine Napoleon regelmäßig die Mülltonnen im Hinterhof des ,*Zum silbernen Groschen*' nach etwas Essbarem plünderte.

„Tue, was du nicht lassen kannst, Kleiner Napoleon!", knurrte Boss, während er zielstrebig auf die Ausgangstür zuschritt. „Ich erwarte danach deinen Bericht. Deinen *kurzen* Bericht! Die Versammlung ist hiermit beendet!"

Der Katzenchef nickte Admiral Lord Mizius einen kurzen Gruß zu und war dann sofort im Flur verschwunden.

„Sei ihm nicht böse", bat Charmonise den weißen Kater neben sich sanft. „Er kann den Kleinen Napoleon einfach nicht ertragen. Danach braucht er immer dringend frische Luft!"

„Ich nehme es ihm nicht übel!", erwiderte der Admiral galant. „Ich werde mich jetzt auch auf den Nachhauseweg machen, edle Dame!"

„Komme zu uns, sooft du möchtest! Brauchst du eine Begleitung durch die Geheimgänge, zur Sicherheit?"

Charmonise sah sich höflich nach Kleopatra um.

Es entging Lord Mizius jedoch nicht, dass auch die schöne Katzendame in Eile war.

„Bitte", erwiderte er freundlich, „lasse dich nicht aufhalten. Ich finde den Weg!"

„Du bist sehr freundlich!", bedankte sich Charmonise hastig.

„Es ist nur, ich habe noch etwas sehr Wichtiges mit dem Puma und meinem Gefährten zu besprechen! Bis ein andermal!"

Die karamell-weiße Angorakatze gab dem Puma ein Zeichen und eilte ihrem Gefährten Boss hinterher in den Flur, sich elegant zwischen den hinausdrängenden Katzen hindurchschiebend.

Natürlich wurde auch ihr sofort Platz gemacht, ebenfalls wie dem Puma, der ihr, wie durch einen Zauber, dicht auf den Fersen war. Noch fast ehe er ihre Geste gesehen hatte, so erschien es.

Die schöne Kleopatra und die kleine Bonnie näherten sich dem Admiral.

„Das war sicher ein sehr schwerer Tag für dich!", sagte Kleopatra verständnisvoll. „Wenn du möchtest, bringen wir dich ein Stück, damit du nicht noch Ärger mit den Wachkatzen bekommst."

„Ja", ergänzte Bonnie, die fröhlich um den weißen Kater herumhüpfte, „die sind manchmal ganz dumm. Manchmal erkennen sie nicht einmal mich!"

Lord Mizius neigte huldvoll seinen schönen Kopf. „Gerne!"

„Ich habe heute Nacht wieder Wache!", flüsterte die kleine Bonnie ihm zu, als sie in die Nähe des alten Brunnenschachtes kamen. „Vielleicht können wir uns ja ein bisschen durch die Terrassentür unterhalten?"

Der Admiral sah in ihr hoffnungsvolles Kindergesicht, und ihm wurde ganz weich um sein Herz. „Sicher", erwiderte er sanft und ganz leise. „Bis heute Abend!"

Nachdem sich Admiral Lord Mizius von Kleopatra und Bonnie verabschiedet hatte, war er bereit, seinen Weg durch die Geheimgänge allein fortzusetzen. Er war ja schließlich nicht der dümmste Kater, und auch kein kleines, furchtsames Kätzchen mehr. Vorsichtig stieg er die glitschigen, schmalen Steinstufen herunter.

Er war kein Kater, der sich etwas vormachte. Der Admiral war schrecklich froh, dass er nun diese Katzenfreunde hatte. Sie waren ihm mehr als willkommen, ihm und Kitty, davon war er überzeugt. Kitty hätte heute nicht anders gesprochen, wäre sie an seiner Stelle gewesen.

Sogar der kleine Fresssack Billy war ihm willkommen. Er würde nun immer dafür sorgen, dass Kitty eine Extra-Dose Thunfisch für ihn bereitstellte.

20. Katzpitel,

in dem Admiral Lord Mizius

eine bemerkenswerte Entdeckung macht,

und Kitty Zweifel bekommt

Nachdenklich schritt Admiral Lord Mizius den im Dämmerlicht
liegenden Geheimgang entlang.

So viele erstaunliche Dinge hatte er eben auf der Katzenversammlung erfahren, über so Vieles musste er nachdenken. Niemals hätte er gedacht, dass seine große Freundin Kitty einmal
so sehr seine Hilfe brauchen würde.

Andererseits – *mau* – er schüttelte seinen weißen, runden Katerkopf – waren die großen Tiere nicht immer erstaunlich toll-
patschig und auf die Unterstützung der Katzen angewiesen?

*Wer hätte denn jemals einen Menschen eine Maus fangen se-
hen? Oder auch nur eine lächerliche Fliege?*

„Meck meck!", sagte Lord Mizius bei dem Gedanken ans Ja-
gen und Fliegenfangen.

Plötzlich sah der Admiral aus dem Augenwinkel einen Lichtstrahl aufblitzen.

Seine scharfen, lichtempfindlichen Augen registrierten dieses
rotgoldene Flackern im Vorbeigehen, und er erstarrte inmitten
seiner Bewegung. Der weiße Kater ließ mit zusammengekniffenen Augen die Ohren spielen und lauschte aufmerksam in den
finsteren Gang hinein.

,*Was war das?*', fragte sich der Admiral verwundert. ,*Oder wer?*'
Langsam hob er ein Vorderpfötchen und schlich vorsichtig und
geduckt den Weg wieder zurück. Er war noch nicht sehr weit von
dem alten Gut mit der Katzenvilla entfernt, und hier führte der
Weg stetig aufwärts den Hügel hinauf.

Lord Mizius schlich dicht an der Seitenwand des Ganges entlang, die hier an dieser Stelle immer noch aus glatten Steinen
gemauert war, genau wie weiter oben, dicht am Haus. Der Kater
sog prüfend die Luft ein, die tatsächlich schon feucht war, obwohl der Durchgang unter dem Wassergraben noch viele Katzensprünge hügelabwärts lag.

Er flehmte. In der Tat mischte sich noch etwas Anderes, etwas
Neues, in die abgestandene Luft des Tunnels: Moder, Ver-
wesung. Und ganz, ganz schwach: *Mensch.*

Admiral Lord Mizius plusterte instinktiv sein Fell auf. Jedoch:
Weit und breit konnte er keinen Menschen sehen oder hören.
Nun schlich er noch vorsichtiger an der Mauer entlang. Schließlich, in etwas weniger als seiner Kopfhöhe, sah er ein Loch in
der Mauer, das offensichtlich so vorher nicht darin gewesen
war, denn ein Stein hatte sich gelöst und war auf den festgetre-
tenen, glitschigen Boden des Tunnels gefallen.

Aus dieser menschenfaustgroßen Öffnung strömte dieser
modrige Gestank. Und wieder erschien dieser kurze Lichtblitz,
der Lord Mizius' Aufmerksamkeit geweckt hatte.

Neugierig spähte der schöne Kater durch das Loch in der Seitenwand des Geheimganges. Der Admiral hielt den Atem an.

Er sah in eine kleine, gemauerte Kammer, etwa so groß wie
Kittys Schlafzimmer.

Und dann sah er auch den Menschen, der so stank. Oder viel
mehr, das, was einmal ein Mensch gewesen war, und das wohl
schon vor sehr langer Zeit. An die Rückwand der Kammer gelehnt saß ein menschliches Skelett auf dem Boden. Es war in
zerlumpten Samt gekleidet, und auf seinem Schädel saß immer

noch schief ein dunkles Samtbarett mit einer zerrupften Feder. Admiral Lord Mizius schüttelte den Kopf.

Wie das stank!

Früher war das da sicher einmal ein reicher und einflussreicher Mann gewesen, aber jetzt stank er nur noch erbärmlich. Nichts war mehr davon übrig.

Wieso war dieser Mann hier in einem Zimmer eingemauert? Was war das nun wieder für eine komische Laune der Menschen?! Oder war das vielleicht eine Grabstätte?

Nun ja, um den toten Mann lagen verstreut Säcke, aus einigen quollen goldene und silberne Münzen. Auch Holztruhen waren an den Wänden gestapelt. Überall blitzte es golden. Der Admiral sah wertvolle, bunte Steine in der Dunkelheit funkeln.

Der kluge Kater runzelte nachdenklich die Stirn. Er hatte es schon einmal in dem großen Brabbelautomaten, den Kitty abends oft anstellte, gesehen, dass die Menschen ihren Toten ihr liebstes Spielzeug mit ins Grab gaben. Er warf wieder einen skeptischen Blick durch das Loch. Möglich, dass das hier so ein Grab war.

Wenn wenigstens einige fette Mäuse da drinnen herumgelaufen wären ... Aber so ... Lord Mizius schüttelte seine Ohren. Keine Mäuse. Kein Bällchen zum Spielen. Kein Kuschelkissen. Nichts im Entferntesten Wertvolles.

Der Admiral wandte sich enttäuscht ab.

Er wollte schon seinen Weg in Richtung Wassergraben fortsetzen, da sah der weiße Kater doch noch einmal genauer in die Kammer. Um den Hals des toten, reichen Mannes hing an einer schweren Goldkette eine goldene Münze. Und diese unscheinbare Münze leuchtete in einem nahezu ekeligen, rotgoldenen Glühen. Von ihr ging der aufblitzende Lichtstrahl aus, der Admiral Lord Mizius' Aufmerksamkeit geweckt hatte.

„Ein *Artefakt!*", murmelte der Admiral erstaunt. „Und dann noch dazu ein böses. Ob die Katzenorganisation wohl davon weiß?"

Gedankenvoll setzte sich der weiße Kater vor das Loch in der Wand. Umkehren und den Katzen jetzt Bescheid sagen wollte er nicht. Es war schon viel zu spät, und es wurde Zeit, dass er zu Kitty nach Hause kam. Die wichtige Versammlung hatte viel zu lange gedauert.

Und durch das Loch passte er nicht, so dass er selbst hätte versuchen können, das Artefakt zu sichern. *Falls* er das Artefakt sichern konnte, denn er hatte ja keine Zauberkräfte.

Mau, auch wenn das für einen so schönen und klugen Kater sicher kein Mangel an Charakter war!

Außerdem wäre das auch viel zu gefährlich, denn die Münze war offensichtlich sehr böse. Nein. Der Admiral spähte noch einmal mit gerunzelter Stirn in die Kammer hinein. Dass dieser Mensch hier gestorben war, hatte wahrscheinlich etwas mit dem bösen Artefakt zu tun, mutmaßte der kluge Kater.

,Nun ja', überlegte er, ,*weglaufen wird mir dieser Mensch dort nicht mehr. Kann er ja nicht. Mau, ich bin jetzt schließlich ein Mitglied der Katzenorganisation, also werde ich es heute Abend meinem kleinen Finder Bonnie pflichtgemäß melden!*'

Lord Mizius schüttelte sich noch einmal heftig, nieste und leckte sich sein Näschen.

Pfui, stinkender Mensch!

Dann setzte er seinen Weg nach Hause fort, der zum Umflutgraben hin immer steiler und feuchter abwärts führte.

„Mau!", wunderte sich der Admiral. „Nun bin ich erst seit einer Stunde ein Kater der Katzenvereinigung und habe schon mein erstes Artefakt gefunden! Mau, das ist wirklich nicht schlecht! Zu schade, dass ich es meiner Toffee Pearl nicht erzählen kann!"

„Aber Lieber, ich sage dir doch: Bestimmt führt unsere Kleine etwas im Schilde!", wiederholte Charmonise eindringlich.

Sie saß dicht vor dem ungehaltenen Boss, der noch immer schlechte Laune wegen der Geheimniskrämerei des

Kleinen Napoleon hatte.

Der schwarze Puma hielt sich wenige Schritte entfernt auf und verfolgte mit zusammengekniffenen Augen das Gespräch. Er hatte bislang noch kein einziges Wort gesagt.

„Ach, bah!", machte Boss. „Sie ist doch noch so klein! Nur weil der kleine Mausbert wieder einmal jammert! Tiffany schleicht eben gerne im Haus umher. Sie ist klein und neugierig!"

Die drei Katzen saßen vor der alten Villa, ein Stück weit entfernt unter den hohen Kastanien, deren Blätter leise im Frühlingswind raschelten. Sie hatten peinlich darauf geachtet, dass keine andere Katze ihr Gespräch mit anhören konnte.

Charmonise seufzte und verzog in einem schmerzlichen Ausdruck ihr schönes, weißes Gesicht.

„Du und deine kleine Tiffany", schalt sie ihren Gefährten sanft. „Sie tanzt dir aber auch auf deiner rot getigerten Nase herum mit ihren kleinen Pfoten!"

Boss unterdrückte ein Lächeln, runzelte die Stirn und räusperte sich. Schließlich war ja noch sein Ratgeber Puma anwesend, auch wenn dieser angestrengt in die hohen Bäume hinaufsah, um das Katzenpaar in seiner Diskussion nicht zu stören.

„Na gut, meine Charmonise!", gab der Katzenchef schließlich zu. „Du hast ja meistens recht. Aber was soll sie denn wieder ausfressen, was denkst du?"

Nun seufzte die karamell-weiße Katzendame noch tiefer. Mit einem wunderschönen Augenaufschlag, der Boss die Pfoten weich werden ließ, erwiderte sie: „Mein lieber Boss, ich befürchte, dass unsere Tiffany sich ihr geliebtes Bällchen holen will!"

„*Was*?!", stieß der rot getigerte Kater entsetzt hervor, „das *Magische Auge des Aureus Virrus*? Geliebte, wie kommst du nur auf so eine Idee?!"

Charmonise schwieg einen Moment.

„Du hast sie gestern gehört, Boss. Und du weißt, wie unsere

Tochter ist", erwiderte sie sanft.

Boss riss die Augen auf. Fast wirkte der große, starke Kater hilflos.

Nun trat Puma einige Schritte näher, hielt aber immer noch einen halben Meter respektvoll Abstand.

„Mit Verlaub, Boss!", warf der schwarze Kater ein. „Ich denke, Charmonise hat mit höchster Wahrscheinlichkeit die Wahrheit erkannt!"

Der rot getigerte Kater verzog das Gesicht. Er wandte ihnen einen Moment den Rücken zu und schüttelte den Kopf, als hätte er Ungeziefer in die Ohren bekommen. Dann sah er über die Schulter seine Gefährtin und seinen Ratgeber an.

„Und wie soll, eurer geschätzten Meinung nach, ein drei Monate altes Katzenkind unbemerkt in das Archiv gelangen und ein von der Schatzmeisterin gesichertes Artefakt befreien? An den
Wachen vorbei?!", sagte er nicht ohne Sarkasmus in der Stimme.

„Tiffany ist die zukünftige Schatzmeisterin", gab Charmonise zu bedenken.

„Nicht an den Wachen vorbei, sondern nur an Neugiernase", antwortete der Puma.

„Sie kennt den wahren Namen des Artefaktes, um es zu sich hinaus zu rufen", fügte die Schatzmeisterin hinzu. „Und unsere Kleine hat wirklich große Kräfte!"

„Tiffany durfte in allen Versammlungen anwesend sein", gab der Puma zu bedenken. „Sie weiß über die geheimen Dinge viel zu viel für ein Katzenkind!"

Boss drehte sich vollends zu ihnen um, seine Augen waren nun groß und entsetzt.

„*Neugiernase* hatte Wache? Bei einer so wichtigen Besprechung?", rief Boss, lauter, als er es beabsichtigte.

„Oh, nein! Wie konnte ich das nur übersehen!"

„Also, glaubst du uns nun?", seufzte die schöne Schatzmeisterin.

Boss schüttelte gequält den Kopf. „Ja, aber wie konnte ich das alles nur außer Acht lassen!"

„Du hast so viel zu bedenken, Lieber!", tröstete seine Gefährtin gütig. „Viel wichtiger ist doch: Was tun wir jetzt?"

„Ich werde sofort nach der kleinen Tiffany sehen und sicherstellen, dass sie außer Gefahr ist!", schlug der Puma knurrend vor.

„Tue das, Ratgeber!", Boss blickte in die Ferne. „Und du, meine Liebe, gehe schnell in das Archiv und kontrolliere, ob das *Magische Auge des Aureus Virrus* noch dort verborgen ist!"

Ein leises Knattern erklang von weitem.

Boss' spähende Augen erkannten den weißen Transporter von Cadys, der sich langsam den gewundenen Weg den Hügel hinauf dem alten Gutshaus näherte.

„Aber ist es schon so spät?!", rief der Katzenchef aus. „Dort kommt Cadys mit dem Abendessen! Vielleicht ist ja alle Sorge umsonst! Freunde, ich werde in den Hof gehen. Wir werden ja sehen, vielleicht kommt unsere kleine Tiffany hinaus zum Essen wie immer!"

Die drei Katzen trennten sich eilig. Charmonise ließ Essen Essen sein und lief an Cadys vorbei hinein ins Haus, die Treppen hinauf zum Katzenkinderzimmer. Drei ihrer vier Kätzchen kamen ihr müde und tapsig im Flur entgegen.

„Wo ist Tiffany?", rief die weiße Angorakatze sorgenvoll.

„Weiß nicht", antwortete die kleine, dreifarbige Lea schlaftrunken. „Vorhin war sie noch da!"

„Wenn sie nicht unten ist, esse ich ihren Teller auch noch auf!"

Der kleine Mino stolperte bereits eifrig mit seinen dicken Beinchen die Treppen hinunter.

„Nein, *ich*!", Mausbert beeilte sich, seinen Bruder einzuholen.

Charmonise sah sich verzweifelt um.

Dann hetzte die Schatzmeisterin die letzte Treppe hinauf auf den Dachboden, an Neugiernase vorbei, die sich auch anschickte, ihren stattlichen Bauch in den Gutshof zum Abendessen zu schleppen, wo Cadys gerade die Teller mit dem Essen füllte.

Boss und der Puma waren vor dem Gutshaus und suchten die herausströmenden Katzen ab, ob irgendwo dazwischen die kleine Tiffany lief. Endlich hatte jede einzelne Katze ihren Teller gefunden und schmatzte zufrieden vor sich hin.

Cadys ging mit einem Korb gut gelaunt hinter die Villa. Für jede Katze, an der sie vorbei kam, hatte sie ein liebes Wort und ein Streicheln.

„Sie ist nicht dabei!", stellte Boss mit gepresster Stimme fest. "Meine Tiffany ist nicht dabei!"

„Ich gehe sie suchen!", Der Puma stürzte hinter Cadys her, um die Villa herum, wo sich der alte, verwilderte Garten befand, unterbrochen von Ruinen und windschiefen Holzschuppen, in denen allerlei Gerümpel gestapelt war, und wo sich dicke Mäuse herumtrieben.

Dann geschah alles gleichzeitig.
Ein verzweifelter Katzenschrei erklang aus dem Dachgeschoß.

Einen Augenblick lang erstarrte Boss in seiner Haltung, dann rannte er Hals über Kopf los, hinein ins Haus und hinauf zu Charmonise, die so entsetzt geschrien hatte.

Der schwarze Puma stieß hinter dem Haus mit einem laut heulenden, weiß-karamellfarbenen Wattebällchen zusammen und erkannte darin eine schluchzende Tiffany. Dann sah der wilde Kater den Rücken von Cadys im Laufschritt um die andere Hausseite durch die Bäume und Büsche verschwinden.

Eine böse Vorahnung ergriff den Puma.

„Was ist los? Was ist passiert, Tiffany?", Ungeduldig ergriff der große Kater das heulende Katzenkind im Nackenfell und schüttelte es. Aber aus Tiffany war außer Rotz und Wasser nichts herauszubringen.

Mittlerweile knatterte der weiße Transporter in einem irren

Tempo wieder den Hügel herunter. Der Puma biss die Zähne zusammen. Er fühlte die wertvolle Zeit verstreichen, und Tiffany heulte und heulte und antwortete immer noch nicht. Erst als ihre Mutter mit wirbelnden Pfoten hinter die Villa gestürmt kam, beruhigte sich das kleine Katzenmädchen.

„Mammi!!!"; Sie warf sich schluchzend in den weichen Bauchpelz ihrer Mutter.

„Tiffany!", rief die Schatzmeisterin außer Atem. „Wo ist es? Wo hast du das magische Auge gelassen?!", Sie entwand sich dem kleinen, schniefenden Kätzchen. *„Rede, Kind!"*

„Ich habe nur hier gespielt ... dann kam Cadys ... sie hahahattt ... es ...", schluchzte die kleine Katze, „die doofe Cadys hat mir mein Bähähällchen weheggenommen!"

Puma fauchte.

Charmonise hielt die Luft an. „Oh, nein!", atmete sie dann entsetzt, „nicht unsere Cadys!"

„Oh, nein!", wiederholte eine grimmige, tiefe Stimme hinter ihr.

„Papa!", rief Tiffany erleichtert. „Kannst du ..."

„Nein, Tochter!", fauchte Boss. „Dieses Mal wird dir dein Papa nur ein Paar wichtige Dinge erklären!"

Die kleine Tiffany bekam ungläubig große Augen.

Charmonise unterdrückte ein Lächeln. „Komm, Puma", sagte sie entschlossen und wandte sich zum Gehen, „das müssen wir beide uns jetzt nicht mit ansehen!"

Bald darauf erklangen hinter der Villa die kleinen Japser eines Katzenkindes, das von seinem Papa fest in den Schwitzkasten genommen wurde und tüchtig den Po versohlt bekam.

Puma lief in gestrecktem Katzengalopp den Hügel hinab. Verbissen hatte er sofort die Verfolgung von Cadys aufgenommen. Aber es war hoffnungslos.

Der weiße Transporter hielt nicht vor dem großen Haus der Familie Zucker unten am Umflussgraben, sondern Puma sah ihn mit seinen scharfen, smaragdgrünen Augen unten auf dem Weg entlang dem Wassergraben weiterfahren, bis er schließlich auf die Hauptstraße abbog, und der schwarze Kater ihn aus dem Blick verlor.

Cadys fuhr in die Stadt. Und mit ihr das ‚Magische Auge des Aureus Virrus‘.

Puma hielt erschöpft auf dem abschüssigen Hang an.

„Bastet sei uns gnädig!“, stieß er außer Atem hervor. „Und auch der große Gott! Wir werden es dieses Mal brauchen!“

Dämmerlicht erfüllte die große Halle des Museums, die still unter dem gläsernen Pyramidendach lag.

Heute, am frühen Morgen, waren die klimatisierten und mit Sicherheitstechnik vollgestopften Ausstellungsvitrinen angekommen. Kitty hatte viel Zeit damit verbracht, die schweren Glasvitrinen von den Spediteuren auf die richtigen Positionen in der Halle stellen zu lassen.

Die gezielte Beleuchtung auf die ausgestellten Schätze sollte erst gegen Ende der Woche installiert werden, sodass ein gedämpftes Schummerlicht im Augenblick alles sehr geheimnisvoll aussehen ließ.

Kitty hatte ihre dunklen Haare wieder einmal zu einem festen Pferdeschwanz gebunden. Auf einem Rollwagen hatte sie nach der Mittagspause einige der Ausstellungsstücke aus dem Depot mit nach oben in die Halle gebracht, um einen Teil der Vitrinen schon einzurichten.

Gedankenverloren biss sie sich auf die Unterlippe, während sie mit behandschuhten Händen die wertvollen Exponate auf Tüchern und Ständern positionierte. Zu jedem Stück gab es eine Karte mit einer schriftlichen Erläuterung, die sie dazulegte.

Kitty war nicht wirklich bei der Sache, obwohl sie ihre Arbeit sonst sehr liebte. Wie sie es mit Ken McRight verabredet hatte, war sie in der Mittagspause in seinen Laden gegangen und hatte die verpackte Computerfestplatte abgeholt. Danach war sie mit Sissy - denn natürlich hatte die blonde Sekretärin sie begleitet - einmal wieder ins ‚Zum silbernen Groschen' essen gegangen. Diese Mittagspause gab Kitty zu denken.

Sie bückte sich, um ein anderes Exponat von dem Rollwagen zu heben. Dabei schlug ihr schwerer Lieblingsanhänger, den sie heute wieder trug, von innen gegen den zugeknöpften Arbeitskittel.

Sie waren also Essen gegangen, Sissy und sie.

Dabei war es Kitty in den Kopf gekommen, ihre Freundin nach Adonis Schnurz zu fragen, denn sie wusste ja, dass Sissy Adonis kannte.

Zu ihrem Leidwesen hatte sie der Sekretärin wieder einmal viel zu viel erzählt. Nämlich, dass Adonis sie zum Essen eingeladen hatte, dass sie sich auch sehr freute, aber trotz allem noch ein bisschen zögerte, ihm seine Verliebtheit zu glauben.

„Ach, was!", hatte Sissy gerufen und mit ihren rotlackierten, gepflegten Fingern in der Luft vor Kittys Nase herumgewedelt. „Was riskierst du denn dabei?! Er ist ein toller Mann, verdient gut, sieht toll aus ... ach, du bist ein Glückspilz!"

Die Sekretärin hatte eine theatralische Pause eingelegt, eine Hand gespreizt und dekorativ über das Herz gelegt, während sie Kitty mit bewundernden, neidischen Blicken betrachtete.

Kitty fühlte sich unbehaglich. Ihr fuhr durch den Kopf, dass Sissys Blick mehr dem einer Schlange vor einem leckeren Kaninchen glich, als dem einer guten Freundin.

„Ja, so etwas von einem Glückspilz!", wiederholte Sissy Phus nachdrücklich. „Weißt du, ich kenne Adonis Schnurz ja schon sehr lange", fügte sie eilig hinzu, als sie Kittys Gesichtsausdruck bemerkte. „Er ist wirklich eine solche Seele von Mensch! Das ist auch gar nicht anders möglich, überlege einmal, wie er sich als junger Arzt für andere Menschen aufopfern muss!"

Kitty dachte an die aufopfernden Streicheleinheiten, die Dr. Adonis Schnurz ihrem Bein mit dem Katzenbiss hatte zuteilwerden lassen, während der Rest von Rosenburg im Eisstadion den Eishockeyspielern zujubelte. Oder auch nicht.

Sie verzog einen Moment lang spöttisch den Mund.

Sissy registrierte das sofort, nahm aber erst einen Schluck von dem gut gekühlten Weißwein in ihrem Glas, bevor sie sanft weitersprach.

„Man möchte glauben, das macht ein junger Mann wie Adonis nur des Geldes wegen", fuhr sie fort, „aber lass dir gesagt sein, dass so ein junger Arzt eine Menge Enthusiasmus mitbringen muss, denn die Bezahlung selbst ist tatsächlich lausig."

Die Sekretärin machte eine weitere Pause, schob sich eine Gabel mit exakt zwei Nudeln in den rot geschminkten Mund.

Kitty warf ihrer Freundin einen misstrauischen Blick zu. Sie wunderte sich über sich selbst. *Freundin. War Sissy wirklich eine Freundin?*

„Warum erzählst du mir das alles? Eben sagtest du gerade, er verdient fabelhaft. Außerdem, ich habe doch gar nicht nach seinem Gehalt gefragt!", sagte sie schließlich.

Sissy Phus schüttelte die hellblonden Haare und legte ihre Hand auf die von Kitty. „Ich will nur nicht, dass du an deinem Glück vorbeiläufst, Kleines!", schnurrte sie eindringlich. „Glaube mir, Adonis ist ein wirklich netter Mann. Er war vor Monaten ein *einziges* Mal verlobt, aber das ist auseinander gegangen, weil seine Braut einem anderen Mann mehr glaubte, als ihm.", Sie schüttelte den Kopf und seufzte tief.

„Kitty, das hat Adonis wirklich tief getroffen, und wenn er dir jetzt seine Liebe bekennt, dann glaube ihm bitte, und erkenne wenigstens sein großes Vertrauen in dich an!"

Kitty zog ihre Hand unter der von Sissy Phus weg und biss sich auf die Unterlippe. Tatsächlich rührte sich so etwas wie ein schlechtes Gewissen in ihr. Sie fing an, darüber nachzudenken, ob sie Adonis Schnurz Unrecht tat.

Daran musste Kitty jetzt denken, als sie in dem halbdunklen Foyer die Vitrinen einrichtete, und daran, dass sie vorhin Sissy Phus unbeabsichtigt bei einem seltsamen Telefonat belauscht hatte.

Kitty war mit dem Rollwagen voller Exponate den Flur entlanggekommen und musste einen Moment stehen bleiben. Da hörte sie Sissy Phus sprechen.

„Hör zu", hatte die Sekretärin mit giftiger Stimme gezischt, „das kannst du doch besser! Los, du weißt, wie wichtig das für uns alle ist, gib dir gefälligst ein bisschen mehr Mühe!"

Dann hatte Sissy den Hörer ohne ein weiteres Wort auf die Gabel geknallt.

Kitty war, von ihr unbemerkt, umgekehrt und hatte einen anderen Weg in das große Foyer genommen.

Kitty biss sich wieder auf ihre schon ganz zerkaute Unterlippe. 'Wieso ist Sissy so unfreundlich?', überlegte sie. 'Und weshalb habe ich bloß das Gefühl, dass dieses Telefongespräch etwas mit mir zu tun hat?'

Sie schüttelte den Kopf. Das unbehagliche Gefühl, das sie seit der Mittagspause mit sich herumschleppte, hatte sich noch verstärkt.

'Wieso glaube ich Sissy nicht, was sie über Adonis gesagt hat?', grübelte sie weiter. 'Wieso erscheinen mir absolut alle, bis auf Ken und Cadys, verlogen?'

Kitty rieb sich den Nacken. Sie sah auf ihre Armbanduhr.

Hoffentlich war bald Feierabend. Irgendwie war sie froh, Ken heute Abend zu sehen.

Schritte erklangen und hallten hohl über den schwarz-weißen Marmorfußboden durch die Halle in ihre Richtung.

Kittys Kopf zuckte hoch, und sie sah, dass sich ihr Chef, Dr. Janus, näherte.

Er war blass, und tiefe Schatten lagen unter seinen Augen, aber er streckte ihr freundlich seine Hand zum Gruß entgegen. Der kupferne Armreif an seinem Handgelenk schaukelte leise hin und her und blitzte in dem gedämpften Licht.

„Hallo, Frau Katzrath!", tönte Dr. Janus jovial. „Na, wie ich sehe, sind unsere Ausstellungsvitrinen schon angekommen! Sehr schön, sehr schön!"

Er sah sich nervös in der Halle um und rieb sich dabei die Hände.

Irgendetwas an dieser Geste oder an dem Geräusch, das dabei entstand, ließ Kitty einen Schauer über den Rücken laufen. *Wie eine Schlange, die ihre schuppigen Körperschlingen aneinander reibt.*

„Frau Katzrath", sagte Dr. Janus in einem gehetzten Tonfall, als könne er sich selbst nicht davon abhalten, „wie weit sind Sie denn inzwischen mit der Katalogisierung der Spende von Frau von Raffbrook?"

Einen Augenblick lang war Kitty sprachlos und ließ erstaunt die steinerne Schminkpalette sinken, die sie gerade in eine Vitrine stellen wollte.

„Aber Dr. Janus", entgegnete sie völlig verblüfft, „heute Morgen sind die Vitrinen gekommen. Die Beleuchtung der Ausstellung kommt schon in zwei Tagen. Das alles drängt doch viel mehr, als die Katalogisierung der Raffbrook-Spende!"

Dr. Janus Gesicht lief einen Moment lang, aus dem engen Kragen heraus, in einer giftigen, dunkelroten Farbe an. Dann schluckte er heftig.

„Sicher, sicher", versicherte er ihr freundlich, wobei er seine gelben Zähne bleckte.

Kitty zuckte vor ihm zurück, ohne es bewusst zu wollen. ‚*Dieser Mensch ist völlig skrupellos!*', dachte sie plötzlich aus tiefster Seele. ‚*Und gefährlich!*'

Dr. Janus verengte seine Augen hinter der Hornbrille, als hätte er ihre Gedanken hören können.

„Liebe Frau Katzrath, ich wollte sie in keinster Weise drängen!", sagte er in einem begütigenden Tonfall, der so gar nicht zu

seinem Gesichtsausdruck passte. Er wandte sich zum Gehen.
„Sehr schön, was sie hier machen! Wirklich, sehr schön!"

Kitty sah ihrem Chef nach, bis er in dem abzweigenden Flur
zum Sekretariat verschwand. Sie atmete auf und fuhr sich mit
der Hand über die schweißnasse Stirn.

*‚Was ist nur heute mit mir los? Hat Ken mich mit seinem Ge-
rede über Sissy und Dr. Janus wirklich so beeinflusst? Oder bin
ich bloß müde und angespannt wegen dem Diebstahl gestern?
Ich konnte es Dr. Janus wieder nicht sagen. Nein, ich kann es
ihm überhaupt nicht sagen!'*

Sie sah wieder auf die Uhr. Zeit für sie, Feierabend zu machen,
auch wenn es eigentlich noch viel zu früh war. Kitty verschloss
die Ausstellungsvitrinen und zuckelte mit ihrem Rollwagen und
den restlichen Artefakten zurück in ihr Depot.

Doch die Überraschungen des Tages waren für sie noch nicht zu
Ende.

Als sie schließlich nervös und abgespannt die große Außen-
treppe herabging, um über den bepflanzten Rasenplatz nach
Hause zum Gitterhof zu gehen, sah sie ein knatschrotes Cabrio,
das quer über drei Parkplätze vor dem Museumseingang geparkt war.

Adonis Schnurz stand lässig daran gelehnt, mit einer einzelnen, langstieligen, dunkelroten Rose in der Hand. Er sah Kitty
mit einem Lächeln entgegen, das Eisberge zum Schmelzen bringen konnte.

Ihre Knie wurden weich.

„Ciao bella, da bist du ja endlich! Für dich!", Der blonde Arzt
überreichte der sprachlosen Kitty die Rose. Seine blauen Augen
blieben jedoch hinter einer dunklen Sonnenbrille verborgen, die
er auch nicht absetzte, während er mit ihr sprach.

„Verzeih mir!", Er legte eine Hand mit gespreizten Fingern über
sein Herz.

‚Wieder diese Geste!', dachte Kitty und runzelte die Stirn, was

Adonis falsch deutete.

„Ja, ja, ich weiß!", sagte er hastig. „Du hast heute keine Zeit, aber ich musste dich *unbedingt* sehen! Morgen war viel zu lange für mich!"

„Oh", erwiderte Kitty wenig schlagfertig, „oh ja, ... danke!"

Eigentlich freute sie sich, Adonis zu sehen. Eigentlich wollte sie auch bei ihm stehen bleiben, für einen Moment oder länger. Ihre Füße schienen jedoch irgendwie einen eigenen Willen zu haben.

Sie nahm ihm die Rose aus der Hand und ging dann einfach weiter, an dem verdatterten Adonis vorbei.

,*Was tue ich denn da?*', fragte sich Kitty entsetzt.

„Bis morgen!", rief sie Adonis über die Schulter zu, nachdem sie endlich den dicken Kloß heruntergeschluckt hatte, der es sich in ihrer Kehle gemütlich gemacht hatte. Sie wedelte linkisch mit der langen Rose in ihrer Hand. „Ich freue mich auf unser Essen!"

„Ja ...", rief Adonis zurück, „ich ... freue mich ... auch."

Aus der Entfernung sah Kitty, wie Adonis jetzt die Sonnenbrille abnahm und sich wieder mit zwei Fingern in die Nasenwurzel kniff.

,*Komisch*', dachte sie, ,*so sieht er gar nicht aus!*', Sie schloss das Gittertor hinter sich. ,*Gott sei Dank kommt gleich Ken! Mit dem ist das alles nicht so kompliziert!*'

21. Katzpitel,

in dem Leopardo di Lasagne einen wichtigen Auftrag erhält, Admiral Lord Mizius eine Spielmaus, die ihm ohnehin gehört hat, und Kitty eine Flasche reinen Wein

Kitty war immer noch ganz durcheinander, als sie mit zitternden Fingern die Haustür aufschloss.

Eine eigenartige Schwäche breitete sich von einem Knoten in
ihrem Magen bis herab in ihre Beine aus. Natürlich war sie
schon mehr als einmal in ihrem Leben verliebt gewesen, aber so
ein Gefühl hatte sie noch nie gehabt. Wenn Adonis vor ihr stand,
dann war es, als hätte eine unsichtbare Macht den ‚Löschen-
Knopf' in ihrem Gehirn gedrückt. Sie konnte absolut nicht mehr
denken.

Admiral Lord Mizius saß mitten im Flur, zwischen der Kellertreppe und dem Wohnzimmer, und putzte sich. Als er Kitty eintreten sah, hielt er mit seiner rosa Zunge zwischen den Lippen
inne.

„Mau!", sagte er erfreut und kam ihr sofort mit erhobenem Schwänzchen entgegengeeilt.

Kitty ließ sich unzeremoniös vor ihm auf die Knie fallen, warf die Rose neben ihrer teuren Lederhandtasche auf den Boden, und nahm Lord Mizius in die Arme, der schnurrte wie ein Presslufthammer.

„Ach, meine Miezi!", seufzte sie. „Du bist immer noch der Beste!"

„Mau!", bestätigte Lord Mizius und schnurrte noch ein bisschen lauter. *Natürlich! Gibt es daran etwa auch nur den geringsten Zweifel?!*

Kitty rappelte sich von den Holzdielen auf.

„Weißt du, Admiral", sagte sie müde zu ihrem Kater, „gleich kommt Ken und wir prüfen die Festplatte, die ich vorhin im Museum noch kopiert habe."

Lord Mizius sah sie an, und er legte seinen schönen Kopf schräg.

„Mau!", antwortete er mit einem Augenzwinkern.

Kitty fuhr sich gähnend durch die langen, dunklen Haare, wobei sie ihren schweren Zopf löste. „Das wird heute bestimmt ein langer Abend, Lord Mizius! Ich setze besser schon einmal Kaffee auf!"

Sie bückte sich, um die Rose aufzuheben, an der Lord Mizius bereits schnüffelte. Doch daraus wurde nichts.

Der Admiral schlug die Krallen in den Kopf der Rose, sodass die roten Blütenblätter auf den Holzdielen festgenagelt blieben, und Kitty nur noch den langen Stiel in der Hand hielt.

„Also, Lord Mizius", sagte sie tadelnd, „die schöne Rose!" Dann zuckte sie mit den Achseln, betätigte das Pedal des großen Tretmülleimers in der Küche und stopfte die geköpfte Rose hinein.

„Wenn *ich* schon mal eine Rose geschenkt bekomme ...", Sie stieg genervt die Holztreppe ins Obergeschoß hinauf, um sich umzuziehen.

Der Admiral hielt immer noch seine beachtlich große Pfote auf den lädierten Rosenkopf gedrückt.

Ein schlaues Katergrinsen huschte über sein Gesicht.

„Adonis, die Erste!", flüsterte er zufrieden. „*Nimm dies, du Schnurz!*"

Kleopatra war gleich, nachdem sie Admiral Lord Mizius mit Bonnie und den Wachen am Brunnen verabschiedet hatte, eilig den Hügel hinabgelaufen.

An einem großen Felsbrocken befand sich versteckt der Eingang zu einem weiteren Geheimgang, der unabhängig von den drei Gängen, die mit Kittys Haus verbunden waren, hinunter in die Stadt führte. Hier schlüpfte Kleopatra hinein und war nun auf dem Weg zu Leopardo di Lasagne, um ihn um seine Spionagedienste in der Logensitzung am kommenden Donnerstag zu bitten.

So hatte sie gar nicht mitbekommen, dass Cadys der kleinen Tiffany das ‚*Magische Auge des Aureus Virrus*‛ abgenommen hatte, und auch nicht, dass der Puma nur wenig später in höchster Eile fast auf dem gleichen Weg war, wie sie selbst.

Die schöne Katzenfrau lief ungesehen über das alte Kopfsteinpflaster, immer eng an die Wände der Häuser gedrückt, bis sie schließlich in dem Hinterhof des ‚*Zum silbernen Groschen*‛ ankam, der still in der Sonne des frühen Abends lag.

Ein Kellner kam hinaus, beachtete sie aber nicht und warf einen Sack Müll in einen der Kübel. Wie meistens, ließ er die Tür einen Spalt für Leopardo offenstehen, als er wieder hineinging.

Kleopatra sprang elegant auf eines der Fensterbretter, die vor den kleineren Rundbogenfenstern waren, die sich in einer Reihe an das große Fenster mit der bunten Scheibe anschlossen. Sie sah hinein.

Leopardo di Lasagne schlief in dem leeren Restaurant gemütlich auf einem breiten Stuhl, der mit dicken, roten Samtpolstern bezogen war. Im Traum bewegte sich leise seine karamellfarbene Schwanzspitze hin und her.

‚Faulpelz!‘, schmunzelte Kleopatra, aber sie wartete geduldig auf dem Fensterbrett, ohne einen einzigen Ton von sich zu geben. Alles, was sie tat, war, di Lasagne mit ihren geheimnisvollen Augen konzentriert anzusehen.

Es dauerte nicht sehr lange, da wurde Leopardo wach, gähnte ausgiebig und sah sich verwundert um. Durch die Glasscheibe blickte er direkt in Kleopatras schräge, grüne Augen, die ihn belustigt betrachteten.

„Ah, la bella signora!", freute sich Leopardo und sprang geschmeidig von seiner vornehmen Ruhestätte herunter. Elegant strich er durch den Türspalt.

„Ciao, molto bellissima Kleopatra! Ecco mi qua", begrüßte er die schöne Katzendame galant, die immer noch über ihm auf dem Fenstersims saß. Dabei wurde er jedoch von einem heftigen Gähnen unterbrochen.

Leopardo blinzelte verlegen. „Mi dispiace, signora!", entschuldigte er sich sofort. „Iche bitte vielemalse um Entschuldigung, eh! Normaleweise iche bin molto höflicher zu so schöne Frauen!"

„Lo so", antwortete Kleopatra ihm freundlich auf Italienisch. „Buona sera, Signore di Lasagne!", Sie sprang grazil vor ihm auf den Boden.

„Bella Kleopatra spricht l'italiano?", Leopardo bekam schon wieder ganz verliebte, runde Augen.

Kleopatra schmunzelte. „Nur ein wenig, lieber Leopardo! Was man eben so hier und dort hört!", Sie putzte zierlich ihre rechte Pfote, bevor sie fortfuhr. „Lieber Leopardo, du brauchst wirklich nicht Italienisch zu sprechen, um mich zu beeindrucken. Denn es ist so: Wir brauchen dringend deine Hilfe!", sagte sie bedächtig. „Deshalb schickt mich Boss mit einem wichtigen Auftrag zu dir!"

Der junge Kater ließ ein wenig enttäuscht seine Schnurrhaare sinken, als er sich so von der schönen Katzendame ertappt sah.

Er seufzte schwer. „Ich dachte, das würde mich ein bisschen interessanter machen. Verrätst du mich jetzt?"

„Natürlich nicht!", erwiderte Kleopatra lächelnd. „Das bleibt unser Geheimnis, wenn du möchtest."

Di Lasagne seufzte wieder. Dieses Mal in einem eindeutig sehnsüchtigen Tonfall. „Ich danke dir, bella signora. Natürlich stehe ich der Katzenvereinigung mit Herz und Pfote zur Verfügung. Worum geht es bei diesem wichtigen Auftrag?"

Tatsächlich sah der junge Kater ein wenig ängstlich um die Nase aus. Offensichtlich wäre es ihm lieber gewesen, die schöne Kleopatra wäre ganz allein wegen ihm zu einem gemütlichen Plausch vorbeigekommen.

„Wir haben gehört, dass in mehr oder weniger regelmäßigen Abständen hier im ,Zum silbernen Groschen' gewisse Logensitzungen stattfinden", antwortete sie vorsichtig.

„Si!", bestätigte Leopardo. „So alle zwei oder drei Wochen, denke ich!"

„Und weißt du vielleicht, was da so geschieht?"

„No, no!", erwiderte di Lasagne bedauernd. „Das weiß ich nicht. Ich weiß nur, dass dann viele dicke Herren und blonde signorinas mit grässlichem Parfüm kommen, mit wirklich grässlichem Parfüm!", Der helle Kater schüttelte sich. „Ist immer in unserem Kaminzimmer und sehr geheimnisvoll.", Er sah Kleopatra neugierig in die Augen. „Aber ... was will Boss mit dieser Loge im ,Zum silbernen Groschen'?"

Die schöne Katzendame legte ihren Kopf schräg.

„Nun, wir brauchen dich, damit du dort für uns ausspionierst, was die Menschen verhandeln. Es könnte sehr wichtig für uns alle sein!"

„Per me", antwortete Leopardo enttäuscht. „Dann sitze ich eben unter dem Tisch und werde lauschen. Ist bestimmt molto langweilig!", Er zögerte. „Und du? Kommst du nicht vielleicht auch?", fragte er hoffnungsvoll. "Um eh, mite mia unter die

Tische zu sitzen?"

Kleopatra verkniff sich höflich ein Lächeln. „Nein, lieber Leopardo", erwiderte sie mit sanfter Stimme. „Aber ich schicke dir einen sehr lieben Freund, der mit dir zusammen unter dem Tisch sitzen und die Logenversammlung ausspionieren wird!"

„Einen Freund?", Leopardo runzelte misstrauisch die Stirn. Sein Schwanz wischte ein wenig beleidigt in dem Straßenstaub hin und her. „Und wer ist dieser Freund, eh?"

„Ich glaube, du kennst ihn schon!", schmunzelte die Katzenfrau. „Der Kleine Napoleon wird am Donnerstag mit dir observieren!"

Leopardo ließ aufseufzend die Ohren hängen. „So, der Kleine Napoleon, eh? Was für ein Auftrag!"

Tatsächlich hatte sich der junge Kater in seiner Phantasie schon als eine Art James Bond in Katzengestalt gesehen, der im Auftrag der bosslichen Majestät mit wirbelnden Krallen kämpfte und hier und da ein wunderschönes Katzenfräulein aus einer misslichen Notlage befreien musste. Am liebsten natürlich die hinreißend schöne Kleopatra, die jetzt gerade im Straßenstaub ihm gegenüber saß und ihn prüfend betrachtete.

Aber jetzt ... alles, was ihn erwartete, heißblütig wie er war, war ein langweiliger Abend mit einem griesgrämigen, mageren Kater unter einem Tisch voller stinkender Menschen.

Leopardo pfotelte mit einem kleinen Kieselstein hin und her und versuchte recht erfolglos, seine Enttäuschung zu verbergen. Dann blickte er nachdenklich auf seine karamellfarbenen Pfoten.

„Aber signora, kannst du dir vorstellen, du und ich, zusammen unter dem Tisch?", versuchte er es noch einmal hoffnungsvoll, wobei er Kleopatra mit einem schüchternen Blick von schräg unten ansah. „Das wäre so ... molto romantico!"

Die schöne Kleopatra spitzte ihr Mäulchen, um nicht zu lachen. „Du ehrst mich, lieber Leopardo!", antwortete sie geschmeidig.

Sie erhob sich und umschritt den jungen Kater mit zierlichen Schritten, während sie ihren flauschigen Schwanz wie eine Federboa über den Rücken drapierte.

Di Lasagne entschlüpfte ein weiterer sehnsüchtiger Seufzer. „Aber unsere Situation ist im Augenblick viel zu ernst für so etwas, mein Lieber!", fuhr die Katzenfrau fort. „Überdies braucht die Katzenvereinigung dich als Spion bei dieser heiklen Observierung mit all deinem messerscharfen Verstand. Und ohne Ablenkung!", Sie sah ihn aus ihren schwarz umzeichneten Augen beschwörend an.

Leopardo seufzte noch einmal, dieses Mal schweren Herzens. „Si", stimmte er zu. „Ich werde mein Allerbestes tun, signora. Für dich. Also dann ich und der Kleine Napoleon. Va bene. Ich erwarte ihn um sieben Uhr abends, hier, im Hinterhof.", Er rümpfte die Nase. „Wenn der Kleine Napoleon nicht ohnehin wieder bis zu die Schwanze in die Müll steckt vom ,Zum silbernen Groschen'!"

Jetzt lachte Kleopatra wirklich. „Ja, der Kleine Napoleon ist schon ein Kater für sich."

Die schöne, bunte Katzenfrau wandte sich zum Gehen. „Molto bene", zwinkerte sie Leopardo über ihren Rücken hinweg zu. „Wir danken dir und verlassen uns auf dich, Leopardo di Lasagne!"

Der junge, karamellfarbene Kater reckte seinen Hals hinter Kleopatra her, die mit wiegenden Schritten den kleinen Hinterhof schon fast durchquert hatte.

„Aber carissima, wenn alles wieder gut ist, dann lade ich dich hier zum Essen ein!", rief er hinter ihr her.

Kleopatra wandte sich noch einmal lächelnd um und blinzelte ihm verschwörerisch, aber wortlos um die Hausecke herum zu. Dann war sie wie durch Zauberhand verschwunden.

Leopardo di Lasagne holte tief Luft und stieß von Herzen

einen Riesenseufzer aus.

„*Oh, dio mio!*", murmelte er mit einem Blick zum Himmel, wo der frühe April-Sonnenuntergang die Wolken bunt malte. „Was für eine tolle Frau!"

Sascha, der junge Kellner, sah um die geöffnete Hintertür herum. „Komm, Leopardo!", grinste er freundlich, „Abendessen! Bist wohl verliebt, eh, das du so vor dich hin singst!"

Zu ungefähr derselben Zeit klingelte es an Kittys Haustür. Ken war sogar einigermaßen pünktlich.

Kitty hatte ihren altrosa Jogginganzug angezogen und hoffte, Ken damit nicht zu sehr zum Lachen zu bringen. Sie hatte einfach keine Lust zu einer kunstvollen Maskerade. Jetzt stand Ken ohnehin vor der Tür, und fürs Umziehen war es zu spät.

Seufzend lief sie die Holztreppe aus dem Obergeschoß herunter. Sie hatte gerade die transportable Festplatte an ihrem Computer angeschlossen und die Dateien auch schon einmal aufgerufen.

„Hi", begrüßte sie den jungen Schotten, während sie schwungvoll die Tür öffnete, „komm rein, ich habe dir auch schon Kaffee eingegossen!"

Ken McRight betrat nach Kitty das Wohnzimmer. Admiral Lord Mizius lag vor dem Ledersofa und pfotelte mit unschuldigem Gesicht den zerfetzten Kopf der roten Rose darunter, bevor er sich höflich erhob, und sich an Kens Beinen rieb.

„Du siehst toll aus, Kitty!", sagte Ken gerade, und es klang sogar aufrichtig. „Ich vermisse bloß diese tollen Hausschuhe, die du letztens ..."

Er ließ den Satz unvollendet, nachdem er einen Blick in Kittys Gesicht geworfen hatte.

Sie drückte ihm wortlos einen Topf mit heißem Kaffee in die Hand.

„Ah ... ja ...", fuhr er stattdessen zu Lord Mizius gewandt fort,

„he, Katzanova! Bist jetzt doch einmal hinter deinem Lieblingssofa vorgekommen, ja?"

Er stellte die eingewickelte Flasche Wein, die er für Kitty mitgebracht hatte, auf den Fußboden neben sich, und begann, Lord Mizius zu streicheln.

Der Admiral war hin und weg.

Eigentlich hatte er nur im Dienste der Katzenvereinigung diesen menschlichen Verbündeten namens Ken McRight begrüßen wollen, aber dann rochen diese Beine der Jeans so köstlich nach seiner Toffee Pearl, dass der Kater gar nicht mehr aufhören konnte, verzückt zu schnurren und sich mit seinem Kopf an dem Stoff zu reiben.

Es war nahezu peinlich.

„Lord Mizius!", hörte er undeutlich durch ein heftiges Schnurrgeräusch, das nur von ihm selbst kommen konnte. „Lord Mizius", rief Kitty wieder erstaunt, „was machst du denn mit Ken? Nun lass ihn doch erst mal hereinkommen!"

Der weiße Kater blinzelte ein paar Mal verlegen. Tatsächlich musste sich Lord Mizius sogar räuspern, bevor er sich zusammennahm und artig aufrecht vor Ken hinsetzte.

„Mau!", sagte der Admiral höflich.

Ken kraulte ihn dafür unter dem Kinn. „Ja, wir beide kennen uns ja schon seit Längerem, nicht? Zumindest vom Sehen!"

„Nun hör aber endlich auf, Ken! Du *kannst* Admiral Lord Mizius nicht kennen, ich lasse ihn kaum einmal raus! Und das weißt du auch!"

„So", erwiderte Ken grinsend und drückte Kitty die eingewickelte Flasche in die Hand, die sie zerstreut entgegennahm. „Und warum macht er dann meiner Toffee Pearl seit Wochen tagtäglich den Hof? Hier, Katzanova, ich habe dir eine Spielmaus mitgebracht!"

Er griff in die Tasche seiner schwarzen Lederjacke und warf dem immer noch peinlich berührten Lord Mizius eine kleine, rosa Plüschmaus zu, die auch köstlich nach seiner angebeteten Toffee Pearl roch.

Der Admiral schluckte. Er kannte diese Stoffmaus.

Natürlich hatte er selbst diese Maus vor einiger Zeit seiner Geliebten geschenkt. *Mit einem Satz hatte ihn dieser Ken an seine Kitty verraten.*

Doch Kitty verstand das nicht und kratzte sich stirnrunzelnd am Kopf.

„Komisch", erwiderte sie irritiert, „Lord Mizius hatte vor einiger Zeit mal ganz genauso eine Maus ...", Sie ging kopfschüttelnd in die Küche.

Lord Mizius atmete auf. *Gut, dass Kitty ein so unglaublich schlechtes Beobachtungsvermögen hatte. Anders als dieser Ken.*

Der dunkelhaarige Schotte folgte ihr ein paar Schritte, und lehnte sich, mit den Händen in den Hosentaschen, an einen der weißgetünchten Pfeiler, die die Kochnische von dem Wohnzimmer trennten.

„Toffee Pearl hat eine Menge von diesen Stoffmäusen", bemerkte er schulterzuckend. „Irgendwie werden es jeden Tag mehr."

Kitty hatte inzwischen die Flasche ausgewickelt. „He, du hast Wein mitgebracht? Wir wollten doch arbeiten, oder was hast du vor?"

Ken strich sich mit einer Hand über das Kinn.

„Na klar arbeiten wir."

Kitty stieß heftig die Luft aus. „Der Computer steht oben!", sagte sie knapp. Sie griff sich die Kaffeekanne und ging an Ken vorbei. „Ich denke, wir trinken besser Kaffee!"

„Sure.", Hinter Kittys Rücken zwinkerte McRight dem Admiral verschwörerisch zu, bevor er ihr die Treppe hinauf folgte.

Lord Mizius runzelte die Stirn. „Mau!", rief er protestierend, nachdem er einen Moment lang überlegt hatte. „Das ist *meine* Kitty! *Pfoten weg!* Du hast schon Toffee Pearl!"

„Das gibt es doch nicht!"

Kitty schlug wütend mit der geballten Faust auf den Tisch, sodass die Computermaus in die Höhe sprang.

Ken warf ihr einen belustigten Seitenblick zu und verbarg sein Grinsen, indem er an dem Kugelschreiber kaute, den er in der rechten Hand hielt.

Seit fast drei Stunden saßen die beiden nun schon konzentriert vor dem Computer, Ken mit dem Buch seines Großvaters bewaffnet. Kitty neben ihm durchforstete die aktuellen Museumsdateien nach den in dem alten Buch aufgelisteten Schätzen.

Gerade eben hatten sie das neunte Artefakt gefunden, das sich offensichtlich innerhalb der vergangenen Jahre im Rosenburger Museum in Luft aufgelöst hatte.

Es war ein schwerer, goldener Siegelring, einer der wenigen echten minoischen Ringe, die 1928 bei einer Ausgrabung auf Kreta gefunden worden waren. Kens Großvater beschrieb ihn in seiner Abhandlung als einen *Stolz des Museums*.

Kitty schüttelte fassungslos den Kopf und nahm einen Schluck Kaffee aus ihrem Becher.

„Weißt du", sagte sie langsam, „eigentlich wundert es mich, dass dein Großvater überhaupt noch lebt. Bei all den Artefakten, die aus dem Museum gestohlen wurden. Er ist doch der Einzige, der noch davon weiß, oder?"

Ken warf ihr wieder einen Seitenblick zu. Er strich sich nachdenklich mit den Fingern über seinen Dreitagebart. Dieses Geräusch verursachte bei Kitty eine Gänsehaut, und sie musste schlucken. Langsam bekam sie den Verdacht, dass Ken das genau gemerkt hatte und sich absichtlich dauernd über das Kinn strich.

„Ja", erwiderte er endlich, „dasselbe habe ich auch schon gedacht. Aber zum einen wurde das Buch nie unabhängig verlegt, sondern die wenigen Exemplare waren immer Eigentum des Museums. Eigentlich kann niemand davon ausgehen, dass noch irgendjemand davon weiß. Zum anderen ist Opa schon wieder lange zu Hause in Schottland."

Kitty schnaubte und lehnte sich in ihrem Stuhl zurück. „Das wird es wohl sein, was ihm noch mehr Ärger erspart hat!", Sie schüttelte wieder den Kopf. „Was machen die Diebe mit all dem Zeugs?"

Ken wandte gleichzeitig mit ihr den Kopf, und sie sahen sich direkt in die Augen.

„*Verkaufen!*", sagten sie zusammen.

„Was für einen Wagen fährt dein Chef?"

Kitty fuhr sich durch die langen, dunklen Haare. „Moment mal ...", grübelte sie, „so was Schwarzes, Flaches, Italienisches ... Die Marke kenne ich gar nicht. Aber vorne an der Motorhaube ist so ein Zeichen.", Sie kritzelte mit zwei Strichen ein Emblem auf ihren Schmierzettel. „Ja, so ungefähr sieht das aus."

Ken pfiff leise durch die Zähne. „*Wowwowwow!* Bist du dir sicher? So einen Wagen bekommst du nicht unter 150.000! Verdient man so viel als stadtangestellter Museumsdirektor in Deutschland?"

„Was denn, *Lire*?", frotzelte Kitty unbehaglich.

„Euro!", nickte Ken ernst. „So ein Ding kriegst du nicht unter 150.000 Euro! Eher mehr!"

Kitty schüttelte langsam den Kopf.

„Nein", antwortete sie schließlich bitterernst, „so viel verdient Dr. Janus ganz sicher nicht!"

Ken wandte seine haselnussbraunen Augen von ihrem Gesicht ab und zog den Zettel, der zwischen ihnen auf dem Schreibtisch lag, näher zu sich heran.

„Lass mal sehen", murmelte er, „was haben wir denn bis jetzt Schönes herausgefunden ... eine fränkische Schmuckfibel, ein kleines Ölgemälde aus dem Barock, mehrere keltische Regenbogenschüsselchen aus purem Gold, einen griechischen Halsreif aus Gold", zählte er auf. „Weiter ein goldenes, mittelalterliches

Brakteat, eine ägyptische Alabasterschüssel, ein Bergkristallsiegel aus dem Frühmittelalter, das Auge einer Statue und jetzt den minoischen Goldring."

Er sah Kitty an, die sich inzwischen wieder gefasst hatte.

„Fällt dir irgendetwas an dieser Liste auf?"

„Das Meiste ist Schmuck, meistens aus Gold", flüsterte sie erstickt, „alles ungeheuer wertvoll. Bei Kunstsammlern aus aller Welt kann man gigantische Summen dafür verlangen. Das heißt ... bis auf dieses Bergkristallsiegel und das Auge der Statue. Die passen da irgendwie nicht rein."

Ken lehnte sich zurück. „Du hast noch etwas vergessen", ergänzte er mit einem ätzenden Unterton in der Stimme. „Alles ist klein. Ganz leicht in der Jackentasche oder bestenfalls in einer Aktentasche aus dem Museum zu bringen. Oder in einer von diesen riesigen, modernen Handtaschen, die ihr Frauen immer mit euch rumschleppt."

„Ja", murmelte Kitty.

Der Kloß in ihrer Kehle wollte nicht weichen.

Oh, mein Gott!, dachte sie immer wieder, *oh, mein Gott, ich arbeite für eine Diebesbande!*

„Ob ...", sagte sie leise zu Ken gewandt und musste wieder schlucken, „ob das die *Mafia* ist?"

Ken hatte die Hände hinter dem Kopf verschränkt und sah sie einen Augenblick lang ernst in die Augen.

„Al Capone?", raunte er. Dann brach er Gelächter aus.

„Nun mach dir mal nicht zu viele Sorgen! Das ist zwar alles sehr ernst, aber ich glaube, Janus ist einfach nur habgierig. Außerdem", fügte er mit schiefem Grinsen hinzu, „hast du ja noch Sherlock Holmes von Scotland Yard, der dir hilft!"

Kitty seufzte und rieb sich mit beiden Händen über die Stirn und die Augen. „Ja, du hast recht", erwiderte sie schließlich müde. „Vielleicht sollten wir eine Pause machen. Ich habe unten Pizza im Kühlschrank."

„Pizza?", Ken riss erfreut die Augen auf. „Selbst aufgetaut?"

Kitty stand auf und schlug ihm im Vorbeigehen mit der flachen Hand wortlos gegen den Hinterkopf.

Nachdem Kitty und Ken im Obergeschoß verschwunden waren, legte sich Admiral Lord Mizius auf die Holzdielen vor die Terrassentür.

Langsam wurde es draußen richtig dunkel. Nach einiger Zeit hüpfte aus dem Dämmerlicht ein kleiner, schwarzer Schatten die Treppenstufen zur Terrasse hinauf, gefolgt von einem deutlich größeren, dickeren schwarzen Schatten, der sofort die leeren Futternäpfe vor der Glastür kontrollierte.

„Hallo Admiral Lord Mizius", begrüßte die kleine Bonnie den weißen Kater, der sich inzwischen höflich aufgesetzt hatte. „Wie hat dir unsere Katzenversammlung heute gefallen?"

„Hallo, kleine Bonnie!", erwiderte der Admiral freundlich. „Ich bin sehr froh, euch alle kennengelernt zu haben, und ganz besonders, nun ein Mitglied der Vereinigung zu sein."

Die kleine Katze strahlte ihn über das ganze Gesicht an.

„Da freue ich mich aber!", Sie wandte den Kopf zu ihrem Bruder, der immer noch bis zum Hals in dem leeren Futternapf steckte. „Und Billy freut sich auch. Weißt du, er liebt diesen Thunfisch!"

„Tatsächlich?", staunte der Admiral. „Wer hätte das gedacht!"

Bonnie kicherte. Natürlich hatte sie den Witz sofort verstanden.

„Ich muss dir aber dringend etwas mitteilen, liebe Bonnie", fuhr Lord Mizius, nun ernst geworden, fort. „Als ich durch den Geheimgang auf dem Nachhauseweg war, ist mir eine Kammer, die in der Seitenwand verborgen liegt, aufgefallen. Wisst ihr davon?"

Das kleine Katzenmädchen legte den Kopf schräg.

„Eine Kammer in der Seitenwand vom Geheimgang?", fragte sie gedehnt. Sie trat von einem Pfötchen auf das andere. „Ich weiß nicht. Billy, du alter Fresssack", rief sie ungehalten ihrem

Bruder zu, „nun komm doch mal her! Der Admiral hat eine wichtige Frage!"

Billy guckte beleidigt von den Fressnäpfen hoch, trollte aber langsam näher. „Was könnte wichtiger sein als Essen?", maulte er. „Hallo, Lord Mizius!"

„Hallo, Billy!", schmunzelte der Admiral.

Dann wiederholte er seine Frage.

Der kleine Kater verfolgte mit sehnsüchtigem Blick einen frühen Nachtfalter, der über seinem Kopf davonflatterte. Fast hätte man meinen können, er würde gar nicht zuhören.

Der Admiral seufzte.

„Nö", sagte Billy schließlich, „da weiß ich nichts von. Bislang war der Gang immer nur ein Gang. Da war keine Kammer."

„So", erwiderte der weiße Kater, „jetzt ist da aber eine. Und eine ganz schön große. Vielleicht fünfzig Katzensprünge von dem Brunnenaufstieg entfernt, in der rechten Wand."

Lord Mizius holte tief Luft. „Ihr müsst unbedingt Boss davon berichten, denn darin verborgen liegt ein Zauberartefakt, und es ist böse!"

Die kleine Bonnie riss die seegrünen, runden Augen auf.

„Tatsächlich?"

„Ja", bestätigte der Admiral. „Da bin ich mir ganz sicher!"

„Meine Güte!", staunte das Katzenmädchen. „Du hast schon dein erstes Artefakt gefunden! Da wird Boss sich aber wundern!".

Bewundernd sah sie den großen, weißen Kater an.

„Wow", sagte auch Billy, „das ist Klasse! Soweit ich weiß, hat das vor dir so schnell noch keiner von der Vereinigung geschafft!", Der kleine, schwarze Katzenjunge überlegte einen Augenblick, während er sich die Nase putzte. „Weißt du, Bonnie" wandte er sich dann wichtig an seine kleine Schwester, „du solltest sofort zu Boss laufen und ihm die Nachricht bringen. Du bist *so viel* schneller als ich!"

„Ja, natürlich!", Bonnie war schon auf die Pfötchen gesprungen.

An dem großen Blumenkübel blieb sie jedoch stehen und sah noch einmal zu Lord Mizius zurück, während sie die Augen rollte.

,*Fresssack!*', formte ihr Mäulchen stumm, und der Admiral hätte beinahe laut gelacht, was er gerade noch verhindern konnte. Dann war sie in der Dunkelheit verschwunden.

Kaum war Bonnie außer Sichtweite, stellte Billy sich auf die Hinterbeine, wobei er sich mit den Vorderpfötchen gegen die Glastür abstützte. „Sag' mal Admiral", bemerkte er möglichst beiläufig, „hast du vielleicht Thunfisch? Mit Käse?"

Lord Mizius grinste. „Natürlich", antwortete er freundlich, „kommt sofort!"

Der schöne, weiße Kater hatte schon mit einem Ohr Kitty und Ken im Obergeschoß sprechen hören, und jetzt erklangen auch Kittys Schritte auf der Treppe.

Er erhob sich und stieß ein jammervolles Gemaunze aus. Billy lief aufgeregt vor der Terrassentür hin und her und leckte sich die Schnute.

"Miehhh!", stimmte er, so laut er konnte, mit ein.

Kitty blieb am Fuß der Treppe stehen, die Hände in die Hüften gestemmt. Ganz deutlich konnte sie den kleinen Schatten vor der Glastür sehen und noch deutlicher jammern hören.

„Sag' mal", meinte Ken belustigt hinter ihr, „wie viele Katzen hast du denn eigentlich?"

Kitty schüttelte den Kopf. „Ja, da sagst du was. Irgendwie werden es immer mehr!"

,*Wenn Kitty wüsste, wie viele wirklich auf sie warten!*', schmunzelte der Admiral in sich hinein. Dann setzte er wieder ein dramatisches Gesicht auf.

„Mau!", schrie er. „Ich habe *ganz furchtbaren* Hunger!"

22. Katzpitel,

in dem Kitty und die kleine Bonnie eine Enttäuschung erleben, und Dr. Janus eine fürchterliche Nacht durchwacht

Schließlich hatten sie die Flasche Wein, die Ken mitgebracht hatte, doch noch geöffnet.

Kitty war von der Entwicklung der Dinge so erschlagen, dass sie dankbar für ein Glas von dem kräftigen Rotwein war.

Lord Mizius und der kleine Billy hatten Thunfisch satt bekommen, und der kleine, schwarze Kater lag nun, mit seinem flauschigen, dicken Bäuchlein nach oben, zufrieden draußen vor der Terrassentür.

Kitty hätte ihn auch ins Haus gelassen, aber Billy weigerte sich standhaft, hereinzukommen.

„Nein", maunzte er, „ich bin im Dienst!"

Der Admiral betrachtete ihn kopfschüttelnd durch die Glasscheibe. „Du observierst wirklich konzentriert!", bemerkte er trocken. „Wenn ich es nicht besser wüsste, würde ich denken, du schläfst!"

Billy öffnete ein gelbes Auge. „Nein", widersprach er, „wenn ich Wache habe, dann schlafe ich nie! Es gibt kaum etwas, das mir entgeht!"

„Da bin ich mir ganz sicher!", Lord Mizius erhob sich. „Zumindest nichts Essbares! Entschuldige mich, ich denke, ich werde jetzt auf der Couch ein Verdauungs-Schläfchen machen. Bei dir

ist ja alles in sicheren Pfoten!"
Der kleine Katzenjunge rekelte sich entspannt.
Yep!", antwortete er schläfrig. „Bei der nächsten Mahlzeit bin ich wieder voll dabei!"

Ken und Kitty hatten sich ein Glas Wein mit vor den Computer genommen, und arbeiteten weiter die Aufzeichnungen von Kens Großvater durch.
Schließlich war es nicht mehr weit von Mitternacht entfernt, die Flasche Rotwein war leer und sie hatten insgesamt zwölf verschwundene Artefakte entdeckt.
Kitty lehnte sich in ihrem Stuhl zurück. Irgendwie hatte Kens Arm ausgestreckt auf ihre Stuhllehne gefunden, aber Kitty fand es tröstlich und protestierte nicht.
„Ich muss zur Polizei gehen", sagte sie gepresst. „Und ich muss Dr. Frei informieren."
Ken nahm noch einen Schluck Wein. „Ja, das musst du wohl", antwortete er leise. „Aber vielleicht solltest du vorher noch mal direkt im Archiv nachsehen. Es wird peinlich, wenn du einem Dateifehler aufsitzt."
„Ja", Kitty seufzte. „Wir sind fertig.", Sie wandte sich um und sah Ken an. „Vielen Dank, dass du mir hilfst."
Ken wurde ein bisschen rot um die Nase. Er schluckte.
„Ist doch ... klar", erwiderte er mit rauer Stimme.
„Und jetzt?", fragte Kitty.

Langsam hatten sich ihre Gesichter einander genähert.
Eigentlich brauchten sie beide zum Kuss nur noch die Lippen zu spitzen, da klingelte schrill und laut das Telefon im Erdgeschoß.
Ken seufzte und lehnte sich wieder in seinem Stuhl zurück, Kitty räusperte sich verlegen.
Unten war der Anrufbeantworter angesprungen. Kittys Ansage spulte ab, und dann schaltete sich mit einem Knacken das Band an. Kitty wurde plötzlich schlecht. Dummerweise hatte sie

den Lautsprecher angestellt gelassen, und deutlich schallte die Stimme von Dr. Adonis Schnurz durch das stille Haus zu ihnen hinauf.

„Hallo, Bella", säuselte er, „entschuldige, dass ich so spät noch anrufe, aber ich kann bei dem Gedanken an dich ohnehin nicht einschlafen! Ich wollte dir nur sagen, dass du mich verzaubert hast! Ich hole dich Morgen um halb acht ab! Ich kann es kaum erwarten, meine Süße!", Schnurz knurrte noch wie ein läufiger Löwe, dann legte er auf.

Kitty schluckte trocken. Sie hatte das Kinn in beide Hände gestützt und ihr Gesicht war puterrot angelaufen. Ihr war es so peinlich, dass sie kaum wagte, Ken anzusehen.

Ken nahm den Arm von ihrer Stuhllehne herunter. Er starrte sie wortlos an. Dann begann er, aus dem Hemdkragen heraus, langsam rot zu werden.

„Du ... gehst mit Adonis Schnurz?", sagte er schließlich gepresst.

„Ja ... nein ...", stammelte Kitty verlegen, „eigentlich war das noch nicht so fest."

„Ach.", Kens Stimme klang ätzend und bekam einen deutlichen, schottischen Akzent. „So klang es aber!"

Kitty rückte ein Stück von ihm ab und blies empört die Backen auf. „Und wenn?", verteidigte sie sich, während ein Teil von ihr lieber den Mund gehalten hätte. „Was hast *du* dagegen?"

Ken schnaufte wütend. „Er ist ein Gauner. Du kennst ihn nicht!"

„Wer sieht jetzt Gespenster?", höhnte Kitty. „Bei dir sind jetzt wohl alle nur noch Gauner!"

„Ich kenne ihn. Er war mit Cadys verlobt! Und er hat sie erleichtert um eine Menge Geld!"

„Mit Cadys?", echote Kitty verwirrt. Trotzdem war ihr Kens Unterton entschieden zu bevormundend. „Na und?", erwiderte sie patzig. „Was hat das mit mir zu tun? Nur kein Neid! Es geht dich ohnehin nichts an!"

‚*Nun sei doch still!*‘, flehte eine kleine Stimme in ihrem Herzen.

‚*Lenk ein!*‘

Aber Ken schäumte inzwischen vor Wut.

Er stand auf und griff beleidigt nach seiner Lederjacke über der Stuhllehne. „Neid?", wiederholte er sarkastisch. „*Neid*? Es geht mich *ohnehin* nichts an? Ach so!"

„Ja, ach so! Hast du heute einen Despoten gefrühstückt?"

„Despot? Ich bin ein *Despot*? Ich mache mir nur Sorgen, du kommst nicht klar!"

„Was?", patzte Kitty. „Ich brauch keinen Vormund! Ich komm hervorragend allein klar!"

„So ...", schnaufte Ken, „so! Du ... du brauchst keinen *Vormund*? Du brauchst auch keinen *Freund*, du brauchst einen ... *Arzt!*", Ken warf sich seine Lederjacke um und polterte die Treppe herunter.

Kitty war verwirrt und tief gekränkt. „Na fein! Na *bestens!*", schrie sie hinter Ken her. „Adonis *ist* Arzt! Dann bin ich bei *ihm* ja an der richtigen Adresse!"

Sie versuchte, Ken zu folgen, verhedderte sich aber ungeschickt zwischen den Stühlen vor dem Computertisch. Aus dem Erdgeschoß erklangen nur gemurmelte, schottische Flüche als Antwort.

„Deine Kitty ist ... blind!", rief Ken dem entsetzten und verschlafenen Lord Mizius auf dem roten Ledersofa zu.

„Du kannst mich anrufen, wenn du wieder *denken* kannst!", brüllte er zu Kitty die Treppe hinauf.

Dann knallte die Haustür hinter ihm ins Schloss.

Kitty rutschte auf Socken die Treppe ins Wohnzimmer hinunter und zur Haustür, so schnell sie konnte.

Sie riss die Tür auf. „In meinem Haus schreist du nicht herum und knallst auch nicht mit den Türen, Ken McRight! *Hörst du das*?!"

Doch Ken hatte schon sein Auto gestartet.

Kitty knallte demonstrativ ihre Haustür wieder zu. Sie lehnte sich gegen die Tür und fuhr sich verwirrt mit der Hand über die Stirn.

„Was war *das* denn eben?", flüsterte sie entgeistert Lord Mizius zu, der sich auf dem Sofa aufgesetzt hatte. „Was hat *den* doofen Kerl denn gebissen?"

„Mau!", sagte ihr Kater ratlos.

„Was bildet sich dieser blöde Schotte eigentlich ein?", schimpfte sie, während sie vor dem Admiral im Wohnzimmer auf und ab lief. „Kommt her mit seiner *doofen* Flasche Wein und seinem *doofen* Bartgekratze und meint, ich schmelze gleich vor ihm hin? Er kann gleich über mich bestimmen, ja?"

Sie versetzte wütend dem Kick-box-sack ein paar Tritte. „Glotzt mit seinen *doofen*, braunen Augen wie ein Dackel, der keinem was tut! Und mit seinem doofen Buch und seinem *blöden, edlen*, schottischen Getue! Und ich muss machen was er sagt? Ja? So nicht, Sherlock Holmes! *So nicht!*"

Kitty blieb außer Atem und mit blitzenden Augen vor dem Admiral stehen.

„Wenn das *so* ist, Lord Mizius, dann gehe ich morgen *erst recht* mit dem Schnurz aus!"

„*Mau!*", widermaunzte der Admiral entsetzt, und vor der Terrassentür her erklang ebenso ein jammervolles ‚Mieh!' von Billy, der von draußen alles verfolgt hatte.

„Jawohl! Keine Widerrede! Und wenn der Schnurz das größte Ekel der Welt wäre: Jetzt geh ich *gerade* mit ihm aus!"

„MeMau!", klagte der Admiral wieder.

„Nix mau!", schnaufte Kitty weiter. „Ihr habt doch gehört, was der blöde Schotte gesagt hat: Ich brauche einen *Arzt*! Und außerdem weiß der Schnurz wenigstens, wie man eine Frau behandelt!"

Kitty wandte sich auf dem Absatz um und stampfte die Treppe hinauf.

Lord Mizius ließ sich lang auf das Sofa fallen und verbarg sein Gesicht unter seinen Pfoten. „Mau!", sagte er noch einmal. „Das darf doch wohl nicht wahr sein!"

Auch der kleine Billy hatte sich draußen auf der Terrasse erschrocken aufgesetzt. Jedes Wort hatte er mitbekommen, die großen Tiere hatten ja laut genug gebrüllt.

„O menno", maunzte er traurig, „gerade war es so gemütlich! Ich hab auch schon wieder Hunger! Admiral, das wird dem Boss aber gar nicht gefallen!"

„Ja!", erwiderte der Admiral bedrückt von drinnen. „Der schottische Kater hat Recht: Sie ist blind und sucht sich immer die falschen Freunde!"

Kitty schlief sehr schlecht in dieser Nacht.

Böse Träume quälten sie, von einem aufdringlichen Dr. Adonis Schnurz, der sie mit grotesk verzerrtem Gesicht verfolgte. Immer wieder hörte sie Lord Mizius' klagendes Gemaunze in ihren Träumen, und hörte Ken wütend die Holztreppe herunterpoltern.

„Zu viel Pizza", murmelte sie schweißnass vor sich hin, „zu viele ... Männer."

Gegen Morgengrauen beruhigte sie sich schließlich. Undeutlich sah sie im Schlaf Kens Gesicht vor sich. Sie wälzte sich beleidigt auf die andere Seite.

„Hau ab, du blöder Kerl!", stammelte sie schlaftrunken. „Du blöder ... Ken ..."

Der Kleine Napoleon war hochzufrieden und pappsatt.

An diesem Abend hatte er gar nicht lange im Garten singen müssen, bevor Dr. Dietbert Janus brüllend sein Fertiggericht nach ihm geworfen hatte. Es gab Hühnerfrikassee, und es hatte dem Kleinen Napoleon köstlich geschmeckt.

Nun saß der kleine, magere Kater auf einem Ast in dem Ahornbaum, putzte sich das Mäulchen und überlegte, wie er den genervten Mann da drin noch ein bisschen mehr ärgern konnte. Der Janus war inzwischen von dem Fernsehsessel auf einen Stuhl gewechselt, wo er im Unterhemd vor einem Laptop saß, dessen Bildschirm bläulich in die Dunkelheit hinausleuchtete. Gelegentlich kratzte sich der Mann an seinem haarigen Bauch, murmelte vor sich hin oder grunzte. Dann tippte er etwas mit seinen Wurstfingern in die Tastatur. Wieder grunzte er zufrieden.

Neugierig schlich der Kleine Napoleon auf seinem Ast dichter an das Fenster heran. Von seinem erhöhten Platz aus konnte der schwarz-weiße Kater recht gut über die Schulter des Museumsdirektors auf den Bildschirm sehen.

Natürlich war auch der Kleine Napoleon als Katzenkind eine Zeitlang bei Doc Wolliday in die Schule gegangen, aber er konnte dennoch die Menschensprache nicht so besonders gut lesen.

Er beugte sich weit auf dem Ast vor.

„L ... o ... g ...e", buchstabierte er vor sich hin, was er auf dem Bildschirm vor Dr. Janus lesen konnte. „Loge ... F ... ü ... r, das heißt ‚für'. K ... u ... l ... t ... u ..., häh? Das ist schwer. Dann kommt ... r ... s ... c ... h ... Das heißt ‚Kulturisch'... 'Loge für Kult, ursch, ... Ä ... t ... z ... e ..., ätze'."

Er setzte sich verwirrt auf seinem Ast auf. „Was ist das wieder für ein Blödsinn?", murmelte er ärgerlich vor sich hin. „'Loge für Kult, Ursch, Ätze'? Was ist das?"

Der Kleine Napoleon rutschte ein wenig hin und her. Er war nicht so klug wie Kleopatra oder Doc Wolliday und das ärgerte ihn manchmal. Genauer gesagt, ärgerte ihn das jetzt.

Er runzelte seine Katerstirn und legte die Ohren missmutig zurück. „Ach, soll sich doch Doc Wolliday darüber den Kopf zerbrechen!", knurrte er in seinen Bart. „Aber den doofen Janus da drin werde ich dafür ärgern!"

Dr. Dietbert Janus kratzte sich wieder seinen Bauch und stellte den Computer aus. Dann stapfte er in den Hintergrund des Hauses, wo die Küche war, kam mit einer Flasche Bier zurück, stampfte die Treppe hinauf und legte sich ins Bett.

Er war hundemüde. Immerhin war er nun seit fast 48 Stunden wach. Vielleicht würde er heute Nacht besser schlafen können. Vielleicht.

„Mach' dir mal keine falschen Hoffnungen, Janus!", kicherte der Kleine Napoleon vor sich hin. „Heute Nacht werde ich mich zur Bestform steigern!"

Wieder wartete der Kater, bis der Mann da drin mit weit offenem Mund zu schnarchen begann.

Die Bierflasche war Dr. Janus aus der herabhängenden Hand gerutscht, auf dem Boden umgekippt, und das Bier bildete nun eine immer größer werdende Pfütze vor dem Bett.

„Schade, dass ich ihm keine Maus in sein Maul werfen kann!", überlegte der Kater. „Vielleicht muss Billy doch mal mitkommen! Andererseits, schade um so eine leckere Maus!"

Der Kleine Napoleon räusperte sich. Natürlich begann ein schöner Abend immer mit einem kleinen Liedchen. „Miauauouuuu ... hrrmm ... hrmm ... hrmmm ...", lockerte er seine Stimme. „Janus kommt von Anus und Anus heißt Arsch!", sang der kleine Kater laut und schräg. „Und ich bin heute barsch!", reimte er und
kicherte.

Drinnen hatte sich der Mann schon wieder mit dicken Augen im Bett aufgesetzt. „Nein", stöhnte er, „nein, bitte nicht schon wieder!"

Dann griff er neben sich auf den Nachttisch, nahm zwei Tabletten aus einem Röhrchen, und schluckte sie mit dem Bodensatz des Bieres, das noch in der Flasche war, herunter. Mit einem Seufzer ließ Dr. Janus sich wieder in die Kissen fallen.

Bald war er wieder eingeschlafen, und der Kleine Napoleon

begann, erneut zu singen. Doch zu seinem großen Erstaunen wurde der Museumsdirektor nicht davon wach.

„Nanu?", ärgerte sich der Kater. „Was ist denn das?" Aber auch das Klopfen mit dem Ast am Schlafzimmerfenster weckte den inzwischen laut schnarchenden Janus nicht.

Dem Kleinen Napoleon sträubte sich das Fell.

„So", plusterte er sich wütend auf, „so! Er schläft, obwohl ich singe! So! Dann mache ich's halt anders! Dann mache ich eben heute schon den Notfallplan von morgen!"

Einige Meter entfernt war eine hohe Backsteinmauer, die das Grundstück von Dr. Janus gegen das danebenliegende abgrenzte.

Dicht davor stand ein großer Kirschbaum, und unter diesem Kirschbaum parkte Dr. Dietbert Janus jeden Abend seine schwarze, hochglanzpolierte Nobelkarosse. Dieses Auto war das persönliche Schmuckstück des Museumsdirektors, sein ganzer Stolz, weshalb er es auch sicher in seinem Garten versteckte und nicht einfach auf der Straße stehenließ.

Der Kleine Napoleon suchte sich einen Ast in dem Kirschbaum, der nicht ganz zwei Meter über dem wertvollen Auto lag und quer über die Motorhaube ragte. Probeweise federte der magere Kater ein bisschen auf den Hinterbeinen hin und her.

„So", knurrte er wieder, „hier hast du's, Janus!"

Dann ließ er sich mit einem kreischenden ‚JIPPIEEEEE-EEE!!!!', das allein schon ausreichte, um die gesamte Nachbarschaft aus dem Schlaf zu reißen, von dem Ast hinunter auf die Motorhaube plumpsen.

Die Alarmanlage des italienischen Sportwagens reagierte sofort auf die heftige Erschütterung. Ein ohrenbetäubendes Gehupe ertönte in der stillen Aprilnacht.

„JUCHUUUU!!!", Der Kleine Napoleon fuhr seine scharfen Krallen an den Pfoten aus und ließ sich rückwärts langsam von der Motorhaube herunterrutschen. Es quietschte haarsträubend, und in dem glänzenden, schwarzen Lack erschienen acht tiefe, lange Kratzer. Er kicherte zufrieden. „Das ist lustig! Noch mal!"

Gut gelaunt kletterte er bereits an dem Kirschbaum wieder nach oben, als in einigen Fenstern das Licht aufflammte.

Die Alarmanlage des Autos machte einen Höllenlärm.

„Ruhe!", brüllte ein dicker Mann.

„Ich rufe die Polizei!", kreischte eine alte Frau.

Der Kleine Napoleon war so glücklich, dass er auf dem Kirschbaum ein kleines Tänzchen vollführte. Endlich, nach viel zu langer Zeit, so schien es ihm, ging das Licht auch im Schlafzimmer des Museumsdirektors an.

Der untersetzte Mann öffnete sein Fenster, steckte eine auffallend blasse Nase heraus und stieß einen erstickten Schreckensruf aus, als er die Lichter an seinem geliebten Auto blinken sah.

Nach einer Weile kam Dr. Janus mit wild um seine Glatze stehendem Haarkranz im Morgenrock eilig aus der Terrassentür geschlurft.

Jammernd umkreiste er sein 150.000 - Euro - Auto, leuchtete es mit einer Taschenlampe ab und klagte noch mehr, als er die Kratzer auf der Motorhaube entdeckte.

„Nun stell endlich dein verdammtes Auto ab!", brüllte der dicke Nachbar aus dem Fenster. „Oder ich komm runter und helf dir!"

„Ja ... Ja ... natürlich!", schnarrte der Janus zerstreut.

Er öffnete das Auto, betätigte einen Schalter, und endlich war es wieder still.

Der Kleine Napoleon beobachtete das alles sehr zufrieden von dem Kirschbaum aus. Befriedigt sah er, dass der Museumsdirektor ganz grau im Gesicht war und eine lange Zeit brauchte, bis er sich durchringen konnte, wieder zurück ins Haus zu gehen.

Nacheinander verloschen all die erleuchteten Fenster ringsherum, nur im Schlafzimmer vom Janus, da brannte noch bis in die frühen Morgenstunden das Licht.

Aber der magere Kater hatte Geduld.

Als schon fast die Sonne aufging, und die Dämmerung den Himmel grau zu färben begann, löschte auch Dr. Janus endlich die Lampen. Er war erschüttert bis in die Knochen und kurz vorm Heulen. Vielleicht blieben ihm noch zwei, drei, Stunden Schlaf, in denen er wieder zu Kräften kommen konnte. Wenn er heute später ins Museum ging, möglicherweise auch dreieinhalb. Was für eine Nacht! Wenn er nur wüsste, was da draußen vor sich ging. Sein schönes Auto. Sein geliebtes Auto. Lange konnte er nicht einschlafen.

‚Vielleicht‘, überlegte Dr. Janus düster, ‚*vielleicht habe ich doch Geschäfte mit dem Falschen gemacht. Vielleicht ist der Neidhard doch nicht ganz so zuverlässig, wie er immer tut.*‘, Der Museumsdirektor räusperte sich. ‚*Ich sollte ein Auge auf ihn haben!*‘, beschloss er schließlich.

Dann fiel er in einen unruhigen Schlaf.

Nach einiger Zeit, in der der Kleine Napoleon ein kurzes Nickerchen im Garten machte und anschließend die Reste von dem Hühnerfrikassee verputzte, kam der schwarz-weiße Kater schließlich zu dem Schluss, dass der Janus inzwischen genug Ruhe gehabt hatte.

„Eine kleine Rutschpartie wird uns beiden wohl gut tun!“, grinste er sich in seinen Bart.

Also erklomm der Kater wieder den halbhoch gelegenen Ast an dem Kirschbaum und ließ sich erneut mit Kriegsgeschrei auf das Luxusauto herabfallen.

Schon bei den ersten Tönen des Hupkonzertes gingen ringsherum die Lichter an. Aber dieses Mal wartete der kleine Kater sicher in einem Busch versteckt nur, bis der Museumsdirektor wankend über die Terrasse zu seinem Auto geschlurft kam. Dann stahl sich der Kleine Napoleon leise davon.

Schließlich war es schon hell, der Janus konnte kaum gerade gehen und hatte unterwegs einen Puschen verloren, ohne es zu merken.

„Der kann bestimmt nicht mehr schlafen!", gähnte der Kater vor sich hin. „Anders als ich, mein Dienst ist jetzt zu Ende. Ich werde auf meinem flauschigen Kissen ein schönes Schläfchen machen!"

Auch Kitty fühlte sich wie gerädert, als der Wecker klingelte. An diesem Morgen brauchte sie viele Becher starken Kaffee, um einigermaßen zu sich zu kommen. Sie betrachtete missmutig ihr kalkweißes Gesicht im Badezimmerspiegel.

„Alles nur wegen dem doofen Ken!", murmelte sie vor sich hin.

Zum ersten Mal benutzte sie Make-up, um einigermaßen frisch auszusehen. Ihrer Laune gemäß, wählte sie einen schwarzen Pullover zu einer schwarzen Jeans. Nur ihr Amulett mit dem hellblauen Stein brachte ein bisschen Farbe in ihr Outfit.

Im Museum angekommen, ertappte sich Kitty einige Male dabei, wie sie, in Gedanken verloren, das Telefon anstarrte. Ein paar Mal streckte sie sogar die Hand nach dem Hörer aus.

‚Nein‘, schimpfte sie sich selbst, ‚ich *rufe ihn nicht an! Es reicht ja wohl, dass ich wegen diesem Trottel unglücklich bin!‘*

Mechanisch ordnete und katalogisierte sie die Leihausstellung, immer bemüht, sich ganz auf ihre Arbeit zu konzentrieren und ihr ein wenig Freude abzugewinnen.

Als Sissy Pfuhs mittags wie eine blonde Parfümwolke in ihr Büro schwebte, und wieder mit Kitty in die Stadt gehen wollte, schüttelte diese entschieden den Kopf.

„Nein, Sissy, heute nicht!", sagte sie zu der Sekretärin, die sie mit alarmiert aufgerissenen Augen ansah. „Ich habe einfach zu viel zu tun."

Sissy verließ nur zögerlich den Raum, als würde sie nicht recht glauben, was sie da eben gehört hatte.

Aufatmend starrte Kitty noch einen Moment lang auf die Tür,

die sich gerade hinter Sissy geschlossen hatte. Dann stemmte sie sich seufzend von ihrem Bürostuhl hoch.

Leise summte die Neonbeleuchtung auf, als Kitty im Archiv das Licht anschaltete. Die Klimaanlage brummte und kühlte die Luft auf artefaktverträgliche 16 Grad Celsius herunter. Allein diese Geräusche waren neben Kittys Schritten zwischen den Regalen und Schränken in der Stille zu hören.

Konzentriert suchte sie in den verschiedenen Bereichen des Depots nach den Artefakten, die sie gestern Nacht mit Ken als verschwunden markiert hatte. Natürlich, obwohl sie es inständig hoffte, fand Kitty nichts.

Alle zwölf Artefakte blieben verschwunden.

„Na, Frau Katzrath, so trübsinnig heute? Haben sie gestern Nacht solchen Ärger mit ihrem Freund gehabt?"

Kitty fuhr vor Schreck zusammen und hätte beinahe die kleine Phiole aus Alabaster fallen lassen, die sie gerade in der Hand hielt. Jetzt war es bereits später Nachmittag, und sie war dabei, die kommende Ausstellung in einigen Nebenräumen vorzubereiten.

Kitty war tief in ihre unerfreulichen Gedanken versunken, und Herbert Heuchelheimer war unbemerkt von hinten an sie herangetreten. Sie griff instinktiv nach ihrem Herz.

„Herr Heuchelheimer, sie haben mich fast *zu Tode* erschreckt!"

Ihr Kollege lachte schnaufend. „Oh", erwiderte er, „das war nicht meine Absicht, Frau Katzrath. Ich wollte ihnen nur ein paar Schilder an die Hand geben.", Er reichte ihr einige gedruckte Pappschilder, die zur Ausstellungseinrichtung gehörten. „Sie sind aber auch sehr schreckhaft, junge Frau!", Er legte seinen Kopf schräg wie ein Papagei. „Hatten sie keinen schönen Abend gestern?"

Kitty starrte Herbert Heuchelheimer einen Moment lang

wütend an.

Hatte dieser Mensch denn keinen Fernseher, dass er so ein Interesse an ihrem Privatleben hatte? Na gut, vielleicht sollte sie sich auch besser angewöhnen, nicht mitten in der Nacht quer über den ruhigen Gitterhof hinter ihrem Besuch her zu schreien.

„Ich weiß nicht, was sie meinen, Herr Heuchelheimer!", gab sie zurück.

„Oh, ich meine gar nichts, Frau Katzrath!", Verlegen röchelte er wieder sein merkwürdiges Lachen. „Ich mache nur Konversation."

„Aha."

Kitty schürzte die Lippen, aber Herbert Heuchelheimer schien mit seiner Konversation schon ans Ende gekommen zu sein. Sie warf ihm noch einen düsteren Blick zu, dann wandte sie sich wieder um, und befasste sich weiter mit ihrer Arbeit. Ihr Bedarf an merkwürdigen Mitmenschen war für heute und bis auf weiteres gedeckt.

Plötzlich bemerkte sie aus dem Augenwinkel heraus eine Bewegung hinter sich.

Kitty zuckte herum, in der Annahme, Heuchelschleimer stände noch immer hinter ihr, doch er war schon gegangen. Einige Meter weiter weg kauerte auf einer flachen, geschlossenen Glasvitrine eine winzige, schwarze Katze.

Die kleine Katze starrte ihr direkt ins Gesicht, und ihre runden, seegrünen Augen schienen in dem Dämmerlicht zu leuchten. Kitty erschrak.

„Dich ... dich kenne ich doch!", stammelte sie leise. „Du ... bist doch das kleine Katzenmädchen, das bei mir auf der Terrasse seit kurzem Thunfisch isst! Wie bist du denn hier hereingekommen?"

Natürlich antwortete die Katze nicht, doch sie blinzelte Kitty ein Katzenküsschen zu. Und sie schien zu grinsen.

Geschmeidig sprang sie von der Vitrine herunter und, von

einem Wimpernschlag auf den anderen, war die kleine Katze wieder verschwunden.

Aufseufzend lehnte Kitty ihren Kopf gegen das Glas des hohen Ausstellungsschrankes, den sie gerade einrichtete.

„Jetzt sehe ich schon Katzen, da, wo beim besten Willen keine sein können! Das ist alles zu viel! Ich glaube, ich verliere langsam den Verstand!"

Bonnie huschte wie ein Schatten durch die kühlen, dämmerigen Flure des Museums.

Sie hatte Kitty mehr zufällig einen kleinen Besuch abgestattet, denn eigentlich hatte sie einen Auftrag zu erfüllen.

Der Kleine Napoleon hatte heute Morgen in aller Frühe in der Katzenvilla seinen Bericht an Boss erstattet und damit angegeben, dass der Janus nun langsam weichgekocht sei. Nicht einmal mehr gerade gehen könne er, angeblich.

Nun war das kleine Katzenmädchen unterwegs, um ihr Glück als Finder bei dem Artefakt des Museumsdirektors zu versuchen.

Das Glück ist bei den Mutigen!, hatte Kleopatra zu ihr gesagt. Na gut.

Bonnie kam ungesehen bis in das Sekretariat, wo Sissy Pfuhs Kopfhörer in den Ohren hatte und hektisch auf die Computertastatur einhämmerte. So konnte die kleine Katze unbemerkt durch das Büro schleichen, und sich durch die angelehnte Tür in das Zimmer von Museumsdirektor Dr. Janus drücken.

Das Katzenmädchen blieb stehen, eng an die Wand gepresst, immer in der Angst, entdeckt zu werden. Aber der böse, gefährliche Janus lag quer über seinem polierten Schreibtisch und schnarchte. Kein Wunder, dass die Sekretärin draußen Kopfhörer brauchte. Die kleine Bonnie schlich vorsichtig näher.

„Hrab ... hrmmhrrrmchrrrrr ...", machte der Janus auf dem Schreibtisch über ihr.

Bonnie blieb stehen, ein Pfötchen noch in der Luft.

Hatte der Janus eine Fliege verschluckt?

„Guten Appetit", murmelte die kleine Katze neidisch. Eine Fliege zwischendurch war immer ein leckeres Häppchen. Vor ihr baumelte in Augenhöhe sein fleischiger Arm, an dem der Hemdsärmel nach oben geschoben war. Darunter blitzte, giftig rotgolden, das böse Artefakt, der Armreif aus Kupfer.

Nach einem tiefen Atemzug hielt Bonnie die Luft an. Der Janus schnarchte noch immer. Langsam, ganz langsam, schob sich Bonnie an die Hand heran, bis sie direkt vor ihrem schwarzen Näschen hing.

Dann bleckte sie die Zähne. Vorsichtig schloss sie das Mäulchen um den Ring aus Kupfer und zog daran. Schließlich hatte die Armspange ja eine Öffnung und war nicht ganz rund, so war es immerhin gut möglich, dass sie den Reif von dem Handgelenk des Mannes ziehen konnte. Das Artefakt ruckte ein wenig.

Bonnie ließ den Armreif wieder los. Ein Stückchen hatte sie ihn schon zu sich heruntergezogen.

„Blah!", würgte die kleine Katze und streckte die Zunge heraus. „Der Janus schmeckt *ganz fürchterlich!*"

Dann schloss sie die Zähne in einem zweiten Versuch um das Artefakt.

„Hrrrmchrrr ... hrrrmmchrrrr ... chrrrhiihihihihi ..."

Plötzlich ging das Geschnarche vom Janus in schläfriges Kichern über, und Bonnie ließ den Armreif sofort wieder los.

„Mist!", ärgerte sie sich. „Muss ich den auch noch mit meinen schönen Schnurrhaaren wachkitzeln!"

Bonnie blieb still unter dem Tisch sitzen und wartete, bis der Janus oben auf der Tischplatte wieder regelmäßig schnarchte. Schließlich versuchte sie es noch einmal.

Gerade, als die kleine Katze merkte, dass der Kupferarmreif nachzugeben schien und ihr entgegenrutschte, ertönten Schritte mit hochhackigen Schuhen auf dem Teppichboden nebenan, die rasch auf die Tür zu dem Büro des Janus zukamen.

Es klopfte.

Das kleine Katzenmädchen riss erschrocken die Augen auf. Sie ließ den Armreif los, und er schnappte wieder zurück in die korrekte Position um das Handgelenk des Museumsdirektors.

Sissy Pfuhs sah um das Türblatt herum.

„Dietbert!", rief sie eindringlich, „Dietbert, wach auf! Es ist Feierabend, du kannst zu Hause weiterschlafen!"

Der Janus setzte sich benommen auf. „Hrab ... hrm ... chrrrr ... ähem ...", sagte der Janus. „Danke, Sissy!"

Die kleine Bonnie saß mit klopfendem Herzen und enttäuscht hängenden Öhrchen versteckt in einem tiefen Fach des schweren Holzschreibtisches, eng gepresst an den Ordner mit den Belegen für die Spesenabrechnungen.

‚Menno!', dachte sie missmutig. ‚So was Doofes! Jetzt muss ich auch noch warten, bis alle nach Hause gegangen sind, damit mich keiner sieht. Erst dann kann ich wieder weg. Und den doofen Armreif habe ich auch nicht gesichert!'

23. Katzpitel,

in dem Cadys und Kitty auf dem falschen Weg

sind, und der Puma und Admiral Lord Mizius

trotz aller Mühe versagen

Der Puma lief durch den dunklen Geheimgang fast denselben Weg, den Kleopatra vor ihm genommen hatte. Tatsächlich konnte er ihre Spuren riechen.

Der weiße Transporter mit Cadys am Steuer war in die Richtung gefahren, wo die Innenstadt lag. Puma wusste natürlich, dass das ‚Café Kilmorlie' dort war, und er wusste auch, dass Cadys dort im Obergeschoß noch eine kleine Wohnung besaß, wo sie die Bücher führte und auch übernachtete, wenn es in der Stadt und im Geschäft einmal später geworden war. Die einzige Hoffnung, die der schwarze Kater hatte, war, dass Cadys dorthin gefahren war.

Anders als Kleopatra, scheute sich der schwarze, wilde Puma, in die Stadt zu gehen und möglicherweise Menschen zu begegnen. Er hasste es sogar.

Aber, dieses war ein Notfall, und so schlich Puma eng an die Hauswände gedrückt bis in den kleinen Hinterhof, der hinter dem Café und der Bäckerei lag

Er hatte sich geirrt.

Enttäuscht und grimmig bemerkte der schwarze Kater sofort, dass der weiße Transporter nicht wie sonst auf dem üblichen Parkplatz stand, obwohl die Geschäfte noch geöffnet waren, und Cadys eigentlich hätte im Café sein müssen. Sie war nicht dort. Puma putzte sich die Schnurrhaare und dachte nach.

Er hatte im Augenblick nicht viele Möglichkeiten, eigentlich sogar nur die eine, hier auf Cadys zu warten. Geschickt und kraftvoll sprang Puma auf eine Mülltonne, die vor der Hauswand neben der Hintertür stand, und von dort aus in ein höher gelegenes Fensterbrett, das zu dem Schlafzimmerfenster der blonden Menschenfrau gehörte. Hier hatte er schon öfter einmal, wenn ihm langweilig war, Cadys beim Schlafen zugesehen.

„So", sagte sich der wilde Kater, „es mag wohl einige Zeit dauern, bis sie kommt, aber ich bin mir ziemlich sicher, dass sie kommen wird. Und dann sehen wir weiter."

Aber auch hier irrte sich der Puma, auch wenn er ein sehr kluger, erfahrener Kater war, der sich nicht oft irrte.

An diesem Tag hatte er Pech. Es wurde dunkel, die Nacht brach herein, und Cadys tauchte nicht auf.

Cadys hatte das magische Auge in die Hosentasche gesteckt, sodass es nicht auf ihrer blanken Haut lag und sie es auch nicht sah.

Sie fühlte lediglich den runden, harten Stein gegen ihr Bein pressen, und sogar durch den dünnen Stoff des Taschenbeutels spürte sie ein gewisses Brennen auf ihrer Haut.

Wie gehetzt trat sie das Gaspedal des Transporters durch, raste den Berg hinab und quietschte um die Kurve auf die Hauptstraße, wo der Puma sie dann aus dem Blick verlor. Schweiß stand ihr auf der Stirn. Sie war völlig durcheinander, sodass sie von der Hauptstraße nicht in die Innenstadt abbog, sondern weiter geradeaus fuhr, bis sie schließlich Rosenburg verlassen hatte. Irgendwann kam sie wieder einigermaßen zu Verstand.

Cadys fuhr sich mit der Hand über die nasse Stirn, verringerte die Geschwindigkeit des Wagens, bis sie in einer Parkbucht anhielt, die zu einem einsamen Rastplatz gehörte, der kurz vor einer Autobahnauffahrt lag. Sie legte den Kopf erschöpft auf das lederbezogene Lenkrad.

„Was tue ich hier eigentlich?", murmelte sie entsetzt vor sich hin. „Wie komme ich dazu, einem kleinen Katzenbaby das Spielzeug wegzunehmen? Ich muss total verrückt geworden sein!"

Sie ließ sich zurück in den Fahrersitz fallen und zog das ‚Magische Auge des Aureus Virrus' aus der Hosentasche.

„Das ist doch nur ein blöder, hässlicher Stein", sagte sie sich, empört über sich selbst. Doch je länger sie das Auge ansah, desto mehr schien es zurückzusehen und sich förmlich in ihren Blick zu bohren.

Ihre Handfläche wurde erst warm, dann begann sie unangenehm zu brennen, bis plötzlich etwas wie ein glühender Strahl bis hin zu ihrem Herzen und weiter zu ihrem Gehirn schoss, und alles Denken und Fühlen in ein rotgolden glühendes Licht tauchte.

Cadys betrachtete sich im Rückspiegel. Ihr ganzes Gesicht war von diesem rotgoldenen Strahlen erfüllt, nein, ihr ganzer Körper war davon umgeben. Ihre Gedanken wurden leer, und eine hochmütige Selbstzufriedenheit breitete sich in ihr aus.

„Ich bin etwas ganz Besonderes", sagte sie laut in das leere Auto hinein. „Wer kann *mir* schon das Wasser reichen! Ich bin schön, ich bin klug, ich bin reich!"

Sie grinste eine Weile vor sich hin, was tatsächlich ziemlich dümmlich aussah, ohne dass sie es wusste.

Doch diese merkwürdige, eitle Zufriedenheit dauerte nicht sehr lange. Von ihrer Magengrube aus fraß sich etwas Neues in ihr Denken hinein, und Cadys bemerkte nicht, wie hässlich und selbstzerstörerisch es war.

„Also, reich bin ich nicht mehr! Aber, ich *sollte* reich sein. Mir

gebührt es. Was tue ich eigentlich noch hier in Rosenburg?"
Mit jedem Wort wurde ihre Stimme lauter, bis sie sich schrill überschlug.

„Was mache ich hier?! Warum vergeude ich meine Zeit in diesem *blöden* Café, mit diesen *blöden* Leuten? Ich habe schließlich einen Doktortitel in Biologie! Ich sollte forschen, Entdeckungen machen! Ich sollte berühmt werden! Meinen Namen sollte jedes Kind kennen!", Cadys redete sich immer mehr in Wut. „Ich hänge fest in diesem Nest, weil ich kein Geld für Forschungsreisen habe! An allem ist nur Adonis schuld! Ich vergeude meine Zeit mit diesen *blöden* Katzen in unserem alten Haus! *Wozu?!* *Wozu?!*"

Dann fiel ihr herumirrender Blick erst in den Rückspiegel, wo sie ein verschwitztes Gesicht sah, das verzerrt war und ihr völlig fremd erschien.

Als Nächstes sah sie das Foto, das sie sich, liebevoll in Folie eingeschweißt, auf das Armaturenbrett geklebt hatte. Alle ihre Kätzchen, die in der Katzenvilla wohnten, posierten dort vor der Villa in strahlendem Sonnenschein. Sie saßen in Reih und Glied, ganz brav, so als würden sie in die Kamera lächeln.

Cadys ließ das magische Auge los, als hätte sie sich verbrannt. Fluchtartig verließ sie den Transporter und atmete in tiefen Zügen die kühle Abendluft ein wie eine Erstickende. Es war inzwischen dunkel geworden, stellte sie irritiert fest. Wieso war die Zeit so schnell vergangen?

Sie lehnte sich an einen Baum und starrte in den klaren Abendhimmel, bis es ihr wieder besser ging und sie wieder einigermaßen sie selbst war.

„Was ist bloß los mit mir?", grübelte sie entsetzt und sprach den Satz sogar laut in die feuchte Abendluft hinein. „Das bin doch nicht ich?"

Cadys holte tief Luft. „Was ist das für ein merkwürdiges Ding, diese Kugel?", Sie fuhr sich mit beiden Händen über die Stirn und die Augen. ‚*Vielleicht ist das Ding mit irgendeinem psycho-aktiven Gift behandelt*‘, überlegte sie. ‚*Mit irgendeiner Droge. Ich werfe das Ding sofort weg!*‘

Cadys ging langsam zum Transporter zurück. Bevor sie die Tür öffnete, blieb sie einen Augenblick lang unschlüssig vor dem Auto stehen. Warum kostete es sie so viel Mut, dieses Ding wieder anzusehen?

Sie holte tief Luft, bevor sie die Tür aufriss, den Stein vom Beifahrersitz nahm und mit geschlossenen Augen von sich warf, soweit sie konnte. Er landete irgendwo hinter der Parktasche in undurchdringlichem Gestrüpp.

Das dachte Cadys zumindest.

Sie stieg ein und wendete den Transporter. Merkwürdig war nur, dass sie extrem nervös blieb, als sie zurück nach Rosenburg fuhr. Tatsächlich hatte sie das Artefakt nur hinter den Fahrersitz in den Fußraum fallenlassen.

Alles andere hatte ihr das Auge nur in ihrer Fantasie vorgegaukelt.

Sie fuhr nicht mehr in die Stadt hinein, wo der Puma mit verzweifelter Ungeduld auf ihrem Fensterbrett im ersten Obergeschoß saß und auf sie wartete.

Sandra würde den Laden und das Café schon ordentlich geschlossen haben, so wie sie es immer tat, wenn Cadys aus irgendeinem Grund zum Feierabend nicht im Geschäft sein konnte.

Cadys fuhr nach Hause zurück, in das große Haus gegenüber des Zuckerberges, auf dem sich das alte Gut der Familie Zucker befand und auch die Katzenvilla, mit den vielen unruhigen und besorgten Katzen darin.

So erschöpft wie selten, schlug sie die Fahrertür zu, ohne ihre Handtasche mitzunehmen. Sie war einfach nur froh, wieder zu Hause zu sein. Cadys wusste mit keinem Gedanken, wie nahe sie der Wahrheit mit ihrer Vermutung über eine giftige Wirkung des Artefaktes auf einen Menschen kam.

Sie dachte auch nicht mehr über dieses merkwürdige Auge nach. Es war fort. Sie hatte es weggeworfen. Gut so.

Im Transporter, unter ihrer Handtasche, lag das ,*Magische Auge des Aureus Virrus*', ohne dass irgendeine Katze der Katzenorganisation es wusste, wie dicht es in diesem Moment bei ihnen war und wie einfach zu sichern.

Das magische Auge starrte von unten gegen den braunen Boden der Lederhandtasche.

Es brauchte nur zu warten.

Kitty trödelte an diesem Nachmittag absichtlich, bis alle Mitarbeiter des Museums schon nach Hause gegangen waren. Alle, bis auf Dr. Frei und sie selbst.

Sie hatte lange mit sich gerungen, ob sie ihren Chef in die Vorkommnisse einweihen sollte. Doch zu guter Letzt musste sie sich eingestehen, dass ihr im Grunde gar kein anderer Weg blieb. Also klopfte sie an Dr. Freis Bürotür, bevor sie sich auch selbst auf den Nachhauseweg machte.

Ihr Chef stand bereits hinter seinem Schreibtisch und war dabei, seine Aktentasche einzuräumen. Er hatte sogar schon sein Jackett angezogen.

Kitty räusperte sich. „Dr. Frei, hätten Sie noch einen Moment Zeit für mich? Es ist wirklich sehr wichtig!", Sie blieb zögerlich zwischen Flur und Zimmer stehen.

Dr. Frei fuhr sich mit einer Hand über das Kinn.

„Frau Katzrath ...", begann er und Kitty war sich sicher, dass er ablehnen würde.

Doch nach einem Blick in ihr Gesicht seufzte Dr. Frei, nahm wieder hinter seinem Schreibtisch Platz und deutete einladend auf den Stuhl gegenüber. „Bitte, Frau Katzrath!"

Kitty schloss die Tür hinter sich, was ihr Chef mit einem Stirnrunzeln quittierte. Dann musste sie sich erst einen Augenblick sammeln.

„Dr. Frei, Sie erinnern sich doch sicher an die großzügige Spende, die Frau von Raffbrook dem Museum vermacht hat?", begann sie vorsichtig.

Ihr Chef sah sie fragend an. „Sicher."

„Nun, worüber ich mit Ihnen sprechen möchte, ist sehr schwerwiegend. Es geht unter anderem um das Perlen-Rubin-Collier aus Frau von Raffbrooks Spende."

Dr. Frei verengte konzentriert die Augen, und sein Blick bekam etwas Lauerndes. „Was ist damit?", fragte er knapp.

Kitty holte tief Luft. „Das Collier ist verschwunden. Genauer gesagt, wurde es schon am Montagmittag aus dem Tresor gestohlen."

Jetzt war es heraus.

Dr. Frei sah sie an, als hätte sie den Verstand verloren. Dann lachte er. „*Aus dem Tresor gestohlen*?", entgegnete er belustigt. „Und wie sollte das möglich sein?"

Kitty schluckte. „Ich weiß auch nicht, wie das möglich war. Aber es ist nicht das einzige Objekt, was aus unserem Museum gestohlen wurde", erklärte sie verzweifelt. „Davor verschwand ein Artefakt, das ich für die kommende Ausstellung in meinem Arbeitszimmer präpariert hatte."

Dr. Frei sah sie an, als würde er gleich zum Hörer greifen, um Hilfe bei der nächsten psychiatrischen Klinik anzufordern. „Frau Katzrath", bat er eindringlich, „was erzählen Sie mir denn da für eine Räuberpistole? Wir haben unter uns einen Dieb, der immer wieder stiehlt? Bitte, Frau Katzrath, denken Sie nach! Wie sollte das denn gehen, bei all den Kameras und dem Wachpersonal? Überdies besitzen nur vier ausgewählte Mitarbeiter und Mitarbeiterinnen den Schlüssel zum Tresor, und eine davon sind Sie!"

„Ich weiß", erwiderte Kitty lahm.

Genau vor dieser Wende des Gespräches hatte sie sich gefürchtet. Genau diese Gedanken hatten sie davon abgehalten, zu Dr. Frei zu gehen. Sie zog eine Handvoll Kopien von Kens Buch aus ihrer Tasche.

„Bitte, Dr. Frei, Sie *müssen* mir glauben! Das ist noch nicht alles. Bereits bevor ich meine Arbeit hier angefangen habe, sind zwölf Artefakte aus unserem Museumsbestand verschwunden. Ich habe das alles genau kontrolliert. Laut Computer und Archiv hat das Rosenburger Museum diese wertvollen Artefakte sogar nie besessen!"

Mit klopfendem Herzen reichte sie ihrem Chef die Zettel über den Tisch. Er nahm sie entgegen und sah sie aufmerksam durch. Hin und wieder rückte er seine Brille zurecht, während er seiner jungen Mitarbeiterin einen mehr als prüfenden Blick zuwarf.

„Na gut", stellte er schließlich fest, „leider muss ich Ihnen jedoch sagen, dass ich Ihren Anschuldigungen nicht recht folgen kann. Also, Frau Katzrath, was sollte ich, Ihrer Meinung nach, nun tun?"

Kitty holte tief Luft. „Gehen Sie mit diesen Beweisen zur Polizei."

„*Damit*?", Ihr Chef machte eine wegwerfende Handbewegung. „Das überzeugt mich nicht. Es ist nicht bei uns registriert, was auch nicht da ist. Ist dann nicht alles ist bester Ordnung? Nein. Das ist keine Option."

Kitty sah Dr. Frei in die Augen. Mit keiner Miene verriet der Mann, was er wirklich dachte. In ihrem Inneren machte sich eine eisige Kälte breit.

„Diese Kopien stammen aus einem Buch, das der letzte hiesige Museumsrestaurator geschrieben hat. Er hat damals akribisch alle Artefakte katalogisiert. Das ist für Sie kein Beweis?"

„Nein. In keiner Weise."

„Sie werden nichts unternehmen?"

„Nein. *Doch*. Frau Katzrath, ich gebe *Ihnen* einen gut gemeinten Rat: Kümmern Sie sich um die Arbeit, für die Sie eingestellt wurden!"

Kitty schnappte nach Luft.

Mit einer einzigen Bewegung stand sie auf und nahm Dr. Frei

324

die kopierten Beweise vom Tisch und aus der Hand.

„Denken Sie nicht, dass ich leichtfertig zu Ihnen gekommen bin, Dr. Frei", sagte sie, ohne die Augen von seinem Blick abzuwenden. „Für mich sind das Beweise genug, und da Sie mir nicht glauben, bin ich gezwungen, selbst zur Polizei zu gehen. Und ... ich kündige meine Stelle. Sie verstehen, das Letztere ist reiner Selbstschutz, denn ich möchte nicht für Verbrechen zur Verantwortung gezogen werden, die ich nicht begangen habe! Möglicherweise könnte es mir ähnlich ergehen wie meinem Vorgänger!"

„Holla!", stieß Dr. Frei aus, während er sich in seinem Stuhl zurücklehnte. „Nun mal langsam mit den jungen Pferden! Bitte, Frau Katzrath, behalten Sie Platz! Ich habe Sie nicht derart vor den Kopf stoßen wollen!"

Kitty kniff misstrauisch die Augen zusammen und setzte sich widerwillig auf die vorderste Kante ihres Stuhles.

Dr. Frei faltete die Hände auf dem Schreibtisch. „Verstehen Sie mich nicht falsch, Frau Katzrath", begann er langsam. „Es ist nicht so, dass ich Ihnen nicht glaube. Und schon aus alter Freundschaft zu Ihrem Vater würde ich Ihnen wirklich gern helfen."

Kitty wollte wütend widersprechen, doch er breitete beschwichtigend seine Hände aus.

„Bitte, lassen Sie mich ausreden. Ich glaube sicher nicht, dass *Sie* dieses Collier gestohlen haben. Mir ist auch bewusst, dass seit einiger Zeit wertvolle Artefakte aus unserem Museum verschwinden. Doch dieses hier ...", Er zeigte auf die kopierten Blätter in Kittys Händen, „... erscheint mit nicht als ein stichhaltiger Beweis, der rechtliche Schritte rechtfertigen könnte."

Ihr Chef kehrte in einer hilflosen Geste die Handflächen nach oben. „Denn, wie schon eben, vielleicht etwas unglücklich, erwähnt, was soll ich der Polizei sagen? Das hier mal etwas war, was jetzt weg ist? In keiner einzigen Datei ist von diesen Artefakten irgendetwas gespeichert."

„Frau von Raffbrook weiß sicher, dass sie ihre Kette dem Museum gestiftet hat!", hielt Kitty ihm erbost entgegen. „Reicht das nicht?"

Dr. Frei legte seine Hände vor sich auf die Schreibtischplatte. Entschuldigend sah er Kitty in ihr aufgebrachtes Gesicht. Dann schüttelte er den Kopf.

„Nein", erwiderte er ruhig, „das reicht nicht. Nicht für mich, um rechtliche Schritte einzuleiten! Sprechen Sie ... mit Dr. Janus."

Kitty stieß verbittert die Luft aus.

Dann nickte sie nachdenklich. Langsam erhob sie sich von ihrem Stuhl. Bedächtig verstaute sie die Kopien in ihrer Handtasche.

„Also gut", sagte sie schließlich. „Also gut. Ich habe meine Pflicht getan. Ich habe Sie als meinen Vorgesetzten in Kenntnis gesetzt, Dr. Frei.", Sie wandte sich zum Gehen.

„Und jetzt, Frau Katzrath? Was werden Sie tun? Ich würde Sie wirklich ungern als Mitarbeiterin verlieren!", Dr. Frei sah sie mit besorgtem Blick an. Er war hinter seinem Schreibtisch aufgestanden und schien die Hände zu ringen.

Dieser Mann war offensichtlich zu feige, um sich offen auf ihre Seite zu stellen. Vielleicht steckte er sogar selbst mit in dieser lukrativen Intrige. Was ging es ihn also an, was sie tat?

Kitty zuckte die Schultern. „Man wird sehen, Dr. Frei."

Damit verließ sie das Büro und ließ dabei die Tür zum Flur offenstehen.

„*Dein* Hintern soll ja auch nicht gegrillt werden!", murmelte sie wütend. „Aber *meiner* auch nicht! Nicht, wenn ich es verhindern kann!"

Sie schnaubte verächtlich. Das waren also die berühmten Seilschaften ihres Vaters! Ihr Vater hatte wirklich verlässliche Freunde! *‚Verlässlich' im Sinne von ‚verlassen'!*

Es war bereits sieben Uhr abends.

In einer halben Stunde würde Dr. Adonis Schnurz vor der Tür

stehen, um Kitty abzuholen. Kitty lief immer noch, mit ihrer türkisfarbenen Feuchtigkeitsmaske im Gesicht und in ihren Bademantel gewickelt, aufgelöst in ihrem Haus hin und her.

Sie wusste einfach nicht, was sie anziehen sollte. Genauso wenig wusste sie, ob sie nicht doch noch im letzten Augenblick die Verabredung absagen sollte. Andererseits war sie furchtbar aufgeregt, mit so einem tollen Mann wie Adonis auszugehen. Vor allem, weil sie sich noch immer schrecklich über Ken ärgerte. Er hatte nicht einmal angerufen.

Insgeheim hatte sie beim Nachhause-Kommen gehofft, von ihm eine Nachricht auf dem Anrufbeantworter zu finden. Irgendein Wort, oder irgendeinen Zettel im Briefkasten, auf dem stand, wie sehr ihm ihr Streit Leid tat. Aber nichts.

Ken muckelte. Wie ein beleidigter Kater.

Gerade jetzt, wo sie sich ohnehin von allen fallengelassen fühlte, musste Ken auch noch seine Eitelkeit pflegen. Das nahm sie ihm schrecklich übel.

Admiral Lord Mizius saß mit beleidigtem Gesicht zwischen den auf dem Fußboden verstreut herumliegenden Kleidungsstücken.

„Soll ich das anziehen, Lord Mizius?", Kitty hielt sich probeweise ein rotes Kleid unter das Kinn.

Lord Mizius gähnte.

Kitty krauste die Nase. „Oder vielleicht die schwarze Lederhose? Was meinst du?"

„Mau", sagte ihr weißer Kater und wandte ihr den Rücken zu.

„Oh, komm' schon, Lord Mizius! Jetzt spiele du nicht auch noch die beleidigte Leberwurst! Kitty ist ohnehin schon ganz durcheinander!"

Aber der Admiral ließ sich nicht erweichen. Er warf ihr nur einen schiefen Blick über seine flauschige, weiße Schulter zu und klopfte missmutig mit dem Ringelschwanz auf den Boden.

Kitty zog sich eilig eine schwarze, blickdichte Strumpfhose an.

„Ja, ich weiß ja, dass du nicht willst, dass ich mit Adonis ausgehe, aber vielleicht ist er ja doch ganz nett!"

Der Admiral knurrte nur ganz kurz.

Sie wischte sich die Maske aus dem Gesicht und legte ein etwas gewagtes Make-up auf, mit dramatisch geschminkten Augen, das gar nicht zu ihr passte.

So richtig war sie das nicht wirklich selbst, aber sie war viel zu nervös, um die Schminke wieder abzuwischen und noch einmal von vorne zu beginnen.

„Es sind nur noch zehn Minuten", seufzte sie mit einem Blick auf die Uhr. „Komm schon, Spätzchen, sei lieb, geh von Kittys schwarzem Kleid runter!"

Lord Mizius rührte sich nicht. Nein, er machte es sich demonstrativ auf dem eng geschnittenen, schwarzen Kleid bequem, für das sich Kitty schließlich entschieden hatte. Ganz nebenbei übersäte er den Stoff dabei mit unzähligen weißen Haaren.

Das geschah ihr ganz recht so! Hoffentlich war der Schnurz auf Katzen allergisch!

Seufzend bürstete sich Kitty die Haare, bevor sie das Kleid unter ihrem widerstrebenden Kater mit Gewalt hervorzog. Mit einem Paar hochhackiger, schwarzer Lackpumps in der Hand, stolperte sie hektisch die Holztreppe zu ihrem Schlafzimmer im Erdgeschoß herunter.

„Was soll ich für einen Schmuck umbinden, Lord Mizius?", rief sie die Treppe hinauf. „Ich habe überhaupt nichts Seriöses, das zu einem Mann wie Adonis passt!"

Der Kater gähnte angewidert. *,Der olle Adonis soll ja auch deinen Schmuck nicht umbinden',* dachte er widerwillig, während er ebenfalls die Treppe ins Erdgeschoß hinunterhoppelte. *,Was macht sie wegen dem für einen Wind!'*

Verzweifelt wühlte Kitty in ihrer Schmuckschatulle, kippte sie sogar ganz auf der alten Holzkommode aus, um den Inhalt systematisch durchzukämmen.

Lord Mizius sprang neben ihr auf die Kommode.

„Mau!", maunzte er nachdrücklich und pfotelte ihr das Amulett hinüber. Und noch einmal eindringlich: „*Mauau!*"

Kitty bürstete das Silberamulett mit dem blauen Stein ärgerlich in eine Schublade, die sie zuknallte. „Nicht immer das Gleiche, Lord Mizius, das passt doch gar nicht zu Kittys Kleid!"

„Mau!", machte der Admiral empört.

Also so etwas! So ein Verhalten passte nun überhaupt nicht zu Kitty! Was hatte der Schnurz schon jetzt für eine giftige Wirkung auf seine beste Freundin?! Und das, obwohl sie doch bemerkt hatte, dass das Amulett sie warnen konnte. Sollte ein Kater diese dummen, großen Tiere verstehen!

Es klingelte. Zweimal.

Eilig fischte Kitty eine einzelne Perle aus dem aufgehäuften Schmuck, und band sie sich auf dem Weg zur Tür um. Sie öffnete.

Draußen auf den alten Treppenstufen stand ein Adonis Schnurz, der seinem Vornamen alle Ehre machte. Der attraktive, blonde Mann trug eine helle Hose und einen eleganten, schwarzen Kaschmirpullover. In der Hand streckte er ihr wieder eine langstielige, rote Rose entgegen, die aussah, als wäre sie farblich passend zu dem quer auf dem Gitterhof geparkten Cabrio ausgesucht.

„Na, Süße, fertig?"

„Ja ... ja, ich denke", stammelte Kitty und nahm die Rose entgegen. „.... Du ... du darfst da übrigens nicht parken."

Adonis seufzte. Dann wanderte sein Blick langsam an ihren langen, schwarzbestrumpften Beinen unter dem kurzen Kleid hinab und blieb an ihren Füßen hängen.

Er hob fragend eine elegante Augenbraue. „Du gehst ohne Schuhe?"

Kitty sah entgeistert auf ihre Füße. „Was? Wie?"

„Keine Schuhe.", Adonis grinste.

„Äh, nein, natürlich nicht.", Sie öffnete die Tür. „Komm doch noch einen Moment herein, ich muss natürlich noch meine Schuhe holen!"

Adonis trat einen Schritt hinein in Kittys Wohnzimmer.

Einen Schritt zu viel für den Admiral.

Kitty war bereits einige Meter weiter in den Raum hineingegangen, um ihre Schuhe zu holen, da hörte sie hinter sich plötzlich einen markerschütternden, wütenden Katzenschrei.

Wie ein wild gewordener, pelziger Fußball schoss Admiral Lord Mizius hinter dem roten Ledersofa hervor. Mit wüsten Kriegsschreien stürzte sich der Kater auf das Hosenbein von Adonis Schnurz und biss sich nur eine Handbreit über den College-Slippern aus teuerstem Leder in dem eleganten, hellen Stoff fest.

Wild kämpfend wand sich der Kater, mit allen Pfoten kratzend, um die Beine des vor Schreck versteinerten Doktors.

„Mau!", schrie der Admiral. „Nimm dies, du Heuchler! Du Betrüger! Nimm das!"

Kitty stürzte völlig entgeistert auf Adonis und den Kater zu.

„Aber was tust du denn, Lord Mizius!", Sie zog und zerrte an dem Kater, der seinerseits wieder an dem Hosenbein zerrte.

„Nein, lass das sein! Nein, *nicht* Lord Mizius!"

Adonis Schnurz sagte zunächst einmal gar nichts.

Völlig überrumpelt von dem Angriff des Admirals, stand er erstarrt da und konnte den Blick nicht von dem tobenden Fellknäuel und der kämpfenden Kitty wenden. Dann begann sein Gesicht dunkelrot anzulaufen.

„Weg mit diesem Katzenvieh!", kreischte er plötzlich mit sich überschlagender Stimme. „Weg damit! *Weg!* Die Hose hat ein *Vermögen* gekostet!"

Lord Mizius ließ überrascht das Hosenbein los, und Kitty stolperte, mit dem Kater in ihren Armen, ein paar Schritte rückwärts, bevor sie sich auf den Hintern setzte.

Der junge Doktor räusperte sich, mit einer Hand fuhr er sich über die blonden Haare, obwohl es da nichts zu glätten gab.

„Hm, ja", sagte er zu der verdatterten Kitty, wieder ganz der Gentleman. „Hol du deine Schuhe, ich warte besser draußen!"

Die Tür fiel hinter ihm ins Schloss.

Kitty und Admiral Lord Mizius sahen sich einen Moment lang merkwürdig berührt an.

Kitty streichelte Lord Mizius, bevor sie in dem engen Kleid umständlich wieder auf die Füße krabbelte.

„Sei brav, Lord Mizius! Ich komme ganz bestimmt nicht spät nach Hause!"

„Mau!", klagte der schöne, weiße Kater. „Memauauau!"

Als Kitty das Haus verlassen hatte, legte sich Lord Mizius schlecht gelaunt auf den Flokati vor den kalten Kamin. Mit seinem geringelten Schwanz trommelte er auf dem Teppich herum.

„So was Dummes!", ärgerte sich der Admiral. „Hätte ich doch bloß *richtig* in sein Bein gebissen, dann hätte er vielleicht ganz die Flucht ergriffen, der doofe Schnurz! Dem Kleinen Napoleon wär das nicht passiert! Heute habe ich aber auch auf ganzer Linie versagt! *Es muss doch etwas geben, was ich tun kann!* Ein Admiral gibt schließlich *niemals* auf!"

24. Katzpitel,

in dem Kitty ein merkwürdiges Rendezvous erlebt, und Admiral Lord Mizius dagegen ein sehr erfolgreiches

Vorsichtig stieg Kitty auf ihren dünnen, hohen Absätzen die ausgetretenen Sandsteinstufen von ihrer Haustür hinunter auf den Hof.

Adonis Schnurz hatte inzwischen schon sein Luxus-Cabrio gewendet und war auf die Straße zurückgefahren, wo er jetzt, im Auto sitzend, auf sie wartete, ohne ihr auch nur entgegenzusehen.

Einen Moment lang empfand Kitty in ihrer Magengrube ein Gefühl, dass sie besser wieder hineingehen sollte und den blonden Mann dort in dem Auto einfach sitzenlassen sollte. Sie verzog die Lippen, die sie vor Nervosität auch ein bisschen zu rot geschminkt hatte. Dann gab sie sich einen Ruck. Möglichst elegant stöckelte sie über das Kopfsteinpflaster. Einmal knickte sie um, aber da Adonis ohnehin nur stur geradeaus sah, war das wohl nicht so schlimm.

„Es tut mir leid wegen Lord Mizius", sagte Kitty, sobald sie neben dem jungen Doktor auf dem Beifahrersitz saß. „Er ist sonst nie so."

„Ja", antwortete Adonis knapp. Er startete das Auto.

Kitty stiegen die Tränen in die Augen. Ob der Grund war, dass Adonis sie immer noch nicht angesehen hatte, sondern stumm und reserviert den Wagen in die Innenstadt lenkte, oder dass sie sich selbst schäbig vorkam, wusste sie nicht.

‚Du hast Lord Mizius noch niemals verraten!‘, wisperte eine leise Stimme in ihren Gedanken, und Kitty musste schlucken. Wahrscheinlich war ja auch das der Grund.

Trotz des recht kühlen Abends fuhr Dr. Schnurz mit offenem Verdeck, was Kitty eigentlich auch nicht gefiel, doch sie wollte das Date nicht noch mehr verpatzen. Es hatte ja ohnehin schon schlimm genug angefangen.

„Und, wo fahren wir hin?“

Kitty bemühte sich, fröhlich zu klingen. Vielleicht ließ sich das Eis mit ein wenig Mühe ja noch brechen.

Tatsächlich warf ihr Adonis Schnurz einen schrägen Seitenblick zu. Er hatte den linken Arm mit dem Ellbogen auf das Fenster gestützt, wobei seine Hand lässig auf seinem Kinn lag. Das Steuer bediente er nur mit der rechten Hand.

„Ich habe einen Tisch im *‚Zum silbernen Groschen‘* reserviert“, murmelte er ihr über seinen linken Handrücken zu.

Kitty seufzte. Natürlich. Im *‚Zum silbernen Groschen‘. Wo auch sonst.*

„Super“, erwiderte sie tapfer. Verstohlen betrachtete sie den blonden Arzt von der Seite. Er sah einfach so unheimlich gut aus.

Dr. Schnurz lenkte das Cabrio zielsicher durch die engen, verwinkelten Gassen Rosenburgs. Schließlich parkte er in einer Seitenstraße, die in unmittelbarer Nähe des *‚Zum silbernen Groschen‘* lag, auf einem mit *‚privat‘* gekennzeichneten Parkplatz, so gedankenlos, als wäre es sein alltäglicher Weg. Er ging mit weiten Schritten um das Auto herum und öffnete Kitty die Tür.

Kitty hatte die Fahrt durch die unbekannten Gassen jegliche Orientierung genommen. Sie zögerte einen Moment, bevor sie ausstieg. „Wo sind wir hier?“

Dr. Schnurz hob die gezupften Augenbrauen.

„Beim *Zum silbernen Groschen*?", erwiderte er mit leichtem Spott in der Stimme.

Kitty wurde rot. „Natürlich ...", murmelte sie unbehaglich, „wie dumm von mir!"

Tatsächlich waren sie nur wenige Meter um eine Hausecke von dem Nobelrestaurant entfernt, das in der zunehmenden Dunkelheit mit unzähligen Kerzenflammen und glitzerndem Silber sehr einladend wirkte.

„Ah, Doktor Schnurz!", überschlug sich der Kellner an der Tür. „Und in wunderschöner Begleitung! Welche Ehre, wie schön!"

Er führte sie zu einem Tisch, der, etwas abseits, in einer romantischen Nische festlich für zwei gedeckt war.

Kitty musste wieder schlucken. Dieser Tisch war aber auch das Einzige, das bis jetzt etwas mit dem romantischen Rendezvous zu tun hatte, das sie sich insgeheim in ihrer Fantasie ausgemalt hatte.

Der Kellner schob ihr den Stuhl zurecht und teilte die Speisekarten aus. Noch ehe Kitty die Karte geöffnet hatte, hatte Adonis schon eine große Flasche Wasser und eine Flasche Wein bestellt, und der eilfertige Kellner flitzte mit wehenden Schürzenbändern davon.

„Was hast du da eben für einen Wein bestellt?", fragte Kitty und konnte den Unwillen in ihrer Stimme nicht ganz verbergen. „Roten oder Weißen?"

Adonis betrachtete sie lächelnd und griff plötzlich über den Tisch nach ihrer Hand. „Ist das wichtig, Darling?", säuselte er. „Ich sitze hier mit einer bezaubernd schönen Frau, und der Abend fängt erst an! Bitte, schöne Kitty, erzähle mir doch von deiner Arbeit an der neuen Museumsausstellung! Das muss sicher unglaublich spannend und interessant sein!"

Kitty lehnte sich verblüfft in ihrem Stuhl zurück, wobei sie auch ihre Hand unter der von Adonis zurückzog.

„Häh?", machte sie wenig geistreich.

Was war denn das jetzt für ein Sinneswandel bei dem schönen Doktor?

Und dass irgendjemand ihre Arbeit oder ihr Studium als spannend und interessant beschrieben hatte, war ihr vorher noch nie passiert. Meistens rümpften die Leute die Nase und betrachteten sie wie ein merkwürdiges Insekt, das sich mit nutzloser, verstaubter und langweiliger Materie beschäftigte.

Adonis seufzte. „Dein *Job,* im *Museum*", erklärte er, als würde er zu einer tauben Nuss sprechen, „er ist doch sicher sehr interessant!"

Kitty runzelte die Stirn. „Es geht ...", erwiderte sie zögerlich und ausweichend.

Inzwischen war der Wein gekommen, und Adonis nahm einen großen Schluck aus seinem Glas.

„Na ja ...", Er bewegte beim Sprechen fahrig die Hände.

„... mit all den uralten und wertvollen Artefakten, mit denen du es tagtäglich zu tun hast, das ist doch bestimmt sehr aufregend!"

„Nein."

Kitty nahm einen Schluck aus ihrem Weinglas, während sie überlegte, worauf Dr. Schnurz eigentlich hinauswollte. Es wäre ihr deutlich lieber gewesen, er hätte Interesse an ihren Haaren oder an ihren Augen gezeigt.

„Nun, ist es nicht vielleicht so wie bei Sir Carter, der Tutanchamun entdeckt hat?", beharrte er mit einem freudlosen Lachen.

Kitty betrachtete ihr Gegenüber mit zusammengezogenen Augenbrauen.

„Was für ein Kater? Ach so, nein ...", Sie ärgerte sich, auch wenn sie es sich selbst nicht eingestehen wollte.

Das sollte ein romantisches Date sein?

Gestern hatte Ken seinen Auftritt auf ihre Kosten gehabt, und heute war es Adonis, der sich wie ein desinteressierter Idiot benahm. Erst kanzelte er sie im Auto ab, dann bestimmte er über sie wie über ein Kind, und jetzt interessierte er sich für ihre *Arbeit?*

An alles Mögliche konnte sie in seiner Gegenwart denken, nur nicht an ihre Arbeit. Und das sollte *er* eigentlich auch nicht.

„Bitte um Vergebung der Herr und die Dame, haben die Herrschaften schon gewählt?"

Die lange Nase des Kellners tauchte urplötzlich zwischen ihnen auf. Dienstfertig hielt der Mann den Stift zitternd dicht über seinem Block.

„Nein", knirschte Adonis Schnurz zwischen seinen Zähnen hervor, „wir haben noch *nicht* gewählt! Das kommt erst noch!"

Dankbar vergrub sich Kitty in der Speisekarte.

Schließlich nahm der Kellner die Bestellung auf und war sofort wieder verschwunden.

Adonis warf ihr einen prüfenden Blick zu und füllte charmant ihr Weinglas wieder auf. „Nun sag doch mal, Süße, du bist selbst so ein hübsches, seltenes Schmuckstück, du bekommst doch bestimmt ganz erstaunliche, kulturell wertvolle Sachen zu sehen! Erzähl doch mal etwas! Ich bin neugierig, wie eine so schöne, kluge Frau den ganzen Tag die Zeit verbringt!"

Kitty nahm noch einen Schluck Wein, der ihr mit jedem Schluck besser schmeckte.

„Tatsächlich ein guter Wein, den du da ausgesucht hast", klimperte sie ihm mit ihren Wimpern entgegen. „Adonis, du als Arzt hast sicher doch viel spannendere Fälle als ich!"

Adonis lehnte sich zurück. „Ach, was!", winkte er ab. „Alles nur Routine! Auf der Station meistens Omas mit Zucker, und in der Notfallaufnahme die üblichen Betrunkenen mit Schnittwunden und verletzten Knochen!", Er verzog das Gesicht, dann griff er wieder über den Tisch nach ihrer Hand und streichelte sie mit einem Finger. „Mein einziger Lichtblick warst du, Kitty, mit deinem Katzenbiss!"

Sie kicherte und zog die Hand nicht zurück.

„Meinst du wirklich?"

„Ja", seufzte der blonde Arzt, „*sicher*!"

Lange konnte Adonis ihre Hand jedoch nicht halten, denn schon bald brachte der Kellner die Gerichte, die mit edlen, silbernen Hauben abgedeckt waren.

Mit wichtigem Zeremoniell lupfte er die Deckel.

Währenddessen hatte Adonis Schnurz wieder einmal Kittys Glas nachgefüllt und still und diskret eine weitere Flasche Wein bestellt, die auch schon einen Augenblick später auf dem Tisch stand.

„Uiiii", staunte Kitty, während sie ihren Kopf langsam von rechts nach links wiegte, „sieh mal da, so viel Gesumms mit einem Silberdeckel, und drunter versteckt sich bloß wieder das gleiche olle Essen! Einen Guten, wünsch' ich dir!"

Dr. Adonis Schnurz starrte Kitty einen Moment lang sprachlos an, Messer und Gabel in den Händen.

Aber Kitty bemerkte es nicht. Zumindest erschien es so.

Die drei Gläser Wein, die sie bis jetzt getrunken hatte, hatten sie erstaunlich fröhlich gemacht. Auch ihre Unsicherheit und ihr Unbehagen waren wie weggezaubert. Mit geröteten Wangen schaufelte sie sich die heißen Spätzle in den Mund.

Adonis Schnurz schloss die Augen und kniff sich seufzend in die Nasenwurzel.

„He", sagte Kitty mit vollem Mund, während sie mit der käseverklebten Gabel in seine Richtung zeigte, „das ist nicht gut, was du da dauernd machst, weißt du! Du solltest mal zu einem Arzt gehen!", Danach kicherte sie ausgelassen über ihren eigenen Witz.

Adonis schüttelte nur den Kopf.

Eine Stunde später war das Essen abgeräumt, das Dessert gegessen, und Kitty lehnte mit beiden Ellbogen auf dem Tisch, das edle Weinglas in den Händen drehend.

Ihre Lackpumps hatte sie unter dem Tisch ausgezogen.

Der Wein, den Adonis ihr aufmerksam immer wieder nachschenkte, hatte sie inzwischen noch alberner und müde werden lassen.

Adonis fragte immer wieder nach ihrer Arbeit im Museum, und Kitty war inzwischen nicht nur genervt, sondern ebenso gelangweilt.

„Weißt du", erzählte Adonis gerade, „vor gar nicht langer Zeit soll aus unserem Museum etwas Wertvolles verschwunden sein, munkelt man."

Kitty machte runde Augen. „Nicht möglich", seufzte sie und nahm einen weiteren Schluck Wein.

„Doch", bemühte sich Adonis weiter, „hast du niemals etwas davon gehört?"

Kitty schüttelte den Kopf. „Nö! Mal was Anderes: Adonis, du hast *so schöne* Augen", seufzte sie.

Dr. Schnurz stutzte. „Wie freundlich von dir.", Er tätschelte wieder ihre Hand. „Rosenburg ist voll von alten Kaufmannsfamilien", fuhr er fort. „Tatsächlich haben sie sogar über lange Zeit hinweg miteinander Handelskriege geführt. Die Familien waren immens wohlhabend und enorm korrupt. Mehrere Schätze sollen hier in Rosenburg vergraben sein. Angeblich haben sich die Familien gegenseitig bestohlen und dann die Wertsachen verschwinden lassen."

„Interessant", nuschelte Kitty in ihr Weinglas.

Vor Langeweile musste sie unter dem Tisch mit den Zehen wackeln. „Du, Adonis, die Füße schlafen mir ein!"

Der junge Arzt stockte einen Moment und sah sie ungläubig an. „Wie bitte?"

„Nichts.", Kitty lächelte und nahm noch einen Schluck Wein.

„Jedenfalls häuften sie enorme Vermögen über die Jahrhunderte an, die eigenen und die fremden! Ist dir im Museum noch nie so etwas aufgefallen, das einer unserer Kaufmannsfamilien gehört haben könnte?"

Kitty fuhr sich mit der Hand über die Augen. *Falsches Thema, Adonis Schnurz! Hatte dieser Kerl noch nie etwas von Geheimhaltungsklauseln in Anstellungsverträgen gehört?*

„Keine Ahnung", erwiderte sie müde. „Ist doch egal. Meistens putze ich Steine, alte, verstaubte, ägyptische Steine.", Sie seufzte und leerte ihr Glas. *Warum konnte jetzt nicht einfach Ken hier auftauchen und sie nach Hause bringen?*

Adonis runzelte die Stirn und schüttelte den Kopf in einem stummen Gedankengang. Dann füllte er ihr Glas wieder auf.

„Oh je!", seufzte Kitty, deren Ellbogen auf dem weißen Tischtuch immer weiter auf die Tischkanten zuglitten.

„Weißt du, es gab da während des Dreißigjährigen Krieges einen besonders gierigen Kaufmann in unserer Stadt. Der hieß Aloysius von Zucker. Er betrog all seine Handelspartner um ihre Anteile. Aber nicht nur das. Er soll auch noch die Kriegskasse der Armee von Wallenstein geklaut haben und verschwand dann auf nimmer Wiedersehen. Wallenstein soll so um 1621 auf seinem Gut Quartier genommen haben, oben auf dem Zuckerberg.", Adonis lachte.

„Angeblich soll Aloysius den Schatz hier irgendwo versteckt haben, um nach dem Krieg wiederzukommen!", Er nahm einen tiefen Zug aus seinem Weinglas. „Aber er tauchte nie wieder auf. Hat wohl nicht damit gerechnet, dass der Krieg noch bis 1648 ging. Gott, diesen Schatz hätte ich gerne!"

Kitty seufzte. Sie nahm die Arme vom Tisch.

„Wenn Aloysius nur einen *Funken* Hirn hatte, tauchte er *natürlich* nicht wieder auf! Wallensteins Armee hatte, als er General bei der Katholischen Liga war, selten weniger als 50.000 Mann, das war allerdings nicht vor 1625, also erst vier Jahre später, als du es eben erzählt hast. Ich bezweifle, dass die ganze Geschichte überhaupt passiert ist! Oder du meinst einen anderen ‚*Wallenstein*' als ich."

„*Was?*", fragte Adonis entgeistert.

„Ach, nichts. ,*Von Zucker*'?", Kitty verlor sich in den blauen Augen des Arztes. „Hat das was mit ,*Cadys Zucker*' zu tun?" Adonis lehnte sich in seinem Stuhl zurück. „Ja, sicher", erwiderte er und es klang gehässig, „das ist seine verarmte Nachfahrin, sogar das ,*von*' hat sie nicht mehr!"

Kitty wurde schlagartig nüchtern.

,*Der war mit Cadys verlobt!*', klang ihr Kens Stimme in den Ohren.

„Und er hat sie um einen Haufen Geld erleichtert!", ergänzte Kitty laut.

Adonis sah von seinem Weinglas auf. „*Bitte?*", fragte er konsterniert.

„Nichts, nichts.", Kitty griff nach der Flasche Wein und füllte Adonis das Glas auf. „Sag mal, Adonis", begann sie unschuldig mit den Wimpern klimpernd, „wie gut kennst du eigentlich Cadys Zucker?"

Dr. Adonis Schnurz lachte, und sein Lachen hatte etwas Hässliches. „*Kennen?*", erwiderte er wenig vornehm, „sie hat mir mein Auto bezahlt!", Dann lehnte er sich in seinem Stuhl zurück und schüttete sich vor Lachen aus, als hätte er einen Witz gemacht.

Kitty schüttelte nachdenklich den Kopf. „Also stimmt *es* doch", sagte sie leise.

Adonis räusperte sich. „Themawechsel, Kittylein! Du hast doch bestimmt einige Wertsachen da im Museum", begann er wieder, „meinst du denn, dass das Museum dafür ausreichend mit Sicherheitstechnik ausgerüstet ist? Unsere Polizei ist ja auch nicht die Pfiffigste!"

Kitty seufzte. „Weißt du, ich verstehe dennoch Eines nicht, lieber Adonis, weshalb hat dir Cadys Zucker denn ein Auto bezahlt?"

Der blonde Arzt legte den Kopf in den Nacken und grinste

selbstgefällig. „Weil ich es *wollte*", erwiderte er leise mit einem Blick tief in Kittys Augen. „ganz einfach, weil ich es wollte, Süße."

Trotz ihrer Weinseligkeit kroch Kitty eine Gänsehaut den Rücken hinauf. Es war, als würden sich ihre Nackenhaare aufrichten, wie bei Lord Mizius, wenn er alarmiert war. Sie füllte wieder das Weinglas des Doktors auf, der sie immer noch nicht aus den Augen ließ.

„Warum interessiert dich das?"

Kitty schluckte. „Nun, dann hast du doch sicher ... eine *tiefere* Beziehung zu Cadys Zucker gehabt, nicht?"

Adonis griff so schnell nach ihrer Hand, dass Kitty erschrocken zusammenzuckte. „Die Betonung liegt auf ‚*gehabt*‘, Süße", erwiderte er, „*gehabt*, also lass das nicht deine Sorge sein! Und ...", Er lachte wieder. „... eine ‚*tiefere*‘ Beziehung ist mit so einer einfach gestrickten Existenz wie Cadys gar nicht möglich!", Adonis ließ Kittys Hand abrupt wieder los und lehnte sich zurück.

Kitty trank einen tiefen Schluck aus ihrem Glas. Unter dem Tisch wischte sie sich verstohlen die Hand an ihrem Kleid ab, während sie krampfhaft überlegte, wie sie am besten aus dieser Situation herauskam.

„Weißt du was, Schnurzilein", sagte sie schließlich, "jetzt erzähl' ich dir erst mal ein paar Anekdoten von meinem Kater Lord Mizius! Du wirst dich schief lachen ..."

Einige Gläser Wein und viele, viele, lange Anekdoten über den Admiral später, deckten die Kellner rings um Adonis und Kitty die Tische schon für den nächsten Tag neu ein.

Nur wenige Gäste waren außer ihnen noch im Restaurant und der Besitzer, Neidhard Oberplitz, stand einige Meter weiter, mit vor der Brust verschränkten Armen, an der polierten Theke und sah missbilligend und ungeduldig zu ihnen hinüber.

Adonis Schnurz hatte sich in seinem Stuhl zurückgelehnt und betrachtete zu Tode gelangweilt die Deckenvertäfelung, während Kitty halb über dem weiß gedeckten Tisch lag und sich ausschüttete vor Lachen.

„Und dann hat Lord Mizius einfach die Maus in dem Wäschekorb der Nachbarin versteckt", kicherte sie mit erhobenem Zeigefinger, „und die Maus war noch dilebeng ... äh ...lebendig!"

„*Haha*", machte Adonis, „wirklich *sehr* komisch! Komm, trink' noch ein Glas Wein und erzähl' mir vom Museum!", Er senkte die Flasche über Kittys leerem Glas, aber sie zog es mit einem Ruck unter dem ausfließenden Wein hervor.

„Nein", protestierte sie, „ich hab' genug!"

Der edle Wein platschte auf das teure, weiße Tischtuch.

„Hoppla", kommentierte Kitty ungerührt.

„Was denkst du, wie genug *ich* erst habe!", knirschte Adonis Schnurz kaum hörbar zwischen seinen Zähnen hervor. Er gab dem Kellner ein Zeichen. „Komm, Süße, ich fahre dich nach Hause! Wir sehen uns am Samstagabend wieder, ich hole dich wieder so um halb Acht ab, ja?"

Damit war der Abend beendet.

Adonis fuhr sie noch bis vor ihre Haustür.

Endlich erzählte er ihr, wie wunderschön ihre Augen doch seien und wie verführerisch doch alles an ihr war. Natürlich könne er den nächsten Samstagabend kaum abwarten.

Kitty kicherte und flüchtete eilig aus dem Cabrio mit dem inzwischen geschlossenen Verdeck, als Adonis Schnurz auch noch darauf kam, seinen Worten Taten folgen zu lassen. Durch das satte Geräusch der ins Schloss fallenden Autotür hörte sie den blonden Arzt unfein fluchen.

Spät in der Nacht lag Kitty in ihrem Bett und überdachte schläfrig und betrunken die zurückliegende Verabredung mit Adonis.

Admiral Lord Mizius hatte sich wegen ihrer Alkoholfahne beleidigt auf das rote Sofa zurückgezogen, also konnte sie ihm auch nichts davon erzählen.

„Adonis ist echt *ein Arsch*", nuschelte sie in ihr Kissen, „aber doch total süß, oder nicht? Oder doch nur ein Arsch? Ein *süßer Arsch*? Er *hat* einen süßen Arsch! Oh je! Hähähä ..."

Der Admiral lag auf dem roten Ledersofa.

Er hatte so viel Wichtiges zu durchdenken, denn er war den Abend lang auch nicht untätig geblieben. Außerdem war er sehr schlecht gelaunt wegen Kitty.

Dieses große Tier war eindeutig nicht mehr recht bei Sinnen. Erst traf sie sich mit diesem gefährlichen, unausstehlichen, schlecht schmeckenden Adonis Schnurz, dann kam sie auch noch betäubt und viel schlimmer noch, in ziemlich guter Laune, nach Hause.

Und das alles, nachdem er sich die ganze Nacht um sie gesorgt hatte, überlegt hatte, wie er Kitty helfen könnte. Anschließend hatte der Admiral seinen Überlegungen sogar Taten folgen lassen.

Und das war alles andere als ein Käsepaste-Schlecken gewesen!

Nicht lange, nachdem Kitty mit diesem ekeligen Arzt das Haus verlassen hatte, war Lord Mizius nach intensiven Überlegungen auf seinem Kaminvorleger in den Sinn gekommen, dass es noch etwas gab, das er hatte tun wollen, in der Sache der verschwundenen Artefakte.

Er erhob sich, schritt eilig die Treppe hinunter in den Keller und zwängte sich entschlossen durch das kleine Loch in den Geheimgang.

„Mau", ächzte er angestrengt in die dunkle Luft des Ganges, „mau, das Loch wird immer enger, vielleicht ist es auch ein Zauberloch! Hoffentlich weiß Kitty zu schätzen, was ich für sie auf mich nehme!"

Er schlug den Weg in den Geheimgang ein, der zu dem Haus führte, in dem Toffee Pearl mit Ken McRight wohnte. Gerne hätte er das wunderschöne Katzenmädchen heute Abend besucht und mit ihr den Sternenhimmel betrachtet.

Doch der Admiral hatte eine Mission, eine wichtige Mission, und so musste er seufzend dieses Opfer bringen. Statt zu seiner Toffee Pearl zu gehen, lief Lord Mizius den Weg über die Wiesen zurück, die Allee an dem alten Dom hindurch, bis er wieder am Gitterhof ankam. In seinem eigenen Garten angekommen, hielt er zunächst Ausschau nach Billy und der kleinen Bonnie.

„Bonnie! Billy!", rief er, als er die beiden schwarzen Katzenkinder auf der Terrasse liegen sah, „kommt mal her, wir haben etwas zu erledigen, wovon auch der Boss erfahren sollte!"

Die kleine Bonnie kam sofort die Terrassenstufen hinuntergelaufen, um Lord Mizius vertraulich mit einem Nasenküsschen zu begrüßen. Danach wandte sie sich verlegen ab und hüstelte. Billy reckte sich noch ausgiebig auf den Terrassenplatten, nachdem er erst schrecklich gähnen musste.

„Jetzt knutscht sie dich auch noch ab, Admiral", schüttelte er sich. *„Blah, Mädchen!* Lass dir das bloß nicht gefallen, Lord Mizius! Knall ihr eine!"

Bonnie fauchte ihren Bruder an, der sich langsam die Stufen hinuntertrollte. „Oller Mausekopf!"

Lord Mizius seufzte. „Kinder", bat er dringend, „dafür haben wir im Moment keine Zeit! Seid einfach still und kommt mit!"

„Und du bist eine doofe Trine!", hörte er Billy hinter sich flüstern.

„Selber!"

„Das geht nicht, ich kann keine Trine sein, weil ich nämlich ein *Kater* bin!"

„Kannst du doch! Du bist eine *Fress–Trine!*"

Der Admiral lief eilig auf die in der Dunkelheit schwarz aussehende Hecke zu, die Kittys Garten von dem danebenliegenden Garten trennte.

An einigen Abenden hatte Lord Mizius von der Terrassentür

aus beobachten können, dass Mina, die Polizeihündin, abends um diese Zeit meistens noch einen Sicherheitsrundgang durch ihren Garten machte. Er hoffte inständig, dass es an diesem Abend auch so sein würde.

„Mina!", flüsterte der Admiral durch die Hecke. „Mina, bist du da?"

„*Nein!*", hauchte Bonnie ängstlich neben ihm. „Ruf' nicht diesen schrecklichen, großen Hund, Admiral, *bitte nicht!*", Das kleine Katzenmädchen zitterte von den Schnurrhaaren bis zur Schwanzspitze.

Lord Mizius zwinkerte dem Katzenkind beruhigend zu. „Mina!", rief er wieder, dieses Mal etwas lauter. „Mina! Bist du da? Ich muss ganz dringend mit dir sprechen!",

„Schhhh", machte er leise zu Bonnie, die noch heftiger zitterte. „Mina ist eine Freundin von mir!"

Billy gähnte. „Wer ist Mina?", fragte er schläfrig, ohne, dass es ihn wirklich zu interessieren schien.

Bonnie starrte ihren Bruder nur ungläubig an. „Sag mal, seit wann *observierst* du hier eigentlich?", zischte sie schließlich. „Aber im Thunfisch kennst du sicher jedes Stück Käse mit Namen, wie?"

Billy gähnte wieder und ließ sich in das kalte, feuchte Gras plumpsen. „Weiß nicht, ich spreche nicht mit meinem Essen!"

„*Schsch* ...", machte Lord Mizius wieder.

„Admiral Lord Mizius?", meldete sich eine fremde Stimme hinter der Hecke, und Billy riss alarmiert die Augen auf.

„Admiral? Wie kann ich dir helfen?"

Unbemerkt und leise war Mina an die Hecke getreten und hatte ihre Schnauze durch die Zweige gesteckt. Gegen den Nachthimmel zeichnete sich ihre riesige Silhouette ab.

„*Das* ist Mina?", schluckte Billy entsetzt.

„Was dachtest du denn?", schnappte seine kleine Schwester. „Vielleicht ,'ne fette Maus mit einem Stück Käse in der Schnauze?"

Der kleine Billy machte einen runden Schmollmund, sagte aber nichts.

Bonnie spotzte noch in seine Richtung, verkroch sich dann aber doch sicherheitshalber hinter Admiral Lord Mizius' breitem, weißen Rücken.

„Liebe Mina", flüsterte der Admiral eindringlich durch die Hecke, „wie gut, dass du wieder deinen Sicherheitsrundgang machst, ich hatte sehr darauf gehofft."

Mina räusperte sich geschmeichelt. „Ich nehme meine Aufgaben sehr ernst, Admiral!"

„Ich weiß, liebe Mina, und das ist auch sehr gut so!"

Der Admiral holte tief Luft. „Mina, ich brauche deine Hilfe! Meine Kitty braucht deine Hilfe, ja, die ganzen Katzen Rosenburgs brauchen deine Hilfe!"

„Wie das?", bellte die Polizeihündin. „Du weißt, ich helfe immer gerne."

„Im Rosenburger Museum werden immer wieder den Menschen wertvolle Gegenstände gestohlen", erklärte der Admiral, „und alles sieht so aus, als wollten die wahren Täter meiner Kitty damit Schwierigkeiten machen!"

„Nicht möglich", schnappte Mina. "Weiter!"

„Hast du als Polizeihündin oder dein Mensch schon von diesen Diebstählen gehört?"

„Nein", erwiderte die Hündin nachdenklich, „am Museum sind wir bis jetzt noch nicht dran. Wir haben da im Augenblick zweifelhafte Vorgänge bei den Lagerhäusern am alten Galgenberg, wenn dir das weiter hilft!"

Lord Mizius legte den Kopf schief. „Ich weiß nicht genau", überlegte er. „Wenn du das so sagst, möglicherweise gibt es da sogar einen Zusammenhang."

„Gibt es denn schon einen Verdacht, wer der Täter sein könnte?", Mina steckte ihre lange Hundenase gespannt noch weiter durch die Hecke, und die kleine Bonnie begann hinter

Lord Mizius' Rücken wieder heftig zu zittern.

„Ich denke, Kitty selbst hat ihren Chef in Verdacht."
Der Admiral seufzte. „Aber, soviel ich weiß, ist er nicht allein daran beteiligt."

„Das ist meistens so", erklärte Mina wichtig. „Das kann ich dir aus meiner Berufserfahrung bestätigen. Meistens sind es mehrere gierige, große Tiere!"

„Ja", bestätigte der weiße Kater kummervoll. „Und meine Kitty ist anscheinend durch eine ganze Bande von ihnen bedroht. Kannst du uns helfen, Mina?"

„Wuff", machte Mina und dachte nach. „Wuff. Kennst du einige Namen? Vielleicht kann ich dir sagen, ob wir deine Verdächtigen kennen!"

„Ja", antwortete Lord Mizius gespannt, „zunächst ist da der Janus, ihr Chef."

„Der Museumsdirektor?", Mina hechelte. „Gierig, zweifellos. Subjekt, ja. Aber leider nicht unter Verdacht, im Moment. Weiter!"

„Die Sekretärin, eine gewisse Sissy Pfuhs", zählte der Admiral weiter auf.

„Kriminell stinkendes Parfüm, aber nein, nicht kriminell, offiziell gesehen."

„Dr. Adonis Schnurz"
Durch die Hecke sah Lord Mizius Mina grinsen. „Den würde ich persönlich gerne mal in seine vornehmen Hosen beißen", bellte die Polizeihündin, und Lord Mizius verzog das Gesicht.

„Kann ich dir nicht empfehlen", knirschte er. „Hab ich heute gemacht. Der Kerl schmeckt abscheulich!"

„Ehrlich?", Mina lachte zähnefletschend, wobei ihre Zunge weit aus dem großen Maul hing

Jetzt begann auch Billy neben dem Admiral mit runden Augen zu zittern.

„Keine Angst, Kleiner!", tröstete der große Hund, der das Zähneklappern der kleinen, schwarzen Katzen mit seinen scharfen

Augen bemerkt hatte. „Du bist mir viel zu klein und viel zu flauschig!"

Billys Augen wurden groß wie Suppentassen.

„Klar ...", stammelte er, schwankend wie ein Grashalm im Sturm, „... flauschig ... verstehe ... echt ... witzig!", Mit äußerst langsamen Bewegungen verkroch sich auch der kleine Kater hinter den breiten Rücken des Admirals.

„Dann wäre da noch ein gewisser Neidhard Oberplitz", schloss der weiße Kater resigniert seine Aufzählung.

„He", sagte Mina mit blitzenden Augen, „den Namen kenne ich gut. Der alte Gauner hat am Galgenberg einen Handel mit irgendwelchen verbotenen Gütern am Laufen. Wir observieren schon monatelang sein Lagerhaus in dieser Gegend!"

„Das *ist* es doch!", Urplötzlich war der Admiral wieder hellwach. „*Das ist* doch die fehlende Verbindung zwischen dem Museum und deinem Kriminalfall!"

„Ja!", bellte Mina aufgeregt. „Das denke ich auch! Wir konnten ihm nur bis jetzt nichts nachweisen. Man kann nämlich auch nicht einfach ein Subjekt einsperren oder ein Lagerhaus durchsuchen, ohne Beweise! Wir haben nur bemerkt, dass da irgendetwas vorgeht! Ständig transportiert er irgendetwas hin und her, und das sieht nicht aus wie Kartoffelknödel!"

Ein scharfer Pfiff klang durch die Nacht.

Mina bellte laut auf.

Die Katzenkinder zuckten zusammen und duckten sich tiefer ins nasse Gras hinter den großen Kater.

„Mein Mensch ruft mich!", bellte der Polizeihund. „Ich schlage vor, du bringst mir einen Beweis deiner Kitty, so klein er auch ist, und ich bringe meinen Menschen dazu, zu deiner Kitty zu gehen. Er ist nämlich sehr nett! Und auch sehr klug!", fügte sie stolz hinzu. „Meinst du, das bekommst du hin?"

„Sicher", erwiderte der Admiral zuversichtlich.

„Super!", bellte Mina und rannte mit großen Sprüngen durch den Garten zur ihrer Terrassentür, wo der Polizist Bellamy

Ritter auf sie wartete.

„Vielen Dank, liebe Mina!", rief der Admiral laut hinter der großen Polizeihündin her.

„Nein!", erklang ihre Stimme zurück. „Ich danke *dir*, Admiral, du hast mir bei meinem Kriminalfall sehr geholfen!"

Bellamy Ritter ließ seinen Hund ins Haus und schloss die Tür. Hinter Lord Mizius' Rücken rührten sich zaghaft die zwei kleinen, schwarzen Katzenkinder.

„Du hast echt gruselige Freunde, Admiral!", bemerkte die kleine Bonnie mit zitteriger Stimme.

„Ich finde sie cool!", sagte Billy lässig. „Hast du gesehen, sie hat mit mir gesprochen!"

„Und du hast dir deine Fellhosen nass gemacht, du großer Held!", spottete Bonnie giftig. „Du musst dich putzen, du stinkst!"

Lord Mizius war viel zu aufgeregt und glücklich, um die beiden Kleinen zu tadeln.

Endlich kam Schwung in die ganze Sache!

,Und jetzt', dachte der weiße Kater, nun als es spät in der Nacht war, und er missmutig auf seiner roten Ledercouch lag, *,ist mein dummes, großes Tier Kitty da drin und hat sich in ihrem dummen Kopf in einen der Feinde verliebt. Jetzt bringt sie wieder alles durcheinander! Sie macht es einem wirklich nicht leicht! Mau!'*

25. Katzpitel,

in dem der kleine Billy einen zauberhaften Auftritt hat, und die Katzenversammlung eine wichtige Entscheidung treffen muss

„Sie liegt einfach nur da und schnarcht mit offenem Maul!", flüsterte Billy vom Fensterbrett des Schlafzimmers aus zu seiner kleinen Schwester hinunter, die auf der Terrasse saß und wütend mit dem Schwänzchen klopfte.

„Du darfst es aber trotzdem nicht tun!", wisperte Bonnie hartnäckig zurück. „Es ist dir verboten!"

„Phh!", machte Billy über seine glänzende Schulter, „Lord Mizius gehört zu unserer Katzenvereinigung. Gar nichts ist mehr verboten!"

„Und *doch* ist es dir verboten!", zischte Bonnie. „Du darfst das nicht machen!"

„Sie hat uns heute Nacht aber nicht gefüttert!", maulte ihr Bruder. „Ich fühle mich schon ganz dünn! Ich habe Hunger!"

„Ganz dünn! Das Fensterbrett bricht gleich unter dir ab!", erwiderte das Katzenmädchen ätzend. „Du solltest ohnehin mehr auf deine Figur achten, du wirst schon ganz fett!"

Billy warf seiner Schwester einen finsteren Blick zu.

Es war tiefste Nacht. Kitty war endlich eingeschlafen und schlummerte wie betäubt seit vielleicht zwei Stunden.

Sehr zum Missfallen des kleinen, schwarzen Katers draußen vor ihrem Fenster. Sein Magen schien mit jedem Schnarch-Ton, den Kitty aus ihrem Mund pfeifen ließ, mehr zu knurren.

„Und *doch* mach' ich jetzt die Tür auf und gehe Thunfisch essen! Der Admiral hat bestimmt noch etwas auf seinem Teller übrig!"

Der Katzenjunge sprang mit beleidigter Mine vom Brett des Schlafzimmerfensters auf die Terrasse hinunter.

„Nein!", schimpfte Bonnie wütend. „Das darfst du nicht tun! Du darfst dein Zauberschnurrhaar nicht so missbrauchen!"

Billys schwarzes Katzengesicht nahm einen schelmischen Ausdruck an.

„Du bist nur neidisch!", erwiderte er schlau. „Du schimpfst nur so, weil du nicht so ein einziges, schönes, weißes Schnurrhaar hast, das auch noch zaubern kann!"

Die kleine Bonnie schnaufte. „Gar nicht! Was nützt dir ein einziges, schönes Schnurrhaar, wenn der Rest vom Kater einfach nur dick und doof ist?"

„Womit wir wieder beim Thema ‚*Essen*' wären."

Der kleine, schwarze Kater leckte sich sein rechtes Vorderpfötchen. Dann warf er seiner Schwester einen herablassenden Blick zu und schritt an ihr vorbei bis zu der Terrassentür zu Kittys Wohnung. „Ich habe *Hunger!*", bemerkte Billy zum hundertsten Mal. „Und was nützt mir mein Zauberschnurrhaar, wenn ich verhungere?!"

Bonnie stieß einen Ton zwischen Maunzen und Knurren aus, aber ihr Bruder ließ sich nicht aufhalten.

Billy grinste sie noch einmal frech über seine Schulter an, dann fixierte der kleine, schwarze Kater das Türschloss konzentriert mit seinen goldenen Augen.

„*Nein!*", fauchte Bonnie noch einmal.

Aber es nützte nichts.

Billy starrte das Türschloss an und wackelte mit seinem einzigen, weißen Schnurrhaar. Kleine, silberne Sterne erschienen in der Luft über seinem Köpfchen. Es gab ein leises ‚*Klack*', und die Sprossentür auf Kittys Terrasse öffnete sich wie von Zauberhand einen Spalt breit.

Billy warf seiner Schwester noch einen triumphierenden Blick zu, dann war er elegant und schnell wie ein Schatten durch den Türspalt in Kittys Flur verschwunden.

„Da *grinst* er auch noch so dämlich!", schimpfte Bonnie leise vor sich hin. „Es ist so *ungerecht*. Billy ist so ein *Trottel*, und dann wird ausgerechnet er von Geburt an mit so einem Zauberschnurrhaar beschenkt!", Sie spuckte empört. „Das ist so *gemein*! *Er* amüsiert sich, und *ich* muss immer die ganze Arbeit machen!", Die kleine Katze setzte sich, mit konzentriertem Gesicht und schräg gelegtem Kopf lauschend. Noch war aus der Wohnung kein Ton zu hören, bis auf Kittys mehr oder weniger regelmäßige SchnarchTöne.

Befriedigt verengte sie schließlich die Augen. Nun war es deutlich zu hören, zumindest für eine Katze. Billys Geschmatze.

„Hat er also den Thunfisch gefunden", murmelte Bonnie ein wenig neidisch, denn auch ihr kleiner Bauch war leer. „Wenn sie nicht von diesem Geschmatze wach werden, dann sind Lord Mizius und Kitty taub!"

Hineingehen wollte sie nicht, aber vielleicht ein bisschen durch das Fenster gucken.

Möglicherweise war Billy ja vom Fensterbrett aus irgendwie zu sehen. Geschmeidig wie ein großer Panther sprang die kleine, schwarze Katze auf Kittys Fensterbrett. Bonnie suchte sich ihren Sitzplatz ganz links vor dem Fenster, denn sie hoffte, durch die offenstehende Schlafzimmertür einen Blick in den dunklen Flur werfen zu können, in dem Billy höchstwahrscheinlich an

Lord Mizius' Futterteller den Thunfisch verdrückte.

Aber das kleine Katzenmädchen konnte Billy nicht sehen, sie sah etwas ganz Anderes, das ihr das Fell sträubte und sie fast rückwärts wieder vom Fensterbrett stürzen ließ.

Auf Kittys alter Holzkommode, ganz rechts in der Ecke, leuchtete es in einem tiefen rotgoldenen Strahlen.

Und das war nicht das *,Schutzschild der Bastet'!*

Billy schlich leise und vorsichtig durch den dunklen Flur.

Links von ihm, hinter der halb offenstehenden Schlafzimmertür, sagte Kitty ständig etwas, das wie *,Ratzepüüüüh'* klang.

Der kleine Kater schüttelte den Kopf. Komische Worte hatten die Menschen manchmal! Billy sah sich um. Der Admiral war nirgendwo zu sehen. Aber sein gefüllter Futternapf, der stand in dem dunklen Flur an der Wand, gleich neben der Treppe hinunter in den Keller.

„Ist nicht mehr ganz frisch ...", begutachtete Billy mit seiner feinen Nase den Thunfisch. „Nur mal probieren ... hmmm ... geht noch ...", schmatzte der kleine Kater vor sich hin und bemerkte gar nicht, wie sich hinter ihm, in dem dunklen Wohnzimmer, die Ohren des großen, weißen Admirals schlaftrunken in seine Richtung drehten.

Lord Mizius lag missmutig auf seinem roten Ledersofa.

Endlich war auch er in einen unruhigen Schlummer gefallen, in den sich jetzt, erst von Ferne, dann immer deutlicher zu hören, laute Schmatz-Töne mischten.

Der Admiral runzelte die Stirn. Da klirrte auch irgendwie ein Porzellanteller auf den Holzdielen. Dann wieder dieses Schmatzen. Und ein kühler Luftzug kam aus dem dunklen Flur, der ihm den Pelz sträubte.

Der weiße Kater öffnete erst ein Auge, dann das zweite. Leise und ganz langsam schob er sich etwas höher über die Sofalehne, um einen prüfenden Blick in den dunklen Raum zu werfen.

Tatsächlich!

Dort, vor dem ureigenen Thunfischteller des Admirals wippte, harmonisch zu den ertönenden Schmatzgeräuschen, ein kleiner, schwarzer Schatten auf und nieder. Lord Mizius unterdrückte einen genervten Seufzer. Stattdessen räusperte er sich vernehmlich.

„Hrmhrmhrm ... na, Billy, schmeckt's?"

Dem kleinen Billy fiel vor Schreck fast der Thunfisch aus dem Mäulchen. Er hopste mit allen vier Pfötchen erschrocken in die Luft, dann verschluckte er sich und musste furchtbar husten.

Entschlossen sprang der Admiral von dem Ledersofa. Mit wenigen, ausgreifenden Schritten hatte er das Wohnzimmer durchquert und baute sich nun vor dem hustenden, kleinen Katzenjungen auf.

„Wie, um alles in der Welt, kommst du dazu, meinen Thunfisch zu essen?", fragte er streng. „Und vor allem, wie kommst du hier überhaupt herein? Ich denke, ihr sollt nicht mehr durch den Tunnel gehen, ohne mir Bescheid zu sagen?"

„Nicht durch den Tunnel", keuchte Billy, „... hatte solchen Hunger!", Er hustete wieder. „Nicht böse sein!"

Die kleine Bonnie draußen auf dem Fensterbrett war völlig durcheinander. Entsetzt beobachtete sie, wie sich die Dinge vor ihren Augen überschlugen.

Zuerst sah sie in der Dunkelheit von Kittys Schlafzimmer das zauberische, rotgoldene Leuchten. Ein Artefakt! Sie blinzelte erstaunt. Das war, so unfassbar, wie es auch erschien, das war ein Ring, der da so leuchtete.

Das war tatsächlich der *,Ring des Franziskus'!*

Bonnie hielt den Atem an. Kitty besaß tatsächlich den Franziskus-Ring! Sie war also doch der Menschliche Scout! Und ausgerechnet jetzt musste Billy fressen!

„Komm sofort da raus, du Fresssack!", rief sie aufgeregt. „Billy, wir müssen *sofort* zu Boss!"

Aber Billy hörte sie nicht. Stattdessen ertönte laut und vernehmlich die Stimme des Admirals in der stillen Nacht.

Bonnie stöhnte. Natürlich hatte Lord Mizius den Fresssack Billy auch noch beim Plündern seines Thunfischtellers erwischt! *Auch das noch.*

„Waaaa ...? Lord Mizius?", Kitty setzte sich schlaftrunken im Bett auf. „Was ist los?"

Bonnie war verzweifelt. In all das Durcheinander musste nun noch Kitty hereinplatzen! Das hatte gerade noch gefehlt!

Natürlich konnte Kitty die hin und her gemaunzten Worte zwischen dem Admiral und Billy nicht verstehen. Für die Menschenfrau war das nur ein Heidenspektakel, und wahrscheinlich hörte es sich so an, als wolle der Admiral den kleinen, jämmerlich fiependen Billy zum Mitternachtsimbiss fressen. Taumelnd kam Kitty hoch und tastete mit zerzausten Haaren nach dem Lichtschalter.

„Nein!", Mit einem verzweifelten Aufschrei sprang Bonnie von dem Fensterbrett und fegte in den dunklen Flur hinein, der aufkreischenden Kitty, die gerade aus ihrer Schlafzimmertür torkelte, über die Füße.

„Schnell Billy! Wir müssen weg!", keuchte Bonnie, während sie um den Admiral einen Haken schlug. „Lord Mizius, Kitty hat den Franziskus-Ring! Wir sagen Boss Bescheid! Pass du auf den Ring auf und auf Kitty!", Das kleine Katzenmädchen wirbelte zurück über Kittys Füße, die wieder erschrocken aufkreischte, dieses Mal gefolgt von Billy, der inzwischen aufgehört hatte, zu husten.

„Tut mir leid, Admiral!", rief der Katzenjunge über seine Schulter zurück. „Hast bei mir einen Gefallen gut!"

Eilig sprang auch er durch den engen Türspalt auf die Terrasse hinaus. Mit einem leisen ‚Klack' schloss sich die Terrassentür hinter den Katzenkindern, was dem Admiral natürlich nicht entging.

Kitty fuhr sich schlaftrunken über die Augen.

„Was war denn das jetzt, Lord Mizius? Habe ich eben kleine, schwarze Katzen gesehen?"

Der Admiral schüttelte den runden, weißen Katerkopf. „Ja", knurrte er zurück, „was war das denn eigentlich? Und seit wann können Katzen Türen öffnen und schließen? Interessant! Da hab ich mehr als einen Gefallen bei Billy gut, würde ich meinen!"

Kitty seufzte. Sie beugte sich herab und tätschelte Lord Mizius den Kopf.

„Ärgere dich nicht, Miezi", tröstete sie ihren Kater und deutete seinen Gesichtsausdruck richtig, ohne ihn wortwörtlich zu verstehen. „Lass uns lieber weiterschlafen, die Nacht ist ohnehin bald zu Ende!"

Lord Mizius gähnte zustimmend. Langsam trollte er sich zu seinem roten Sofa zurück. „Ich werde ja ohnehin von Boss oder Bonnie noch erfahren, was das alles zu bedeuten hatte! Und wozu braucht Kitty eigentlich diesen doofen Franziskus-Ring?", fragte er sich gähnend, während er sich ein paar Mal um sich selbst drehte. „Sie weiß doch auch ohne Worte meistens, was ich denke!"

Nachdem Bonnie und Billy den Weg hinauf zur Katzenvilla in atemloser Hast gerannt waren, kauerten sie nun, nach Luft schnappend, in dem dunklen, staubigen Flur vor dem Zimmer im ersten Stock, in das sich Boss immer auf ein altes Sofa zurückzog, um ungestört zu schlafen.

Meistens kuschelte sich die kleine Tiffany zwischen die mächtigen, rot getigerten Vorderpfoten ihres Vaters, doch heute, in den dunkelsten Stunden vor dem Morgengrauen, war sie schmollend im Körbchen bei ihrer Mama Charmonise und ihren Geschwistern geblieben.

Schließlich hatte ihr Papa sie erst am Nachmittag verhauen. Sollte er doch zusehen, wie er ohne seinen kleinen Liebling schlafen konnte.

„Geh du hin und wecke ihn", wisperte Billy seiner Schwester gerade zu. „Du bist ein Mädchen, dich wird er nicht ausschimpfen!"

„Feigling!", zischte Bonnie zurück. „Geh doch selbst!"

„Ich hab ...", wollte Billy sich gerade verteidigen, als der Katzenchef auf dem Sofa laut und vernehmlich seufzte.

„Was ist denn?", fragte Boss mit mühsam geduldiger Stimme, während er sich aufsetzte und seine dolchartigen Zähne in einem breiten Gähnen präsentierte.

Die kleinen, schwarzen Katzenkinder zuckten an der Tür zusammen.

„Boss, wir stören dich wirklich nicht gerne ...", Bonnie trat vorsichtig einige Schritte in den dunklen Raum hinein, in dem auf halber Höhe die Augen des Tigerkaters in glühendem Türkis reflektierten. Das kleine Katzenmädchen schluckte. „Es ist nur, Boss, wir haben gerade gesehen, dass Kitty den ,Ring des Franziskus' immer noch hat."

„Was?!", Mit einem mächtigen Satz sprang Boss von der Couch herunter und landete direkt vor Bonnies Füßen. „Bist du dir sicher?"

„Ja", antwortete Bonnie unbehaglich.

„Ich bin mir auch sicher", kam Billys Stimme schüchtern aus dem dunklen Flur, denn der kleine Kater hatte sich immer noch nicht in das Zimmer hineingewagt.

Mit wenigen Schritten war der Katzenchef an beiden Katzenkindern vorbeigerannt und warf ihnen einen kurzen Blick über die Schulter zu. „Folgt mir! Wachen!", rief er dann laut in die Dunkelheit hinein. „Weckt sofort den Katzenrat! Wir haben gleich jetzt eine außerordentliche Zusammenkunft im Versammlungszimmer!"

Wenige Minuten später war der dunkle Raum im Erdgeschoß erfüllt von in der Finsternis glühenden Augenpaaren einer ziemlich müden Katzenversammlung. Gelegentlich hörte man ein unterdrücktes Gähnen.

Bis auf die Wachen hatten die meisten Katzen tief und fest geschlafen. Tatsächlich hatte die wachhabende Katze, die Doc Wolliday wecken musste, ein hartes Stück Arbeit hinter sich und wäre fast daran verzweifelt. Der alte Perserkater war immer wieder eingeschlafen, sobald die Wache ihm den Rücken gekehrt hatte.

Bonnie und Billy saßen wie zwei kleine, schwarze Häufchen inmitten der unwilligen, müden Katzen und waren alles andere als begeistert über die ungeteilte Aufmerksamkeit.

„Blöde Idee, gleich herzukommen", murmelte Billy seiner Schwester zu, aber sie machte nur große, runde Augen und schnitt eine Grimasse, die er kaum sehen konnte.

Boss räusperte sich. „Verehrte Anwesende! Wir haben uns hier, noch vor dem Morgengrauen, versammelt, weil unsere Finder Bonnie und Billy uns eine wichtige Neuigkeit mitteilen wollen!", Sein glühender Blick wanderte zu der kleinen Bonnie. „Bonnie, würdest du uns bitte genau erzählen, was passiert ist?"

Die kleine Katze warf einen schrägen Blick zu ihrem Bruder, der neben ihr kauerte und noch ein wenig mehr in sich zusammen sank. Offensichtlich hatte er Angst, dass Bonnie ihn verpetzte, wie und warum er sein magisches Schnurrhaar benutzt hatte.

„Ähhh ...", begann Bonnie.

Mehrere Katzen gähnten. Boss seufzte.

„Ähhh ...", fuhr Bonnie fort, „ähhh ... wir waren also bei Kitty observieren. Sie kam heute Nacht ziemlich spät nach Hause, weil sie nämlich mit diesem komischen Schnurz weg war."

Der Katzenchef stieß einen Zischton aus, unterbrach das kleine Katzenmädchen jedoch nicht.

„Billy saß im Fenster und sagte, dass sie auf dem Rücken liegt und schnarcht und dann ...", Bonnie warf ihrem Bruder einen Blick zu und sah selbst in der Dunkelheit, dass sein Nackenhaar sich sträubte und sein Mäulchen spitz war, während er sie aus weit aufgerissenen Augen anstarrte. Sie seufzte. „... ja, und dann hat Billy den Ring gesehen, auf Kittys Kommode!"

Boss richtete sich aufmerksam auf. „Tatsächlich? Das hast du sehr gut gemacht, Billy!", lobte er und einige Katzen im Zimmer murmelten beifällig.

Billy stieß pfeifend die angehaltene Luft aus.

„Und das ist wahrhaftig der Franziskus-Ring, Billy? Bist du dir da sicher?", Der rot getigerte Kater trat einige Schritte auf den kleinen Billy zu.

„Öhh, ja ...", stammelte der kleine Katzenjunge.

„Er sieht genauso aus, wie wir das bei Doc Wolliday gelernt haben", sagte Bonnie schnell, „... hat Billy mir gesagt,... und ich hab ihn mir dann auch noch angesehen", schloss sie lahm.

Boss wandte sich ab und schritt nun wieder vor dem hohen Fenster auf und ab, so wie er es immer in den Katzenversammlungen tat. Nur war er nun vor dem dunklen Nachthimmel draußen lediglich als ein noch dunklerer Schatten sichtbar. Schließlich blieb er abrupt stehen.

„Also, was ist zu tun?", fragte er in die Runde. „Was meinst du, Doc Wolliday?", wandte er sich dann direkt an den alten Ratgeber, als niemand der anwesenden Katzen etwas sagte.

Der graue Perser putzte sich zunächst bedächtig eine Vorderpfote. Eigentlich schlief er immer noch halb, auch wenn er hoffte, dass es nicht bemerkt wurde. „Hm,hm. Ich meine, Kitty kann den Ring zunächst behalten", antwortete er endlich. „Wir sollten vielleicht erst hören, was der Puma dazu sagt, wenn er wieder da ist!"

Boss stutzte verblüfft, aber erwiderte nichts.

„Ja", bestätigte eine andere Katze aus der Dunkelheit, „lasst uns auf den Puma warten und wieder schlafen gehen!"

„Nein, das wäre nicht klug!", Kleopatras leise, sanfte Stimme ließ die Katzenversammlung inmitten der Bewegung erstarren, denn einige Katzen hatten sich schon wieder müde auf die Pfoten gemacht, um den Raum zu verlassen. „Das können wir unmöglich gestatten!"

Der rot getigerte Katzenchef atmete erleichtert auf. „Das meine ich auch, Kleopatra!"

„Aber warum?", fragte jemand aus der Menge.

„Die kleine Bonnie hat eben erwähnt, dass Kitty mit Adonis Schnurz zusammen war", fuhr die schöne Kleopatra fort. „Und solange wir nicht wissen, auf welcher Seite Kitty am Ende stehen wird, können wir nicht zulassen, dass sie den Franziskus-Ring besitzt. Wir müssen ihn so schnell wie möglich sichern!"

Doc Wolliday räusperte sich zerstreut. „Sicher, sicher", bestätigte er dann, „das gibt es natürlich auch zu bedenken. Und der Ring hat ja auch eine nicht unbeträchtliche Macht!"

„Ja", sagte Soldier von irgendwo aus der Dunkelheit, „was ist mit dieser Macht des Ringes, wenn sie zum Beispiel zufällig in die Hände von diesem Schnurz-Menschen gelangt?"

„Oder in die Hände dieses Janus?", ließ sich Neugiernase aus der hintersten Reihe vernehmen.

„Doc Wolliday?", Boss ließ seine türkis reflektierenden Augen auffordernd zu dem grauen Perserkater wandern.

Doc Wolliday furchte seine breite, flauschige Stirn, als er angestrengt nachdachte. *Verflixt, mussten so wichtige Themen auch ausgerechnet vor dem Ausschlafen besprochen werden?*

„Das ... wäre schrecklich", antwortete er langsam, und seine langen Schnurrhaare begannen zu zittern. „Die Konsequenzen wären für unsere Vereinigung, und letztendlich für alle Katzen nicht auszudenken. Nicht umsonst bewacht allein Kleopatra dieses Artefakt schon seit Jahrzehnten! Es ist immens wichtig!"

Kleopatra seufzte. „Ja", bestätigte sie leise und es klang ein wenig traurig und müde, „der Mensch, der diesen Franziskus-Ring an seinem Finger trägt, versteht jede Katze, der er begegnet. Nein, eigentlich sogar jedes Tier. Entweder, er glaubt nicht, was mit ihm geschieht, und er wird von seinen Menschen ausgestoßen, weil er sich selbst und seine Artgenossen ihn für verrückt halten, oder, was viel schlimmer wäre ...", Sie zögerte.

„Oder?" beharrte Boss. Seine Stimme war gespannt, seine leuchtenden Augen zu Schlitzen verengt.

Kleopatra seufzte wieder. „Ein so schlauer und so rücksichtsloser Mensch wie der Janus würde sich den Zauber des Ringes zu Nutzen machen und nicht lange danach fragen, was es ist, oder woher es kommt. Keine Katze in seiner Nähe hätte noch etwas zu lachen, und schließlich würde er seine gierigen Hände nach allen Schätzen und magischen Artefakten ausstrecken, von denen er auch nur ein Wort erfährt! Seine Macht würde am Ende alles Katzenerdenkliche übersteigen, und kein Mensch könnte sich ihm noch entgegenstellen! Bedenkt, wie weit der Mensch Napoleon vor zwei Jahrhunderten mit *nur einem* magischen Artefakt, dem *,Band der Sympathie'*, seine Macht ausdehnte. Und eben dieses Artefakt besitzt der Janus bereits!"

Ein Schauder lief durch die Katzenversammlung.

„Das darf nicht passieren!", rief Doc Wolliday gequält, dem erst jetzt das Problem richtig bewusst wurde.

„Nein", erwiderte Boss zähneknirschend. „Das darf auf keinen Fall passieren. Zusammen mit dem *,Magischen Auge des Aureus Virrus'*, das dank unserer kleinen Tiffany nun wieder unter den Menschen ist, wäre das eine nicht endende Katastrophe, vor der wir stehen. Der Janus würde reicher und reicher und mächtiger und mächtiger. Der Ring muss schnellstmöglich bei Kitty gesichert werden, bis wir ihr wirklich vertrauen können!"

Er wandte sich wieder an die beiden schwarzen Katzenkinder. „Bonnie, Billy ... Ich hoffe, Ihr seid Euch dieser immens wichtigen Aufgabe bewusst, die ich euch nun übertrage. Nicht zuletzt wegen Billys angeborenem Zauberschnurrhaar, das in unserer Vereinigung so einzigartig ist, seid ihr meine erste Wahl. Kinder, die Zeit drängt!"

Der rot getigerte Katzenchef erhob sich.

„Und das Amulett?", fragte Bonnie leise. „Was ist mit dem Amulett? Sollen wir es auch sichern?"

„Nein! Das Amulett schützt sie!", antwortete Boss entschieden. „Nur damit hat Kitty überhaupt eine Chance, sich gegen den Einfluss der üblen Menschen zu wehren, von denen sie bedrängt wird!"

„Das meine ich auch", bestätigte Kleopatra ruhig.

Die kleine Bonnie atmete zitternd auf.

Kleopatra leckte dem Katzenmädchen rasch in der Dunkelheit über das Köpfchen. „Sorge dich nicht um Kitty", flüsterte die schöne Katze tröstend. „Es wird sicher alles gut!"

Bonnie schniefte und sah betroffen auf ihre Pfötchen. „Ich mag sie so gern."

Kleopatra lächelte. „Ja, ich weiß. Pass ein bisschen auf deinen übermütigen, verfressenen Bruder auf, Bonnie. Er hat da eine Waffe an der Nase festgewachsen, derer er sich nicht im Geringsten bewusst ist!"

Bonnie warf einen raschen Blick zu ihrem Bruder neben sich, der sich mit stolzer Brust aufgerichtet hatte, aber ansonsten ein bisschen dümmlich hin und her sah. Dann schaute sie wieder auf Kleopatras hohe, dunkle Gestalt, deren Augen geheimnisvoll schimmerten. Das kleine Katzenmädchen musste schlucken.

Was wusste diese Katze eigentlich noch alles?!

„Also ist es beschlossen", gähnte Doc Wolliday müde in die Runde. „Wir sichern den Ring, und sie behält das Amulett. Können wir jetzt die Versammlung aufheben und wieder schlafen gehen?"

Boss seufzte. „In wenigen Minuten, Ratgeber!", Der Katzenchef erhob sich. „Erst gestern hat uns die kleine Bonnie ebenfalls eine Nachricht von Admiral Lord Mizius überbracht. Nach unserem Treffen durchschritt der Admiral wieder den Haupttunnel in Richtung zu Kittys Haus. Offenbar entdeckte er in unserem so oft begangenen Tunnel ein neues Artefakt. Kleopatra, du als unser fähigster Scout, kannst du uns etwas darüber sagen? Was hat das zu bedeuten?"

Der große Katzenanführer schob seine massige Gestalt dichter an Kleopatra heran, die gegen ihn zierlich wirkte.

Die schöne, bunte Katzendame räusperte sich. „Nun ja."

Sie legte nachdenklich den Kopf schräg. „Ich habe heute Nacht einen Blick auf die in Frage kommende Stelle in unserem Geheimgang geworfen und zunächst bedeutet das einmal, dass aus der alten Seitenwand des Haupttunnels ein Stein heraus gefallen ist. Vielleicht so groß wie die Faust von Kitty. Dahinter ist eine Kammer."

Die anwesenden Katzen raunten verwundert, und Kleopatra putzte gelassen ihre Vorderpfote, bis wieder Ruhe eingekehrt war.

„Und das Artefakt?", fragte Boss, der mühsam seine Ungeduld zurückhielt.

„Das magische Artefakt ist in der Tat böse, so wie der Admiral es gesagt hatte. Es ist in der Kammer.", Die Katzenfrau hob ihren schönen Kopf, und ein geheimnisvolles Lächeln spielte fast ein wenig gehässig um ihr Mäulchen. „Es hängt an einer dicken Goldkette um den Hals eines alten Bekannten, den ich seit sehr langer Zeit nicht mehr gesehen habe. Tatsächlich, seit *sehr* langer Zeit!"

Doc Wolliday runzelte die graue Stirn. „Ein Bekannter? *In* der Kammer? *Hinter* der Mauer? Kleopatra, was meinst du?"

Doch die schöne Katze schüttelte nur den Kopf, als hätte sie etwas in die Ohren bekommen. „Das tut nichts zur Sache", antwortete sie leichthin. „Es ist ohnehin kaum noch etwas von ihm da."

„Und das Artefakt?", beharrte Boss, der jetzt mit dem Schwanz auf die Dielen trommelte.

„Kann es uns oder den Menschen gefährlich werden,

Kleopatra?"

„Nein.", Kleopatra streckte sich. „Das ist nicht wahrscheinlich, solange der Träger mit seinem Artefakt sicher da unten eingemauert ist."

Boss knurrte. „Du missverstehst mich, *Scout!* Ich möchte wissen, was dieses Artefakt *bewirken* kann!"

Diese Worte des Katzenchefs kamen einem Tadel sehr nahe, doch Kleopatra lächelte nur nachsichtig in die Dunkelheit hinein.

„Boss", antwortete sie milde, „dieses neu entdeckte Artefakt nennt sich die *Unze des Denunzians'* und wirkt nur, wenn sich der Träger damit in der Nähe von Menschen aufhält. Dann wird er selbst zum eigenen Vorteil die Geheimnisse und Schwächen seiner Mitmenschen entdecken, ausnutzen und verraten. Also", schloss sie fast belustigt, „solange das Skelett dort unten sich nicht erhebt und durch die Gegend läuft, ist das Artefakt absolut sicher. Du brauchst dich nicht zu sorgen, Boss!"

Boss räusperte sich, und der kleine Billy kicherte leise

„Oh, nun ..., gut ...", erwiderte Boss schließlich. „Da wir weiß Gott dringlichere Probleme haben als dieses, erkläre ich nun die Versammlung als beendet. Bonnie, Billy, ihr beide wisst, was ihr zu tun habt! Doc Wolliday, Kleopatra, auf ein Wort. Ihr anderen seid hiermit entlassen."

26. Katzpitel,

in dem der Kleine Napoleon eine Enttäuschung erlebt, und Kitty ein Geschenk erhält

Als die Sonne an diesem Donnerstagmorgen über grauen Wolkenbänken aufging, saß der Kleine Napoleon zusammengekauert auf einem Ast des Ahornbaumes vor dem Schlafzimmerfenster von Dr. Janus.

Er hatte furchtbar schlechte Laune. Sein schwarz-weißer Pelz war vom nächtlichen Tau durchfeuchtet, sein kleiner Magen knurrte. Die ganze Nacht hatte der Kater auf Dr. Dietbert Janus gewartet. Die schönsten Spottlieder hatte er sich ausgedacht und sich schon auf das Abendessen gefreut, das der wütende Mann wieder nach ihm werfen würde. Aber nichts. Alles war dunkel geblieben. Dr. Janus war nicht in seinem Haus aufgetaucht.

Der Kleine Napoleon stand vor einem Rätsel. Er war sich so sicher gewesen, dass er kurz vor dem Ziel stand, den magischen Armreifen einem völlig entkräfteten, vor Müdigkeit schielenden Mann abzunehmen.

Stattdessen hatte der Janus anscheinend irgendwo anders eine geruhsame Nacht verbracht, während der Kleine Napoleon hingegen seine Augen kaum mehr offenhalten konnte. Das war einfach ungerecht.

Kleopatra tauchte wie aus dem Nichts plötzlich auf dem Ast neben ihm auf.

„Na, du Bild des Missmutes", schmunzelte sie gut gelaunt, „hattest du eine schlechte Nacht?"

„Sieht so aus, wie?", knurrte der Kleine Napoleon mit einem schiefen Blick zu ihr. „Er war nicht da. Die ganze Nacht nicht. Keine lustigen Lieder, kein Späßchen, kein Abendessen. Aber wenigstens ist jetzt meine Ablösung da!", Er reckte zaghaft seinen Buckel, der etwas steif geworden war. „Wird auch Zeit! Ich habe einen furchtbaren Hunger!"

Kleopatra spitzte mitfühlend ihr Mäulchen. „Dann fange dir am besten ein paar Mäuse", sagte sie schließlich. „Von Cadys bekommen wir heute bestimmt kein Frühstück!"

„Waas?!" Der kleine, magere Kater fiel vor Entsetzen fast vom Baum. „Machst du Witze?!"

„Nein, Kleiner Napoleon, leider nicht. Cadys hat uns schon gestern kein Abendbrot gegeben. Sie steht unter dem Zauber des

Magischen Auges des Aureus Virrus'.", Kleopatra seufzte. „Hast du das noch nicht gehört?"

„Nein!", stammelte der Kleine Napoleon bitter. „Das wird ja immer schöner! Ich war gestern Abend früh hier und habe auf den ollen Janus gewartet. Und auf sein Essen, das er immer nach mir wirft! Aber nichts gab es, gar nichts!", Er schniefte, seine Pfötchen bebten.

„Ruhe dich aus, Kleiner Napoleon", sagte die schöne Katzenfrau sanft. „Gehe nach Hause schlafen. Heute Abend hast du die wichtige Sitzung mit Leopardo di Lasagne." Der Kleine Napoleon hatte schon begonnen, den Baum herunterzuklettern. Jetzt hielt er inne und sah mit schiefem Grinsen zu Kleopatra herauf, die immer noch, mit leise wippendem Schwanz, auf dem Ast über ihm saß, den Kopf schräg gelegt.

„Willst du nicht gehen, an meiner Stelle? Di Lasagne erwartet dich bestimmt schon sehnsüchtig!"

Kleopatra zwinkerte ihm zu. „Nein, nein", schmunzelte sie. „Ich denke, wir wollen den jungen Leopardo nicht allzu sehr von unseren wirklich wichtigen Angelegenheiten ablenken!"

Der Kleine Napoleon lachte trocken und war im nächsten Augenblick in der grauen Morgendämmerung verschwunden.

Kleopatra seufzte.

Die schöne Katzenfrau blickte zweifelnd auf die immer noch dunklen Fenster des Hauses. Hier war offensichtlich nichts mehr zu gewinnen. Geschmeidig sprang sie von dem Ast direkt auf den Boden hinunter. Sie würde am Museum weiter observieren. Hoffentlich hatte der Puma bei Cadys etwas mehr erreicht.

Auch dem Puma saß die kalte, feuchte Aprilnacht noch in den Knochen.

Er hatte grimmig auf dem Fenstersims von Cadys' Wohnung in der Stadt ausgeharrt. Im Gegensatz zu dem Kleinen Napoleon war der wilde Puma jedoch einsame, dunkle Nächte und einen knurrenden Magen gewöhnt.

Der Kater konzentrierte sich dann verbissen auf sein Ziel und ignorierte irgendwelche unangenehmen Erscheinungen einfach als nebensächlich. Als die orangen Sonnenstrahlen jedoch einen ansonsten bleigrauen Himmel einfärbten, gähnte der schwarze Kater auf dem hoch gelegenen Backsteinsims, reckte sich und sprang dann hinunter auf das kleine Fleckchen Gras, das neben den Mülltonnen in dem Hinterhof vom ‚Café Kilmorlie' wuchs.

Jetzt würde Cadys ohnehin erst in einer Stunde ins Geschäft kommen, auch wenn ihre Angestellten inzwischen schon alles Nötige im Laden vorbereiteten. Es war noch Zeit für eine fette, morgendliche Maus. Oder zwei.

Mit zerzausten Haaren schlurfte einige Straßen weiter Kitty mürrisch wieder zurück in ihr Bett.

Sie balancierte einen randvollen Kaffeebecher vor sich her, die Kopfschmerztablette hatte sie gleich eben in der Küche schon geschluckt. Starker Kaffee und Schmerztabletten zum

Frühstück – davon erhoffte sich Kitty, dass es sie in einer knappen halben Stunde wieder in das Reich der Lebenden befördern würde.

Sie fühlte sich mehr als schrecklich, und sie hatte auch nicht in den Spiegel gesehen, um zu überprüfen, ob sie auch so aussah. Ihr ging es schon schlecht genug. Nach einer viel zu kurzen Nacht, mit viel zu viel Wein im Körper, hatte sie nach dem Auftritt der kleinen, schwarzen Katzen kaum noch richtig geschlafen.

Immer wieder war sie nach kurzen, wirren Träumen völlig verstört aus dem Schlaf geschreckt. Sie konnte sich jedoch kaum daran erinnern, was sie geträumt hatte, nur dass der schöne, blonde Adonis immer wieder darin vorkam, das wusste sie noch.

Vielleicht hatte sie sich nun doch noch am Ende in ihn verliebt, überlegte Kitty schlecht gelaunt. Obwohl er es gar nicht verdiente.

Vorsichtig stieg sie wieder in ihr Bett. Lord Mizius hatte sie, eben vom Sofa aus, durch einen Augenschlitz sehr kritisch und böse angesehen. Ihr Kater war offensichtlich verärgert über sie. Mit gerunzelter Stirn schlürfte sie den heißen Kaffee und beobachtete den Wecker neben ihrem Bett, wo die Zeit gnadenlos voranschritt. Die Zeiger hatten schon längst halb acht überschritten.

Kitty schüttelte müde den Kopf. Irgendetwas schien hier völlig aus dem Ruder zu laufen. Irgendetwas lief furchtbar schief.

Aber was?

Sie konnte sich nicht denken, was das sein sollte. Eigentlich konnte sie überhaupt nicht denken. Schon gar nicht mit diesem Kopf.

Zu allem Überfluss traf sie später auf ihrem Weg zum Museum auch noch Herbert Heuchelheimer, der sie mit eiligen Schritten einholte.

„Guten Morgen, Frau Katzrath", sagte er freundlich.

„Guten Morgen, Herr Heuchelheimer", seufzte Kitty.

Ihr Nachbar und Arbeitskollege warf einen prüfenden Blick in ihr fahles Gesicht, wobei er sich halb um sie herumbeugte. „Verzeihen Sie mir, Frau Katzrath", begann er mitfühlend, „Sie sind schrecklich blass heute Morgen. Geht es Ihnen nicht gut?"

„Es geht so", murmelte Kitty und schrammte damit gerade eben an einer Unhöflichkeit vorbei, was Heuchelheimer jedoch nicht aus der Fassung brachte.

„Sie hatten wohl letztens Streit mit ihrem Freund? Kann das sein?"

Kitty blieb stehen. *Schon wieder so eine unverschämte Frage!*

„Mit welchem, Herr Heuchelheimer?", erwiderte sie sarkastisch. „Mich finden so viele gut, ich habe im Augenblick den Überblick verloren!"

Herbert Heuchelheimer schluckte. „Ich wollte Ihnen nicht zu nahetreten", sagte er schließlich steif und rückte seine dicke Brille zurecht. „Ich dachte nur,... Sie sind doch neu in der Stadt, und falls Sie Kummer haben ..."

Sie gingen weiter.

„Danke. Es ist nichts.", Kitty schüttelte den Kopf. „Ich komme zurecht!"

„Das ist gut.", Heuchelheimer räusperte sich. „Meistens weiß man am Anfang nicht so recht, an wen man sich halten muss", fuhr er kryptisch fort.

Sie hatten schon fast das Museum erreicht. Gerade fuhr ein schnittiger, schwarzer Sportwagen vor dem Haupteingang vor. Dr. Janus und Sissy Pfuhs stiegen aus.

„Du liebe Zeit", murmelte Kitty schlecht gelaunt vor sich hin. Ihr war dieser morgendliche Kollegenauflauf einfach zu viel.

Doch Herbert Heuchelheimer hatte sie gehört und sah sie wieder prüfend an. „Sie sagen es, Frau Katzrath", flüsterte er ihr ebenso leise zu. „Und oft sind die Dinge ganz anders, als sie aussehen. Denken Sie daran!"

Kitty erwiderte nichts und sah ihren Arbeitskollegen nur mit gerunzelter Stirn an.

Heuchelheimer grinste ihr noch einmal verschwörerisch zu. „Dann wollen wir mal unseren Chef begrüßen und seine ... Assistentin!"

Mit einem lauten und freundlichen ‚Guten Morgen!' beschleunigte Herbert Heuchelheimer seine Schritte und begrüßte mit ausgestreckter Hand Dr. Janus und Sissy Pfuhs.

„Du liebe Güte!", rief Heuchelheimer aus. „Dr. Janus, was ist denn mit Ihrem schönen, teuren Wagen passiert?! Wer hat Ihnen denn bloß dieses Leid angetan? Die ganze, schöne Motorhaube ist ja völlig zerkratzt! Haben Sie über Nacht in einem Zoo geparkt?"

Der Heuchelheimer grunzte sein schleimiges Lachen, und tatsächlich schlich Dr. Dietbert Janus kummertriefend um sein zerkratztes Nobelauto und winselte, kaum hörbar, irgendetwas zur Antwort.

Kitty blieb nicht bei der Gruppe um das schwarze Auto stehen, um ihrem Chef ihre unaufrichtigen Beileidsbekundungen zu seinem schweren Verlust auszusprechen wie ihr Kollege. Sie ging mit einem knapp gemurmelten Gruß an den drei Personen vorbei und betrat, wie gewöhnlich, das Museum über den separaten Eingang im Untergeschoß.

Insgeheim ärgerte sie sich über Herbert Heuchelheimer, ohne recht zu wissen warum.

Immer wieder kam ihr ins Gedächtnis, was er gesagt hatte, und ihre Gedanken schweiften ab, um darüber nachzugrübeln, was er damit gemeint haben könnte. Die Kaffeemaschine in ihrem Büro blubberte hinter ihr, während ihre Hände in den Gummihandschuhen über einem Artefakt schwebten, das sie noch für die Ausstellung vorbereiten wollte. Das Wattestäbchen in den Fingern, verharrte sie bei der Reinigung eines ägyptischen Salböl-Fläschchens, starrte Löcher in die Luft und überlegte.

,*Was ist anders, als es aussieht?*‘, dachte sie verärgert.

,*Dr. Janus ist wahrscheinlich ein Dieb und ein Betrüger, Sissy ist seine Geliebte. Ich bin nicht blöd, das weiß ich auch. Aber was darüber hinaus weiß der Heuchelschleimer noch, und was will er mir eigentlich sagen?*‘

Sie hätte gerne Ken angerufen, um mit ihm über alles zu reden. Aber Ken hatte sich ja nach ihrem Streit bei ihr nicht mehr gemeldet. Er schmollte immer noch.

Jetzt ärgerte sich Kitty zusätzlich noch über Ken.

Seufzend beschloss sie, heute Abend stattdessen bei ihrem Bruder anzurufen. Sie brauchte dringend einen Rat. Von jemandem, über den sie sich *nicht* ärgerte.

Kitty setzte das Specksteingefäß vorsichtig auf dem Arbeitstisch neben ihrem Schreibtisch ab. Müde streifte sie sich die Handschuhe von den Händen.

Sie könnte ... *nein, das war viel zu riskant.*

Kitty schüttelte den Kopf. Mit zitternden Fingern goss sie sich Milch in den Kaffeebecher und füllte ihn mit heißem Kaffee auf.

Sie könnte in einem geeigneten Augenblick den Schreibtisch und die offenen Akten von Dr. Janus durchsuchen. Möglicherweise auch den Computer.

Kitty fuhr sich mit beiden Handflächen über das Gesicht und durch das dunkle Haar.

Was dachte sie da?

Wenn sie das tat, dann könnte sie genauso gut gleich kündigen. So wie sie es gestern zu Dr. Frei gesagt hatte. Sie holte tief Luft, dann wischte sie diesen Gedanken entschlossen beiseite. Sie würde später noch einmal darüber nachdenken. Heute Abend.

Mit ein paar Schlucken heißem Kaffee spülte sie den dicken Kloß hinunter, der sich in ihrer Kehle festgesetzt hatte, dann machte sie sich daran, noch einige Texte und Fotos zu überarbeiten, die Sissy dringend brauchte, um den Katalog für die kommende Ausstellung in Auftrag geben zu können.

Gegen elf Uhr hatte Kitty die Unterlagen für Sissy fertig zusammengestellt und machte sich damit auf den Weg durch die stillen Flure zum Chefsekretariat von Dr. Janus.

Die Zeit drängte, denn schon in einigen Tagen würden die Feierlichkeiten zur Ausstellungseröffnung stattfinden. Sissy Pfuhs war schon dabei, an alle Würdenträger, die Rosenburger Lokalpresse und an alle wichtigen Geldgeber des Museums die Einladungen zu versenden.

Doch die Assistentin des Museumsdirektors war nicht an ihrem Arbeitsplatz, obwohl Kitty kurz darauf die schrille Stimme ihrer blonden Freundin von irgendwoher über den Gang hallen hörte.

Die Sekretärin schien in hellster Aufregung zu sein, denn ihre Stimme überschlug sich, und sie gab sich nicht die geringste Mühe, ihre Lautstärke zu dämpfen.

„Nein!", hörte Kitty sie schreien. „Das lasse ich nicht zu! Auf keinen Fall! Das ... kann *keiner* von mir verlangen, hörst du?"

Es folgte Stille, niemand antwortete.

Kitty fühlte sich unbehaglich. Telefonierte Sissy wieder einmal privat?

Betroffen legte sie die Unterlagen auf den Schreibtisch der Sekretärin. Ein privates Gespräch wollte sie auf keinen Fall belauschen. Nicht schon wieder. Deshalb verzog Kitty nur den Mund und machte auf dem Absatz kehrt.

„Nein!", kreischte Sissy wieder.

Noch bevor Kitty das Büro verlassen konnte, erklangen Schritte draußen auf dem Flur. Männerschritte. Kitty fror an Sissys Schreibtisch fest.

Dr. Janus ging an der Tür vorbei, ohne einen Blick ins Vorzimmer zu werfen, geradewegs bis in die einige Meter weiter den Gang hinuntergelegene Teeküche hinein.

Es war nur ein ganz kurzer Augenblick, doch er genügte, dass Kitty bis tief in die Knochen erschrak. *Sein Gesicht.* Grau und wie versteinert. *Sein Handgelenk.*

Sie fasste nach ihrem Amulett und fuhr sich mit der Hand über die Augen. Der kupferne Armreif, der am linken Handgelenk aus Dr. Janus Jackenärmel gelugt hatte, leuchtete in einem feurigen Rotgold, als ob er glühend heiß wäre. Kitty schauderte.

Dann erklang die gedämpfte Stimme ihres Chefs aus der Teeküche.

„Sissy, *ich wünsche es*", sagte er kaum hörbar.

„Nein!", hielt Sissy noch einmal dagegen, doch ihre Stimme klang dünn und erschöpft. „Das könnt ihr nicht von mir verlangen! Da mache ich nicht mit!"

„Sissy, du weißt, was auf dem Spiel steht."

„Ja, Dietbert. Aber trotzdem ..."

Kitty wand sich. Sollte sie ihrer Freundin helfen?

Was ging da vor?

Ihre Füße klebten am Teppich und nahmen ihr die Entscheidung ab.

„*Sissy, ich wünsche es!*", wiederholte Dr. Janus mit Nachdruck.

Ihm antwortete Schweigen.

„Wie du es willst", hörte Kitty die Sekretärin nach einem langen Moment tonlos sagen. Dann war Stille.

Kitty riss die Augen auf. Sie konnte nicht glauben, was sie da eben gehört hatte. Das war *seltsam. Das war wirklich gruselig.*

Sie schlich so leise, wie es ging, aus dem Zimmer, um dann mit eiligen Schritten den Flur hinunter zu hasten und sich im Kellergeschoß in ihrer Toilette zu verbarrikadieren. Sie schüttelte sich.

Sie sollte wirklich kündigen, ihre Sachen packen und sich aus Rosenburg davonmachen.

Und jetzt würde sie, so schnell es ging, in eine frühe Mittagspause gehen. *Allein.*

Sie brauchte dringend frische Luft, obwohl das Wetter kühl und diesig war. Auf keinen Fall wollte sie Sissy oder Dr. Janus über den Weg laufen. Kitty drückte nur schnell die Tür zu ihrem Büro auf, um ihre Jacke zu holen und abzuschließen. Doch sie kam nicht weit.

An ihrem Schreibtisch lehnte, lässig und sehr selbstbewusst, Adonis Schnurz und spielte mit einem messerartigen Brieföffner. „Hallo, Süße", grinste er in ihr aufgelöstes Gesicht, „ich konnte nicht erwarten, dich wiederzusehen!"

Kitty schluckte. „Ähhh ...", stammelte sie mit aufgerissenen Augen, „ich wollte gerade..."

„... schon in die Mittagspause?", ergänzte der blonde Mann lächelnd ihren Satz. „Nun, das passt ja gut! Deshalb bin ich gekommen!"

Kitty holte tief Luft, während sie zerstreut mit ihrer Jacke hantierte.

„Ja ...", brachte sie schließlich lahm heraus, „ja ... dann ..."

Dr. Adonis Schnurz stieß sich von ihrem Schreibtisch ab und half ihr galant, ihre Jacke anzuziehen. Seinen Arm ließ er danach besitzergreifend um ihre Schultern liegen.

„Machen wir einen Spaziergang?", schlug er vor, indem er sie durch die Tür in den Flur schob. „Vielleicht am Umflutgraben?"

„Ja", sagte Kitty wieder nur.

Sie war völlig durcheinander. Einerseits hüpfte ihr Herz, als sie Adonis warmen Arm um sich spürte. Andererseits hatte sie das bestimmte Gefühl, als würde sie bei einer Treibjagd zusehen.

Und die gehetzte Beute war sie.

Nicht sehr viele Spaziergänger waren an diesem trüben Vormittag unterwegs, um am Umflutgraben die frische Luft zu genießen.

Obwohl das Gras und die Osterglocken in hellen, fröhlichen Farben strahlten, war es doch, verglichen mit dem warmen Tag gestern, eher kühl und ungemütlich. Adonis hielt Kitty sehr fest in

374

seinem Arm und plauderte darüber, wie sehr ihm doch der gestrige Abend mit ihr gefallen hatte. Gelegentlich passierte sie ein Jogger. In einiger Entfernung saß ein Pärchen, der Kleidung nach Banker, die ihre Pausenbrote aßen und dazu Kaffee aus einem Pappbecher schlürften, was einen merkwürdigen Kontrast zu ihrem seriösen Erscheinungsbild bot.

Kitty war immer noch durcheinander.

„Ich habe mich wirklich seit langer Zeit nicht mehr so amüsiert", flüsterte Adonis gerade. „Du bist wirklich erfrischend!"

Kitty runzelte die Stirn. ‚*Erfrischend?*', fragte sie sich selbst. ‚*Bin ich ein Aperitif, oder was?!*'

„Wir sollten das wirklich wiederholen", fuhr Adonis fort und drückte sie, wenn möglich, noch enger an sich. „Bald!"

Als Kitty immer noch nichts erwiderte, seufzte er. „Was ist? Was hast du?", Er nahm sie mit beiden Händen an den Schultern und drehte sie zu sich herum. „Willst du nicht?"

Kitty schluckte. „Ich weiß nicht.", Ihr schlug das Herz bis in den Hals.

Adonis schüttelte leicht den Kopf und seufzte. „Ich habe hier etwas für dich", sagte er schließlich. „Vielleicht hilft das ein bisschen, dich zu entscheiden.", Der junge Arzt ließ sie los und suchte etwas in der Tasche seines langen, schwarzen Trenchcoats.

In einiger Entfernung näherte sich auf dem Weg am Wassergraben wieder ein dunkel gekleideter Jogger.

Adonis hatte endlich gefunden, was er gesucht hatte. Aus einer Tasche beförderte er ein dünnes, glitzerndes Goldkettchen, mit einem sehr wertvoll aussehenden roten Stein, der auf eine Tafel aus massivem Gold gebettet war.

„Ein ägyptischer Skarabäus", murmelte Kitty entgeistert. „Das muss furchtbar wertvoll sein!"

Adonis verzog sein hübsches, markantes Gesicht. „Neeein", antwortete er gedehnt, „nicht sooo sehr. Aber ich möchte, dass du ihn hast.", Er legte Kitty die Goldkette um den Hals und hatte den kleinen Verschluss sehr schnell hinten unter ihrem langen Haar geschlossen, so als hätte er es schon sehr oft gemacht.

Sie berührte den Anhänger. „Danke. Mit so etwas hätte ich jetzt gar nicht gerechnet."

„So?", erwiderte er. „Womit denn dann?", Seine blauen Augen hatten einen merkwürdigen Ausdruck, den Kitty nicht deuten konnte.

Der Jogger war jetzt nähergekommen, und sie sah, dass es ein junger, dunkelhaariger Mann war.

Adonis zog sie, ohne ein weiteres Wort, eng an sich und presste seine Lippen in einem leidenschaftlichen Kuss auf ihren Mund.

Kitty wurde steif wie ein Besen. Ihr fielen fast die Augen aus dem Kopf. Sie war völlig überrascht, und ihr Herz lärmte in ihren Ohren. ‚Was passiert hier eigentlich?', schoss es ihr ungläubig durch die Gedanken. ‚Adonis liebt mich?!'

Der Jogger passierte das knutschende Pärchen gerade, Kitty konnte seine Schritte auf dem sandigen Weg an sich vorbeiknirschen hören. Endlich konnte sie sich von Adonis befreien, der eine filmreife Leidenschaft entwickelte.

Kitty schob ihn wortlos von sich. Sie warf einen Blick über die Schulter des blonden Arztes.

Der Läufer war einige Meter entfernt stehengeblieben und starrte ihr mit finsterster Mine ins Gesicht.

Kitty schluckte hörbar. Es war Ken McRight.

Eine Stunde später saß sie wieder an ihrem Schreibtisch, das Gesicht in den Händen verborgen.

Kitty konnte den Ausdruck in Kens Augen nicht vergessen. Ihr war jetzt noch ganz schlecht.

Ken hatte sich nach einem langen, bitteren Blick einfach umgedreht und war weitergelaufen. Ohne ein Wort.

Einfach so.

Ein Eisklumpen lag tief in Kittys Magen. Sie hatte Ken anscheinend aber auch gar nichts bedeutet. Und wer hätte das von Adonis gedacht? Über Nacht hatte er praktisch sein Verhalten geändert und war zu dem Mann ihrer Träume geworden.

Trotzdem lag unter ihrem Glücksgefühl einfach nur Angst.

Später am Nachmittag, als Kitty in einem der für die Museumsbesucher gesperrten Ausstellungsräume wieder eine Vitrine mit neuen Artefakten einrichtete, kam Herbert Heuchelheimer aus seinem Büro und folgte ihr.

Einen Moment lang starrte er ihr wortlos in die Augen.

Kitty stöhnte innerlich.

„Kann ich Ihnen vielleicht helfen?", sagte er dann, als würde er das Gespräch vom frühen Morgen wieder aufnehmen.

„Wobei?", fragte Kitty misstrauisch.

Heuchelheimer verzog spöttisch seinen Mund. „Bei den Vitrinen", antwortete er, ließ es jedoch wie eine Frage klingen.

Kitty schüttelte ablehnend den Kopf. „Nein, danke."

Der Blick ihres Arbeitskollegen glitt an ihren Hals. „Einen schönen Anhänger haben Sie da neuerdings, Frau Katzrath."

„Danke."

Kitty fühlte sich unwohl in ihrer Haut. Das Benehmen der Menschen um sie glitt allmählich ins Groteske ab, allen voran das von Herbert Heuchelheimer.

Was wollte dieser Mann von ihr?

„Er sieht altägyptisch aus, dieser Anhänger. Ich könnte es fast schwören.", Heuchelheimer lächelte wieder freudlos. „Ein Skarabäus aus Karneol, fein gearbeitet. 18. Dynastie, Neues Reich, so zwischen 1300 bis 1150 v. Chr., würde ich ihn spontan datieren", fuhr er mit zusammengekniffenen Augen fort. Dann lachte er plötzlich, doch seine Augen blieben ernst. „Aber natürlich wissen wir beide, dass das ja völlig *unwahrscheinlich* ist, nicht wahr? Da Frau Pfuhs bis gestern ganz genau den gleichen Anhänger trug. Es ist dann wohl doch eher eine Massenproduktion, meinen Sie nicht? Passen Sie gut auf sich auf, Frau Katzrath."

Ihr Arbeitskollege nickte ihr noch einmal zu und ließ Kitty dann vor der halbleeren Vitrine stehen.

Plötzlich hatte sie Magenschmerzen.

27. Katzpitel,

in dem die kleine Tiffany großen Kummer hat,

und Billy eine Heldentat begeht

An diesem Morgen herrschte in der Katzenvilla, oben auf dem Zuckerberg, einige Stunden nach der außerordentlichen Katzenversammlung, ein ziemlicher Aufruhr

Was es seit Katzengedenken nicht gegeben hatte, war heute früh geschehen: *Die menschliche Bezugsperson hatte sie vergessen.*

Cadys hatte sie gestern Abend nicht gefüttert, und sie war auch heute früh nicht mit dem Frühstück erschienen. Boss, Doc Wolliday und Kleopatra hatten so etwas jedoch schon geahnt und hatten im Morgengrauen Vorbereitungen getroffen und den Notfallplan ausgerufen.

Die Jäger der zweiunddreißigköpfigen Katzenvereinigung waren ausgezogen und hatten so viele Mäuse gefangen, wie sie nur konnten. Einige Vögel waren auch dabei, aber nicht viele, denn die Jäger hatten das Vorrecht, zuerst nach der Jagd zu essen, und meistens waren Vögel dann die erste Wahl.

Besonders die Katzenkinder, die bis vor einigen Wochen noch bei ihren Müttern Milch getrunken hatten, waren von dem neuen Speiseplan wenig begeistert. Spielen konnte man mit den grauen, komisch riechenden Felldingern ja schon, aber sie essen?

„Ihhhh!!!", Tiffany schüttelte ihr weißes Köpfchen. „Das will ich nicht! Das stinkt! Ich will, dass Cadys mir Hühnchen bringt!"

Ihre Mutter richtete sich auf und warf einen strengen Blick auf ihr Kleines. „Mein Kind", rügte Charmonise ernst, „dass Cadys heute nicht kommen wird, ist ganz allein deine Schuld. Sie steht unter dem Zwang des magischen Auges, das du aus dem Archiv gestohlen hast. Nun müssen wir Katzen allein für unser Essen sorgen, damit wir nicht hungern!"

Tiffany schniefte. „Aber das wusste ich doch nicht!"

„Oh, doch! Das wusstest du! Du bist die zukünftige Schatzmeisterin. Und nun, nimm dir ein Beispiel an deinem Bruder und iss deine Maus!"

Das Katzenmädchen warf einen mürrischen Blick zu ihrem kleinen, dicken Bruder Mausbert, der hingebungsvoll an einem grauen Mäusehintern herumbiss. Sie verzog angewidert ihr kleines Katzengesicht. „Das ist *ekelig*! Mausbert isst einfach *alles*, genau wie Billy! Der würde auch einen alten, stinkenden Socken essen!"

Charmonise seufzte. „Iss deine Maus, Tiffany", wiederholte sie unnachgiebig. „Etwas Anderes gibt es nicht!"

Eine vage Hoffnung schlich über das Gesicht des kleinen Katzenmädchens. „Mammi ...", versuchte sie es noch einmal, „vielleicht kann ich ja etwas Milch bei dir...'

Die schöne Charmonise stand sofort auf. „Oh, nein, meine kleine Tiffany", erwiderte sie, „auf gar keinen Fall!", Sie erhob sich und ging mit langen Schritten auf die Katzenvilla zu. „Natürlich steht es dir frei, dir einen Vogel zu fangen", sagte sie hoheitsvoll über ihren Rücken zu ihrem unglücklichen Katzenkind. „Falls er dir besser schmecken sollte und du einen kriegst!"

Tiffany starrte jammervoll erst ihrer Mutter hinterher, dann wieder auf die grau-braune Maus, die vor ihr auf dem Hof lag. Ihr kleiner Bauch knurrte furchtbar vor Hunger. Sie legte den

Kopf in den Nacken und stieß ein markerschütterndes Weinen aus. Ihr Bruder Mausbert neben ihr putzte sich schon das Mäulchen nach seiner beendeten Mäusemahlzeit, bevor er neugierig näher kam.

„Was heulst du denn so? Probier doch mal, schmeckt wirklich ganz gut, die Maus! Alle Katzen mögen Mäuse!"

Aber seine kleine Schwester heulte nur umso mehr. Schließlich spitzte Mausbert seine Schnute. „Na, wenn du sie sowieso nicht magst ...", meinte er gleichmütig.

Kurze Zeit später war auch diese Maus gegessen, und ein kleiner, satter Kater rollte sich, mit seinem dicken Bäuchlein nach oben, in seinem Kinderkörbchen zufrieden zum Schlafen zusammen.

Unten im Hof saß immer noch die kleine Tiffany und jammerte. Ihr tat es nun zutiefst leid, dass sie unartig gewesen war.

Admiral Lord Mizius hatte mit zusammengekniffenen Augen gewartet, bis Kitty an ihm vorbeigeschlurft war, und er aus dem Schlafzimmer die Matratze unter ihrem Gewicht ächzen hörte. Tatsächlich hatte er ihr vorhin seinen bitterbösesten Blick zugeworfen. Er war ganz einfach darüber empört, wie sich seine Menschenfreundin verhielt.

Jede Katze und jeder Mensch konnte auch ohne irgendein Zauberartefakt sehen, wie schlecht dieser Adonis Schnurz für seine Kitty war.

Lachte sie? Nein! Sah sie strahlend glücklich aus? Nein! Lebte sie auf? Ganz im Gegenteil!

Also, warum, um alles in der Welt, bildete sie sich ein, dass ihr die große Liebe begegnet war?! Warum machten Menschen es immer so kompliziert? Ständig standen sie mit ihrem Eigensinn sich selbst und der Wahrheit im Weg herum!

Geschweige denn, dass sie das alles mit ihm, Lord Mizius, besprechen würde, wie sie es früher getan hatte! Immer hatte sie auf sein Urteil großen Wert gelegt, nur dieses Mal nicht.

Schließlich hatte er ganz deutlich gezeigt, was er von diesem Schnurz hielt, aber das interessierte seine Kitty nicht. Das kränkte ihn besonders. Es war für den Admiral mehr als offensichtlich, dass nun ein dringendes, kätzliches Einschreiten von Nöten war!

Der weiße Kater sprang möglichst leise von dem Ledersofa herunter, sobald Kitty mit ihrem Kaffeetopf wieder im Bett verschwunden war. Er hatte nicht sehr viel Zeit, bevor sie im Obergeschoß erscheinen würde, um sich vor der Arbeit im Badezimmer zu putzen. Dann musste Lord Mizius mit seinem Vorhaben fertig sein.

Er schlich vorsichtig die Holztreppe zum oberen Geschoß hinauf, bis zu Kittys Schreibtisch, wo sie noch Vorgestern so einträchtig mit Ken gesessen hatte.

Und dann hatte Kitty wieder alles verdorben mit dem schottischen Kater.

Lord Mizius verzog sein weißes Pelzgesicht.

Oben auf dem Schreibtisch lag Kittys große Ledertasche, die sie immer zur Arbeit ins Museum mitnahm. Gott sei Dank war der Reißverschluss nicht verschlossen, das hätte dem Admiral doch einige Schwierigkeiten bereiten können.

Erleichtert sprang Lord Mizius neben der Tasche auf die Schreibtischplatte. Es dauerte nicht lange, dann hatte der starke Kater die Ledermappe bis an den Tischrand gepfotelt, noch einmal nachlangen, dann plumpste die Tasche vom Tisch auf den Holzfußboden. Lord Mizius hielt die Luft an und lauschte mit schräg gelegtem Kopf.

„Puhhh!", Er stieß pfeifend den Atem wieder aus.

Kitty war heute Morgen tatsächlich besonders mitgenommen, nicht einmal diesen lauten Plumps hatte sie gehört. Der Rest des Planes war nicht sehr schwierig. Der weiße Kater kroch einfach in die offene Tasche hinein, wobei er den Inhalt herauskratzte, bis alles fein säuberlich auf den Dielen verteilt lag, auch die hochwichtigen Beweiskopien über die Museumsdiebstähle, die Kitty bei ihrem Gespräch mit Dr. Frei benutzt hatte.

Der Admiral wählte eine Seite aus, die ihm besonders gefiel. Darauf war ein schöner goldener Fingerring abgebildet, der schon vor einigen Monaten aus dem Rosenburger Museum verschwunden war. Dieses Blatt Papier versteckte der Kater sorgfältig unter Kittys Kleiderschrank rechts an der Wand.

Als Kitty kurze Zeit später müde die Treppe herauf kam, um zu duschen, sah sie als Erstes ihren höchst zufrieden wirkenden Kater, der in einem um ihn verstreuten Chaos saß, das er aus dem Inhalt ihrer Arbeitstasche gebastelt hatte.

„Ach, Lord Mizius", schimpfte sie zu erschöpft, um richtig böse zu werden, „ausgerechnet heute! Musste das denn wirklich sein?!"

Aber der Admiral grinste nur. *Ja, Strafe musste sein!*

Darüber hinaus musste ja irgendjemand die Dinge wieder richten, die Kitty völlig durcheinander gebracht hatte.

Was war dagegen so ein bisschen oberflächliche Unordnung?

Der zweite Teil seines Planes verursachte dem Admiral weit mehr Kopfzerbrechen.

Wie sollte er das Blatt Papier zu Minas Polizisten bringen? Allein der Weg durch den Tunnel war so beschwerlich, dass das wichtige Beweisstück vielleicht Schaden nahm.

Und wie sah für die Menschen erst ein Kater aus, der mit einem Blatt Papier im Mäulchen allein durch die Straßen lief?

‚Manchmal sind wir Katzen den Hunden gegenüber wirklich benachteiligt', ärgerte sich Lord Mizius, *‚wenn ein Hund mit einer Zeitung im Maul durch die Gegend läuft, dann sind alle Menschen gerührt und begeistert, wenn aber eine Katze das Gleiche tut, dann heißt es wieder, sie wäre merkwürdig! Die Welt ist doch voller Vorurteile!'*

Gerade, als der Admiral über diese schwierigen Dinge

nachgrübelte, hörte er an der Terrassentür ein Kratzen.

Dem Kratzen folgte das dünne ‚Mieehhh!' eines Katzenkindes.

Lord Mizius erhob sich von seinem Lager vor dem kalten Kamin. Draußen, auf der Terrasse, saßen vor der Tür Bonnie und Billy, wie der Admiral es auch nicht anders erwartet hatte.

„Na, ihr beiden?", begrüßte der weiße Kater die Kleinen. „Ist Boss über den Franziskus-Ring informiert? Auftrag erledigt?"

Bonnie legte ihr kleines, schwarzes Köpfchen schräg. „Ja, Lord Mizius. Wir hatten gleich noch vor dem Morgengrauen eine außerordentliche Sitzung.", Das kleine Katzenmädchen machte eine bedeutsame Pause. „Wir sind dienstlich hier", fügte sie dann wichtig hinzu, während Billy neben ihr wieder einmal interessiert ganz woanders hinsah.

„Oh", machte der Admiral. „Und was bedeutet das jetzt? Seid ihr das nicht immer?"

Bonnie räusperte sich ein wenig verlegen. „Na ja, schon", druckste sie herum, „aber dieses Mal haben wir von Boss den offiziellen Auftrag, den Ring von Kitty zu sichern."

Lord Mizius hielt die Luft an. Das bedeutete mit anderen Worten, dass Bonnie und Billy hier waren, um Kittys Ring zu stehlen.

Konnte er das zulassen?

„Bitte, Lord Mizius", flehte die kleine Bonnie jetzt eindringlich, „es ist wirklich wichtig! Auch für dich und Kitty! Du musst der Katzenvereinigung jetzt vertrauen!"

Der schöne, weiße Kater überlegte und räusperte sich dann nach einem Moment. „Also gut", erwiderte er schließlich. „Ich erlaube es. Ihr dürft den Geheimgang benutzen und hereinkommen!"

Das kleine Katzenmädchen atmete erleichtert auf. „Puhh! Gott sei Dank!", schnaufte sie atemlos. „Ich hatte ehrlich schon Angst, dass du Boss widersprichst! Aber wir brauchen den Geheimgang nicht, deshalb ist ja Billy da!"

Billy guckte immer noch Löcher in die Luft und beäugte aus der Entfernung die leeren Katzenteller auf der Terrasse.

Auch Kitty war diesen Morgen zu durcheinander gewesen und hatte vergessen, die Teller für ihre Katzengäste aufzufüllen, bevor sie zur Arbeit ins Museum ging. Die kleine Bonnie schlug ihrem Bruder, ohne sich weitere Umstände zu machen, mit der Pfote zwischen die Ohren.

„Los, Blödmann! Aufwachen! Jetzt bist du dran!"

„Menno", quengelte Billy ungehalten, „hau mich doch nicht immer gleich auf mein Köpfchen! Ich war in Gedanken!"

„Phh!", machte seine Schwester, „was soll das schon sein? Essen wahrscheinlich! Du bist *dienstlich* hier, erklär dem Admiral schon das Geheimnis von deinem dämlichen Schnurrhaar!"

„Was soll er?", fragte Lord Mizius entgeistert.

Bonnie seufzte. „Männer sind manchmal *soooo* umständlich!", schimpfte sie leise vor sich hin. „Also, Lord Mizius, Billy hat dir was zu erklären. Billy, erkläre Lord Mizius, wie wir gleich sein Haus betreten werden!"

„Ja doch", Billy war immer noch nörgelig. „Olle Wichtigtuerin!", Er räusperte sich. „Also Lord Mizius, was meine eingebildete Schwester damit meint ist, ich soll dir erklären, dass ich von Geburt an *begabt* und dazu ausersehen bin, alle verschlossenen Dinge zu öffnen", begann der kleine Katzenjunge und bei jedem Wort schwoll seine schmale Brust vor Stolz mehr an.

Bonnie neben ihm verdrehte die Augen und schimpfte tonlos vor sich hin.

„Natürlich kann ich auch danach alles wieder verschließen", fuhr Billy eifrig fort. „Das mache ich nämlich mit meinem Zauberschnurrhaar.", Der kleine Kater setzte sich ganz aufrecht hin.

Als Lord Mizius auf seine Rede erst einmal verblüfft gar nichts erwiderte, sagte Billy noch einmal: „Also, das mache ich nämlich mit meinem *Zauberschnurrhaar*, das ich seit meiner *Geburt* als *allereinzigster* in der Katzenvereinigung habe.", Er warf einen triumphierenden Blick auf seine düster vor sich hin starrende Schwester. „Auch Bonnie hat kein *Zauberschnurrhaar*", betonte er etwas gehässig. „Es ist das eine weiße hier, siehst du? Und wenn ich damit wackele, dann kommen silberne Sterne über mein Köpfchen, und ich kann *zaubern*!"

„Ja, ja, oller Mausekopf!", zischte Bonnie. „So macht er also Türen auf und zu, Lord Mizius. Das ist das ganze Geheimnis! Können wir nun endlich anfangen?"

Der Admiral musste sich erst einmal mit einer Hinterpfote am Ohr kratzen. „Hm, na gut. So seid ihr gestern also rein und raus und an meinen Thunfischteller gekommen", sagte er dann. „Na, meinetwegen. Dann wackele mal mit deinem Zauberschnurrhaar!"

Der weiße Kater wich sicherheitshalber einige Schritte weiter in den Flur zurück und setzte sich wieder hin. So ganz hatte Lord Mizius das alles nicht verstanden, aber das würde er vor den Katzenkindern natürlich niemals zugeben.

Billy grinste frech, wackelte nur ein bisschen mit seinem einzigen, weißen Schnurrhaar, und in der Luft über seinem kleinen, flauschigen Kopf erschienen aus dem Nichts silberne Funken wie die einer Wunderkerze.

Dann machte es ‚Klack‘, und die Terrassentür öffnete sich von Zauberhand einen Spalt breit wie in der vergangenen Nacht. Bonnie und Billy kamen herein.

„Und nun mache ich die Tür wieder zu", sagte Billy stolz über seine Schulter zu dem Admiral.

Er wackelte wieder mit seinem Schnurrhaar, was Lord Mizius natürlich von hinten nicht sehen konnte. Die silbernen Sterne erschienen mit einem Gebimmel wie von Glöckchen, und die Tür schloss sich wieder langsam mit einem leisen Klicken.

„Donnerwetter!", entfuhr es dem Admiral. „*Das* ist ja mal ein Talent!"

Der kleine, schwarze Kater spotzte seine Schwester triumphierend an, schritt an ihr vorbei, und begann Lord Mizius' Futterteller zu inspizieren. „Ich habe Hunger", erklärte Billy dazu etwas hochnäsig. „Das Zaubern strengt mich immer so an!" Bonnie ließ genervt ihr Köpfchen hängen. „Er ist so *blöde*", flüsterte sie Lord Mizius zu. „Ich glaube, ich werde ihn heute noch beißen!"

Aber der Admiral war tief in seine Gedanken versunken, er achtete auch nicht darauf, dass der kleine Kater hinter seinem Rücken begann, schmatzend den Admirals-Teller zu leeren.

Dieses Talent von Billy kam ihm gerade wie gerufen, und es eröffnete Perspektiven, von denen Lord Mizius nicht einmal gewagt hätte, zu träumen. Unter anderem war es auch die Lösung für das Problem, wie das Beweispapier in die Hände von Minas Polizisten kam.

Bonnie schob sich an Lord Mizius vorbei und drängte ihren Bruder mit düsterer Mine von dem fast leeren Futterteller weg.

„Lass mir gefälligst auch noch etwas übrig, du doofer Fresssack!", fauchte sie ihn an. „Du weißt genau, dass wir auch heute früh von Cadys nichts bekommen haben!"

„Ja, ja", mampfte Billy mit vollem Mäulchen. „Reg dich nicht auf! So ein kleiner Regenwurm wie du braucht doch sowieso nicht viel!", Der kleine Kater machte seiner drängelnden Schwester Platz, nicht ohne sich noch ein dickes Stück Thunfisch vom Teller zu ziehen und einen Schritt weiter in den Flur herunterzutragen, um es aufzuessen.

Lord Mizius seufzte.

Was auch die kleinen Katzenkinder so alles von ihm denken mochten, sie aßen da gerade ganz unschuldig sein Frühstück und, obwohl er ein sehr kluger Kater war, Thunfischdosen konnte auch er nicht alleine öffnen. Bevor Kitty heute Abend kam, würde es auch für ihn nichts mehr zu essen geben.

Der Admiral seufzte wieder ergeben.

„Wenn ihr beiden mit dem Essen fertig seid, dann bräuchte ich eure Hilfe bei Mina."

Billy hörte sofort mit tellergroßen Augen auf zu kauen und starrte Lord Mizius entgeistert an. „Bei dem großen Hundemonster von gestern?"

„Ja", bestätigte der weiße Kater. „Genau bei dem. Ihr wisst doch noch, was wir mit Mina besprochen hatten, oder? Sie braucht den Beweis für die Diebstähle im Museum für ihren Polizei-Menschen."

„Jjja ... schon", stammelte der kleine Kater, „aber was haben *wir* denn damit zu tun?"

„Bis gerade eben nichts", grinste der Admiral. Der Katzenjunge würde schon von selbst darauf kommen.

Billy schluckte.

Bonnie sah von dem Teller auf, den sie gerade hingebungsvoll ganz blank geleckt hatte. „Mann, du bist *wirklich* ein oller Mausekopf!", spottete sie. „Du sollst wohl einfach mal ein paar Türen aufmachen! Stimmt's Lord Mizius?"

Der kleine, schwarze Kater sah in heller Panik von seiner Schwester zu dem weißen Kater und wieder zurück. „Aber ... aber ... *bei Mina?*", schluckte er. „Nicht da, wo der Monsterhund wohnt, oder?"

Der Admiral zwinkerte dem kleinen Katzenkind tröstend zu. „Doch, genau da, wo Mina wohnt", sagte er dann sanft. „Aber ich bin ja bei dir!"

Bonnie sprang ihrem erstarrten Bruder von hinten mit beiden Pfoten um den Hals.

„Ich bin auch bei dir", ergänzte sie. Dann rollte sie sich auf dem Boden herum und lachte über Billys entsetztes Gesicht. „Ich gehe jetzt mal, den Franziskus-Ring suchen. *Der Mausekopf hat die Hosen voll! Der Mausekopf hat die Hosen voll!*", sang das kleine Katzenmädchen spöttisch, als sie tänzelnd durch Kittys Schlafzimmertür verschwand.

Billy putzte sich hektisch die Flanke.

„Oh, neee, Admiral", jammerte er, „muss ich wirklich?"

Lord Mizius legte seinen schönen, weißen Kopf schräg.

„Tut mir leid, Billy", antwortete er. „Ich fürchte schon. Leider habe ich dein Talent nicht, wie du weißt."

Der kleine, schwarze Kater ließ trübsinnig sein Köpfchen hängen. Er schlotterte schon jetzt am ganzen Körper. „Oh, menno!", stöhnte er. „*Immer* ich! Ich glaube, gleich kommt der Fisch wieder raus!"

Eigentlich war Lord Mizius' Plan ganz einfach.

Zuerst würde er den Beweis-Zettel unter Kittys Schrank hervorholen. Dann würde Billy die Tür zu Kittys Terrasse wieder öffnen, und dann würden die drei Katzen durch die Hecke schleichen, bis sie vor Minas Terrassentür ankamen.

Hier sollte Billy dann die Tür zu Minas Haus öffnen. Lord Mizius würde den Zettel zu Mina bringen, Billy würde die Tür wieder schließen. Der Polizist Ritter sollte dann den Beweis finden, nachdem Mina ihn gerufen hatte.

Das war alles. Ganz einfach, also.

Der Haken an dieser ganzen Planung war, dass Billy schon in Kittys Garten begann, zu zittern und zu schlottern.

Obwohl Bonnie ihm, hin und wieder, sogar das Bäckchen leckte, und der Admiral dicht neben ihm blieb, war es mit Billys Mut gänzlich vorbei, als sie vor Minas Glastür, die in den Garten führte, angekommen waren.

Der große Polizeihund war durch die Glasscheibe ganz deutlich zu sehen. Das riesige Maul. Die heraushängende Zunge. Die spitzen Zähne. Obwohl die Hündin freundlich grinste, war ihr Anblick einfach zu viel für den kleinen Kater.

Während der Admiral Mina begrüßte und ihr den Plan erklärte, ging Billy mit aufgeplustertem Fell immer weiter rückwärts, bis er fast wieder in der Hecke verschwunden war.

„Na gut", bellte Mina, als Lord Mizius mit seinen Erklärungen fertig war. „Dieser Plan könnte klappen. Vorausgesetzt, dieses kleine Fellknäuel da hinten ist nicht gleich ganz weg!", Sie lachte.

Der weiße Kater und die kleine Bonnie wandten sich um.

„Ach, Billy", rief Bonnie, „los, komm zurück! Mina hat dir doch schon versprochen, dir nichts zu tun!"

„Ganz sicher", bestätigte Mina. „Du bist doch viel zu klein, und der Admiral ist schließlich mein Freund!"

Hinter der Hündin im Haus schien sich ihr Polizist zu regen, denn er war durch Minas Gebell aufmerksam geworden.

„Schnell!", sagte die Polizeihündin. „Komm, Billy-Knäuel, oder wie du heißt, bevor mein Mensch herkommt!"

Der kleine Billy machte sich auf dem feuchten Gras ganz flach, sodass er kaum zu sehen war, aber er schlich tapfer näher.

„A ... a ... also gut", stammelte er, „a ... a ... aber nur ganz schnell!", Er richtete sich ein klein wenig auf, wackelte nur ganz kurz mit seinem weißen Zauberschnurrhaar und war dann wie ein Blitz durch die Hecke wieder in Kittys Garten verschwunden.

Einen Moment lang erschienen in der Luft dort, wo gerade eben noch Billys Köpfchen gewesen war, kleine, weißliche, verdrehte Funken, die man wirklich nicht als silberne Sternchen bezeichnen konnte.

Sie zischten wie aus einer Silvesterrakete in alle Richtungen, und mit einem markerschütternden Kreischen sauste die schwere Stahljalousie vor Minas Terrassentür wie ein Fallbeil herunter.

Die gestreifte Polizeihündin war nun nicht mehr zu sehen, dafür bellte sie vor Lachen wie verrückt.

Die beiden Katzen waren vor Schreck mit allen vier Pfoten gleichzeitig in die Luft gesprungen, blieben jedoch tapfer vor Minas Tür. Der Admiral wandte sich mit dem Zettel im Mund zu einer sehr peinlich berührten Bonnie um.

„Waff wa daff denn?!", fragte er entgeistert.

Mina lachte drinnen hinter der Jalousie immer noch. „Ihr seid ja Zauberkünstler!", bellte sie. „Echt gefährlich, der kleine Kerl! Lasst mal sein, schieb einfach den Zettel unter den Stahlvorhang, Lord Mizius! Mein Mensch kommt! Für den Rest sorge ich!", Sie lachte wieder. "Auftrag erledigt!"

Als Lord Mizius und die kleine Bonnie wieder zurück zu Kittys Haus kamen, fanden sie Billy geknickt und schlotternd unter Lord Mizius' rotem Sofa. Nur seine kleine, schwarze Nase guckte hervor.

„Es tut mir so leid", maunzte er jämmerlich. „So etwas ist mir noch niemals passiert! Eigentlich bin ich ja ein mutiger Kater, aber diese Mina ist einfach zu grässlich!"

Der Admiral steckte seine rosa Nase zu Billy unter das Sofa. „Ist nicht schlimm", tröstete er den kleinen Kater, während er ihm über die Stirn leckte. „Es hat ja am Ende dann noch geklappt, der Polizist hat den Zettel gefunden!"

„Ja, du warst echt klasse, Billy!", wisperte auch Bonnie ihrem Bruder zu. „Ehrlich, ich war auch vor Angst ganz krank, ich konnte mich gar nicht rühren! Und du hast sogar noch gezaubert!", Sie gab ihm ein liebevolles Nasenküsschen. „Alter Mausekopf! Bleibe ruhig unter dem Sofa noch ein bisschen sitzen, ich bringe inzwischen den Franziskus-Ring allein zu Boss!"

„Ehrlich?", fragte es zaghaft unter dem roten Ledersofa hervor.

„Ja, ehrlich!", bestätigte die kleine Bonnie. Sie zwinkerte Lord Mizius noch einmal verschwörerisch zu und machte sich dann auf den Weg.

Nach einer Weile, als Bonnie schon mit dem Franziskus-Ring im Mäulchen durch den Geheimgang verschwunden war, lag der Admiral mit dem Kopf auf seinen weißen Pfoten vor dem Ledersofa.

Billy steckte immer noch darunter, zitterte am ganzen Körper und beruhigte sich nur langsam.

Dass die Tür nach draußen zum Garten offenstand, trug auch nicht gerade zu seinem Seelenfrieden bei, aber der kleine Kater konnte sich noch nicht dazu durchringen, unter dem Sofa hervorzukommen, um die Tür wieder zu schließen. Einzig und allein, dass Mina viel zu groß war, um sich durch die Hecke zu zwängen, beruhigte Billy ein wenig.

Lord Mizius klopfte nachdenklich mit seinem geringelten Schwanz auf den Dielenfußboden. „Sag einmal, Billy", meinte er nach einigen Momenten, „du hast gestern Nacht so etwas zu mir gesagt, dass ich bei dir einen Gefallen gut hätte. Gilt das noch?"

Billy zog seine kleine, schwarze Nase noch ein Stück weiter unter das Sofa zurück. „Kommt darauf an", erwiderte er misstrauisch. „Wenn es wieder etwas mit Mina zu tun hat, dann nicht!"

Der Admiral musste lachen. „Nein, keine Sorge, das meine ich nicht! Ich dachte nur … aber du musst mir versprechen, worum ich dich jetzt bitte, ganz für dich zu behalten, ja?"

„Was meinst du?", Neugierig kam Billys Nase wieder ein kleines bisschen unter dem Sofa hervor.

Der weiße Kater seufzte. „Also …", begann er leise, „ich kenne da seit einiger Zeit ein wunderschönes Katzenmädchen namens Toffee Pearl …"

28. Katzpitel,

in dem der Puma einen schweren Job hat

Cadys erwachte mit Gewissensbissen.

Erst konnte sie sich gar nicht erklären, weshalb sie dieses nagende Gefühl verspürte. Dann fiel es ihr ein. Sie hatte gestern Abend ihre Katzen nicht gefüttert. *Nur, warum nicht?*

Sie hatte nicht die geringste Ahnung. Ein durch und durch unbehagliches Gefühl ergriff sie dann, als sie die Hecktüren ihres weißen Transporters öffnete und all die Dosen mit Katzenfutter und die unbenutzten Näpfchen sah, die sich noch immer sauber darin stapelten. Zuallererst würde sie hoch zum Zuckerberg fahren. Die Kätzchen würden doch so hungrig sein. Sie warf einen Blick hinauf zur Katzenvilla.

Was war bloß passiert?

Entschlossen riss Cadys die Fahrertür auf. Und erstarrte.

Sie sah direkt in das *‚Magische Auge des Aureus Virrus‘*, das in dem geparkten Wagen, auf mysteriöse Weise, unter ihrer Handtasche hervorgerollt war. Das Auge starrte zurück. Langsam streckte sie die Hand aus und berührte das Artefakt.

Eine heiße Welle schoss durch ihre Gedanken, Gold und Feuer. Sie ließ das Auge wieder los. Cadys schüttelte sich. Sie wollte mit diesem Ding nichts zu tun haben.

Am besten nahm sie es mit zur Villa und vergrub es dort im Wald. Angeekelt steckte sie das magische Auge in die Tasche ihrer Jeans. Nur, bis sie es vergrub. Später.

Leider hatte diese Hosentasche ein Loch. Nur ein ganz kleines

Loch, doch es reichte, damit das Artefakt seine Arbeit tun konnte.

Noch bevor Cadys den Anlasser betätigte, waren die Katzen auf dem Zuckerberg vergessen.

Während sie zum ‚Café Kilmorlie' in die Stadt fuhr, sickerte stetig ein goldener Strom durch ihre Haut, und langsam, fast unmerklich, begannen sich ihre Gedanken zu verändern.

Als Cadys an einer Bank vorbeikam, stieg sie, mit beiden Füßen gleichzeitig, auf die Bremse. Das ganze Gebäude erstrahlte in einem so wundervollen, goldenen Licht, das sie unwiderstehlich anlockte. Sie lenkte den Transporter in halsbrecherischem Tempo in eine enge Parklücke auf dem Seitenstreifen. Hinter ihr hupte es wütend.

„Du Bekloppte!", schrie der Fahrer, als er an ihr vorbeizog. „Du bist ja vollkommen irre!"

„Ich muss mein Geld holen", murmelte Cadys, während sie fahrig an dem Gurt herumzerrte.

„Sie sehen heute aber gar nicht gut aus, Frau Zucker", bemerkte der Kassierer, bei dem sie ihr Konto bis auf fünf restliche Euro plünderte. „Wollen Sie nicht noch einmal darüber nachdenken, Ihr ganzes Geld abzuheben?"

Schweißperlen standen auf Cadys' Stirn, und ihr war heiß und schwindelig. Vor ihren Augen waberten goldene Schlieren. „Ich find auch, dass Sie scheiße aussehen, Meier", antwortete sie mit glasigen Augen. „Und das noch jeden Tag, rund um die Uhr. Also, machen Sie mich nicht an! Glauben Sie nicht, dass eine Frau wie ich jemals mit Ihnen ausgehen würde!"

Der Bankangestellte wurde blass. „Bitte. Ich wollte nur höflich sein, Frau Zucker."

So korrekt wie möglich zählte der Mann die Geldscheine vor Cadys auf den Schalter. „... achthundert, neunhundert. Tausend. Zweitausend. Dreitausend. Dreitausendzwanzig, Dreitausendfünfundzwanzig. Bitte sehr, Frau Zucker."

Cadys schwankte. Ihr ganzer Körper schien in einem unsichtbaren Feuer zu brennen und ihr Hals war so trocken. „Das *soll alles* sein?", Sie wischte sich mit dem Handrücken den Schweiß von der Stirn. „Wo ist der *Rest*?"

„*Der Rest*?", Herr Meier bekam einen argwöhnischen Blick. „Wie darf ich das verstehen, bitte?"

Gierig kratzte Cadys die Geldscheine in ihre offene Handtasche. *Der Meier log!*

Hier war viel mehr zu holen, überall leuchtete und pulsierte es in einem satten Gold.

„Ich weiß, dass hier noch viel mehr rumliegt, Meier! Ich kann es förmlich riechen. Geben Sie es mir, Meier!"

Der magere Mann zog die Augenbrauen hoch. „Wie bitte?"

Cadys beugte sich verschwörerisch über den Tresen.

„Na los, rück das Geld schon raus! Wenn du mit mir die Bank plünderst, gebe ich dir ... na, sagen wir, fünfundzwanzig Prozent.", Sie verzog wie unter großen Schmerzen ihr Gesicht. „Wenn ich auch nicht weiß, was ein freudloser, trockener Hering wie du damit soll, also besser ... zehn Prozent. Das reicht für dich auch!"

Herrn Meier quollen die Augen aus dem Kopf. „Ihr Konto ist geräumt, Frau Zucker", sagte er knapp. „Ich kann Ihnen nicht mehr Geld auszahlen!"

Cadys packte den Bankangestellten an seinen Anzugaufschlägen und zog ihn mit einem Ruck über den Tresen. „Gib mir *mehr Geld*", fauchte sie in sein blasses Gesicht. Speicheltröpfchen trafen Herrn Meiers Augen, und er musste blinzeln. „Du hast viel *mehr*!"

„Lassen Sie mich los, Frau Zucker. Bitte, lassen Sie mich los! Lassen Sie mich los, oder ich rufe die Security!", Seine Hand tastete zitternd nach einem Schalter.

„Pah! Security! ‚*Ich rufe die Security*'", äffte sie ihn nach. „Heulsuse!", Cadys schubste den Mann zurück hinter den

Schalter. „Ich geh schon, Jammerlappen. Aber ich komme wieder! *Geizhammel!*"

Sie torkelte wie eine Betrunkene zum Ausgang. Die Geldscheine hingen aus ihrer offenen Handtasche, die sie dicht vor ihre Brust presste. Schweißnasse, rosa Haarsträhnen klebten ihr in den Augen. Die anderen Kunden traten vorsichtshalber mehrere Schritte von Cadys zurück. Kopfschüttelnd sahen die Menschen ihr nach.

Wie es der Zufall wollte, hatte Adonis Schnurz in der Zwischenzeit sein teures, rotes Cabrio direkt vor Cadys' Transporter geparkt.

Der Arzt selbst war allerdings nirgendwo zu sehen. Cadys blieb stehen und griff nach dem Arm einer völlig Fremden, die gerade an ihr vorbeiging und hinderte sie am Weitergehen.

„Weißt du, wem dieser Wagen gehört?", blaffte sie die erschrockene Frau an. „Der gehört Adonis Schnurz! Eigentlich ist es aber *mein* Auto, da steckt nämlich *mein ganzes Geld* drin. Weißt du das? Häh?!", Wütend schüttelte sie den Arm der Frau.

„Lassen Sie mich gefälligst los!", Die ältere Dame verpasste Cadys empört eins mit ihrer Handtasche. „Was geht mich das an, Sie Irre? Los, Pfoten weg!"

„*Aua!*", Cadys taumelte, ließ aber die Passantin los.

„Haben die Bekloppten heute Ausgang, ja?", keifte die Frau hinter ihr her.

Ohne zu antworten, stolperte Cadys zu ihrem Transporter. Sie hatte gerade eine neue Idee bekommen. Und sie hatte noch ein Hühnchen zu rupfen mit Dr. Adonis Schnurz.

Oder besser, ein Auto.

Kichernd öffnete sie die Hecktüren und verschaffte sich einen Überblick, was so alles in ihrem Wagen lagerte, das dazu taugte, donis' Cabrio in ein gebührendes Abschiedsgeschenk zu verwandeln.

Zehn Minuten später stand sie verschwitzt, aber zufrieden vor dem teuren Auto ihres Ex-Verlobten, das nun nicht mehr in einem ganz so kostbaren, goldenen Lichtschein leuchtete. Eigentlich leuchtete daran überhaupt nichts mehr. Vier fünfundzwanzig-Liter-Säcke Katzenstreu hatten das Luxus-Cabrio in ein riesiges Katzenklo verwandelt. Den Fahrersitz aus teuerstem, handschuhweichem Leder hatte Cadys zusätzlich noch mit einem Liter Motoröl getränkt.

Cadys grinste. Sie konnte sich kaum von diesem herrlichen Anblick losreißen, doch es war besser, sie verschwand, bevor Adonis wieder hierher zurückkam. Als sie sich umdrehte, stand sie direkt vor einer Frau, die inzwischen aus einem der umliegenden Hauseingänge gekommen war.

„Was haben Sie denn mit dem Auto gemacht, Sie Verrückte?", fragte die Frau entgeistert.

Cadys grinste. „Das ist meins, damit kann ich machen, was ich will! Ist es nicht gut geworden? Fehlt noch was? Brauchen Sie das noch?"

„Was?"

„Na, der Müll!", Cadys zeigte auf die zwei vollen Mülltüten, die die Frau in der Hand hielt.

„Was?"

Cadys schüttelte den Kopf über so viel Unverstand, nahm ihr die zwei Tüten Grünabfälle ab und leerte sie, eine nach der anderen, mit großer, künstlerischer Geste auf den Ledersitzen des Cabrios aus.

„Sie hatten recht", klopfte sie dann der mit offenem Mund erstarrten Frau auf die Schulter. „So ist es viel besser!", Cadys zwinkerte verschwörerisch. „Gutes künstlerisches Auge!"

Lachend ließ Cadys die Frau stehen und stieg in ihren Transporter. Sie lachte so sehr, dass sie kaum hinter dem Lenkrad gerade sitzen konnte. Ohne zu blinken, oder auf den Verkehr zu achten, machte sie einen Kavalierstart direkt vom Parkstreifen auf die Linksabbieger-Spur. Natürlich erntete sie wieder ein lautes Hupkonzert.

Als sie schließlich in dem stillen Hinterhof des ‚*Café Kilmorlie*‘ parkte, war sie aus irgendeinem Grunde schlecht gelaunt, obwohl sie nicht genau wusste, warum.

Oder doch: Es war einfach eine Schande, so ein Auto zu verschwenden, ob an Adonis, oder als Katzenklo.

Mit einem Stoß öffnete sie die Tür zu den Geschäftsräumen.

„Hallo Cadys, du bist aber spät dran heute", begrüßte ihre erste Kraft, Sandra, sie mit einem Augenzwinkern. „Lange Nacht gehabt?"

Sandra nahm sich diesen Ton nicht aus Frechheit heraus, sie und Cadys waren schon seit zwei Jahrzehnten eng befreundet.

„Das geht dich ja kaum etwas an", schnappte Cadys giftig zurück. „Warum sind die Tische vor der Tür noch nicht eingedeckt?"

„Was ...", stammelte ihre Freundin verdutzt, „aber ... sieh doch mal wie trübe der Tag ist, da wird doch wohl kaum jemand draußen frühstücken wollen, denke ich!"

„Sandra, du sollst nicht denken, du sollst arbeiten", fauchte Cadys über ihre Schulter zurück. „Es ist schließlich *mein* Geld, mit dem du so freigiebig umgehst!"

Sandra blieb entgeistert stehen. So etwas war ihr mit Cadys noch nie passiert. Sie war so verblüfft, dass sie keinen Ton mehr zu ihrer Freundin und Chefin sagte und einfach begann, draußen die Tische einzudecken.

Cadys goss sich in der Küche ein Glas eiskalten Champagner ein. Üblicherweise trank sie um diese Zeit einen Becher heißen Kaffee, doch heute war ihr ohnehin schon warm und irgendwie war an diesem Tag alles anders.

Sie fuhr sich mit der Hand über die schweißnasse Stirn. Irgendetwas brannte auf ihrer Haut am Bein. Irgendetwas brannte noch stärker in ihren Gedanken. Doch noch ehe sie sich lange fragen konnte, was denn eigentlich mit ihr los war, ertönte die Glocke an der Tür, und weitere Kundschaft betrat den Laden.

Nebenan im Geschäft warteten schon seit einiger Zeit mindestens acht Kunden, trauten sich aber nicht, Cadys aus der Küche zu rufen, um bedient zu werden.

Draußen auf dem Hinterhof war gerade ein schwarzer Kater von einer ausgedehnten, aber sehr erfolgreichen Mäusejagd zurückgekehrt. Mit einem Satz sprang er auf das gemauerte Fenstersims, um sich ein wenig den Bart zu putzen. Doch als der Puma einen Blick durch das Küchenfenster warf, erstarrte er mitten in der Bewegung, die Vorderpfote noch erhoben. Er fauchte.

Da drinnen stand Cadys, in einem giftigen Rotgold erstrahlend, mit einem ganz und gar verrückten Ausdruck auf dem Gesicht. Verzweifelt vergaß der Puma das Putzen und suchte nach einem Weg, um in den Laden zu kommen. Doch die Hintertür war verschlossen.

Im Laden begannen die Kunden nun unruhig zu werden. Cadys hörte ihr Gemurmel, erst verhalten, dann immer lauter werdend. Schließlich fasste sich jemand ein Herz und rief laut: „Kundschaft, Cadys!"

„*Kundschaft*", äffte Cadys mit verzerrtem Gesicht nach.

Mit dem Champagnerglas in der Hand schob sie sich lässig um den Türpfosten der Küche herum und sah in den Laden hinein. „Sie wünschen?", hauchte sie und nahm noch einen Schluck aus dem kalt beschlagenen Glas. Einige der wartenden Kunden kicherten.

„Oh!", entfuhr es dem Stadtsprecher Sülz, der zuletzt hereingekommen war. Bei ihrem Anblick lief sein Kopf tomatenrot an. „So früh am Tag schon Champagner, Frau Zucker? Haben Sie denn etwas Besonderes zu feiern?"

Cadys lachte gurrend. Der Mann sah im Großen und Ganzen eher aus wie ein plattgefahrener Schellfisch, aber ihn umgab so eine unwiderstehliche goldene Aura von Macht und viel, viel Geld.

„Ich war aber schon vor dem Herrn Sülz da!"

„Mund halten, Bernd!", fuhr Cadys den jungen Mann an, der es gewagt hatte, das Gespräch aus einem so nichtigen Grund zu unterbrechen. „Du bist später dran. Viel später. Erst kommen die *wichtigen* Leute. Überhaupt, wenn ich dich so ansehe, du strahlst ja kein bisschen. Du bist eigentlich - biologisch gesehen – eher eine Kreuzung zwischen Hirtenhund und Affe, *primates canis lanarius'* ... sozusagen. Lange Arme und ewig am Kreischen, aber treuer Blick unter lockigem Pelz, sehen Sie das, meine Damen und Herren?"

Bernd brummelte nur etwas Unverständliches über leuchtende und nicht leuchtende Menschen, das sich verdächtig nach *Armleuchter'* anhörte. Schließlich kannte er Cadys schon ziemlich lange und wusste, dass sie gelegentlich ziemlich spleenig sein konnte.

Die anderen Kunden lachten. Das wurde hier drin immer unterhaltsamer. Wer weiß, was sich Cadys Zucker heute noch ausdachte.

„Wo war ich?", hauchte Cadys und strich sich eine rosa Ponysträhne aus der nassen Stirn. "Ist es nicht ein Grund zu feiern, wenn der Herr Stadtsprecher Sülz zu meiner edlen Kundschaft gehört? Was darf es denn sein?"

Stadtsprecher Sülz räusperte sich gurgelnd mit hervorquellenden Augen. „Ähem ...", machte er zögernd und sah sich in der Runde unsicher um, während er mit den Fingern seinen Hemdkragen lockerte, und „Öchzzz ...", Mehr bekam der Mann nicht heraus, obwohl er ansonsten als Stadtsprecher immer sehr redegewandt war.

„'Öchz' hat sie nicht, Sülz!", rief Bernd von hinten aus der Schlange und lachte. „Jetzt mach schon hin! Wir waren alle schon vor dir dran!"

Cadys warf den Kopf lachend in den Nacken. Wieder nippte sie an dem Champagnerglas. „Ruhe, da hinten auf den billigen

Plätzen! Nein, tatsächlich. ‚Öchz' führen wir nicht, Herr Stadtsprecher Sülz!"

Endlich bekam sich der ältere Mann mit dem schütteren Haar wieder unter Kontrolle. „Zwei belegte Brötchen mit harten Eiern", bestellte er mit gepresster Stimme, und wieder lachte Cadys.

Die meisten Kunden lachten jetzt auch.

Herr Sülz fuhr sich mit der Hand über die Stirn. Wenn ihm auch gefiel, wie sich Cadys benahm, konnte er es sich jedoch nicht erklären. Seit Langem hatte er versucht, mit ihr zu flirten, doch sie hatte ihn mehr als einmal abgewiesen. Diese Situation begann ihm jedoch, unangenehm zu werden. Zu viele Leute standen mit grinsenden Minen um ihn herum, lachten und beobachteten das Schauspiel sehr genau.

Er war schließlich ein wichtiger und bekannter Mann in Rosenburg und hatte einen guten Ruf zu verlieren. Zumal er ordentlich verheiratet war und drei halbwüchsige Kinder hatte. Was natürlich jeder der hier Anwesenden wusste.

Doch der Herr Stadtsprecher Sülz, der natürlich auch ein schlauer Fuchs war, wollte diese günstige Gelegenheit nicht ungenutzt verstreichen lassen. Er reichte Cadys mit dem kleinen Geldschein zum Bezahlen seiner belegten Brötchen verdeckt eine von seinen edel geprägten Visitenkarten. Er fuhr wieder mit seinen Fingern den Hemdkragen entlang.

„Vielleicht kommen wir ja doch einmal zusammen, Fräulein Cadys", flüsterte er, sodass nur sie es hören konnte, dann räusperte er sich und sagte laut und vernehmlich: „Einen schönen Tag noch, wünsche ich!", Jovial nickte er jedem der Umstehenden zu.

„Sicher", beantwortete Cadys beide Äußerungen gleichzeitig, legte dann den Kopf in den Nacken und lachte wieder laut.

Die umstehenden Kunden sahen einander ratlos an.

„Und was ist er - rein biologisch gesehen -, natürlich?", fragte Bernd säuerlich

Cadys lehnte sich an die Wand, als wäre sie ein berühmter Star, eine Hand lasziv auf die Kacheln über sich gelegt.

„Bernd", erwiderte sie, „*Bernd, Bernd, Bernd.* Siehst du, *deshalb* habe *ich* einen Doktortitel in Biologie und *du* nicht. Ja, siehst du es denn nicht? Es liegt doch völlig klar auf der Hand! Sieht es denn *keiner* von euch?",

Sie schwenkte ihr Champagnerglas in einer großen Geste über die wartenden Kunden und bespritzte die in der vorderen Reihe Stehenden mit dem Inhalt.

„Ich werde euch allen Unterricht geben, aber natürlich nur gegen eine kleine *Spende.*", Cadys griff nach einem leeren Tortenkarton unter der Theke und stellte ihn oben auf den Glastresen. „Hier", hauchte sie, „hier hinterlasst ihr meinen Obolus für den folgenden Vortrag. *Und wehe* ihr seid geizig!"

Sandra, die inzwischen wieder in das Geschäft gekommen war, musste sich durch die umstehenden Menschen drängen, so voll war inzwischen das Geschäft.

Auch aus dem daneben liegenden Café-Raum waren Menschen hereingekommen, um Cadys zuzusehen. Die Scheiben waren von der Atemluft beschlagen, und die Leute redeten und lachten erwartungsvoll. Cadys Zucker war schon immer eine Lustige gewesen, und heute hatte sie sich ein ganz besonderes Unterhaltungsprogramm einfallen lassen.

Sandra runzelte die Stirn. Cadys stand auf einem Cafétisch und beleidigte offenbar die Kunden, die es sogar noch witzig fanden.

„... wo waren wir? Leute, vergesst nicht, reichlich für diesen Vortrag zu spenden! So etwas bekommt ihr nicht jeden Tag geboten! Dort hinein, ja ... immer dort hinein ...", Sie deutete mit einem Besenstiel auf den Pappkarton, der auf der Glastheke stand und tatsächlich schon reichlich mit Klimpergeld gefüllt war. „Ah, ja. Fahren wir fort. Dort hinten seht ihr ein Exemplar des Kleinkarierten Geiernaslers - ... *gypatinae nasutus miniscotus -* ... ja, genau Sie, Frau Goldschmitz!"

Eine ältliche, dürre Frau mit grauen Locken hatte sich bis gerade eben noch prächtig auf die Kosten der anderen Kunden amüsiert. Nun zeigte Cadys mit dem Besenstiel auf sie, und als sie alle Augen spöttisch auf sich gerichtet sah, war ihr das Lachen vergangen. Ihre kleinen, braunen Augen flackerten unruhig von rechts nach links, und sie presste ihre blassen, dünnen Lippen aufeinander.

„... der gemeine kleinkarierte Geiernasler ist gar nicht mal so selten", fuhr Cadys über das allgemeine Gelächter hinweg fort. „Er drückt sich in Kleinst-Rudeln gerne an den Ecken von Marktplätzen herum. Man findet diese Spezies häufig dabei, wie sie ihre enorm große Geiernase in die Sachen anderer Leute steckt!"

„Das muss ich mir nicht sagen lassen!", keifte Frau Goldschmitz empört, was jedoch kaum jemand hörte, denn die Umstehenden schütteten sich vor Lachen aus.

Nur Sandra kratzte sich am Kopf.

Was ging hier eigentlich vor sich?

Besser, sie lief hinüber zum Antiquariat und holte Ken McRight, damit er seine Cousine wieder zur Vernunft brachte!

Der Puma hatte mit fliegenden Pfoten den Häuserblock umrundet, um durch die Vordertür zu Cadys in den Laden zu kommen. Er hatte seine tiefe Scheu vor den Menschen überwunden und wollte nur noch retten, was zu retten war.

Gerade eben verließ der Stadtsprecher Sülz das Geschäft. Sein schmaler Kopf hatte eine ungewöhnlich tomatenrote Farbe.

Der Puma schüttelte sich. *Menschenkram*, das musste er jetzt nicht verstehen!

Der schwarze Kater drückte sich eng an die Häuserwand. Er versuchte, den Schatten, den die gewölbten Arkaden warfen, auszunutzen, um mit dem nächsten Kunden, der die Tür öffnete, ungesehen in die Bäckerei zu schlüpfen. Doch obwohl der

Laden mit Menschen dicht gefüllt war, kam niemand hinaus. *Merkwürdig.*

Wieder einmal blieb dem Puma nichts weiter übrig, als zu warten.

Schließlich öffnete sich die Tür zum ‚Café Kilmorlie‘ doch noch. Sandra kam heraus und rannte, mit hochrotem Gesicht, am Puma vorbei über den Platz, ohne ihn zu sehen.

Der Puma kratzte sich am Ohr. Er saß immer noch draußen vor dem Café.

Drinnen stand Cadys inmitten einer dichten, lärmenden Menschentraube auf einem Tisch und hielt eine Versammlung, oder so etwas. Offensichtlich trug sie das Artefakt an ihrem Körper, so wie sie strahlte. Doch sie kam nicht heraus, und er kam nicht zu ihr herein. *Wie sollte er so bloß das Artefakt sichern?*

Ken McRight hatte an diesem Donnerstag nach einer Joggingrunde nur missmutig sein Antiquariat wieder geöffnet.

Er bekam den Anblick von Kitty, wie sie in den Armen von diesem Schnurz lag und ihn küsste, einfach nicht aus dem Kopf. Offensichtlich hatte sie sich entschieden, jedoch nicht für ihn.

Im Moment warf Ken einen sehr gequälten Blick, triefend vor Selbstmitleid, durch das Schaufenster seines Ladens nach draußen auf den Marktplatz. Schon seit einiger Zeit hatte er beobachtet, wie Kunden in das ‚Café Kilmorlie‘ hineingingen, aber niemand wieder hinauskam.

Ein riesiger, schwarzer Kater, den er hier noch nie gesehen hatte, drückte sich vor dem Café herum, als würde er auf jemanden warten. Plötzlich flog die Tür auf und Sandra kam über den Marktplatz auf das Antiquariat zu gerannt.

McRight runzelte die Stirn. Da drüben stimmte doch irgendetwas nicht.

Außer Atem stolperte Cadys‘ Bedienung zu ihm ins Antiquariat. Sie nahm sich nicht einmal die Zeit, die Ladentür hinter sich zu schließen.

„Ken", japste sie, „du musst sofort mit rüber kommen! Cadys ist verrückt geworden!"

Der Puma war verzweifelt. Durch die dichte Menschenmenge, die Cadys umgab, war kein Herankommen an sie. Auch konnte der Puma bislang nicht ausmachen, wo sie das Artefakt bei sich trug. Von der anderen Seite des Platzes sah der schwarze Kater Ken McRight mit der Menschenfrau Sandra auf sich zu rennen. Gleichzeitig tat sich etwas im Café. Wie der Puma durch die beschlagenen Scheiben sah, war Cadys vom Tisch gesprungen und trieb jetzt die Menschen mit dem Besenstiel aus dem Café auf die Straße.

Erschrocken sah sich der Puma, von einem Augenblick auf den anderen, von vielen menschlichen Beinpaaren umgeben, die in Hosenbeinen oder Röcken steckten. Niemand achtete auf den schwarzen Kater, sodass er alle Pfoten voll zu tun hatte, um nicht getreten zu werden.

„Die Show ist zu Ende!", schrie Cadys den Menschen hinterher, bevor sie die Ladentür zuknallte. „Wer immer diesen Schuppen hier kaufen will: Das Café und die Bäckerei sind für einen guten Preis zu haben!"

Dann rasselte der Schlüsselbund, als Cadys abschloss.

Als Nächstes hängte sie ein Pappschild mit der Aufschrift *zu verkaufen* an die Glastür, und die Jalousien an den Fenstern fuhren herunter.

Nein. Der Puma ließ enttäuscht die schwarzen Ohren hängen. Cadys hatte sich eingeschlossen.

Er drängte sich durch die Beine der Menschen und rannte, so schnell er konnte, wieder um den Häuserblock in den Hinterhof. Dort hatte er vielleicht mehr Glück, das Artefakt zu sichern.

„Was ist denn hier los?!", fragte Ken McRight mit lauter Stimme. „Was ist da drin passiert?"

Doch niemand wollte antworten.

„Na ja, zuerst war es ganz lustig", sagte Bernd schließlich. „Cadys ist auf einem Tisch herumgehüpft und hat Sprüche geklopft und so. Aber auf einmal hatte sie keine Lust mehr und hat uns alle rausgeschmissen. Sie hat gesagt, wir hätten ihr zu wenig für ihren Vortrag bezahlt.", Er verzog das Gesicht. „Das war schon irgendwie komisch. Dann wollte sie uns das Inventar und schließlich das ganze Café verkaufen."

„Ich hab noch meine Jacke und meine Handtasche da drin", meinte Bernds Freundin und rieb sich fröstelnd die Arme. „Ob Cadys wohl wieder aufschließt?"

„Sie hat mich einen ‚kleinkarierten Geiernasler' genannt, Ihre Cousine!", Frau Goldschmitz hatte sich vor Ken aufgebaut und piekte ihn mit einem mageren Zeigefinger in die Brust. „Bei ihr kaufe ich bestimmt nichts mehr! Sagen Sie ihr das!"

Ken sah erst die kleine Frau Goldschmitz, dann Sandra ratlos an. „Einen ... was?"

Sandra zuckte die Schultern.

McRight rieb sich über die Stirn.

„Okay", sagte er dann. „Okay, geht erst einmal alle nach Hause. Ich versuche, Cadys zur Vernunft zu bringen und rauszukriegen, was los ist. Meldet euch am besten im Antiquariat heute Nachmittag, wenn ihr noch Sachen im Café habt. Na los, nun geht schon!"

Ratlos und zögernd begannen die Menschen, auseinander zu gehen.

Als sich die Menge endlich verlaufen hatte, hämmerten Ken und Sandra immer noch an die Tür zur Bäckerei. Alles war dunkel drinnen, Cadys hatte die Lichter gelöscht und war auch nicht zu sehen.

„Hast du keinen Schlüssel?", fragte Ken zum hundertsten Mal. „Drinnen, in meiner Handtasche!", erwiderte Sandra, die mit den Nerven am Ende war. Tränen stiegen ihr in die Augen.

„Was hat sie nur? Was ist bloß in Cadys gefahren?"

Ken zuckte mit den Schultern, während er seine Nase an das Glas presste. „Oder: Was hat Cadys geschluckt?"

Sandra lachte bitter auf. „Außer einer ganzen Flasche Champagner?"

„Was?", McRight löste sich von der Glastür. „Dann verschwenden wir unsere Zeit! Wahrscheinlich liegt sie hinten in der Küche auf dem Fußboden und schläft!"

„Möglich.", Cadys' Freundin zuckte mit den Schultern.

„Besser, wir gehen um den Häuserblock und sehen nach. Ich kann doch jetzt nicht einfach nach Hause gehen und Cadys im Stich lassen!"

Ken seufzte. „Gehe du ruhig nach Hause. Ich werde hinten nachsehen."

„Na, gut.", Die junge Verkäuferin zögerte noch. „Wenn du meinst. Ich rufe Cadys aber auf jeden Fall noch heute Abend an!"

„Tue das.", Ken winkte Sandra noch zu und machte sich dann auf den Weg zum Hinterhof, auf dem gleichen Weg, den der Puma vor ihm gelaufen war, nur dass der junge Schotte viel länger brauchte, als der Kater.

Cadys hörte wohl aus der Küche Ken und Sandra an die Ladentür hämmern, aber sie war in Gedanken viel zu weit weg.

Sie starrte aus dem Küchenfenster auf den Hinterhof und trank den letzten Champagner aus der Flasche. In ihrem Kopf kreiste nur ein Gedanke, immer wieder, unablässig:

Woher konnte sie nur genug Geld auftreiben, um ihre Forschungsreisen zu finanzieren? Sie wollte überall auf der Welt forschen, die Tiere studieren, nicht nur die Katzen oben auf dem Zuckerberg.

Das kostete Geld, viel Geld.

An ihrer Unterlippe nagend, grübelte sie nach. Das große Haus am Umflutgraben, in dem die ganze Familie Zucker wohnte, würde sie natürlich auch verkaufen.

Ein schönes Sümmchen Geld würde das schon ergeben. Aber das war noch lange nicht genug. Ihr herumirrender Blick fiel aus dem Küchenfenster auf die Hügel, den Galgenberg und auf den vertrauten Zuckerberg, auf dem das alte Familiengut lag.

Das alte Familiengut ...

Cadys stockte der Atem. Der ganze Zuckerberg, mitsamt der Katzenvilla, schien in tiefstem Gold zu glühen.

Was für ein Anblick! Entweder lag dort ein unermesslicher Schatz verborgen, oder ...

„Natürlich!", Cadys schrie das Wort triumphierend heraus. „Das alte Gut *ist* der unermessliche Schatz!"

Mit zitternden Händen klaubte Cadys eilig die Visitenkarte von Stadtsprecher Sülz aus ihrer hinteren Hosentasche. Was für ein Zufall, dass der Mann ausgerechnet heute in ihrer Bäckerei gewesen war! Schon lange versuchte die Stadt, das alte Zucker-Gut aufzukaufen, um daraus ein Museum zu machen.

„Was auch immer! Von mir aus ein Museum, meinetwegen auch eine Fabrik, Hauptsache, es bringt mir ordentlich viel Geld ein, mit dem ich dann dieses Nest hier verlassen kann!", Cadys lachte wieder, während sie die Telefonnummer von Sülz in ihr Handy tippte. Dass es sich wirklich ekelig anhörte, bekam sie gar nicht mit.

Wohl aber der Puma, der ihren Monolog mit klopfendem Herzen anhörte, während er draußen neben der Hintertür auf einer Mülltonne kauerte.

„Verdammt", fluchte Cadys, „kein Netz!"

Ungeduldig stieß sie die Tür zum Hinterhof auf. Noch im Hinausgehen drückte sie die Taste zur Wahlwiederholung. Ihre rechte Hand war geistesabwesend in ihre Hosentasche gewandert und spielte mit der kleinen, magischen Steinkugel, die dort verborgen ihre Arbeit tat.

„Ja, Herr Stadtsprecher Sülz", sagte Cadys in das Telefon,

„seit Längerem will die Stadt das alte Gut auf dem Zuckerberg von meiner Familie erwerben.", Sie machte eine Pause, zog das Artefakt aus der Tasche und betrachtete es sinnierend. „Jetzt bin ich bereit, zu verkaufen.", Sie lachte. „Aber nur zu einem erheblichen Preis, versteht sich!"

Der Puma hatte so lange gewartet.

Doch als er Cadys, den Vertrauensmenschen der Katzenvereinigung seit so langer Zeit, diese Sätze sprechen hörte, war der Kater fast zu erschrocken, um seinen wichtigen Auftrag durchzuführen. Cadys gab die Katzen und ihr Erbe preis, einfach so. Für lumpiges Menschengeld.

Wenn der Puma jemals einen Beweis für die Gefährlichkeit dieses Artefaktes gebraucht hätte, dann hatte er ihn soeben gehört. Durch Zauberei wurde gerade eben ein liebevoller, ehrlicher Mensch zum gierigen Verräter.

„*MEWAUMAUMAU*!!!"

Mit einem wüsten Kriegsschrei stürzte sich der Puma in einem mächtigen Sprung von der Mülltonne auf Cadys.

Die junge, blonde Frau war nicht die Kräftigste, und als der große Kater sie mit aller Gewalt von der Seite ansprang, fiel Cadys sofort zu Boden.

Ihrer linken Hand entglitt das Handy, aus ihrer rechten Hand rollte das magische Artefakt und hüpfte noch einen halben Meter weiter durch das kurze Gras. Cadys riss erschrocken die Augen auf, doch alles was sie sah, war ein weit geöffneter Rachen mit spitzen Katzenzähnen, aus dem ein riesiger, schwarzer Kater sie in äußerster Wut anfauchte. Sie war völlig benommen und verängstigt.

Der Puma knurrte und fauchte noch einmal, aber er war erfahren genug, um zu wissen, dass ihm nur eine Sekunde lang Zeit blieb, das Artefakt zu sichern. Er wirbelte auf der Stelle herum, nahm das ,*Magische Auge des Aureus Virrus*' zwischen die Zähne und war sofort wie vom Erdboden verschwunden.

Cadys blieb erschöpft liegen. Um sie herum drehte sich alles. Das Nächste, was sie wahrnahm, waren ein Paar grau bestrumpfte Beine in Sneakers, die an ihr vorbeigingen. Eine braungebrannte Hand hob das in ihrer Nähe liegende, quäkende Handy auf.

„*Was?*", hörte sie dann Kens ärgerliche Stimme hoch über sich sagen. „Was, das alte Familiengut der Zucker *verkaufen*? Mann, Sie ticken wohl nicht richtig unterm Pony! Die Villa und der Zuckerberg sind absolut unverkäuflich!"

Erleichtert schloss Cadys die Augen wieder. Sie hatte das deutliche Gefühl, haarscharf an einer Katastrophe vorbeigeschrammt zu sein.

29. *Katzpitel,*

in dem Cadys und Mina die Weichen stellen

„Oh, neeeein!!!"
Ähnlich wie Top Scorer nach seiner Erfahrung mit dem ‚*Magischen Auge des Aureus Virrus*‘, verbarg Cadys ihr Gesicht in den Händen und stöhnte.

„Das glaube ich nicht", sagte sie immer und immer wieder.

Ken McRight sah an die Zimmerdecke und grinste.

Es war später Donnerstagabend, und beide saßen in der großen Wohnküche der neuen Villa Zucker am Umflutgraben.

Cadys war inzwischen wieder einigermaßen nüchtern.

Natürlich hatte sie einen ganz gewaltigen Kater, was jeder merkte, der ihr nur auf einen halben Meter nahe kam.

Ken McRight hatte sie nach Hause gebracht.

Ihre Mutter hatte Cadys mit Tee, Tabletten und einem Eisbeutel versorgt, nicht ohne Ken kopfschüttelnd nach dem Grund für Cadys deutlich riechbaren Zustand auszufragen.

Doch Ken konnte nichts erzählen, denn er wusste selbst nichts.

Nun hatte sich Cadys einige Stunden lang ausgeschlafen, und nicht nur ihr Cousin wartete ungeduldig auf eine Erklärung von ihr. Leider konnte sie sich jedoch an nichts erinnern, was sie angeblich getan und gesagt hatte. Genauer gesagt, wollte sie sich auch gar nicht an all das erinnern, wenn auch nur *etwas* davon stimmte, was Ken ihr erzählt hatte.

Cadys schielte ihren Cousin zwischen den gespreizten Fingern hindurch an. „Du willst mich auf den Arm nehmen", flüsterte sie hoffnungsvoll.

Ken schüttelte seinen Kopf. Er verschränkte die Arme vor der Brust und lehnte sich in seinem Stuhl zurück. „Nein", erwiderte er knapp.

„Ich bin also auf dem Tisch mit einem Besen herumgehüpft, habe meine Kunden beleidigt und auch noch Geld dafür verlangt?"

Ken sah wieder an die Küchendecke. „Yep!"

„Ich habe Frau Goldschmitz einen ‚*gemeinen kleinkarierten Geiernasler*' genannt?"

„Yep!"

„Oh, *mein Gott*!", Cadys legte den Kopf auf die Arme, die sie auf dem Küchentisch vor sich verschränkt hatte. „Wie *konnte* ich nur! Ich kann den Leuten *nie wieder* ins Gesicht sehen!"

Ken grinste schief und winkte ab. „Wieso? Die meisten fanden deinen Auftritt lustig, und beim alten Geiernasler ..."

Cadys' Kopf zuckte nach oben, und sie sah ihren Cousin vorwurfsvoll an.

„... sorry . Und bei Frau Goldschmitz: Na, und? Die hat's verdient! Hat sie nicht genug Lügen über Opa verbreitet und über dich auch, als mit Adonis Schluss war?"

„Na ja, schon ...", Cadys griff mit zitternden Fingern nach dem Eisbeutel, der vor ihr auf dem Küchentisch langsam abtaute. „Aber trotzdem. Ich wollte wirklich das Café und den Zuckerberg mit meinen Katzen verkaufen?"

„Ja.", Ken McRight lehnte sich vor. „Also Cadys, das war *wirklich* blöd. Ich bin gerade noch rechtzeitig dazugekommen, um es zu verhindern!"

„Was habe ich mir nur dabei gedacht", jammerte Cadys wieder. „Wie *konnte* ich nur?"

Ken seufzte und schüttelte den Kopf.

Er nahm einen Schluck heißen Tee. „Übrigens, hast du irgendetwas mit Adonis' Auto angestellt?"

Cadys wurde blass, und ihre Finger krampften sich um den matschigen Eisbeutel. „Ich ... äh ... ich weiß nicht", erwiderte sie leise. „Ich kann mich an nichts erinnern."

„Er ist jedenfalls heute Nachmittag bei mir im Antiquariat gewesen, als du deinen Rausch ausgeschlafen hast. Er hat rumgeschrien, du hättest sein Cabrio in ein fahrbares Katzenklo verwandelt!"

„Was? ... Äh ...", Wenn überhaupt möglich, wurde Cadys' Gesicht noch blasser. „Und, was hast du gemacht?"

Ken winkte ab und lachte. „Es war mir eine große Freude, ihn rauszuschmeißen! Das hat der Kerl schon längst verdient. In Schottland hätte man ihm eine handfestere Abreibung verpasst!"

Cadys schniefte. „Und *das* soll mich jetzt trösten, oder was?", Sie putzte sich lautstark die Nase und warf ihrem Cousin einen giftigen Blick zu. „Blödmann!"

Ken zuckte wieder die Schultern, und nahm dann nachdenklich einen Schluck von seinem starken, heißen Tee. „Aber mal im Ernst, Cadys, was in aller Welt, hat dich denn nun dazu getrieben, so einen Mist zu verzapfen?", Er lehnte sich wieder in seinem Stuhl zurück und fuhr mit seinen Fingerkuppen über die Bartstoppeln an seinem Kinn, so wie er es immer machte, wenn ihn etwas beschäftigte.

Cadys schüttelte gequält den Kopf. Mit beiden Händen drückte sie den lauwarmen Eisbeutel auf ihre Stirn. „Ach, hör doch mit deiner blöden Bartkratzerei auf, Ken! Ich *weiß* es nicht", antwortete sie wütend. „Es war, als wenn ich irgendwie weggetreten wäre, irgendetwas geschluckt hätte!"

Ken lachte. „Außer der ganzen Flasche Sekt?"

„Du glaubst es ja doch nicht!"

„Was?"

„Es war wie Hexerei!", Cadys knallte den Eisbeutel vor sich auf den Tisch. „Als wäre ich *besessen!*"

Ihr Cousin runzelte die Stirn und grinste schief.

„*Besessen*, na klar. Und ... *besessen* warst du dann wovon? Von der Flasche Whisky, die du *vor* dem Champagner getrunken hast?"

Cadys holte wütend tief Luft. „Blödmann!", wiederholte sie nachdrücklich. „Ganz ehrlich? Ich glaube, schuld war ein ganz komisches Ding, ein Stein, der aussah wie ein glotzendes Auge.", Sie schlug die Hände vor ihr Gesicht. „Ich habe es oben auf dem alten Gut einem Katzenkind weggenommen. So, und nun kannst du dich ausschütten vor Lachen!"

Aber es passierte nichts, und als Cadys die Hände von ihrem Gesicht nahm, sah sie ihren Cousin mit zusammengekniffenen Augen in seinen Teebecher starren.

„Du lachst mich nicht aus?", fragte sie vorsichtig. „*Sag doch was!*"

Ken biss sich grimmig auf die Lippen. Dann stieß er die Luft aus. „Das ist ja eine komische Sache", antwortete er schließlich. „Vielleicht lachst *du* mich gleich aus!"

„Häh?", machte Cadys verständnislos.

Ken warf ihr einen kurzen Blick zu und starrte dann an ihr vorbei. „Ich saß letztens mit Kitty Katzrath zusammen. Ich wollte ihr helfen. Du weißt ja, dass sie Probleme im Museum hat."

Cadys runzelte die Stirn. „Du hast so etwas angedeutet."

Ken sah wieder an die Zimmerdecke. „Wie bei Opa verschwinden wieder Artefakte aus dem Museum. Eins davon war ein Stein, der aussieht wie ein glotzendes Auge."

„*Was?!*", Cadys ließ sich in ihrem Stuhl zurückfallen, und ihre Gesichtsfarbe bekam einen Stich ins Grünliche. „Das gibt's doch nicht! Wer würde denn so etwas *Blödes* aus einem Museum klauen?"

Ken lachte trocken auf. „Wer würde denn so etwas *Blödes*

einem Katzenkind klauen?", Er schüttelte den Kopf.

„Also, ganz ehrlich: Wenn du mich fragst, geht da irgendetwas Merkwürdiges vor sich! Und wo ist das Ding jetzt?"

Cadys verzog den Mund, als würde ihr schlecht werden.

„Also, ich erinnere mich *wirklich* an nichts. Nur noch, dass ich plötzlich auf dem Boden im Hinterhof lag, und auf mir stand ein riesengroßer, schwarzer Kater, der mir ins Gesicht fauchte.", Sie fuhr sich mit der Hand über die Stirn.

Ken zog die Augenbrauen zusammen und stutzte. „Du meinst, ... dieser Kater hat es jetzt?"

Cadys biss sich auf die Unterlippe und nickte. Dann griff sie mit beiden Händen nach ihrem Eisbeutel und presste ihn wieder gegen die Stirn.

McRight legte eine Hand über seine Augen und begann, zu lachen.

„Okay", sagte er schließlich. „Also gut, *der Kater hat es*. Oder jedenfalls ist es jetzt weg."

Cadys warf ihrem Cousin einen finsteren Blick zu. „Ja, ja, ich weiß: Es ist alles ein ausgemachter Schwachsinn!"

„Nein, nicht so ganz", schüttelte Ken den Kopf. „Erinnerst du dich an unser altes Antiquariat in Edinburgh?"

„Ja. Stundenlang haben wir da an Regentagen herumgestöbert. Es war toll. Und?"

Ken seufzte. „Und erinnerst du dich auch noch an das alte Buch, das wir mal gefunden haben?"

Cadys kniff nachdenklich die Augen zusammen. „Warte mal ... Ja. ‚*artificia praepotentes- Die Dinge der Macht*', oder so ähnlich. Dein Vater hat ein Wahnsinns-Theater um dieses Buch gemacht, damals!"

„Ja", nickte ihr Cousin, „und in diesem verrückten, alten Buch über magische Zauberdinge habe ich vor langer Zeit eine Zeichnung von diesem komischen Steinauge gesehen."

Einen Augenblick lang herrschte Stille in der großen Küche.

Nebenan im Wohnzimmer hörte man die Nachrichten im Fernseher laufen.

„Du meinst ... dieser Stein ist ein uraltes Zauberding der Macht?", flüsterte Cadys mit aufgerissenen Augen.

Ken zuckte die Schultern. „Wer weiß."

„Ken, ich weiß aber noch etwas ganz *anderes*", flüsterte Cadys weiter. „Ich weiß, dass wir diesen ganzen Kram spätestens jetzt am besten abhaken sollten. Bevor wir ganz abdrehen! An all dem, was war, können wir nichts mehr ändern. Und wir können es auch nicht verstehen. Und noch etwas ... wenn wieder Artefakte im Museum verschwinden, werden sie dieses Mal versuchen, es Kitty anzuhängen. *Daran* können wir etwas ändern. Wir können Kitty helfen!"

„Deshalb war ich ja bei ihr", murmelte Ken tonlos. „Aber jetzt hat sie eine andere Hilfe. Jetzt hilft ihr *Adonis Schnurz*."

„Das ist nicht dein Ernst!", stieß Cadys hervor. „Aber, das ist ja ganz furchtbar!"

Ken lachte laut und bitter in das erhitzte Gesicht seiner Cousine. „Tatsächlich? Kitty scheint es aber überhaupt nicht furchtbar zu finden! Im Gegenteil. Ich sah die beiden erst heute Vormittag am Wassergraben. Sie haben heftigst geknutscht!"

„Nein!"

„Doch!"

Minutenlang starrte Cadys vor sich auf die Tischplatte und umkrampfte den nun gluckernden Eisbeutel, ohne ein Wort zu sagen. „Bedeutet dir Kitty etwas?", fragte sie schließlich.

„*Was*?", schluckte Ken. „Was soll das denn jetzt? Das steht doch gar nicht zur Debatte!"

„Oh, doch!", schnappte Cadys wütend, „Das ist sogar ziemlich wichtig! Antworte, du Feigling! Bedeutet dir Kitty etwas? Ich höre doch nicht umsonst beleidigten Männerstolz, der aus jedem Wort von dir trieft!"

Ken holte tief Luft und schüttelte stirnrunzelnd den Kopf.

Er setzte ein paar Mal zu einer Antwort an, ohne jedoch ein Wort zu sagen. Dann stand er schließlich auf und stellte sich mit verschränkten Armen und den Rücken zu Cadys gewandt vor das Fenster. Er starrte hinaus, obwohl es absolut nichts zu sehen gab, denn es war dunkel, und der Wassergraben war nur durch ganz vereinzelte Laternen entlang der Wege spärlich beleuchtet.

Cadys seufzte und rollte die Augen, was ihr Cousin natürlich nicht sehen konnte.

„Ken", versuchte sie es noch einmal, „*Chieftain* Ken! Es ist doch so: Wenn sich Adonis an Kitty heranmacht, dann ist alles noch viel schlimmer, als nur ein Diebstahl, den man ihr anhängen will! Dahinter steckt noch etwas Anderes!", Sie stieß die Luft ratlos aus. „Du weißt, dass mit Adonis nicht zu spaßen ist! Also, wenn dir Kitty irgendetwas bedeutet ..."

„Ja", unterbrach Ken seine Cousine unwirsch. Dann stemmte er wütend die Hände auf die Tischplatte vor Cadys. „Ja, also gut, auch wenn es dich *absolut nichts* angeht: Kitty bedeutet mir sehr viel!"

Cadys presste die Lippen zusammen und lehnte sich in ihrem Stuhl zurück. „Dann, lieber Cousin", erwiderte sie bedächtig, „dann solltest du nicht zögern und wertvolle Zeit vertun, um deine immense männliche Eitelkeit zu pflegen, sondern ihr schleunigst helfen!"

„*Immense männliche Eitelkeit ...*", wiederholte Ken und unterdrückte eine unschöne Erwiderung. „*Kitty helfen.* Ach ja, und *wie*?"

Cadys breitete die Hände aus. „Wir sind ihre Freunde, irgendwie finden wir schon einen Weg! Du weißt doch ungefähr, was aus dem Museum verschwunden ist. Und du weißt auch, umso mehr durch deine schottischen Wurzeln, dass nichts für immer spurlos verschwindet! Es soll ja schließlich zu Geld gemacht werden und dann taucht es wieder auf: Über dunkle Kanäle, dubiose Händler, und oft findet man es schließlich *weit, weit weg* ..."

Kens finsteres Gesicht erhellte sich in spontaner Erkenntnis.

„... in einem Antiquariat! Cadys, du bist ein *Fuchs!*"

An dem gleichen Donnerstagmorgen hörte Bellamy Ritter merkwürdige Geräusche nebenan aus dem Wohnzimmer, als er sich in der Küche einen Guten–Morgen-Kaffee einschenkte.

Seine Polizei-Hündin Mina winselte und bellte, duckte sich und hopste vor der Terrassentür hin und her. Ritter setzte die Kaffeetasse ab. „Mina", rief er ins Wohnzimmer hinein und seufzte, „was treibst du denn da? Denk daran, du bist ein *Diensthund!*"

Mina antwortete ihm mit einem Bellen, das dem jungen Polizeioberkommissar ein Stirnrunzeln auf das Gesicht trieb. Es klang eindeutig wie Lachen, und als wolle Mina sagen: *,Los, komm her! Das musst du dir unbedingt ansehen!'*

Plötzlich gab es ein zischendes Geräusch, das in einem ohrenbetäubenden Knall gipfelte. Ritter schwappte einen Teil seines Kaffees auf den Küchenfußboden, als er hastig die Tasse abstellte, um hinüber in das nun verdunkelte Wohnzimmer zu rennen.

„Was war denn das?!"

Mina presste ihren tigerartig gestromten Körper flach auf den Boden vor der Terrassentür. Sie schielte offensichtlich durch den schmalen Lichtspalt zwischen zwei schräg hängenden Lamellen der schweren Außenjalousie in den Garten. Dabei gab sie ein japsendes Bellen von sich, das klang, als würde sie sich halb totlachen.

„Die Jalousie ist heruntergekommen? Wie ist denn das passiert?"

Bellamy Ritter hatte einige Mühe, die in ihren Schienen verkeilte Jalousie über die inneren Zug-Gurte wieder nach oben zu ziehen, während Mina aufgeregt bellend um ihn herumsprang. Immer wieder kratzte sie an der Glastür und sah ihren Polizei-

Menschen auffordernd an. Bellend erklärte sie ihm, dass sie etwas immens Wichtiges gefunden hatte, ganz genauso, wie sie es auf der Polizei-Hundeschule gelernt hatte. Ihr Mensch und Teamkollege verstand sie auch sofort.

Ritter ließ die Gurte los, nachdem er den Außenrolladen gesichert hatte, und tätschelte Minas schmalen Kopf.

„Du hast etwas gefunden, mein Mädchen?", antwortete er leise. „Was meinst du denn?"

Die braune Hündin kratzte wieder an der Scheibe, wo man jetzt deutlich sehen konnte, dass ein zerknülltes, dreckiges Blatt Papier dicht vor der Tür auf der Terrasse lag.

Ritter pfiff durch die Zähne. „Eine Nachricht?"

Mina zog die Lefzen breit und bellte einmal. Dann ließ sie die Zunge hechelnd aus dem Maul hängen und beobachtete gespannt, wie der Polizist die Tür öffnete, das Blatt Papier aufhob und es sauberschüttelte, bevor er es betrachtete. Wieder pfiff er durch die Zähne.

„Braves Mädchen, Mina!", lobte er. „Was haben wir denn hier? Das hier lag sicher nicht zufällig vor unserer Tür herum!"

Triumphierend bellte Mina. Außer sich vor Freude hopste sie um ihren Menschen herum. „Na, also!", rief sie, auch wenn sie wusste, dass Bellamy sie nicht wortwörtlich verstehen konnte. „Ich wusste doch, dass du ein wirklich kluges, großes Tier bist!"

Ritter hatte die Terrassentür wieder geschlossen und sich auf dem Sofa niedergelassen, wo er konzentriert das Blatt Papier studierte. Gedankenverloren tätschelte er Minas Kopf.

„Und", bellte sie fröhlich, „was steht drauf?"

Auch wenn sie selbst eher für die althergebrachte, von Schnauze zu Schnauze weitergegebene Hundeweisheit war, wusste Mina doch aus ihrem Arbeitsleben, dass die Menschen sehr viel Wert auf solche materiellen Gedankenstützen legten. Menschen brauchten immer viele Beweise für das ohnehin Offensichtliche.

„Hmm ...", machte der Polizist nachdenklich und antwortete

seinem Hund damit, „das scheint eine Seite zu sein, die mit dem Museum zu tun hat. Hier oben ist eine Standard-Kopfzeile ... ‚Rosenburger Museums-Archiv'."

Den muffigen Museums-Geruch konnte die Hündin aus fünf Meter Entfernung riechen, dennoch bellte sie hocherfreut. Für einen Menschen hatte Bellamy messerscharf kombiniert.

„Genau!"

„Das hier geht um die Artefakte des Museums ...", fuhr Ritter mit gerunzelter Stirn fort. „Warte mal, Mina ... das ist ein starkes Stück! Hier ist ein Auszug aus dem alten Archiv vor ca. dreißig Jahren und heute: Gleiches Archiv ... kein Eintrag mehr! Dem sollten wir nachgehen!"

„Ja", bellte Mina wieder. Sie hätte vor Stolz platzen können!

„Verschwundene Museumsartefakte, gab es da nicht vor einiger Zeit etwas? Das ist interessant, das werde ich mit ins Kommissariat nehmen! Möglicherweise eine neue Spur in einem Fall.", Ritter sah seine Hündin an, die aufmerksam zurücksah und zufrieden mit dem Schwanz wedelte. „Wer arbeitet denn hier in der Gegend im Museum, Mina?", fragte der junge Mann. „Wer könnte also unser geheimnisvoller Informant sein, mein Mädchen?"

Mina machte vor ihrem Menschen eine Reihe eifriger, kleiner Hüpfer. *So liebte sie die Polizei-Arbeit!*

„*Kitty!*", bellte sie fröhlich. „Kitty! Kitty!"

„Richtig!", Bellamy Ritter beugte sich herab und tätschelte wieder stolz ihren Kopf. „Genau, Mina! *Herbert Heuchelheimer* arbeitet im Museum und wohnt genau rechts von uns!"

„*Waaas?!*", Mina gefror das hechelnde Grinsen um ihre Schnauze. Ihr Polizei-Mensch war soeben messerscharf zu einem falschen Schluss gekommen.

„*Nein!*", bellte sie entsetzt. „*Kitty! Nicht der Heuchelheimer!*"

„So ist es, Mädchen!", Ritter nahm Minas Leine von einem Haken neben der Eingangstür. „Lass uns arbeiten gehen, Mina!

Gleich nachher werde ich die Sachlage mit den Kollegen besprechen und dann zu Heuchelheimer gehen und ihn mit den Beweisen konfrontieren!"

Mina saß mit weit aufgerissenen Augen wie festgeschraubt auf ihrem Platz. Noch immer hing ihre Zunge aus dem Maul, was sie vor Schreck ganz vergessen hatte.

Das konnte doch nicht wahr sein!

Bellamy Ritter hingegen war vor lauter Begeisterung über seine Entdeckung in seinen persönlichen Gedanken gefangen und bemerkte die Reaktion seiner Teamhündin nicht.

Winselnd presste sie sich auf den Boden und bedeckte die Augen mit einer Pfote. *,Oh, nein! Gut, dass der Admiral dies hier nicht mitbekommt! Wie soll ich das nur wieder geradebiegen?!'*

„Was ist?", sagte Ritter verständnislos, die Türklinke in seiner Hand. „Willst du heute nicht arbeiten gehen?"

Der Admiral hatte hingegen in der Hecke versteckt noch beobachtet, wie Bellamy Ritter den Ausdruck aus Kittys Datei an sich nahm. Er seufzte zufrieden, bevor er dem völlig panischen Billy zu Kittys Haus folgte. Mina hatte nicht zu viel versprochen.

Nun lief ja endlich alles nach Plan!

Ende des 1. Teiles

Schlusswort

Dieser Roman ist viel länger geworden, als ich es zu Beginn beabsichtigt hatte.

Ich hoffe, dass Ihr viel Spaß beim Lesen von Teil 1 hattet, dann würde ich mich über eine gute Rezension sehr freuen.

Im 2. Teil von

Admiral Lord Mizius und die vergessenen Gewölbe'

erfahrt Ihr, ob Kitty sich für Adonis oder Ken entscheidet, die Betrügerbande um Dr. Janus gefasst wird, und ob tatsächlich alles nach Plan läuft, so wie Admiral Lord Mizius es hofft ...

Wenn Euch der 1. Teil nicht gefallen hat: Schade, ich hoffe, ich mache es beim nächsten Roman besser. ;o))

Mit herzlichen Grüßen,
Eure Lea Catthofen

Anhang

Italienisch für Katzen

Ecco mi qua.	Da bin ich.
Mi dispiace, signora.	Ich bitte um Entschuldigung, meine Dame.
Lo so.	Ich weiß.
Buona sera.	Guten Abend.
Da vero?	Wirklich?
Per me!	Von mir aus!
Molto bene!	Sehr gut!
Carissima	Meine Liebste
Oh, dio mio!	Oh, mein Gott!
Niente!	Nix!
Scusi!	Entschuldigung!
Andiamo!	Lass uns gehen!
Claro.	Klar.
Va bene?	Alles klar? Geht's gut?
Trio idiota	Idiotentrio

Capiche?	Verstanden?
Presto!	Schnell!
Avanti!	Vorwärts!
Subito!	Sofort!

Was es gibt und was es nicht gibt

Dieser Roman ...

... ist ein Werk der Fantasie. Die Handlung und alle handelnden Personen sind frei erfunden. Ähnlichkeiten mit tatsächlichen Begebenheiten oder lebenden oder toten Personen sind rein zufällig und nicht beabsichtigt.

Was es wirklich gibt...

...ist der Admiral, die schöne Perle, Bonnie und Billy, der ein einziges weißes Schnurrhaar hat, damit jedoch Gott sei Dank nicht zaubern kann.

Ebenfalls aus der Wirklichkeit entlehnt sind die unterirdischen Geheimgänge aus dem Dreißigjährigen Krieg, wenn auch nicht in genau derselben Form, wie ich sie in diesem Roman beschrieben habe.

Jedoch wuchs meine Mutter in einem Haus aus dem 17. Jahrhundert auf, in dessen altem Keller solche Geheimgänge angelegt waren.

Weiterhin gibt es das *Art Loss Register*, die weltweit größte Datenbank über gestohlene und verlorene Kunstwerke.

Das *Art Loss Register* unterhält Büros in London, Paris, New York und auch in Köln.

Ebenfalls real ist das *Art Crime Team* des FBI.

Diese Sondereinheit ermittelt seit 2005 im Bereich der Kunstkriminalität.

Ähnliche Spezialeinheiten gibt es in Italien, Spanien, Frankreich und England.

In Deutschland obliegt die Verfolgung von Kunstdiebstählen dem LKA (Landes-Kriminalamt) der jeweiligen Bundesländer.

Quellen:

www.artloss.com

www.wikipedia.org

www.fbi.gov

Danksagung

Ich danke meiner Familie für die überragende Geduld, mit der sie meine Fragen und mein tägliches Arbeitspensum ertragen haben.

Ich danke besonders dem Admiral für seine unerschöpfliche Inspiration und meiner Schmusemuse Bonnie, die jedes geschriebene Wort aufmerksam überwacht und mit kompetenter Pfote korrigiert hat.

Im Februar 2017

Impressum

Copyright © 2017 Eva S. Werkmüller/Lea Catthofen
1.Auflage 2017
Independently published

Buchcover: Eva S. Werkmüller, software: GIMP 2.8 Filter Pack
Coverzeichnung: Lea Catthofen
Coverfoto Himmel / Foto Mond: *www. pixabay. de,*
CCO lizenzfrei
Coverfoto Geheimgänge: © Eva S. Werkmüller
Zeichnungen Titelei und Kapitelvignetten: Lea Catthofen
Manuskript und Covertext erstellt mit Georgia und
Monotype Corsiva enthalten in der Microsoft Office 2013 Home
and Business Lizenz
Erstellung des E-Books: Eva S. Werkmüller
Printed in Germany, Leipzig by Amazon Fulfillment GmbH
ISBN-13 der Print-Ausgabe: 9781520820477

Kontakt: *leacatthofen@gmx.de*
Die Autorin ist postalisch erreichbar über:
Eva S. Werkmüller
Gerichtsweg 14
38229 Salzgitter
Tel. 0176/54912736

Printed in Poland
by Amazon Fulfillment
Poland Sp. z o.o., Wrocław